JONAS ERZBERG

Ich dich auch, glaube ich

Über den Autor:

Jonas Erzberg ist das Pseudonym des Journalisten Hannes Finkbeiner. Er studierte an der Hochschule Hannover, wo er heute auch als Dozent tätig ist. Finkbeiner schrieb u. a. für die FAZ, Spiegel Online oder das RedaktionsNetzwerk Deutschland und ist für HAZ als Kolumnist tätig. Wie sein Romanheld ist er bekennender Hypochonder. Er liebt die Märkte Asiens und die thailändische Küche.

JONAS ERZBERG

Ich dich auch, glaube ich

ROMAN

lübbe

Dieser Titel ist auch als E-Book erschienen.

MIX
Papier aus verantwortungsvollen Quellen
FSC® C014496
www.fsc.org

Vollständige Taschenbuchausgabe
der bei Bastei Lübbe unter dem Titel
»Unheilbar glücklich« erschienenen Hardcoverausgabe

Titelillustration: © shutterstock: Popmarleo | Olly Molly | Silver Spiral Arts
Umschlaggestaltung: Christin Wilhelm, www.grafic4u.de
Satz: hanseatenSatz-bremen, Bremen
Gesetzt aus der Garamond 3 LT Std
Druck und Verarbeitung: GGP Media GmbH, Pößneck
Printed in Germany
ISBN 978-3-404-18347-0

2 4 5 3 1

Sie finden uns im Internet unter
www.luebbe.de
Bitte beachten Sie auch: www.lesejury.de

จงหมั่นดูแลใจของคุณ
Keep Guarding Your Own Mind
Tafel im Kloster Wat Umong, Chiang Mai

PROLOG

Die Frau hat Schnupfen. Eindeutig. Vielleicht sogar eine fiebrige Erkältung. Blass. Rote Nase. Glasige Augen. Wäre auch kein Wunder bei dieser Klimaanlage, die nichts anderes ist als eine ausrangierte Schneekanone, die in irgendeinem Skigebiet ausgebaut und hier wieder eingebaut wurde. Auf dem Weg zu Terminal 2 sah ich einen Fluggast, der sich frierend in die Hände pustete. Kein Witz: Irgendwo in den Kellern dieses Baus gibt es einen Tank, der nur mit Wasser gefüllt werden müsste, und in der Flughalle begänne es augenblicklich zu schneien. Aber das ist ja jetzt hier nur indirekt das Problem. Das eigentliche Problem steht direkt vor mir: eine schniefende Sicherheitskontrolleurin. Noch sieben Leute in der Reihe. Soll ich ausscheren, zurückgehen, warten, mich der harschen Einweisung einfach widersetzen?

Der Metalldetektor piept. Airport-Scooter, Ticket-Scanner, diverse Computer, alles piept hier. Dazu kommen Mobiltelefone, Informationstafeln, Kassen, sogar die Rolltreppen und Laufbänder piepen gelegentlich, keine Ahnung warum. Piepen. Das universelle Geräusch. Noch bevor der Fluggast sich in seinen Sitz zwängt und aus Näpfen gefüttert wird, ist er zwangsläufig ein Nervenbündel, denke ich und erstarre. Sie hat gewechselt. Auch das noch: von der Handgepäck-Kontrolle zur Leibesvisitation … Noch vier Personen vor mir, dann bin ich an der Reihe. Habe ich etwas Metallisches an mir? Gibt es einen Grund, mich abzutasten? Für Körperkontakt?

Doch da schlurft sie schon wieder zurück ans Rollband und durchforstet triefäugig den pinken Umhängebeutel eines sonnengebackenen Mädchens. Ich ziehe mir schon einmal den Riemen meines Rucksacks von der Schulter, umklammere ihn wie einen Wurfhammer und konzentriere mich auf einen großen Fernsehbildschirm, der an eine Betonsäule montiert wurde. Es läuft ein Trailer für einen Kino- oder Fernsehfilm, vielleicht auch nur eine Soap. Genau lässt sich das nicht sagen. Erstens sind mir die thailändischen Schauspieler völlig unbekannt, ich kann sie also keinem Genre zuordnen, zweitens läuft der Film ohne Ton, und drittens werden die Untertitel in Landessprache eingeblendet.

Auf jeden Fall spielen in der Vorschau zwei Verliebte mit. Schöne, reiche Wesen, perfekt ausgeleuchtet. Sie stehen in einem Penthouse, unterhalten sich mit gewissem Abstand, aber verzehren sich mit Blicken. Chef und Sekretärin? Schwager und Schwägerin? Gar Cousin und Cousine? Keine Ahnung. Irgendwas scheint unmoralisch. Schnitt. Es ist jetzt Nacht. Sie küssen sich leidenschaftlich, in Nahaufnahme, nackte Schultern. Doch wiegen wir uns besser nicht in Sicherheit. Es muss ja irgendetwas passieren. Tut es ja immer. Und wirklich. Schnitt. Die Frau steht plötzlich mitten auf der Straße, was immer sie da zu suchen hat, allein, im Dunkeln. Sie reckt schreiend den gestreckten Arm in die Höhe, als könnte sie damit etwas gegen den Sattelschlepper ausrichten, der ungebremst auf sie zurast. Schnitt. Zurück im Penthouse. Wutschäumend zertrümmert ihr Liebhaber mit einem Garderobenständer alle Glasflächen seines Refugiums. Schnitt. Titel. Schneller Abspann. Dann fängt der Clip von vorne an, und der ganze Horror beginnt von neuem.

Was soll ich sagen?

Liebe eben.

Kurz finde ich den Gedanken lustig, *haha, Liebe, Horror, Endlosschleife, haha*, doch dann fällt mir ein, dass der Witz auch teilweise auf meine Kosten geht. Erstens. Zweitens wirft der Einweiser mit einem Mal ein straffes Lasso von Anweisungen nach mir aus. »Sir, hello Sir, here Sir«, surrt seine Stimme zu mir. Er zeigt mit der Hand auf die Plastikbox, die er mir schon hergerichtet hat. Ich stehe stramm, lege meinen Rucksack hinein. »Mobiltelefon«, fügt er einsilbig hinzu. War das eine Frage? Ich schüttele den Kopf. Er mustert mich ungläubig, weswegen ich meinen Kopf noch stärker schüttele und zusätzlich mit den Schultern zucke. Ich habe wirklich kein Telefon bei mir. Er zeigt auf meinen Gürtel. Ich schnalle ihn ab, lasse ihn in die Box gleiten und warte, bis ich durch den Detektor gewinkt werde. In diesem Augenblick fallen mir die Polizisten im Hintergrund auf. Vier an der Zahl, die sich hinter Metalltischen mit diversen Geräten aufhalten. Deswegen erregen sie aber weniger meine Aufmerksamkeit, das Ding ist: Sie blicken mich an.

Ich schaue kurz weg, aber nur, um sofort wieder hinzuschauen.

Doch.

Doch, doch.

Kein Zweifel, alle Augen ruhen auf mir.

Oder sieht es auf die Entfernung nur so aus? Sind ja schließlich acht, neun Meter.

Ich verspüre den Drang zu pfeifen, schaue an die Hallendecke, betrachte die grauen Metallverstrebungen, ein Geflecht aus Röhren und Stahlträgern. Dann inspiziere ich den gekachelten Boden, bevor ich mich traue, wieder zu den Polizisten zu schauen. Sie stehen jetzt nicht mehr hinter ihren Tischen. Sie bewegen sich langsam auf mich zu, scheren aus, als würden sie mich einkesseln, während die Verschnupfte wieder zur Leibesvisitation wechselt und mich wild gestikulierend durch den Detektor zu winken versucht, doch plötzlich hält sie inne. Die Polizisten werden schneller. Hinter mir. Hinter mir scheint etwas zu passieren.

»Duuuu«, höre ich eine erregte Stimme.

Ich drehe mich um.

Klar drehe ich mich um.

Wer würde nicht wissen wollen, was hinter einem passiert? Ein Sozialdrama? Gar ein Promi? Ein Sportler, Politiker, Schauspieler?

Stattdessen sehe ich eine beringte Faust, die sich in rasender Zeitlupe auf mich zubewegt. Schnell und langsam. Langsam und schnell. Beides zugleich. Wahrnehmung ist schon eine verrückte Sache. Der Schmerz über meiner linken Augenbraue explodiert erst, als ich bereits falle. Ein Piepen flammt in meinen Ohren auf, ein lautes, hohes Piepen, das im Grunde ganz gut mit dem Flughafen harmoniert, aber in meinem Kopf trotzdem nichts zu suchen hat. Es erinnert mich an ein EKG, das in der Notaufnahme auf die Nulllinie springt. *Piiieeeeeppp. Patient tot.* Aber so weit sind wir hoffentlich noch nicht. Ich denke vielmehr an Tinnitus, natürlich denke ich an Tinnitus, ich denke an Infusionen und Tinnitus, an Infusionen und Luftblasen. Und während der Boden so auf mich zurast, überlege ich, ob das Ende immer zwangsläufig auch ein Anfang ist. Und umgekehrt.

TEIL I

EINS

Infusionen sind mir ein Gräuel. Nicht dass ich jemals eine Infusion bekommen hätte, aber allein der Anblick jagt mir einen Schauer über den Rücken: die Flasche, der Ständer, der Schlauch, die Nadel im weichen Fleisch der Armbeuge, fixiert mit einem weißen Klebestreifen. Es war mir ein Rätsel, wie die junge Frau mir gegenüber so seelenruhig in einer Modezeitschrift blättern konnte, die Beine übereinandergeschlagen, während ihre Medizin durch die Tropfkammer rieselte. In ihrem Ohr steckte etwas Watte, weswegen ich auf Tinnitus tippte. Ohrgeräusche. Werden immer häufiger. Volksleiden.

Ich blickte mich kurz in dem voll besetzten Wartezimmer um, in dem die Stimmung an eine Gedenkfeier erinnerte. Zwei Patienten lehnten an der Wand, ein Jugendlicher mit grünstichigem Gesicht hatte sich kurzerhand auf einem Kinderstuhl niedergelassen. Vor den Fenstern fiel eisiger Dezemberregen, die Scheiben waren beschlagen, die Luft hier drinnen entsprechend schlecht: Es roch nach einer Mischung von Parfüm und Hefe. Ich atmete flach, meine Hände lagen gefaltet in meinem Schoß, die Finger krallte ich vor Nervosität so fest ineinander, dass sie schon ganz weiß waren, dann entdeckte ich die Luftblase im Infusionsschlauch …

Gestatten, Hypochonder. Meine Ärzte würden sagen, ich bilde mir Krankheiten ein, was irgendwie stimmt, aber was ich für eine grobe Verzerrung der Tatsachen halte: Ich habe diese Krankheiten nämlich, zumindest bis mir das Gegenteil bewiesen wird. Ich hatte mehrmals Krebs, genauer gesagt Karzinome unter der Zunge, am Hoden, im Auge, Hirn, Gehörgang, in der Milz, der Luftröhre und der Lunge. Ich litt an Diabetes Typ 2, Bluthochdruck, rheumatischer Arthritis und Herzinsuffizienz. Ich hatte ALS, Muskelschwund und Multiple Sklerose, um vielleicht nur ein paar Sachen zu nennen.

Dabei ist es nicht so, dass ich morgens aufwache und denke: *Kopfweh, das kann nur ein Hirntumor sein,* und dann panisch in die Notaufnahme stürme, weil ich sonst nichts zu tun habe. Ich saß beispielsweise an diesem Morgen bei meinem Hausarzt, weil ich Leberschmerzen hatte beziehungsweise sich ein stechender, ziehender Schmerz in meinem rechten Oberbauch ausbreitete und in den Rücken ausstrahlte. Meine Drangsal dauerte schon drei Tage. Jede Bewegung war eine Qual, mir war speiübel und schwindelig. Klar. Krebs. Was sonst?

»Du wirkst angespannt«, ignorierte ich direkt neben mir eine weit entfernte Stimme.

Ich beobachtete den dünnen Schlauch, der an einer Stelle verdreht war, einen Kringel bildete. Die Luftblase drehte dort gemächlich einen Looping, stand plötzlich still, schwankte, einen Millimeter hoch, wieder runter, hoch, um sich dann umso schneller auf die Armbeuge der Frau zuzubewegen. War Luft im Kreislaufsystem nicht tödlich? Das sah man doch immer wieder, im Fernsehen, man las es, in Thrillern. Ich schluckte. Irgendjemand musste etwas tun. Das Umblättern der Dutzend Zeitschriften zerteilte die Sekunden, der Wasserspender gluckerte wie von Geisterhand, dann verschwand die Luftblase in der Vene.

Frau Harkisch, eine untersetzte Arzthelferin mit Fliehkinn, Monsterschminke und Reißzähnen, zog die Tür auf, sie arbeitete hier schon seit Jahren.

»Entschuldigung«, sagte ich bemüht um einen sachlichen Ton, alle Patienten schauten auf, ich zeigte auf die Frau, »da, also, ich weiß ja nicht, aber da ist gerade eine Luftblase im Infusionsschlauch gewesen, und jetzt ist sie weg, also, nicht weg, sondern im Arm verschwunden.«

Die Frau schaute auf, blickte panisch zwischen der Arzthelferin und mir hin und her.

»Ich danke Ihnen für den Hinweis, Herr Wittgenbausch, aber da müssen Sie sich keine Sorgen machen. In diesen Mengen ist das kein Problem«, entgegnete Frau Harkisch in melodischem Singsang, durchbohrte mich dabei allerdings mit einem Blick, der Oberärzte das Fürchten lehrte. Sie hasste mich ohnehin, weil ich mittlerweile immer ohne Termin in die Praxis kommen durfte, und fügte hinzu: »Traudel Lorenz, bitte.«

Eine ältere Dame mit Hütchen und Kostüm stand schwerfällig auf, bewaffnete sich mit ihrem Gehstock und humpelte gen Sprechzimmer. Es folgte ein allgemeines Ausrichten der Sitzpositionen, zwei Patienten husteten, kurz und intensiv. Ich sah die Bazillen förmlich im Raum schweben und sanft zu Boden sinken. Der Junge tupfte sich die Stirn mit einem Taschentuch. Danach senkte sich wieder die gedrückte Wartezimmerstille hernieder. Wegen des ganzen expansiven Hustens, Schnäuzens und Atmens hielt ich, so gut es ging, die Luft an. Und obwohl ich dabei peinlich berührt zu Boden starrte, spürte ich die Blicke, die mich immer wieder verhohlen streiften, den Hansel, Suppenkasper, Panikmacher.

»Ich bin heilfroh, dass du dich bei der Arzthelferin erkundigt hast, ich hatte die Luftblase nämlich auch gesehen und die ganze Zeit ein mulmiges Gefühl dabei. Danke«, sagte eine leise Stimme neben mir, aber dennoch so laut, dass es jeder hören konnte.

In wie viele ausdruckslose Gesichter hatte ich heute schon geblickt? Ach was, ausdruckslos, allein in diesem Raum reichten die Blicke von müde, gelangweilt, genervt bis hin zu entrückt, teilnahmslos und verbittert. Das wurde mir aber erst klar, als ich in diese haselnussbraunen Augen schaute. Sie strahlten. Die Augen meiner Sitznachbarin waren mit so viel Güte, Liebe und Humor gefüllt, dass ich mich meiner leidgeplagten Existenz fast schämte. Ein Lächeln umspielte ihre Lippen. Saß sie etwa die ganze Zeit neben mir? War es schon so weit mit mir gekommen, dass ich eine umwerfende Frau einfach übersah, durch sie hindurchblickte?

Es gab ja angeblich Momente, in denen sich das Leben in seiner ganzen meisterlichen Klarheit präsentierte. Ich hatte zumindest davon gehört. Und wenn es diese Momente wirklich gab, dann war ich gerade ein Teil davon. Neben mir saß die schönste Frau der Welt. Und sie schmunzelte. Lachfältchen so zart wie Bleistiftstriche befanden sich neben ihrem Mund und ihren Augen. Ihre halblangen, braunen Haare mit Pony umrahmten ein schlankes Gesicht. Nannte man diese Frisur einen Bob? Und wenn ja, woher wusste ich das?

Ich hatte keine Ahnung, aber so begann die ganze Geschichte: Ich stierte, starrte, glotzte eine fremde Schönheit an, war regelrecht sprachlos, fragte mich dabei, wie sich ihr Haarschnitt wohl nannte, und schrie vor Schreck fast auf, als sich ein älterer Herr neben mir ohrenbetäubend in sein Stofftaschentuch schnäuzte. Es hätte auch Mündungslärm sein können. Ich fuhr instinktiv herum, das Geräusch wandelte sich von kurzen, bellenden Lauten in ein langes, tiefes Schnorcheln. Dann wurde es still. Ich erwartete fast, dass hinter dem Taschentuch ein Rüssel zum Vorschein kam. Es war aber nur eine monströse puterrote Knollennase, die in einem schrecklich müden Gesicht steckte. Er blickte mich an, faltete das Stofftaschentuch säuberlich zusammen und steckte sich seinen Rotz wieder in die Tasche seiner dunkelbraunen Cordhose.

Ich wandte mich wieder zu ihr. Was hatte sie mich nochmal gefragt? Ich benetzte meine Lippen. Überbrückte den Moment mit einem meditativen »Hmmmm«, das ich sanft im Bereich meines Kehlkopfs rotieren ließ. »Bitte, ähmm, gern geschehen«, entgegnete ich schließlich und wusste plötzlich nicht mehr, ob mein Herz wegen des Arzttermins so ungestüm pochte. Oder wegen ihr.

»Ich will nicht aufdringlich erscheinen, aber du wirkst sehr nervös. Ist alles okay?«, flüsterte sie.

Was sollte ich darauf antworten? *Ich habe Krebs im Endstadium?*

»Die Wahrscheinlichkeit, dass ich krank bin, ist gering und liegt weit unter einem Prozent. Ich bin siebenunddreißig Jahre alt, Nichtraucher, sportlich, es gibt auch keine genetisch vererblichen Krankheiten in meiner Familie. Und ich ernähre mich gesund, na ja, bis auf einen Hang für Rotwein, Schokolade und Salzstangen vielleicht«, faselte ich und fügte lächelnd hinzu: »Wobei das mit den ganzen Studien und Statistiken auch so eine Sache ist. Habe als Präpubertärer mal einen Selbstversuch gestartet und eineinhalb Jahre lang meine linken Zahnreihen nur dreißig Sekunden lang geputzt, meine rechten Zahnreihen hingegen wie empfohlen zwei Minuten. Machte dann am Ende keinen Unterschied beim Zahnarzt, ich hatte links genauso viele Löcher wie rechts. Gott, was rede ich da bloß?«

Sie lachte, und der Raum wurde heller.

Was geschah hier?

Was geschah hier mit mir?

Sie lachte warm und klar, als scherte sie sich einen feuchten Kehricht um alle anderen Patienten und eine ungeschriebene Regel, die besagte, im Wartezimmer eine angespannte Ruhe zur Schau zu stellen. Weshalb eigentlich? Weshalb war Ruhe hier drinnen angemessen, wenn man doch eigentlich schreien und kreischen sollte, um ein einigermaßenes Gegengewicht zu seinem Inneren zu schaffen? Kein Lesezirkel, sondern eine Kooperation mit einer verdammten Schießanlage, das wäre mal eine Geschäftsidee für eine Arztpraxis!

»In einem Punkt kann ich dich beruhigen: Schokolade ist gesund, soll Herz-Kreislauf-Erkrankungen vorbeugen und hat sogar Bestandteile vom Glückshormon …«, sie stockte und blickte auf das Magazin in ihrem Schoß. »Serotonin«, fuhr sie fort und präsentierte mir lächelnd die Zeitschrift, auf der ich nur das Hochglanzfoto einer Kakaobohne wahrnahm. »Da habe ich auch Glück gehabt, ich esse jeden Tag eine Tafel, immer ein paar Stückchen zwischen den Sitzungen.«

»Dafür sind Sie aber ganz schön schlank«, redete ich drauflos, spürte schon beim Sprechen heißes Blut in meinem Gesicht zirkulieren und schob schnell hinterher: »Dann habe ich ja nur noch zwei Laster.« Doch weil ich auch diesen Satz viel zu banal fand, ich auch alles in allem ein Riesenidiot war und irgendwie den Drang verspürte, mein Leiden endlich einmal in die Welt hinauszubrüllen, was man aber vor einer Fremden – einer unfassbar attraktiven Fremden – ebenso wenig tat, wie bei einem ersten Rendezvous in der Nase zu bohren, auch wenn einen der Popel in den Wahnsinn trieb, sagte ich mit einem hohen Maß an Dümmlichkeit: »Hab grad viel Stress um die Ohren.«

»Haben wir alle«, entgegnete sie schmunzelnd in die Tristesse des Wartezimmers hinein und musterte mich dabei mit wachem Blick, als durchschaute sie meine Lüge bis auf den Grund meines Wesens. »Hast du es mal mit Yoga probiert?«

»Ja, hat aber nur in Verbindung mit Psychopharmaka und Alkohol gewirkt«, antwortete ich. Sie legte die Stirn in Falten. Ich schaute verlegen zu Boden. »Entschuldigung, sollte nur ein Spaß sein. Und weshalb bist du da?«

Sie lächelte mich an und richtete sich auf, schon allein ihre Haltung wirkte gesund und vital. »Ich fliege heute Abend nach Thailand und arbeite bis ins neue Jahr als Yogalehrerin auf Koh Tao. Da wollte ich nochmal meine Impfungen checken lassen. Das solltest du mal versuchen …«, sagte sie, kniff ein Auge zu und flüsterte: »So eine Auszeit in Thailand wirkt Wunder.«

Ich lächelte und dachte an Sonne, Palmen, Sandstrände.

Leben, Liebe, Freiheit.

Malaria. Ruhr. Typhus.

Du lieber Himmel!

Thailand?

Allein bei dem Gedanken bekam ich Durchfall.

In mein Lächeln schlich sich die Qual.

»Warst du schon mal in Südostasien?«

»Nein. Ich war noch nicht mal auf Mallorca.«

»Ist wirklich einen Versuch wert, ich liebe dieses Land, das Essen, die Strände, das Klima – da ist gerade Hochsaison!«

Ich blickte durch die Fenster. Eine Windböe klatschte den Regenvorhang gegen die Hauswand, es pfiff durch die Dichtung, die Tropfen prasselten wie Kieselsteine gegen die Scheiben. »Ja, ein paar Wochen schönes Wetter … das wäre nicht übel.«

Sie zwinkerte erneut. »Ich habe immer noch ein Plätzchen in meinen Kursen frei, im Frühjahr auch gerne wieder hier, falls du Lust hast.«

Ich überlegte. »Du gibst ein paar Wochen lang Kurse und fliegst dann wieder heim?«

»Jein, ich habe am Ende noch ein bisschen Zeit für mich und reise …«

»Freya Hofleben, bitte«, erklang Frau Harkischs Stimme.

Wie in Trance sah ich zu, wie sie eine Visitenkarte aus ihrer Handtasche zauberte, sie zwischen meine verknoteten Finger schob und aufstand.

»Also, alles Gute«, sagte sie und schaute auf mich herab.

»Schöne Zeit«, antwortete ich und schaute zu ihr hinauf.

ZWEI

»Konstantin, kommen Sie rein, kommen Sie rein!«, rief Dr. Kalthand, als ich in sein Sprechzimmer trottete. Er hieß natürlich nicht so, sondern Friedrich P. Bischoff, ich hatte ihm nur diesen Spitznamen gegeben, weil er immer so kalte Hände hatte. Furchtbar. Gänsehaut vorprogrammiert, vor allem, wenn er die Lymphknoten am Hals abtastete. Er gab mir mit einer ausladenden Armbewegung zu verstehen, dass er mich hinter seinem Schreibtisch wünschte, und fügte hinzu: »Sie kommen mir wie gerufen, ich brauche Hilfe, schauen Sie mal hier, ich versuche schon den ganzen Morgen Karten für das Kabarett zu bestellen, aber ich kann partout die Sitzplätze nicht selbst auswählen, obwohl das eigentlich gehen sollte.«

Ich schaute auf den Computerbildschirm. »Sie brauchen ein Update Ihres Flash Players.«

Er stutzte. »Woher wissen Sie das jetzt so schnell?«

»Steht doch da oben, in dem Kästchen. Sie müssen schon auch lesen, was da ab und zu aufpoppt.«

»Oh, und wie geht das jetzt?«

»Den kann man einfach runterladen, kostenlos, darf ich mal«, antwortete ich, öffnete den Link und begann mit dem Download. »Dauert ein paar Minuten, danach das Browserfenster einmal schließen, dann sollte es klappen.«

»Was ist noch einmal ein Browser?«, fragte er.

»Machen Sie einmal das Internet weg, dann funktioniert es.«

»Großartig, danke«, sagte er, stieß sich mit seinem Lehnsessel von der Tischkante ab und rollte einen halben Meter zurück, bis ihn die Fensterbank stoppte. Die Eilenriede, der Stadtwald Hannovers, der quasi direkt vor seinem Praxisfenster begann, war nur eine Ahnung im dichten Nebel. »Und was führt Sie heute zu mir?«, fragte er fröhlich.

Eigentlich hämmerte mein Herz bis in den Hals, aber ich sagte mit gespieltem Zynismus: »Ich habe Leberkrebs.«

»Oh. Sie sehen auch ganz schön mitgenommen aus.« Er runzelte die Stirn und musterte mich ernst über den Rand seiner Nickelbrille hinweg, die weniger modisch als zweckerfüllend war. Überhaupt war der Doktor eine Mischung aus geleckten Promovierten und verwahrlostem Intellektuellem. Sein weißer Haarkranz war auf ein paar wenige Millimeter geschoren, sein Gesicht war aalglatt rasiert, und ich glaube, er ließ sich sogar die Augenbrauen stutzen. Demgegenüber trug er ein zerknittertes Polohemd, die Brusttasche seines weißen Kittels war löchrig, gelegentlich hatte ich sogar das Gefühl, er roch nach Zigarrenrauch, was aber auch nur der Note seines urmännlichen Aftershaves geschuldet sein konnte. Er fuhr fort: »Haben wir nicht erst vor ein paar Wochen einen kompletten Gesundheits-Check-up gemacht?«

»Sie verwechseln das, der Check-up war vor über zwei Jahren, als ich fünfunddreißig wurde, vor sieben Wochen war ich wegen der Faszikulationen bei Ihnen.«

»Ahhhh, stimmt, stimmt, richtig, die Muskelzuckungen. Was ergab denn der Hirnscan?«

»Nichts, keine Hirntumore, alles o.k.«

»Gut, gut, prima, und wie lange haben Sie schon Leberkrebs?«

»Drei Tage«, antwortete ich und spürte dieses Ding in meinem Bauch, pumpend, ziehend, reißend und beißend, ein golfballgroßes Knäuel.

Dr. Kalthand schaltete das Ultraschallgerät an, die Lüftung sprang summend an, als liefe eine Flugzeugturbine warm. Ich schreckte bei dem Geräusch zusammen, kurz vor den Untersuchungen liegen meine Nerven blank wie Kupferdrähte. Ablenkung. Ich suchte einen Fixpunkt, versuchte mich in die stille Funktionalität des Geräts zu denken, das erhabene Geflecht aus Platinen, Dioden und Kabeln, in dem alles logisch erklärbar war, einen Sinn ergab und den Naturgesetzen untergeordnet war, doch es half nichts: Der Tumor kniff und zwickte, glich einem feinen elektrischen Impuls, der mich schmerzvoll durchzuckte.

»Und wie sind Sie so schnell daran erkrankt, haben Sie eine Idee?«, fragte Dr. Kalthand.

»Ethylenglycol«, antwortete ich.

»Ethy-was?«

»E-thy-len-gly-col«, wiederholte ich und gab ihm einen Abriss des ganzen Wahnsinns.

Alles hatte damit begonnen, dass ich auf der Internetseite der Apothekenumschau von der Chemikalie Bisphenol A gelesen hatte, die in Plastikflaschen verarbeitet wird und so ähnlich wirkt wie das Geschlechtshormon Östrogen. Es konnte zu Fruchtbarkeits- und Entwicklungsstörungen führen. Schlimmstenfalls Krebs. Ich war perplex, recherchierte weiter und fiel schier rücklings vom Stuhl, als ich herausfand, dass PET-Flaschen durchaus auch Weichmacher, Nervengifte und Schwermetall enthielten, die unter Umständen auf die darin enthaltene Flüssigkeit übergingen.

Ich fackelte nicht lange und kippte meinen kompletten Wasservorrat in den Ausguss. Der ist beträchtlich, also der Vorrat, ich gehe nämlich täglich joggen, fahre gelegentlich Mountainbike und habe für Regentage ein Rudergerät, weswegen ich viel trinke. Anschließend fuhr ich in den Getränkemarkt und kaufte mir sechs Kisten Mineralwasser in Glasflaschen. Ich trug die Dinger ins fünfte Stockwerk. Am Abend spürte ich dann erstmals die Schmerzen im Rücken und in der Lebergegend. Mensch, dachte ich, blöd, ich habe mich beim Schleppen verhoben, mir einen Muskel gezerrt oder mir einen Nerv geklemmt, was auch immer. Ich holte mir eine Wärmflasche, knallte mich mit einem Glas Rotwein auf die Couch und legte eine DVD ein.

Am nächsten Morgen waren die Schmerzen nicht verschwunden. Im Gegenteil. Mir war obendrein schlecht. Und da ich mich am Abend gerne mit ein oder zwei Gläschen ins seelische Gleichgewicht bringe, wurde ich unsicher: War das vielleicht gar kein geklemmter Nerv, sondern hing mit meinem Alkoholmissbrauch zusammen? Ich suchte im Internet nach der Alkoholhöchstmenge für Männer, die bei dreißig Milligramm lag. Mein Magen begann zu rebellieren, meine Tagesration lag hart an der Grenze, das wusste ich. Ich gieße die Gläser nämlich voll.

Ich gab Leberschmerzen ein und las von Eisenspeicherkrankheiten und Ikterus, von Hämochromatose, Steatohepatitis oder sklerosierender Cholangitis. Keine Ahnung, was sich genau hinter den Begriffen verbarg, ich konnte die Worte ja nicht einmal aussprechen, ohne mir einen Muskelkater in der Zunge zu holen, aber es las sich furchterregend. Ich erfuhr auch, dass die Leber über keine Schmerzrezeptoren verfügt, die Leber also genau genommen nicht schmerzen kann, die Sache war nur die: Ich hatte ja Schmerzen, die waren real, was dann nur mit einer Entzündung und Schwellung des Organs zu erklären war. Schwupps, war ich bei Leberinsuffizienz gelandet, auch verursacht durch Toxine wie … Mir stockte der Atem.

Ich klickte zurück. Seite um Seite. Durchforstete meinen Verlauf. Mein Herz flatterte, meine Augen sprangen panisch über den Bildschirm. Ich hatte das Wort schon zweimal gelesen, irgendwo, und mit jedem weiteren Klick brach und bröckelte meine Fassade. Dann hatte ich die Info endlich wiedergefunden: Leberversagen konnte durch eine Überbelastung an Amatoxinen, Halothan oder eben auch Ethylenglycol ausgelöst werden. Das hatte ich gesucht. Ich versuchte mir jeden einzelnen Buchstaben des Wortes einzuprägen – Details, die Details waren entscheidend –, klickte wieder zwei Seiten nach vorne und wurde bestätigt. Da stand es, schwarz auf weiß: Ethylenglycol war ein Bestandteil von Polyethylenterephthalat. Kurz: PET.

Mein Herz setzte aus.

Wie viele Liter Mineralwasser hatte ich in meinem Leben schon aus Plastikflaschen getrunken? Hunderte? Tausende? Zehntausende?

Schwindel schwappte wie eine Welle über mich hinweg, ich sank mit der Stirn auf die Tischkante, denn wenn es losging, fiel alle Rationalität von mir ab, ich konnte nichts dagegen tun, die Wände stürzten ein, und ich stand mit meinem Tumor allein in der Dunkelheit.

Deswegen rannte ich auch fortwährend zum Arzt, weil nur ein Fachurteil mich beruhigte. Deswegen konnte man mit meinem Blutdruck eine Modelleisenbahn im Wartezimmer kreisen lassen. Deswegen klammerte ich meine Finger ineinander, bis sie weiß wurden, und deswegen schreckte ich jedes Mal hoch, wenn die Arzthelferinnen die Milchglastür aufzogen und mit ihrem Klemmbrett den nächsten Patienten aufriefen. Denn obwohl ich es nur hinter mich bringen wollte, wünschte ich mir, dass ich bloß nicht der Nächste war. Aber irgendwann ist eben jeder dran.

Dr. Bischoff musterte mich lange, als befände ich mich schon längst auf seinem Seziertisch und er hätte nur noch zu entscheiden, wo er das Skalpell ansetzen müsste. Er faltete seine Hände, setzte sich ruckartig auf.

»Junge, hören Sie doch auf, um Ihr Leben herumzustehen, wie um ein Kunstwerk, das Sie nicht verstehen. Ich will ja jetzt nicht schon wieder davon anfangen, aber …«

»Keine Chance, Dr. Bischoff«, unterbrach ich ihn.

Der Arzt presste kurz die Lippen aufeinander. »Ich habe als junger Arzt zehn Jahre lang in einer neurologischen Abteilung gearbeitet, ich kenne sooo tolle Fachleute. Vielleicht lag es ja wirklich nur an dem Psychologen, wie hieß er nochmal?«

»Kippel. Dr. Peter R. Kippel.«

»Richtig, richtig, aber es ging ja dabei auch weniger um Therapie.«

»Ich will das nicht mehr, wirklich, genug ist genug.«

»Haben Sie auch einmal versucht, die Sachen, die Sie in den Sitzungen besprochen haben, auf Ihr Leben anzuwenden?«

»Mich beispielsweise auf die Symptome konzentrieren, die ich nicht habe? Habe ich getan, mit dem Resultat, dass ich genau diese Symptome kurze Zeit später hatte.«

Bischoff seufzte. »Gut, egal, ich habe mir aber auch so meine Gedanken über die Theorie gemacht, die Sie mir beim letzten Mal erzählt haben. Über das Drama in Ihrer Kindheit, die Nahtoderfahrung, als Sie fast ertrunken sind. So ein Trauma kann sich in der Psyche schon verankern, und eine Psychotherapie kann hier wirklich ...«

»Ich unterbreche Sie nur ungern, aber ich habe mich getäuscht.«

»Ach.«

»Ja, tut mir leid, ich habe nach unserem letzten Termin mit meiner Mutter telefoniert, und ich habe die Situation wohl etwas anders abgespeichert. Ich bin mit zehn Jahren durch unseren Garten gerannt, gestolpert und kopfüber ins Planschbecken meines kleinen Bruders gestürzt. Ehrlich gesagt habe ich mich damals nur mordsmäßig verschluckt. Nichts weiter.«

»Oh«, knurrte Dr. Bischoff. »Haben Sie vielleicht keine Angst vor Krankheiten, sondern vielmehr vor der Zukunft?«

»Lässt sich das trennen?«, fragte ich.

Dr. Kalthand zog einen Mundwinkel nach oben, öffnete die Knöpfe seiner Hemdsärmel und schlug sie zurück. »Egal, dann wollen wir mal zur Tat schreiten.«

Ich starrte auf seine bleichen, langen Finger. Sie sahen schon kalt aus, seine Hände. »Dr. Bischoff«, entfuhr es mir, »Sie hatten vorhin eine Patientin, eine Frau Hofleben, die ...«

»Freya?«

»Ja, genau, Freya, haben Sie, ähm, wissen Sie«, fuhr ich fort, ohne eigentlich zu wissen, was ich fragen oder sagen wollte, weswegen ich verstummte und ihn belämmert anschaute.

Der Arzt schürzte die Lippen. »Tolles Mädchen«, sagte er und spielte plötzlich mit seinen nackten Fingern Klavier in der Luft. »Und jetzt machen Sie doch bitte den Oberkörper frei.«

»Ja«, antwortete ich und zog mein Hemd aus der Hose.

»Sie hat sich übrigens auch nach Ihnen erkundigt«, erwiderte er und kniff schmunzelnd ein Auge zu, während er aus einer Plastikflasche kaltes Gel auf meinen Bauch presste und den Ultraschallkopf aufsetzte.

»Was, also, was hat sie denn wissen wollen?«, fragte ich erstaunt, doch Dr. Kalthand runzelte die Stirn und starrte auf den Bildschirm. »Was hat sie denn gefragt?«, wiederholte ich, während der Ultraschallkopf mehrmals über den Bereich über meiner Leber sauste und eine Eisenklaue mein Herz zusammenpresste. »Was hat sie gefragt?«, bohrte ich weiter, aber die Worte waren nur noch Spachtelmasse, die ich in den Spalt der Stille schmierte.

»Oh.«

DREI

Klappcouch0815: Hi Kapsel, wie war die Vorbesprechung?

Kapsel: bin nicht hingegangen

Klappcouch0815: ???

ÄskulaPatchouli: kenne den verlauf nicht, wie lautet denn deine diagnose?

Kapsel: sense

ÄskulaPatchouli: so hat er es sicher nicht gesagt

Klappcouch0815: Hat Lebertumore, total verwachsen, inklusive Pfortader und Arterie … das ist inoperabel.

ÄskulaPatchouli: das tut mir sehr, sehr, sehr, sehr leid

ANGEL: Hast du eine ZWeitmeineung eingeholt? Hatte mal ienen Onkel, hieß es Exodus – in dreo Monaten liegste in der Grube, am Ende hatte er Dartschieling, war auch nich lustig, aber leben tut er immer noch

Klappcouch0815: Du meinst Darjeeling?

ANGEL: Ja, das Trobending.

Klappcouch0815: Darjeeling ist aber ein Tee

Dorfneurotiker: genau genommen ist darjeeling ein teeanbaugebiet in nord-ost-indien … ;-)

ANGEL: Ich meine das Fiber, von den Mücken

Klappcouch0815: Malaria?

ANGEL: Quatsch,ich meine Troben nicht Afriak

ÄskulaPatchouli: Dengue?

ANGEL: Weiß nich, kann sein

ÄskulaPatchouli: An dengue kann man durchaus sterben

ANGEL: Ist aber nicht gestorben

Dorfneurotiker: Darjeeling … hahahah … ich krach mich weg :-)))

ANGEL: Leckt mich doich, ihr arroganzten A…

Klappcouch0815: Du solltest wirklich ins Krankenhaus, Kapsel!!!!!!! Da gibt es heutzutage viele neue Methoden!!!!!! Du kannst mit Behandlung noch lange leben!!!!!!!

Kapsel: als kind bin ich einmal ausgebüxt, war neun oder zehn, hatte tom sawyer gelesen und wollte die welt sehen, in der wildnis überleben, da bin ich los, mit nix dabei außer einer packung cornflakes und gozilla, meinem teddy. polizei hat mich sechs stunden später im mecklenheider forst gefunden, durstig und mit staubtrockenem mund, hatte ja keine milch zu den cornflakes dabei, aber irgendwie wollt ich gar nicht heim, war grad dabei eine unterkunft für die nacht aus ästen aufzuschlagen – war seit dieser exkursion ein paar mal im urlaub, klar, europa, paar städtereisen und so, aber gefühlt war ich nie länger und weiter von zu hause weg wie in diesen paar stunden

MorgionLöwenherz: Du stehst unter Schock, Kapsel, hast Du vielleicht Angst vor der Bestrahlung oder der Chemo? – es gibt auch alternative Therapien mit Mistel-, Minz- oder Grünteepräparaten.

Klappcouch0815: MINZE???? Hast Du sie noch alle??? Wechsel auf ein Esoterik-Forum mit deinen Tipps!!!!

Dorfneurotiker: Nicht unbedingt, hatte einen onkel, hatte auch krebs, hat das mit grünteefasten in den griff gekriegt.

Klappcouch0815: Genau, den Tumor wegschrumpfen, oder wie?

Dorfneurotiker: Fasten weckt die urgenetischen potenziale, heizt den stoffwechsel an, kein spaß, der stoffwechsel ist evolutionär drauf eingestellt, weite strecken ohne nahrung auszukommen, habe ich letztens erst wieder gelesen, experte hat das so erklärt: die körperzelle ist ein haus mit vorgarten und briefkasten und täglich bringt der briefträger neue post, irgendwann ist der postkasten voll, dann wirft er die post in den vorgarten, wenn man nicht irgendwann einmal richtig sauber macht

Klappcouch0815: Wie geht es Deinem Onkel jetzt?

Dorfneurotiker: schon lange tot, aber war damals auch schon über 80

Klappcouch0815: ??? Ehrlich. Ich halte davon überhaupt nichts und finde es auch nicht gut, wenn das hier zur Option gestellt wird. Dafür gibt es andere Foren und …

Kapsel: habe eben einen flug nach bangkok gebucht

Klappcouch0815: ???

Klappcouch0815: ??????????????????!!!!!

Klappcouch0815: Brauchst Du jemandem zum Reden? Wo wohnst Du?

Kapsel: Hannover

Klappcouch0815: Mist, das ist zu weit

ÄskulaPatchouli: wieso, wo wohnst du?

Klappcouch0815: Kiel

ÄskulaPatchouli: Lustig, wohne bei eckernförde, sollten uns mal treffen … @Kapsel: krasser schritt, solltest du dir nochmal überlegen … oder willst du dort zu einem heiler, würde ich abraten

Kapsel: after eight

Dorfneurotiker: häh?

ÄskulaPatchouli: du meinst 5 vor 12

Dorfneurotiker: hast du etwa auch ein analkarzinom?

Kapsel: after eight!

MorgionLöwenherz: Steht unter Schock

Klappcouch0815: Kapsel?

VIER

»Ich will aber einen Rollkoffer«, sagte ich schweißbekleistert, mit holprigem Herzschlag in meinem saubersten Englisch. Ich zeigte auf ein vierrädriges Hartschalenexemplar, das aus einigen Rucksäcken des Straßenstandes hervorragte. »Was ist denn mit dem da?«

»Du gehen nach Koh Tao? Dann ist Rucksack besser«, konterte die Thailänderin. Sie war eine schmächtige, junge Frau, mit hüftlanger, wallender schwarzer Haarmähne, in der einige rote Strähnen schillerten und glitzerten. Sie trug ausgelatschte Sneakers, eine verwaschene Jeans-Latzhose, unter der ich ein Guns-N'-Roses-Shirt erkannte. Sie schob den Rucksack zurück in die Verpackung, fädelte einen Metallhaken durch die Plastikhülle und hängte das gute Stück wieder an die Innenwand des Standes, der mit unzähligen Taschen und Rucksäcken ausstaffiert war. Im Grunde kleideten die Gepäckstücke den gesamten Raum aus, hingen an Stangen und Seilen, wie Schinken und Würste in einer Metzgerei. Sie überlegte kurz, nahm dann einen anderen Rucksack von einem Haken und hob ihn mir unter die Nase. »Look«, sagte sie. »Look at this.«

»Koffer, ich will einen Koffer«, entgegnete ich beratungsresistent und schnippisch – ja, schnippisch, die Buchung hatte mich nämlich an den Flughafen, in einen Terminal, an einen Schalter, an ein Gate, in ein Flugzeug, in einen Bus und in ein Gästehaus gebracht. Es ist auch einfach zu einfach. Bisschen rumklicken. Zahlen. Mobilisieren. Ja. Ich war in Bangkok. Ich. Bangkok. Gut, es war in den letzten beiden Tagen einiges geschehen, aber Körper legten heutzutage innerhalb weniger Stunden Strecken zurück, da stand der Geist noch an der Grenzkontrolle und zeigte seinen Ausweis. Selbst Cook, Humboldt oder Kolumbus hätten bei dieser Reisegeschwindigkeit einen Kulturschock erlitten. Ich war also wirklich überfordert und deswegen auch etwas ungehalten.

»Rucksack wirst du mögen.«

»Ich habe Schmerzen, hier.« Ich zeigte auf meinen rechten Oberbauch. »Ich will keinen Rucksack. Ich. Will. Einen. Rollkoffer.«

Die Frau schüttelte energisch den Kopf. Ihre Haare wogten umher, sie wirkte wie ein Siamesischer Kampffisch kurz vor dem Angriff. »Koffer für Thailand nix gut, okay?«, schnatterte sie und ließ den Rucksack sinken.

»Warum haben Sie dann überhaupt Koffer im Angebot?«, fragte ich altklug.

»Auch Thailänder fliegen in Urlaub!«, rief die Verkäuferin und begann eine Unterhaltung mit ihrer Kollegin?, Schwester?, Mutter?, die auf einem Schemel im Eingangsbereich hockte.

»Cha hop krapao pai thua koh tao rue, pen pai mai dai rok«, sagte sie.

Die Frau grunzte amüsiert. »Lao hai khao fang si wa koet arai khuen bon thanon.«

»Es gibt viele Löcher und Steine auf Inselstraßen. Rucksack praktisch«, erwiderte sie schließlich.

»Mir egal, mag ja sein. Ich fahre aber Taxi, Bus und Schiff.«

»Wo sein denn dein Gepäck?«, fragte sie plötzlich und stemmte die Hände in die Hüften.

»Ich habe kein Gepäck«, antwortete ich, was vollauf richtig war.

»Kein Gepäck?«, entfuhr es ihr ungläubig.

»Kein Gepäck.«

»Gestohlen?«

»Nein.«

»Verloren?«

»Nein.«

Ich hatte schlichtweg nichts mitgenommen außer meinem Portemonnaie, meinem Tagebuch mit Muttermalfußnoten und Briefpapier darin, sowie einer Packung After Eight. Hätte ich mich mit Packen beschäftigen müssen, mich ernsthaft damit auseinandergesetzt, ich glaube, ich wäre nicht geflogen, hätte meine letzte Chance nicht ergriffen. Und jetzt brauchte ich eben einen Koffer. Klar? Und Kleidung. Logisch. Und Waschzeug. Alles eben, und das so schnell wie möglich. Mein Bus in den Süden ging zwar erst in den frühen Morgenstunden, aber ich hatte die Stadt gedanklich schon verlassen, kaum, dass ich sie betreten hatte. Es roch nach Abgasen und Kanal. Es rauschte, hupte und knallte, unablässig. Wenn ich nicht schon längst verrückt war, würde ich es hier werden.

Die Verkäuferin sah mich an, wartete auf eine Erklärung. »Kann ich jetzt bitte den Koffer hier haben?«, rief ich, zerrte mein Wunschobjekt aus dem Stapel hervor und streckte ihr fast kavaliersmäßig mit ausgestrecktem Arm einen Strauß Geldscheine entgegen. Ein Vorteil, wenn man stirbt: Man musste sich nicht mehr um sein Erspartes scheren. Das schien das Herz der Einzelhandelskauffrau zu erweichen. Sie seufzte zwar, zupfte aber eine ganze Weile wie eine pedantische Floristin an dem Büschel Banknoten herum. Irgendwann hatte sie sich ein sauberes Bündel zusammengestellt, faltete die Scheine in der Mitte und steckte sie in die Brusttasche ihrer Latzhose. »Chan tuean khun laeo«, sagte sie.

Ich atmete durch, so gut es in der Schwüle eben ging, lief ein Stück weiter die Straße hinab und sah mich um. Der leere Koffer musste gefüllt werden. Es hatte kurz zuvor geschüttet. Ein wahrhafter Tropenguss. Die Welt schwamm in Licht, Geräusch und Bewegung: Überall tropfte es herab, von Markisen, Dachrinnen und Bäumen. Bunte Reklametafeln von Restaurants und Geschäften hangelten sich glitzernd an Hausfassaden empor. Rote und gelbe Autoleuchten zogen schillernde Bahnen über den pitschnassen Asphalt. Trübe Lampen an Straßenimbissen und Ständen klatschten Lichtklekse in das urbane Dickicht, selbst Handydisplays von einem steten Menschenstrom gruben matte Tunnel in die Dunkelheit.

Ich bog in eine gut besuchte Seitenstraße ein, riss unentwegt an meinem langärmligen Shirt, um mir Luft zuzufächeln. Links und rechts entdeckte ich allerlei Aquarien, in denen Langusten dahintrieben, bevor sie auf Holzkohlegrills landeten. Riesige Bambuskörbe waren mit lebenden Muscheln und Garnelen gefüllt und wurden hin und wieder mit Wasser übergossen. An einem Suppenstand brodelten Töpfe, darüber baumelten acht oder neun gerupfte Hühner, samt Kopf und Krallen. Schräg dahinter saß eine ältere Frau auf einem Plastikhocker auf dem Gehsteig und werkelte an einem Wok, den sie mit einem Holzfeuerchen heizte. Der Duft von angebratenem Knoblauch lag in der Luft. Mir lief das Wasser im Mund zusammen.

Ich trat einen Schritt näher. Sie gab Karottenstifte, Nudeln und eine dunkle Paste in das brutzelnde Fett. Es sah lecker aus, dann entdeckte ich das bräunlich-schaumige Rinnsal, das hinter ihr aus einer Hauswand lief und neben ihren Füßen in der Kanalisation versickerte. Plastikschalen mit Gemüse standen auf dem brüchigen Gehsteig, der Wok wirkte etwas abgenutzt – und mengte sie da etwa rohes Hühnerfleisch unter?

Egal.

Es war mir egal.

War ja erhitzt.

Ich pfiff mir einen ganzen Teller rein und genoss es. Problem Hunger: gelöst.

Danach zog ich meinen Koffer zwischen zwei Klamottenständen hindurch und fand mich in einem wirren Geflecht aus Hunderten Marktständen wieder. War ich auf dem Pahurat-Markt gelandet, von dem ich an Bord gelesen hatte? Oder war ich in der Sampeng Lane? Und machte das überhaupt einen Unterschied? Wie ein endloses Gitternetz zogen sich die Wege durch das Areal, nach nur wenigen Minuten hatte ich völlig die Orientierung verloren und schlenderte ziellos umher, stopfte Shirts, Hosen, Unterwäsche, Zahnbürste oder Shampoo in meinen Koffer. Es lief im Grunde gut, flüssig, schnell, unkompliziert, ich erkundigte mich gerade nach dem Preis eines Hemds und dreier kurzer Hosen, bedruckt mit einer bunten Sammlung lustiger Korallen, als mir einfiel, dass ich mit diesen Klamotten ja Freya unter die Augen treten musste.

Ich zog Luft durch die Zähne. Die ganze Angelegenheit war ohnehin ein brenzliges Unterfangen: *Kuckuck, servus, grüezi, da bin ich, ein Todesurteil und neuntausend Kilometer von unserem letzten Treffen entfernt, wann beginnt der Kurs?* Nein, keine Frage, Palmenmotive und Sonnenuntergang auf einem hellblauen Batikhemd würden diesen heiklen Moment nicht auflockern. Meereshöschen schon gar nicht. Im Gegenteil. Es bedurfte Fingerspitzengefühl in dieser Situation, Sensibilität und Einfühlungsvermögen, Humor und Coolness, alles drin, alles machbar, aber fatal wäre ein mangelhaftes, gar geschmackloses Erscheinungsbild. Erster Eindruck und so. Nach kurzer Überlegung brach ich die Verhandlungen mit dem verdutzten Thai ab und machte mich auf die Suche nach formellerer Kleidung.

Die Luft war unter den Markisen so stickig und feucht, es fühlte sich an, als würde ich durch einen warmen Waschlappen atmen. An einer Ecke kaufte ich eine Dose Bier aus einem Kübel mit Eis, stürzte mir das Gebräu in den Hals, während ein steter Menschenstrom an mir vorüberzog. Ich gönnte mir eine zweite Dose – noch so ein Vorteil, wenn man stirbt: Man musste nicht mehr auf seine Gesundheit achten –, da erschien wie aus dem Nichts eine kleine Thailänderin vor mir. Sie war alt und hatte ein Gesicht wie eine Runzelkartoffel. Oder zumindest schloss ich von ihrem faltigen, geradezu zerklüfteten Gesicht auf ein hohes Alter, denn im Grunde wirkte die drahtige Frau kraftstrotzend. Sie blickte mich klar und durchdringend an und stand aufrecht und gerade vor mir. Von ihrem linken Arm baumelten Halsketten wie Lametta. Sie sah mir wortlos in die Augen, und plötzlich spürte ich etwas in meiner Hand: Die Alte hatte mir einen milchigweißen Bergkristall zwischen die Finger geschoben, so groß wie ein Fingerhut. Eine Seite war zu einem Sechskant geschliffen, die andere noch rau und unbearbeitet.

Der Stein war schön, keine Frage, aber ich schüttelte sofort den Kopf, denn seit ich durch die Stände schlenderte, war ich hundert Mal angesprochen worden: »Wollen Sie ein Feuerzeug kaufen, Sir?« Nein. »Wollen Sie einen Skorpion verkosten, Sir?« Nein. »Eine Heuschrecke oder eine knusprige Made, Sir?« Nein. »Brauchen Sie nicht noch ein paar Badetücher für den Strand, Sir?« Nein. »Wollen Sie Ihrer Frau nicht eine handgemachte Hautcreme mitbringen, Sir?« Nein! »Ihrer Mutter, Sir?« Nein! »Brauchen Sie einen Ring, ein Schweißband oder ein Kokosnusswindspiel, Sir?« NEIN! »Aber Sir, jeder Mensch braucht doch ein Kokosnusswindspiel!« ICH NICHT!

»Nein, nein, nein«, entfuhr es mir. Ich wollte der Frau ihren Kristall sofort zurückgeben, hielt ihn ihr auf meiner offenen Hand entgegen. Ihre Augen kamen mir plötzlich heller vor. Wie konnte das sein? Ein Lichtschein?

»Gift. It's a gift«, antwortete sie, »es ist ein Geschenk.«

Ich presste die Lippen aufeinander, blickte kurz auf den Kristall. »Das ist sehr nett, ab…«, entgegnete ich, doch als ich aufblickte, war sie wie vom Erdboden verschluckt.

Ich sah mich nach allen Seiten um. Von der Alten keine Spur.

Wahrscheinlich hatte sie sich in den Menschenfluss geworfen.

Den Kristall hielt ich noch in der Hand, als ich später auf einer Pritsche saß, die sich Bett nannte, und auf die Abfahrt meines Busses in den frühen Morgenstunden wartete. Ich hatte mir das Gästehaus bei meiner Zwischenlandung an einem öffentlichen Rechner auf dem Frankfurter Flughafen im Internet gesucht. Auf dem Reiseportal wurde die Unterkunft jedenfalls als ruhig, blitzsauber und günstig beschrieben. Das war alles korrekt, aber das Internet verschwieg, dass das Gästehaus zwar in einer ruhigen Seitenstraße zur berüchtigten Khaosan Road lag, aber die Wände so dünn wie

Pappe waren. Ich nahm teil an allerlei Körpergeräuschen anderer Rucksacktouristen. Gesprächsfetzen flatterten umher, verwoben sich zu einem undurchdringlichen Kauderwelsch. Ich glaubte romanische, germanische, slawische und asiatische Worte zu hören.

Es musste jetzt kurz vor zehn Uhr am Abend sein, überall wurde geduscht, gelacht, geplappert. Musik trällerte aus Reiselautsprechern, jemand putzte sich die Zähne, irgendwo hämmerte jemand mit etwas Metallischem auf etwas Metallisches, plötzlich ein gellender Schrei, der in wieherndes Gelächter überging, eine Tür schlug zu, wahrscheinlich im Nebenzimmer, meine Wände wackelten nämlich, dann Fußgetrappel, Hopsen, Klopfen. Als Kind hatte ich ja Wimmelbücher geliebt, aber ich hatte nicht gedacht, mich mal in einem wiederzufinden. Plötzlich hörte ich einen jungen Kerl, der aus voller Kehle *Last Christmas* anstimmte.

Dann kam der Durchfall.

FÜNF

Beschreibe die Qual: das Gefühl, als würde einem ein Regenschirm im Hintern aufgespannt. Ganz langsam und ununterbrochen, fortwährend, unaufhörlich. Die ganze Fahrt wankte ich mit zugekniffenem Hinterteil zwischen meinen diversen Transportmitteln und der nächstgelegenen Toilette hin und her. Wobei mir manchmal nicht ganz klar war, was eigentlich schlimmer war, der Zustand meiner Eingeweide, die sich von innen nach außen kehrten, oder der Zustand der Toiletten. Auf dem Schiff hatte ich Seegang im Hirn und Flaute im Magen. Erst als wir am Mittag im Hafen einliefen, nach zwei Litern Cola und einem Teller Reis, ging es mir etwas besser. Runter vom Kahn, rauf auf die Ladefläche eines Jeeps. Ich: Wackeldackel. Dann: Stille.

Es war eine Stille, die sich vor allem über das Ausbleiben von Krach definierte. Der Wagen verschwand hinter einer Biegung, und zurück blieb ich mit meinem Atem und einem Tier, das hin und wieder ein monotones, hohes Tschilp-Zirp-Fiepen ausstieß. Klang wie ein kastrierter Uhu. Ich blickte durch das Dickicht, suchte das Gestrüpp nach dem Vieh ab, konnte aber nichts entdecken. Die Luft war warm und stickig. Sehr warm. Sehr stickig. Ich übergab mich in ein Gebüsch und inspizierte danach die schiefe Steintreppe, die wie ein Berg vor mir aufragte und sich weit oben in der Botanik verlor. Dann blickte ich auf den Fels vor meinen Füßen. Meinen Rollkoffer.

Ich zog meine Wasserflasche hervor und ließ mich auf die unterste Stufe sinken.

Es war ein Debakel.

Ich war müde und ausgelaugt, hibbelig und aufgeregt.

Tagelanger Schlafmangel und literweise Cola.

Ein Stelldichein und Dünnschiss.

Terminaler Krebs und aufkeimende Liebe.

Leben und Tod.

Furchtbare Kombinationen.

Irgendwie instabil.

Und es brodelte, ja, es brodelte in meinem Inneren. War ich etwa wütend?

Ohhh ja, ich war wütend!

Da saß ich mit meinem Krebs im Urwald, stinkig über beide Ohren, meiner Zeit beraubt.

Ich war hier unten, sie dort oben.

Deswegen war ich hier.

Ein Befehl meines Bauchs.

Lieber ein paar Tage leben als jahrelang sterben.

Das hatte ich doch auf der Fahrt ständig vor mich hin gemurmelt wie so ein Geisteskranker.

Hatte ich Fieber?

Ich schnappte meinen Rollkoffer, schwer wie ein Hinkelstein, und schleppte ihn die Treppen hinauf. Schweißtropfen rannen meinen Hals hinab, als ich oben in einen grob gepflasterten Hof gelangte. Ich knallte das Gepäckstück keuchend auf den Boden. Bäume mit herabhängenden Lianen umrundeten wie bodenlange Vorhänge das Karree. Rechts von mir brannten Räucherstäbchen vor einem Buddha-Schrein, drei Mönche in orangefarbenen Kutten saßen dahinter in einer Art Pavillon mit Palmdach und schauten zu mir herüber. Ich fand alles furchtbar idyllisch. An einem Pfahl war ein Makake angeleint, er kaute auf etwas herum und glotzte mich dabei unverhohlen dumm an. Weit hinten erkannte ich die Umrisse von einigen Hütten. War ich hier richtig?

Ich drehte mich einmal im Kreis, unterdrückte einen Würgereiz und presste mir dabei die Faust auf den Mund. Nichts. Kein Schild, kein Hinweis, keine Rezeption. Ich packte meinen Rollkoffer und zog ihn holpernd hinter mir her. Ich folgte einem verschlungenen Pfad, der sich an knapp zwanzig einfachen Holzhütten vorbeischlängelte. Da entdeckte ich auf einer Rasenfläche eine Yogagruppe, die aus acht Frauen und einem schlanken Yogalehrer mit freiem Oberkörper bestand, auf dessen Muskulatur die Beschreibung »definiert« passte. Alle saßen im Schneidersitz auf Matten, die Augen geschlossen. Eine ausgemergelte Frau schielte argwöhnisch zu mir herüber, immer wieder gerieten nämlich Kiesel in das Räderwerk meines Rollkoffers, sodass ich ihn stellenweise über den Weg schleifen musste, zudem klackerten die Hartplastikräder auf dem steinigen Untergrund wie eine Gewehrsalve.

Eine Frau tauchte plötzlich zwischen den Bäumen auf, keine Thailänderin, sie hatte aber recht dunkle Haut, wirkte orientalisch und trug eine dünne, olivgrüne Leinenhose. Sie war schlank und trainiert. Da sie keinen BH trug, wippten ihre Brüste hinter dem leichten Stoff eines weißen Unterhemds. Ihre dicken schwarzen Haare hatte sie zu einem Pferdeschwanz gebunden. In ihrem rechten Nasenflügel steckte ein dünner silberner Ring. Ihre mokkabraunen Augen funkelten mich böse an, als sie stramm auf mich zumarschierte. Sie war mir fast ein wenig unheimlich, hochattraktiv und abgründig. Diese Frau war ein feuchter Alptraum.

»Du störst die Nachmittagseinkehr mit deinem Krach«, fuhr sie mich auf Englisch an, ein Zungenpiercing blitzte in ihrem Mund auf. »Bist du François?«

»Nein«, antwortete ich. »Bin ich hier richtig im Taoga-Camp?«

»Ja. Bist du aus Deutschland?«

»Ja.«

»Dann können wir Deutsch sprechen. Wie kann ich dir helfen?«

»Ich würde gerne einen Yoga-Kurs belegen.«

»Hast du eine Buchung?«

»Nein.«

»Das ist schlecht. Wir sind eigentlich bis ins neue Jahr voll belegt, es ist Hauptsaison. Geht es dir gut, du bist ganz schön blass?«

Mein Herz sank in die Hose, dabei war ich froh, dass da unten gerade einmal Ruhe herrschte. Ich rieb mir die Augen. Sie waren trocken und brannten. »Was heißt *eigentlich*?«, fragte ich und schluckte. Und schluckte gleich nochmal. Starke Speichelproduktion. Und nochmal. Enorme Speichelproduktion.

Sie musterte mich misstrauisch. Längere Zeit verharrte ihr Blick auf meinem Rollkoffer, sie schaute das Gepäckstück an wie einen Kernreaktor. »Du bist nicht ernsthaft mit diesem Ding nach Thailand geflogen?«

Ich überging ihre Frage. »Was heißt *eigentlich*?«

»Was meinst du?«

»Du hast doch gerade gesagt, dass ihr *eigentlich* ausgebucht seid, das Wort impliti…, implitizie…, impliziert doch irgendwie, dass es … Keine Ahnung, weißt du nicht, was ich meine?«

»Ach so, doch, es ist so, dass die Kurse gestern begonnen haben und ein französisches Pärchen nicht anreiste. Es sind also *eigentlich* zwei Plätze frei, du müsstest allerdings den Preis für einen Doppelbungalow bezahlen. Und wenn die noch auftauchen, dann haben wir ein Problem.«

Mir fiel ein Stein vom Herzen. »Ich zahle auch einen Doppelbungalow, kein Thema, und wenn das Pärchen auftaucht, dann sehen wir weiter – versprochen!« Die Worte galoppierten durch meinen Mund. »Nur noch eine Sache, kann ich bitte zu Freya in den Kurs?«

Sie kratzte sich am Hals.

Gott, ließ sie sich Zeit beim Antworten.

Das Einzige, das ich nicht mehr hatte.

Zeit.

»Bist du Anfänger?«, fragte sie schließlich.

»Ja«, antwortete ich seelenruhig, aber mein Körper fühlte sich wie ein Motor an, der im Leerlauf aufheulte. Herzrasen. Stoßatmung. Schweiß. Ich zog den Saum meines Shirts nach oben, wischte mir die Stirn ab.

»Dann bist du bei mir besser aufgehoben. Ich gehe in meiner Gruppe mehr auf Dehnung und Meditation.« Sie kniff ein Auge zu und lächelte.

»Durch alle Widerstände fließt derselbe Strom.«

»Was?«

»Das ist eine Reihenschaltung«, sagte ich und hatte das Gefühl, dass der Boden wankte. »Ich bin Fortgeschrittener.«

»Ja, was denn nun? Du hast doch gerade gesagt, dass du Anfänger bist.«

»Sorry, da habe ich dich falsch verstanden«, antwortete ich, als eine Schar von acht Personen des Weges kam. Sie umrundeten uns. Dann entdeckte ich Freya. Sie war barfuß, mit roten Wangen, leicht außer Atem. Sie trug eine schwarze Leggins und ein hellblaues Shirt mit Emblem des Camps. Um ihren Nacken hatte sie ein Handtuch geschlungen. Sie unterhielt sich mit zwei Leuten, wahrscheinlich Schüler ihrer Gruppe, die anderen sechs schwärmten aus und verschwanden in Bungalows. Die Frau winkte Freya herbei. Sie kam lächelnd auf uns zu. In meinem Bauch begann es zu brodeln, ich hatte das Gefühl, dass sich mein Magen auflöste, sich selbst verdaute, was für alle hier recht unangenehm werden dürfte.

»Da bin ich«, sagte ich euphorisch, aber mir war nicht gut.

Sie lächelte immer noch. »Entschuldigung?«

»Wir saßen vor zwei, drei Tagen nebeneinander in der Praxis von Dr. Bischoff. Erinnerst du dich?«

Die Frauen starrten mich erwartungsvoll an.

Ich wartete auf eine Antwort, aber sie antworteten nicht.

Hatte ich meinen Satz etwa nur gedacht?

»Wir saßen vor zwei, drei Tagen nebeneinander in der Praxis von Dr. Bischoff. Erinnerst du dich nicht?«, wiederholte ich laut.

Freya runzelte die Stirn, lächelte zaghaft. »Oh.«

»Ich – will – in – diesem – Leben – kein – *Oh* – mehr – hören.«

»Was?«

»Was?«, wiederholte ich. Irgendwo schlugen sanft die Klangröhren eines Windspiels aneinander, die Töne streichelten meine angespannten Nerven. Ich klopfte meine cremefarbene, kurze Hose und mein weißes Shirt aus. Hatte plötzlich das Gefühl, meine Klamotten seien schmutzig. Ich hörte mich flöten: »Ich habe jedenfalls deine tolle Idee überdacht und mir eine Auszeit genommen.«

»Oh, okay«, sagte Freya und blickte auf meinen Rollkoffer.

Ich kramte in meinem kleinen Rucksack, den ich mir wie meine Kleidung auf dem Markt besorgt hatte. Rot-lila Batikware mit Spiegelchen und Glasperlen verziert. Unfassbar hässlich, aber zweckdienlich. Ich zog die Packung After Eight daraus hervor und gab sie ihr. »Ich hoffe, du magst Minz-Schokolade. Ich selbst esse ja total gerne After Eight, nicht nur wegen des Geschmacks, sondern auch weil die Täfelchen so schön einzeln verpackt sind, da dachte ich, so ein kühles, ätherisches Aroma passt ganz gut als Häppchen zwischen Yogasitzungen in Thailand, wegen der Hitze und so. Schmeckt gekühlt noch besser, habt ihr Minibars in den Bungalows? Wahrscheinlich nicht, oder?«

»Danke, aber warum, also …«, entgegnete sie und hob die Packung kurz in die Luft, als hätte ich ihr die Büchse der Pandora geschenkt.

»Du hast mir doch erzählt, dass du immer eine Tafel Schokolade isst, zwischen den Sitzungen, weißt du nicht mehr? Hast du mir nicht erzählt, dass du immer eine Tafel Schokolade isst, zwischen den Sitzungen?«

»Ah, mag schon sein, aber was …«, sagte Freya.

»Wie heißt du eigentlich?«, ging – ja, wie hieß *sie* eigentlich? – dazwischen und blickte mich an.

»Du zuerst«, knirschte ich.

»Äh?«

»Du zuerst, wie heißt du?«

»Oriana.«

»Konstantin!«, rief ich lächelnd, mein Herz explodierte.

»Also. Konstantin sagt, du hättest ihm einen Platz in einem deiner Kurse angeboten. Aber du bist doch eigentlich voll? Erträgst du noch einen Teilnehmer, wahrscheinlich nicht, oder?«

»Ich weiß nicht«, haderte Freya, wischte sich mit dem Handtuch die Stirn und blickte zwischen uns hin und her. »Darf ich kurz darüber nachdenken?«

»Klar«, sagte ich, lehnte mich an einen Baum, den es nicht gab, und brach zusammen.

SECHS

Ich war in irgendeinem Bungalow, erwachte aus einem Fiebertraum und dachte: Niemand will allein sein. Niemand. Auch wenn viele große Intellektuelle das Alleinsein priesen, als eine Art Bürde des großen Geistes: Goethe hat es als eine schöne Sache, Kafka gar als die Ursache seines Erfolges beschrieben. Schopenhauer klopfte bei dem Thema richtig auf den Tisch. Er bezeichnete die Einsamkeit als Quelle des Glücks, die reine Freiheit und zog die Gesellschaft seines Genius der Zweisamkeit mit Mitmenschen vor. Im Grunde war er also gar nicht allein. Eine Liebelei mit dem Alter Ego ist schließlich auch eine Beziehung, bei der einen nur die Darmgeräusche des Partners nicht weiter stören.

Ich weiß, wovon ich spreche. Ich war zwar erst seit zwei Jahren Single, aber man konnte auch einsam in einer Beziehung sein. Einerseits. Andererseits handelte ich im Internet mit Ersatzteilen für alte Elektrogeräte, die man nur noch schwer bekam. Brauchte jemand ein gewebeummanteltes Kabel für seine Berliner Bankierslampe? Oder einen Heizwendel und Keramikstecker für seinen Siemens-Klapptoaster? Hatte ich vorrätig, konnte ich besorgen! Oder schnarrte die Schalldose des antiken Bausatz-Grammophons aus den Dreißigern? Da konnte ich zwar auch nicht helfen, aber für ein sattes Honorar begab ich mich auf die Suche nach einer Lösung.

War ein ganz lukratives Geschäft, was ich da machte. Die ganzen Snobs bezahlten ein Heidengeld für den Erhalt von Urgroßmamas Nähmaschine. Auch wenn der Job so seine Konsequenzen mit sich brachte: Erstens glich meine Wohnung einem Trödelmarkt –

oder vielleicht eher einem Antiquariat, ich neigte nämlich zu pedantischer Sauberkeit und Ordnung, alle Geräte und Ersatzteile wurden ordentlich gereinigt, eingetütet und sortiert. Und zweitens verbrachte ich eben zwangsläufig zu viel Zeit alleine. Alleine vor dem Computer, um genau zu sein. Seit Tamia mich verlassen hatte, wurde es umso schlimmer, da gab es sogar Tage, an denen ich mir meine E-Mails laut vorlas, nur um meine Stimme zu hören.

Aber alles nichts im Vergleich mit dem Abend der Diagnose. Ich listete verzweifelt meine großen Momente auf, dachte über meine Kindheit nach, doch je tiefer ich grub, desto einsamer wurde es um mich, niemals hatte ich mich so verloren gefühlt, da half auch der Chat nichts mehr. Meine Einsamkeit fühlte sich so leer an wie das weiße Eingabefeld der Suchmaschine, das ich am Ende anstarrte. Wie oft hatte ich Yahoo, Yandex oder Ask meine Symptome anvertraut? Wie oft hatte ich meine Fragen von mächtigen Algorithmen zerlegen lassen? Einen Suchbegriff bei Google einzutippen, gehörte doch mittlerweile zum Alltäglichen, wie Zähneputzen oder Schuhe schnüren. Doch heute hielt mich irgendetwas zurück.

Erst nach langem Zögern tippte ich F r e y a H o f l e b e n ein.

Vorsichtig.

Langsam und bedächtig.

Buchstabe für Buchstabe.

Ich nahm einen großen Schluck Wein und drückte die Entertaste.

Keine Treffer.

Nichts, außer der Postadresse eines Yogastudios, das auch auf der Visitenkarte stand.

Konnte das sein?

Hatte ich ihren Namen falsch geschrieben?

Welcher Mensch mittleren Alters war heutzutage nicht im Internet zu finden?

Ich atmete komischerweise auf, wechselte aber hektisch die Suchmaschine und gab ihren Nachnamen in Verbindung mit Yoga und Koh Tao ein. Ein Wust an Infos über Hotels, Resorts und Bungalowanlagen ratterte über den Bildschirm, völlig aussichtslos, alles zu sichten. Ich versuchte dieselben Suchbegriffe in Verbindung mit ihrem Vornamen, doch auch damit wurde ich nicht fündig. Ich wechselte zur Bildsuche und blickte in ihre haselnussbraunen Augen.

Ihr Anblick drückte mir das Herz ab. Ich vergrößerte das Bild, das zu der Internetseite des Taoga-Camps gehörte. Freya füllte meinen ganzen Bildschirm, ja, das war sie, eindeutig. Ich legte meine Füße auf den Schreibtisch und lehnte mich zurück. Sie lächelte, lächelte mich an, trug ein hellblaues Shirt mit weißem Emblem, im Hintergrund waren einige Palmwedel und eine tonfarbene Mauer zu erkennen. Ihre Haare schillerten im pastellfarbenen Sonnenlicht, und da war noch etwas, sie machte etwas mit mir: Wie im Wartezimmer löste ich mich regelrecht in ihr auf, obwohl es nur ein Foto war.

Nach einer Weile änderte sich das Licht in meinem Büro, mein Bildschirmschoner sprang an. Fotografien von weißen Sandstränden kristallisierten, fächerten auf zu Palmen mit Kokosnüssen und azurblauen Himmelsgewölben, es erschienen Bilder von Wellen, Korallen, Seesternen und Schildkröten, ich blickte auf Sonnenuntergänge, die einen feuerroten Läufer über das Meer entrollten, als könnte man einfach über das Wasser spazieren, um im Horizont zu verschwinden. Wer solche Urlaubsfotos sein Eigen nannte, der hatte es im Leben geschafft, dachte ich. Dann schaltete der Bildschirm ab, und ich saß im Dunkeln.

Den Flug zu buchen war das Einfachste.

Den Teller Chicken Noodles zu essen war das Dümmste.

Ich wälzte mich auf meinem Bett hin und her. Das Kopfkissen klebte an meinem Gesicht wie ein Stück rohes Fleisch. Alles war heiß. Mein Körper, die Matratze, der Raum, das Universum. Und ich fror, eine eisige Kälte überrollte mich immer wieder. Ich rollte mich zusammen, Fötusposition, zitterte aber in einer Tour. In den wenigen hellen Momenten, die ich erlebte, stand für mich außer Frage: Ich starb. Im Flugzeug, durch den Druckausgleich, war etwas geplatzt, und der Krebs strömte nun hämisch durch meine Adern, forderte die anderen Organe auf, bei der blindwütigen Zerstörung meines Körpers mitzumachen.

Mein Rücken schmerzte, dann meine Waden, meine Arme, mein Nacken und wieder mein Rücken, immer wieder mein Rücken. Meine Blase pikte, meine Lungen lagen in meinem Brustkorb wie ausgewellter Teig. Mein Magen wurde von Krämpfen heimgesucht, und wenn die Krämpfe endlich etwas abklangen, machten sie nur wieder den Gliederschmerzen Platz. Mein Herz zwickte und holperte. Wirre Erinnerungen stiegen wie Dämonen aus dem Räderwerk der Zeit. Meine Fieberträume glichen einem Schlachtfeld: Seelenlose Wesen irrten über den Leichendunst zerfetzter Gedanken auf der Suche nach dem Ausgang, dem Licht.

Hin und wieder öffnete sich die Tür, und eine Gestalt huschte in den Raum, hinterließ in Stundenabständen eine dampfende Schüssel mit Brühe auf dem Nachttisch, die ich gierig ausschlürfte, bevor ich wieder ins Siechhaus meines Selbst zurückkroch.

Und dann war es plötzlich vorbei.

Ich öffnete die Augen. Tiefgelbes Sonnenlicht brach durch das Fensterchen und unter der Tür des Bungalows hindurch. Der Ventilator drehte unermüdlich seine Runden. Ein Gecko fiepte. Ich war sogar imstande, einen klaren Gedanken zu denken.

Natürlich zog ich zuerst in Erwägung, dass ich im Jenseits angelangt war. Dann sähe es aber im Jenseits genau wie im Diesseits aus. Nur ohne Grauschleier. Und wenn das Jenseits ein Spiegel des Diesseits war, stellte sich selbstverständlich die Frage, was der Unterschied zwischen Leben und Tod war.

Doch, doch, es war geradezu erstaunlich, in welchen gewohnten Denkmustern sich mein Verstand schon wieder zu bewegen vermochte, aber die logischste Erklärung war nun einmal, dass ich krank gewesen war und mich auf dem Weg der Besserung befand.

Wie lange war ich hier gelegen? Ein Tag, zwei Tage? Ich wusste es nicht, hatte schließlich seit meinem Besuch bei Dr. Kalthand nicht mehr richtig geschlafen, was rund fünf Tagen entsprach.

Ich wagte mich auf wackeligen Beinen in das kleine Badezimmer, nahm eine Dusche unter Wasser, das es scheinbar nur in arktischer Temperatur zu geben schien. Danach setzte ich mich mit einer Flasche Wasser und einem Reiseführer, den ich auf meinem Nachttisch gefunden hatte, auf die kleine Terrasse vor meinem Bungalow. Es dämmerte bereits, keine Menschenseele war zu sehen. Auf meinem Oberarm entdeckte ich ein Pflaster, konnte mich aber beim besten Willen nicht erinnern, dass mich ein Arzt untersucht, geschweige denn, mir eine Spritze verpasst hatte. Ich zog es ab, knüllte es zusammen und wollte es gerade wegwerfen, da schlenderte der durchtrainierte Yogalehrer an mir vorüber. Er trug ein rotes Muskelshirt, darauf ein Bild Buddhas, oberkörperfrei, aber mit Nietenjacke und Sonnenbrille. Er schmunzelte mich wortlos an, salutierte mit zwei Fingern und verschwand zwischen zwei Bungalows.

Kurz darauf tauchte Freya auf, in der Hand einen Teller Reis.

Mein Puls holperte unwillkürlich die Serpentinen meines lädierten Körpers hinauf.

Sie setzte sich zu mir, stellte das Essen auf den Tisch.

»Hallo«, sagte sie.

»Hallo«, sagte ich.

»Geht's dir besser? Du warst ja ganz schön hinüber.«

»Ja«, antwortete ich und zeigte auf den Teller. »Danke.«

»Wofür?«

»Für den Reis.«

»Das ist mein Abendessen.«

»Oh, sorry, sorry, ich dachte …«

Freya schmunzelte. »Ich albere nur rum, ist natürlich dein Essen. Aber den Reiseführer möchte ich wiederhaben.« Sie zeigte auf das Buch in meinen Händen.

»Deiner?«

»Ja. Ich dachte, du brauchst ein wenig Lesestoff, und ich habe sonst nur noch ein Fachbuch über Faszien-Yoga im Angebot, da habe ich dir besser den Reiseführer in den Bungalow gelegt. Du hast dich sogar bei mir bedankt.«

Ich überlegte. »Kann mich nicht erinnern. Bin aber auch noch nicht wiederhergestellt, entschuldige.« Ich rieb mir die trockenen Augen. Es war schwül und heiß. Etwas zirpte, die Umgebung schien zu pulsieren. »Wo sind denn alle?«

»Wir sitzen gerade beim Abendessen, drüben betreibt eine Thailänderin für uns eine kleine Garküche. Möchtest du mitkommen?«

Ich schüttelte den Kopf. »Ich bin noch nicht auf die Rückkehr in die Zivilisation vorbereitet.«

Freya nickte. Sie sah umwerfend aus. Hatte ich soeben auf ihre Brüste gestarrt? Und hatte sie es bemerkt? Ich wurde rot. »Was kann ich denn für dich tun?«, fragte ich als Ablenkung.

Freya lachte dasselbe Lachen wie im Wartezimmer, es wirkte aufrichtig und herzerfrischend. Sie schüttelte den Kopf. »Was *du* für *mich* tun kannst? Vor vier Tagen treffen wir uns in einem Wartezimmer in Deutschland, und jetzt sitzen wir zusammen auf einer thailändischen Insel. Was du für mich tun kannst? Eine Erklärung wäre mal nicht schlecht! Was machst du hier?«

»Was ich hier mache?«, wiederholte ich, verschränkte die Arme vor der Brust und blickte nach oben. »Ja. Du hattest im Wartezimmer Recht: Ich brauchte einfach mal eine Auszeit. Hmmm. Und da ich schon lange einen Yoga-Kurs machen wollte, habe ich die Gelegenheit beim Schopf gepackt! Darf ich in deinen Kurs, hast du dich entschieden?«

»Ich hatte es dir ja angeboten. Die nächste Sitzung beginnt morgen um sechs Uhr, wir treffen uns zum Sonnengruß. Wenn du noch nicht fit genug bist, kannst du auch noch einen Tag relaxen, kein Problem.«

»Ich bin fit, also, ich bin nicht fit, aber morgen bin ich wieder fit!«, rief ich.

»Okay.« Freya nickte. Sie schien nach den richtigen Worten zu suchen.

Ich betrachtete ihr makelloses Gesicht, nur an ihrem Nasenflügel fiel mir eine kleine Vernarbung auf. »Hattest du mal einen Nasenring?«, fragte ich neugierig.

»Nicht nur das«, antwortete Freya schmunzelnd.

»Jetzt bin ich aber gespannt …«

Freya zuckte mit den Schultern. »Ich hatte einmal eine heftige Punkphase, ging bestimmt zwei Jahre: Grüne Haare, habe Cure und Clash in Endlosschleife gehört und am Wochenende zu Misfits und den Sex Pistols Pogo getanzt«, erzählte sie lächelnd. »Habe dann irgendwann bei einem Konzert einen militanten Veganer kennengelernt, und da mich das ganze Anarcho-Scheißegal-Getue eh allmählich langweilte, habe ich mich ihm angeschlossen. War nicht weniger chaotisch. Haben uns sogar ein paar Mal mit Kunstblut beschmiert und uns an die Zäune von Schweinemastbetrieben gekettet. Da habe auch ich irgendwann meinen Nasenring rausgenommen, weil ich Angst hatte, dass ich daran in den Gefangenentransport gezerrt werde.«

»Krass! Das hätte ich nie gedacht! Und was ist dann passiert?«

Freya grinste fast schelmisch. »Am darauffolgenden Weihnachten bin ich beim Gänsebraten meiner Mutter schwach geworden. Der Veganer hat mich daraufhin natürlich verlassen, und irgendwie war ich der ganzen Protestzeit auch überdrüssig. Habe mich im Frühjahr für Ernährungswissenschaft eingeschrieben und mir einen Pagenschnitt zugelegt. C'est la vie.«

Ich summte ein paar Zeilen aus *White Riot* vor mich hin, Freya stimmte spontan mit ein.

»Magst du etwa auch The Clash?«, fragte sie erstaunt.

»Logo. Ich habe die Platten rauf und runter gehört, wobei mein Favorit immer Queen war. Und ich bin nur hinter verschlossenen

Türen im Viereck gesprungen. In meinem Kinderzimmer, um genau zu sein.«

Freya lachte und schwieg einen Moment. »Darf ich dich was fragen?«

»Klar.«

»Sagst du mir jetzt, warum du wirklich hier bist?«

Ich schluckte. »Entschuldigung?«

»Mach mir nichts vor, Konstantin. Du hast gelogen, und das mag ich nicht. Du bist nicht wegen eines Yoga-Kurses hier.«

Ich seufzte und redete erst einmal drauflos: »Du hast Recht, ich wollte nie einen Yoga-Kurs machen. In Wahrheit halte ich Yoga ein wenig für Extremsport für Faultiere, weißt du, ich jogge viel und habe ein Rudergerät. Das genügt mir. Ist im Grunde auch völlig egal, ob man Sport oder Yoga macht: Durch die Bewegung werden vermehrt Dopamin, Endorphine oder Serotonin im Körper produziert, Hormone, die uns fit und gesund …«

»Konstantin«, unterbrach mich Freya bestimmt. »Was – machst – du – hier?«

Adrenalin pumpte meine Gedanken in Lichtgeschwindigkeit durchs Gehirn.

Der Drang, ihr alles zu erzählen, war übermenschlich.

»Woher willst du denn wissen, dass ich gelogen habe?«

»Komm schon, du hast meine Frage wiederholt, die Arme verschränkt, Blickkontakt vermieden, deine Stimme ging nach oben. Du bist ein schlechter Lügner.«

»Spielst du in deiner Freizeit etwa Poker?« Ich ignorierte ihren stechenden Blick und fuhr fort: »Weißt du, ich dachte mir, die Feiertage in Thailand zu verbringen sei eine gute Idee.« Dabei blickte ich ihr fest in die Augen und versuchte angestrengt, nicht meine Arme vor der Brust zu verschränken oder mit der Stimme nach oben zu gehen. Freya nickte.

»Und ich werde bald sterben.«

Der Tod, plötzlich mein Komplize.

SIEBEN

Sechs Monate zuvor war der Tod noch mein Erzfeind und Krankheiten seine dreckigen Spießgesellen gewesen. Überhaupt war die ganz Welt voll von miesen Typen, von Egomanen, Unholden und Nutznießern, die einem genüsslich das Mark aus den Knochen schlürften, wenn sich ihnen nur die Gelegenheit dazu bot. Ich war auf dem Weg zu meinem ersten offiziellen Termin so angespannt und frustriert, dass ich nicht einmal richtig merkte, wie ungestüm ich die Limmerstraße hinunterpflügte. Zweimal rempelte ich Passanten an, ohne mich dafür zu entschuldigen. Ich stapfte meines Weges, schaute weder nach links noch nach rechts, bis ich mich schließlich in einem Sprechzimmer wiederfand, um dort ein seliges Lächeln auf meine Lippen zu zaubern.

Obwohl. Das Sprechzimmer war kein Sprechzimmer. Nicht im klassischen Sinn. Es gab keine Untersuchungsliege, keine Instrumente und Geräte, keine verschließbaren Arzneischränke oder auch nur den sterilen Geruch nach Desinfektionsmittel, nach Jod und Mullbinden. Der Raum wirkte wie ein stinknormales Büro. Punkt. Bisschen unordentlich vielleicht. Regal mit Büchern und Zeitschriften im Wechsel. Aktenschrank. Topfpflanze. Schreibtisch mit Computer, Telefon und zahllosen Klebezetteln auf Telefon, Computer und Schreibtisch, als seien die ganzen Gegenstände nur da, um vollgeklebt zu werden.

Die ganze Atmosphäre hatte fast etwas Bürokratisches, was mich irgendwie beruhigte. Ich war nur im Rathaus, das war es, ich war nur in einem unachtsamem Moment zu schnell gefahren, sonst nichts, ich war geblitzt worden und bekam nach drei Monaten Fahrverbot meinen Führerschein zurück. Kurzes Gespräch, zwei, drei Unterschriften – *danke, nix für ungut, ich pass in Zukunft besser auf, schönen Tag noch.* Pustekuchen, nette Illusion: Wenn ich jetzt beschloss, einfach aufzustehen und rauszugehen, gäbe es zwischen mir und meinem Wunsch nicht nur eine Tür und sieben Stockwerke, sondern vor allem eine Anordnung der Staatsanwaltschaft – hatte Tamia mich angezeigt, ihr Okay zu diesem ganzen Irrsinn gegeben? Oder befand ich mich nur im sauberen Gang von Recht und Ordnung?

Mein Gutachter hieß Dr. Peter R. Kippel. Wir saßen uns auf zwei Lehnstühlen gegenüber, in einer gedrungenen Sitzecke, zwischen uns ein Tischchen mit einer Flasche Wasser und einem Stapel Plastikbecher. Und ich fragte mich, wie dieser Mensch und dieser Raum zusammenpassten. Er wirkte eitel und großspurig wie der junge Sigmund Freud. Er trug einen dunkelgrauen Anzug mit Weste, preußischblaue Krawatte und dunkle Hornbrille. Er hatte seine volle Haarpracht mit Gel oder Pomade zurückgekämmt, dazu stellte er ein markantes, aalglattes Gesicht zur Schau, sah ein bisschen müde aus. Er wirkte, als gurgelte er morgens mit Haarspülung und abends mit Merlot.

»Möchten Sie vielleicht einfach mal anfangen zu erzählen?«, fragte er.

Ich überlegte. »Nein.«

Kippel nickte bedächtig. »Sie haben unseren Termin vor drei Tagen abgesagt«, fuhr er fort und schlug die Beine übereinander, wodurch sein Hosenbein nach oben rutschte. Ein daumendicker Streifen Haut, weißfleischig und spärlich behaart, trat zwischen seiner faltigen Socke und seinem Hosensaum in Erscheinung.

»Ich habe ein Attest«, antwortete ich und überlegte, ob es unverschämt war, ihn zu bitten, seine Socke hochzuziehen.

»Ich weiß, von Ihrem Hausarzt, meine Sekretärin hat es mir weitergeleitet, trotz allem haben wir hier eine Situation …«

»Ich dachte, ich hätte Leukämie!«, unterbrach ich ihn.

»Ah«, sagte er und blätterte in seinen Unterlagen. Nicht einmal eine Mappe war ihm mein Fall wert, er hatte ein Plastikklemmbrett mit einigen Blättern darin, die wahrscheinlich mein Leben skizzierten. Auf seinem Tisch lag auch ein aufgeschlagener Ordner. Fälle rein, Fälle raus. So lief das hier.

»Wie kamen Sie zu der Diagnose?«, erkundigte er sich.

»Blaue Flecken an den Unterarmen und auf dem Bauch. Kann mich nicht entsinnen, wo ich sie herhabe.«

Er überlegte. »Sie waren doch erst vor kurzem mit schwerem Gerät am Haus ihrer Ex-Freundin beschäftigt. Im Polizeibericht taucht mehrmals das Wort *Vandalismus* auf.« Er blickte über den Rand seiner Brille hinweg.

»Ach«, presste ich zwischen meinen Zähnen hervor.

»Aber lassen Sie uns in unseren Sitzungen vielleicht vorerst von handwerklichen Tätigkeiten sprechen, die doch, um auf das Thema zurückzukommen, an und für sich prädestiniert sind, um sich das eine oder andere Hämatom zuzuziehen. Meinen Sie nicht?«

»Richtig. Muss aber nicht. Und um das nochmals klarzustellen, der Abbruchhammer war eigentlich nur dazu da, um dem gehärteten Beton im Keller auf die Pelle zu rücken, im wahrsten Sinne des Wortes. Ich will, dass Sie das festhalten: Ich wollte eigentlich nur mein Gold holen.«

»Sie sprechen von dem Tresor?«

»Tresor?«

»Habe ich in unserer Vorbesprechung so notiert.«

»Das ist falsch. Es war eine einbetonierte Zwiebackdose.«

»Gut, stellen wir auch das einmal kurz hintenan. Hätten Sie wirklich Leukämie, kämen dann nicht noch andere Symptome hinzu? Müdigkeit, Abgeschlagenheit, Fieber?«

»Jetzt, wo Sie es sagen, ich bin wirklich ständig müde.« Ich unterdrückte den Impuls aufkeimender Panik und goss mir ein Glas Wasser ein. Ich starrte kurz auf seinen nackten Knöchel und wedelte dann abtuend mit der Hand. »Es ist alles okay. Ich bin nur ein totaler Hypochonder«, sagte ich mit einem Lächeln, so schief wie ein Picasso.

»Woher wissen Sie denn, dass Sie Hypochonder sind, wurde die Krankheit bei Ihnen diagnostiziert?«

»Ich bilde mir ständig Krankheiten ein.«

»Das kommt aber in vielen Krankheitsbildern vor. Somatoforme Angststörungen als Teil von Depressionen, Burnout als Teil von Depressionen. Hatten Sie in den letzten Monaten mal Rückenschmerzen?«

»Ja.«

»Schweißausbrüche, Übelkeit, Unruhe im Bauch?«

»Ja.«

»Kopfschmerzen?«

»Ja.«

»Herzrasen oder Herzrhythmusstörungen?«

»Glaub schon.«

»Atemnot.«

Ich überlegte. »Hin und wieder. Können wir jetzt über das eigentliche Thema sprechen?«

»Ich bin mir nicht sicher, ob sich das trennen lässt. Bringt Ihnen das Heraufbeschwören von Krankheiten einen Vorteil?«

»Mir ist selten langweilig.«

»Haben Sie Probleme mit Vergangenheitsbewältigung?«

»Klingt für mich wie Hochsprung ohne Latte«, sagte ich und schickte ein kreuzbraves Lächeln hinterher.

Kippel lächelte nicht. »Ich nehme an, Sie wissen, dass Sarkasmus nur ein emotionaler Schutzschild ist?«

Ich seufzte. »Hören Sie. Ich verstecke meine Ängste vor mir selbst, in der Routine des Tages, mit einem guten Film und einem Glas Rotwein oder eben mit Humor. Manchmal denke ich auch, wenn ich mir das Unglück in allen Facetten vorstelle, dann trifft es mich nicht so hart, falls es mir wirklich einmal passiert. Diesen

Vorteil bringt es mir vielleicht. Und jetzt kommen Sie mir nicht mit irgendwelchen befrackten Weisheiten von wegen: ›Jeder hat diese Angst, Herr Wittgenbausch, man muss lernen, damit umzugehen.‹ Ich kann es nicht mehr hören.«

»Wer hat diese Weisheit denn so oft zu Ihnen gesagt, dass Sie sie nicht mehr hören können?«

Ich überlegte. »Ehrlich gesagt, meistens ich zu mir selbst, mehrmals am Tag.«

»Sie wirken heute sehr angespannt, kann ich Ihnen die Situation irgendwie erleichtern?«

Ich zeigte auf seinen Hosensaum. »Könnten Sie bitte Ihre Socke hochziehen? Ich kann mich so unmöglich konzentrieren.«

Kippel lächelte, mit einem eigenartigen Glanz in den Augen, als hätte er gerade ein Geheimnis gelüftet. »Stört Sie dieses Detail etwa?«

»Wenn ich nervös bin, kann ich mich an solchen Sachen hochziehen, also ja«, antwortete ich und presste verlegen die Lippen aufeinander.

Kippel zog seine Socke nach oben, alles war bedeckt, wie das sein sollte. Er sah aus wie der Mann, der er vermutlich sein wollte. »Es gibt keinen Grund, nervös zu sein«, salbaderte er und lachte plötzlich, er setzte sich dabei aufrecht hin und hob seine Stimme. »Versuchen wir es anders. Was haben Sie denn heute schon gemacht? Gearbeitet?«

»Nach fest kommt ab«, sagte ich.

»Entschuldigung?«

»Das ist ein Spruch aus dem Studium.«

»Sie haben …«, entgegnete er und blätterte in den Unterlagen.

»… Elektrotechnik studiert. Und wenn eine Schraube schon fest sitzt und man versucht sie noch fester zu drehen, dann bricht sie ab. Nach fest kommt ab. Ist wie mit einer Beziehung. Musste ich heute Morgen dran denken, als ich ein Arzneischränkchen in unserer alten Wohnung anbrachte, *das* habe ich übrigens gemacht.«

»Möchten Sie also gerne über ihre Ex-Freundin sprechen?«

»Eigentlich nicht. Und könnten Sie das ›Ex‹ weglassen?«

Er blätterte wieder in den Unterlagen.

»Tamia«, sagte ich.

»Entschuldigung?«

»Tamia. So hieß meine Partnerin. Sie suchen in den Papieren wahrscheinlich gerade nach ihrem Namen, um das Wort Ex-Freundin zu umgehen.«

Kippel schmunzelte. »Sie haben eine gute Beobachtungsgabe. Möchten Sie denn gerne mit mir über Tamia sprechen?«

»Nein.«

»Gut, dann lassen wir das. Vorerst. Aber haben Sie vielleicht eine Idee, woher Ihre Angststörung kommen könnte?«

Ich seufzte und rieb mir die Augen. Ich stellte mir kurz die Geschmacklosigkeit eines Newtonpendels, Aquariums oder – Gott bewahre! – eines beleuchteten Salzkristalls mit Bedampfungsfunktion vor, irgendeinen Quatsch, auf den ich mich konzentrieren konnte. Ich hätte jetzt wirklich lieber auf einer Ledercouch gelegen, den Duft von Jasmin in der Nase. Gab es aber alles in dieser seelenlosen, bürokratischen Box nicht, weswegen ich auf das linke, vordere Tischbein von Kippels Schreibtisch starrte und mir kurz vorstellte, ich bekäme eine Fußmassage. Dabei hasste ich es, wenn jemand meine Füße berührte. Draußen auf den Fluren klingelte irgendwo ein Telefon.

Ich holte Luft, es half ja alles nichts. »Sie können jetzt in meiner Vergangenheit schürfen und graben, Sie werden nicht sonderlich tief kommen. Im Grunde habe ich die letzten fünfunddreißig Jahre nur existiert. Ich habe nicht einmal links geblinkt und bin rechts abgebogen. Und obwohl ich schon als Kind von den bazillenähnlichen Urzeitkrebsen im Yps-Heft immer Alpträume bekam, ich auch schon immer ungern in der S-Bahn die Haltegriffe angefasst habe und um verschnupfte Leute einen weiten Bogen mache, gibt es kein Trauma, das es aufzuarbeiten gilt. Ich habe in den letzten

Monaten alles durchgekaut. Noch und nöcher. Wirklich. Haben Sie schon einmal in der Badewanne mit dem Schaumbad gespielt und versucht den Schaum zu greifen?« Kippel zuckte mit den Schultern. »Probieren Sie es mal. Sie nehmen den Schaum und versuchen ihn zu packen oder, noch besser, zu formen wie einen Schneeball. Alles, was passiert, ist, dass das Zeug zwischen Ihren Fingern hervorquillt und Sie nichts in der Hand haben. Sie können dann natürlich von vorne anfangen, schaben ab, was da zwischen Ihren Fingern hervorgequollen ist. Das machen Sie immer und immer wieder, mit dem Ergebnis, dass irgendwann kein Schaum mehr da ist.«

Kippel runzelte die Stirn. »Soll der Schaum etwa eine Analogie zur Reflexion Ihrer Angststörung sein?«

»Was?«

»Sie meinen, alle Erklärungsversuche Ihres Leidens blieben bislang substanzlos, richtig?«

»Wenn Sie es so ausdrücken wollen. Was bedeutet eigentlich das R. in Ihrem Namen?«

»Riglef. Aber nehmen Sie doch einmal einen Moment an, es würde sich aus dem Schaum wirklich ein Schneeball formen lassen, was würden Sie mit dem Schneeball tun?«

»Was ist denn das für eine Frage?«

»Nun stellen Sie es sich doch einmal vor.«

»Was für ein Schneeball?«

»Entschuldigung?«

»Na, so ein locker-luftiges Schwammgebilde, das man sich im Kindergarten ins Gesicht wirft, oder ein Eisklumpen, der von einem Stein nur wegen seiner Farbe zu unterscheiden ist?«

Kippel schürzte die Lippen. »Was Ihnen lieber ist. Ein Eisklumpen?«

»Dann würde ich Tamia die Fenster einschmeißen. Ins Haus darf ich ja nicht mehr.«

ACHT

Kaum wach, waren meine Füße über meinem Kopf – hatte ich wirklich freiwillig einem Yoga-Kurs zugestimmt? Meine Halswirbel knirschten wie ein rostiges Scharnier. Ich setzte eine seelenruhige Miene auf, lächelte nonchalant, als würde mir die Übung nicht die geringste Mühe bereiten. Doch im Grunde war mein Körper ein Katapult, jede Sehne zum Zerbersten gespannt. Schweiß troff aus meinen Augenbrauen und von meiner Nasenspitze. Und Freya? Machte die Übungen vor, marschierte zwischen ihren Schülern umher, korrigierte Haltungsfehler. Meine stille Genugtuung: Ihre Hand lag im Schnitt öfter und länger auf meinem Rücken als bei allen anderen. Ich hatte mitgezählt. Gut, das konnte natürlich auch an der miesen Figur liegen, die ich abgab, und weniger an Sympathiewerten.

»Shalabasana«, sagte Freya, und alle legten sich auf den Bauch, hoben ihre Arme und Beine vom Rasen und sahen aus wie eine Horde Seehunde, die auf einem Riff gestrandet waren. Ein Stöhnen quälte sich aus den Eingeweiden von irgendwem und verhallte im anbrechenden Tag. »Kakasana«, sagte Freya, dann »Mayurasana«, und die Übungen wurden von Mal zu Mal heftiger. Oder war das vielleicht die Vorstufe zur Meditation? Mein Geist verließ nämlich schon fluchtartig meinen Körper, um dieser Tortur nicht länger beiwohnen zu müssen, wanderte durch luftige Astralebenen, driftete ab und kehrte nur ins Diesseits zurück, wenn ich mal wieder Freyas Hand auf meinem Rücken spürte. Ich dachte an Fakire, an Nagelbetten und Feuerläufer, an eiserne Disziplin, an die Wanderung der Seele in einer …

»Höher«, sagte Freya plötzlich.

Höher?, dachte ich wütend.

»Höher. Und das Atmen nicht vergessen.«

Höher also. Dabei befand ich mich bereits in einer Art Unterarmstand, die Handflächen auf dem Boden, die Ellenbogen im Bauch. Ich sah aus wie eine bananenförmige Wippe. Welcher Teil meines Körpers sollte denn noch höher gehen, ohne dass etwas kaputtging? Ich hielt die Luft an, kämpfte mit der Erdanziehung, und mein Ehrgefühl brandete auf wie Sturmwellen. Mochte es den ganzen Tag so weitergehen, mochte mir schwarzes Blut wie eine Fontäne aus dem Mund sprudeln oder sich die Erde unter mir auftun und mir Lavawellen entgegensteigen, ich würde meine Körperspannung halten, solange es von mir verlangt würde, ja, ich würde meine Dehnübungen auf diesem Planeten zu Ende bringen, ich meine, hey, das war doch nur Yoga, oder? Entspannung für Fortgeschrittene.

Da spürte ich, dass mein ganzer Körper zu zittern begann, und nur Freyas Hand auf meinem Rücken vermochte mich noch so weit zu elektrisieren, als dass ich nicht einfach in mich zusammensackte.

»Halten«, drangsalierte mich Freya.

Ich war kurz vor einem epileptischen Anfall.

»Halten«, wiederholte sie.

Ich begann zu keuchen.

»Pada Hasthasana«, sagte Freya.

Alle atmeten auf, erhoben sich und gingen in die Vorbeuge. Ich machte es ihnen nach. Meine Lunge knatterte, während ich mich nach vorne fallen ließ und zwischen meinen gespreizten Beinen durchschaute. Mir war schwindelig. Der Rasen war die Decke, der Himmel der Boden. Schweiß rann von meinem Kinn zu meiner Stirn. Orianas Gruppe stand gerade auf einem Bein herum, alle reckten gemeinsam ihre Hände gen Kosmos und sahen aus wie ein Bündel Kronleuchter, als Freya wieder in mein Blickfeld trat. Ich konnte einfach nicht meine Augen von ihr lassen, sie war schön und attraktiv und umwerfend, da knackte es schon wieder, diesmal in meinem Lendenwirbelbereich, ein dumpfes, lautes Krachen, tief im brennenden Knäuel aus Muskeln, Fleisch und Knochen.

»Frühstück«, rief Freya, klatschte in die Hände, und die Gruppe löste sich auf.

Ich schnaufte und stemmte die Hände in die Hüften, als Freya auf mich zukam. Mein Herz schlug mir bis zum Hals. Diesmal ganz ohne Yoga. Wir hatten uns an diesem Morgen noch nicht unterhalten. Unsere gestrige Unterhaltung machte mir plötzlich Angst, war für den schützenden Raum eines Lichtkegels bei Nacht bestimmt gewesen. Ich wollte nicht mehr darüber sprechen. Nicht hier, nicht jetzt. Außerdem: Was, wenn Freya mich roch? Oder war übler Körpergeruch vielleicht Teil ihres Berufs, für sie so normal und unspektakulär wie Krampfadern für den Physiotherapeuten oder Schweißfüße für den Podologen?

»Ich stinke wie eine Mumie«, sagte ich vorsichtshalber und ging instinktiv ein Stück zurück.

»Tun alle.« Freya zuckte mit den Schultern und verschränkte die Arme vor der Brust. Was eindeutig gelogen war – nicht nur wegen ihrer Geste, wie ich gestern gelernt hatte –, sie roch nämlich nach Hautcreme und Deodorant.

»Da sagst du was, ich absolvierte meinen Zivildienst in einem …«, fing ich an und brach ab. Ich war hibbelig, ich war nervös und unkonzentriert, und schon bei den ersten Worten wurde mir klar, in welche Richtung mein Verstand das Gespräch weiterführen wollte, weswegen mein Unterbewusstsein scheinbar den Notausschalter aktivierte. Zum Glück hatte ich das Wort Seniorenheim noch nicht ausgesprochen. Ich verstummte, wischte mir mit dem Handrücken über die Stirn. Diese Konversation musste dringend im Bereich der Belanglosigkeit gehalten werden. Nur wie? Drüben marschierte ein Mönch. Irgendwohin. Ein Vogel flog über die Lichtung. Wahrscheinlich ans Meer.

»In welcher Richtung liegt eigentlich das Meer?«, fragte ich stirnrunzelnd.

»Wir sind auf einer Insel«, antwortete Freya trocken und lächelte verschmitzt.

»Stimmt.« Ich bemerkte feine Schweißperlen auf ihrem Nasenrücken, die Kurse mussten auch für Freya anstrengend sein. Ich fragte: »Und du, du machst das hier jetzt noch weitere sechs Wochen? Jeden Tag? In der Form?«

»Nein, nur noch rund vier Wochen, ich fahre Anfang nächsten Jahres in den Norden.«

»Machst du noch eine Rundreise?«

»Ich will mir schon dies und das angucken.« Freya machte eine kurze Pause. »Aber es lebt im Norden …« Sie brach ab und seufzte. »Hör mal, ich habe gestern noch lange über unser Gespräch nachgedacht, und ich habe mich gefragt, also, hat Dr. Bischoff dir eigentlich gesagt …? Also: Wie weit ist die Krankheit fortgeschritten?«

Da war es.

Das Thema.

»Tut mir leid, wenn ich dich damit belastet habe, ich wollte das alles eigentlich für mich behalten«, schnaubte ich, was stimmte: Das Gefühl des Ausgeliefertseins hatte mich von der Voruntersuchung ferngehalten, hatte mich bis nach Thailand getrieben, nur verklungen war es nicht. Seit unserem Gespräch war es noch schlimmer geworden.

»Jetzt ist es so«, entgegnete Freya völlig emotionsfrei. »Und. Hat er dir gesagt, wie lange du noch hast?«

»Ich weiß es nicht, ich glaube aber nicht, alles ein bisschen verschwommen. Die Untersuchung hat ewig gedauert, mit jeder Sekunde bin ich mehr unter dem Ultraschallkopf zerflossen, aber ich weiß, dass Tumore in der Pfortader inoperabel sind.«

»Aber warum bist du denn nicht in eine Klinik gegangen, ich meine …«

»Und den Rest meiner Tage mit mehr Medizin im Blut als Sauerstoff im Hirn verbringen? Zwischen lauter Ärzten, Pflegern und Kranken? In einem Gebäude, das eigentlich besser leerstünde? Nein, nein, danke, nein.«

Freya kniff die Lippen zusammen und nickte. »Gut, müssen wir ja nicht noch einmal drüber sprechen, aber was machen wir, wenn dir etwas passiert?« Sie zeigte mit dem Finger in den Dschungel. »Eine Ambulanz ist hier nicht gerade ums Eck.«

»Hm«, entgegnete ich und betrachtete einen Gecko, der über den Rasen huschte.

»Gibt es jemanden, den ich anrufen oder informieren muss? Weiß deine Familie Bescheid, weiß deine Familie, dass du hier bist?«

»Na ja, ich falle ja nicht einfach tot um, auch wenn ich vielleicht schon so rieche.«

Freya blickte mich ernst an.

Ich seufzte. »Darf ich darüber eine Weile nachdenken?«

Ein paar Minuten später löffelte ich eine Reissuppe und fragte mich, was geschehen würde, wenn ich wirklich einfach tot umfiele. Geschah ja immer wieder. Licht aus, Feierabend. Der Gedanke, einfach weg zu sein, ohne zumindest kurz vorher zu wissen, dass man gleich weg war, machte mir mehr Angst als die Alternative. Das Recht auf einen letzten Gedanken sollte jeder haben, dachte ich, als stellte ein letzter Gedanke dem Leben seine Existenzbescheinigung aus. Aber was, wenn der letzte Gedanke nicht weise oder erhellend war, sondern man über seine Telefonrechnung nachdachte? Oder einem einfiel, dass man den Herd nicht ausgestellt hatte? Übel.

Ganz übel.

Ich versuchte auf andere Gedanken zu kommen, sah mich um, blickte in die zahllosen Gesichter mit ihren roten Wangen, auf ihre Münder, die Morgensuppe schlabberten, Kaffee und Tee schlürften. Keiner sprach. Alle schwiegen. Inhalierten fast andächtig die Kraft, die ihnen Brühe, Reis und Koffein einhauchten. Cyril, ein schüchterner Bulgare aus meiner Gruppe mit Bürstenschnitt und Mondgesicht, hing über seiner Schüssel wie über einem Trog. Und da war wieder dieser furchtbare Gedanke: Was, wenn ich einfach in meine Suppenschüssel fiel?

Kurzer Stich.

Zack.

Tot.

Aus und vorbei.

Überführung.

Beerdigung.

Weiter im Programm.

Ich stellte mir kurz meine Trauerfeier vor. Die Kirche, der Sarg, die Kerzen. Meine Familie und alte Freunde, für kurze Zeit zu Marionetten der Pietät verdammt. Der salbadernde Pfarrer, der von der Kanzel eine neue Predigt aus immer gleichen Versatzstücken zum Besten gab. Gott, was für eine fürchterliche Vorstellung. Ich musste meine Grabrede dringend selber schreiben und meiner Familie ein paar Instruktionen hinterlassen.

»Ich schreibe meiner Familie die Tage einen Brief und gebe dir nachher die Telefonnummer von meinem Bruder. Wenn etwas passieren sollte, rufst du vielleicht zuerst ihn an«, flüsterte ich Freya zu, die neben mir saß.

»Da musstest du ja nicht sonderlich lange überlegen«, entgegnete sie.

»Ich habe mir gerade vorgestellt, was wäre, wenn ich einfach tot umfallen würde. Stell dir das mal vor!«

Freya schwieg einen Moment, sie schien nach einer angemessenen Antwort zu suchen. Waren unsere ganzen Gespräche bisher auf einer fast humorvollen Ebene dahingeschlittert, wie eine Eiskunstläuferin auf einem zugefrorenen Haifischbecken, huschte jetzt ein Schatten über ihr Gesicht, kurz, kaum wahrnehmbar. Sie blickte mich eine Weile an, ihre Augen erforschten mich, dann lächelte sie plötzlich, das schönste Lächeln der Welt, und stupste mich mit der Schulter an. »Vielleicht wäre das ja ein Segen«, entgegnete sie und klatschte in die Hände. »Kommt, Leute, in fünf Minuten geht's weiter.«

NEUN

Drei Tage später war ich nicht nur noch am Leben, sondern irgendwie angekommen, Teil der Gruppe, irgendwie integriert und akzeptiert. Die Yoger (wie ich sie entgegen aller Genderdebatten getauft hatte) standen und saßen herum wie Skulpturen, bewegten sich wie Pantomimen durch die Morgenstimmung. Vögel tschilpten, Affen gackerten, ein Mönch fegte. Ich hatte mir frei genommen und wollte-sollte-musste endlich mit den unumgänglichen Briefen beginnen, um meine Familie über die Situation aufzuklären. Stattdessen folgte ich diesem wundersamen Spektakel, das ich von der Kanzel meines Bungalows bestaunen durfte.

Dieses quietschfidele Häufchen auf einer Insel in der Bucht von Thailand war schon eine Glanznummer der Menschheitsgeschichte. Hemmungslose Konsumexzesse? Netzprobleme, Cyberrealitäten, Geschlechterzwang? Muskelverkümmerungen, Verfettung, Existenzängste? Egozentrik hoch Gefühlskälte? Gab es hier nicht. Es gab nur das kristallklare Wasser der Daseinsvergessenheit. Und Lungenkrebs. Erstaunlicherweise rauchten nämlich mehrere Yoger, pafften in jeder Pause vor sich hin. Wahrscheinlich so ein Elementeding, dachte ich. Wasser konnte man trinken, Luft atmen, Steine lutschen, nur an Feuer kam man nicht näher heran, außer sich den Rauch in die Lungen zu saugen. Kurzum: Ich war auf einem Stützpunkt des Seelenheils gelandet, voller Rekruten der Gesundheit. In ihren Därmen lebten Milliarden von friedlichen Bakterien, Mikroben und Enzymen in harmonischer Koexistenz, sendeten Signale ans Hirn, dass im Darm alles paletti war, sie waren reduziert auf die höchste Form des Menschseins, glaubten an kosmisches Gleichgewicht, die Heilkraft von Ingwertee und die Reise nach Ixtlan. Wut, Hass, Aggression wurden umgewandelt und abgeleitet in Liebe und Einklang. Würde hier ein Trupp blutrünstiger Verbrecher aufmarschieren, alle wären so hilflos wie Welpen unter einer Meute Bluthunde. Außer vielleicht Werner.

Werner, der langhaarige Yogalehrer mit den eisblauen Augen. Er war mir nicht geheuer, bestand nur aus Muskeln und Samensträngen, konnte sogar einen Handstand auf einem Arm. Und wem das nicht genügte: Er schälte mit seinem Fingerring gelegentlich Mangos. Keine Ahnung, wie das funktionierte. Er pflückte eine Mango vom Baum, drehte sie dann in der Hand, und zwischen seinen Fingern glitt ein dünner Streifen Schale heraus, bis er am Ende nur noch die glänzende, nackte Frucht in Händen hielt. Er zog daraufhin das Fruchtfleisch in mundgerechten, akkuraten Häppchen vom Kern – da hätte sogar ein Sushimeister gestaunt –, die er unter seinen Jüngern wie das Abendmahl verteilte.

Ein Schluchzen erklang, hell und schmerzvoll. Hilli von den Anfängern schlug die Hände vor dem Gesicht zusammen, rannte ein paar Meter weg und begann jämmerlich zu weinen. Danach konnte man fast die Uhr stellen. Tat sie jeden Morgen nach der Meditation, für die ich ohnehin nicht sonderlich viel übrighatte. Da tapsten die Leute eine Weile durch ihr Unterbewusstsein und dachten, sie hätten das Totenreich entdeckt. *Alles tutti, Leute, geht nach dem Tod weiter. Keine Sorge.* Hilli kam nach dieser Exkursion jedenfalls nie so richtig mit sich und der Welt zurecht. Oriana ging ihr mit verbiesterter Miene hinterher, packte sie, nahm sie in den Arm, und Shirin, eine magersüchtige Unternehmensberaterin aus der Schweiz mit einer Haut wie Frischkäse, verscheuchte das schlechte Karma, indem sie um das Paar eine Art eurythmischen Tanz vollführte und dabei wild mit den Händen wedelte.

Cyril trat mit einer Wasserflasche an meine Terrasse, er grüßte mich, schien sich aber nicht wirklich zu trauen, die paar Stufen zu mir nach oben zu kommen. Er lehnte sich ungelenk ans Geländer, blickte kurz zu Hilli, begutachtete mich danach mit dem Blick eines scheuen Hundes, wahrscheinlich um zu erfahren, wie er über die Szene denken durfte. Betroffenheit? Rührung? Spott? Ich zog schmunzelnd einen Mundwinkel nach oben. Cyril begann ebenfalls zu lächeln. Gott, dieser Mensch brauchte mehr als nur Anschluss an eine Gruppe. Er brauchte einen Freund. Dringend. Sein Mund begann sich zu bewegen. Auch so eine Marotte, er behielt jeden Laut wie ein Lutschbonbon im Mund, schob ihn von links nach rechts, bevor er seine Lippen passierte.

»Weint«, kommentierte er nach einer Weile.

»Weint«, gab ich zurück.

»Bisschen gaga«, fügte er hinzu.

»Bisschen«, entgegnete ich.

Da tauchte Freya auf. »Cyril, hör auf, ständig in der Gegend rumzuscharwenzeln«, fauchte sie.

»Ich wollte nur …«, stotterte Cyril.

»Wir machen zusammen Pause, alle miteinander, okay?«

Cyril zeigte auf mich. »Er macht heute doch auch nicht …«

»Wenn du zwei Tage mit Magen-Darm im Bett gelegen hast, darfst du auch zwischendurch freimachen, bis dahin gelten meine Regeln. Geh jetzt zurück zur Gruppe!«

Cyril trabte erschrocken davon.

»Verschafft dir der Drill eigentlich Befriedigung?«, erkundigte ich mich.

Freya lächelte verschmitzt, dann schaute sie auf das Briefpapier auf dem Tischchen vor mir. »Ich sehe deinen Kugelschreiber nicht über das Papier flitzen.«

»Ich sammle mich noch.«

»Seit einer Dreiviertelstunde? Ich habe dich im Auge, Freundchen. Und wenn du nicht bald anfängst zu schreiben, dann verknote ich deine Arme und Beine hinterm Rücken. Nennt sich Nidrasana, die yogische Schlafstellung …«

»Ich bin dabei, Freya, gleich geht's los ...«

Hilli heulte plötzlich auf, als hätte ihr jemand die Schwanzfedern ausgerissen. Sie wehklagte, dass selbst die frohmutigsten Vögel ihr Gezwitscher einstellten. Freya musterte sie kurz. Ich suchte in ihrem Blick, was sie wohl über die ganze Sache dachte. Ihre Mimik blieb mir verschlossen. Es schien mir, dass sie mit der ganzen überzeichneten Gefühlsduselei wenig am Hut hatte. Sie zündete sich zwar abends immer Duftlämpchen auf ihrer Bungalowterrasse an, Bergamotte, glaubte ich, aber was bedeutete das schon?

Das Training ging weiter, und ich schnappte den Stift und beschloss, zuerst das Problem mit der Trauerfeier anzugehen.

Wir haben uns heute hier versammelt, um Konstantin Wittgenbausch auf seinem letzten irdischen Gang zu begleiten. Von ihm, der am 19. März 1981 hier in Hannover an einem unscheinbaren Dienstagmittag geboren wurde, der hier lebte und vielen in seinem Wirken verborgen blieb, wollen wir uns in dieser Stunde in herzlicher Trauer und Mittrauer verabschieden. Herzliche Trauer? Ist das kein Widerspruch? Nein, denn durch schmerzliches Leid spüren wir auch den tiefen Dank, der denen gewiss ist, die dem Entschlafenen nahestanden, denn diese Menschen spüren, wie sehr sie dieses nun abgeschlossene Leben bereicherte. Was seine Nächsten an ihm hatten, das wissen sie selbst am besten: Vater Paul und Mutter Hildegard, Bruder Philipp mit Familie, Freunde oder die langjährige Partnerin Tamia, die heute nicht anwesend ist, obwohl der Stadtteilfriedhof Kirchrode nur fünf Minuten Fußweg von ihrem Haus entfernt liegt. Dabei sollte heute trotz des Schmerzes und der Wut der Dank für dieses Leben durchschimmern: Danke, dass Konstantin da war.

Wenn ein solcher Mann von uns gegangen ist, wahrlich zu früh, so gleitet unser Blick noch einmal über alles, worin er ein Stück Geschichte gewesen ist, worin er vor den Augen der Menschen etwas bedeutet hat. In den Nekrologen verdichten sich Sein und Werk eines Menschen zu jenem hohen Grad an Deutlichkeit, wie ihn nur das Verstehen und die Trauer der Liebe aufbringen. Konstantin hat sich im Rahmen der Gesellschaft verwirklicht, hat Elektrotechnik studiert, weil er schon als Kind Glühbirnen mochte; er ist den Weg der Selbstständigkeit gegangen, ist in seinen letzten Monaten erstmals wirklich gereist, nicht nur zum Selbstzwecke, liebe Gemeinde, sondern auch um Leid von seinen Lieben fernzuhalten und um in seinem kurzen Dasein den Schlussakkord anzustimmen. Ja, das klingt in der heutigen Zeit vielleicht nicht nach viel Sein und Werk – aber können wenige Sätze jemals die Fülle eines Lebens zusammenfassen? Den Detailreichtum eines gewöhnlichen Tages? Werden große Gedanken etwa länger gedacht?

Aber nun ist er von uns hinweggerufen worden und ist in jene Einsamkeit entboten, durch die man nur allein kommt. Durch diese letzte Sperre kann man kein Gepäckstück mitnehmen, und sei es noch so für unwegsames Gelände geeignet, denn das, was in der Ewigkeit auf uns wartet, fragt nicht nach dem, was wir besitzen, auch nicht nach dem, was wir geleistet und bedeutet haben, es bleibt nur bestehen, dass wir ihn mit Namen gekannt haben und dass alles, was Konstantin war und tat, eine Antwort und ein Echo an die ewige Güte seines Lebens war. Ja, denn Konstantin hat sich gesorgt und bemüht, manchmal vielleicht zu sehr, was uns nur einmal mehr seine Leidenschaft und Aufopferung vor Augen führt. Und er hat geliebt, bis zu seinem letzten Atemzug, sich sogar unsterblich verliebt, in den letzten Wochen seines Lebens. Ist das nicht das Sinnbild der Hoffnung? Zeichnet sich die Qualität der Liebe durch ihre Dauerhaftigkeit aus? Ist Liebe ein Gefühl oder vielmehr eine Geisteshaltung?

In einer solchen Abschiedsstunde, die einen Strich unter ein Leben und Zusammenleben zieht, spüren wir stark, dass das Sterben des Menschen nicht nur einfach ein biologisches Ereignis ist, ein Welken und Vergehen, das selbst der schönsten Lotusblume bevorsteht, nein, in einer solchen Abschiedsstunde spüren wir, was uns Menschen sterben lässt. Es ist ein Riss, ein Riss, der vor allem auch durch die Gemeinschaft geht, die uns verband. Und so wünschenswert es von uns immer wieder ist, ist unser Miteinander ein Verbund, der nicht auf Dauer angelegt sein kann. Und wann hatten die Menschen schon genügend Zeit? Mit siebzig Jahren? Mit achtzig, neunzig oder hundert Jahren? Ist das Leben nicht immer schnell dahingegangen? Wahrlich: Es fahret schnell dahin, als flögen wir davon. Nur wohin ist dahin, liebe Gemeinde?

Als ich wieder aufsah, war Erstaunliches passiert. Nämlich nichts. Der Mönch fegte, die Yoger turnten, die Vögel tschilpten. Wir waren in einer tropischen Schneekugel gefangen, in der die Zeit zeitlos dahinrieselte, stillstand, sich bestenfalls hob und senkte wie die Brust eines Schlafenden. Und dann ging das Leben doch weiter. Freyas Gruppe löste sich auf. Glieder entspannten sich, Köpfe wurde hin und her gerollt, wie normale, verspannte Menschen das nach einem langen Bürotag taten.

In diesem Moment spürte ich, dass meine Hand vom Schreiben schmerzte. Schrift existierte für mich nur noch in Verbindung mit einer Tastatur, als mechanischer Druckimpuls, umgewandelt in ein elektrisches Signal, von einer Maschine interpretiert und in Schrift übersetzt. Ich ballte ein paarmal eine Faust und las dabei meinen Text noch einmal durch, fand ihn irgendwie zutreffend und kramte kurzerhand einen Umschlag hervor.

Ich zögerte einen Augenblick.

Keine Ahnung warum, aber ich ertappte mich plötzlich dabei, wie ich Tamias Adresse auf das Kuvert schrieb. Ich kritzelte noch »Sonnengrüße aus Thailand« darunter, wies sie post scriptum auf das Gold im Keller hin und schob den Nachruf in den Umschlag. Freya legte sich gerade ein Handtuch wie eine Python um den Hals, schnappte sich eine Flasche Wasser und marschierte auf mich zu. Ich ließ den Brief in meinem Muttermaltagebuch verschwinden. Sie kam auf meine Terrasse und setzte sich wie selbstverständlich neben mich. Das fühlte sich schön an.

»Hast du einen Brief geschrieben?«, fragte sie.

Ich schaute auf mein Tagebuch. »Ich habe das Pferd von hinten aufgezäumt.«

Freya nickte. »Hör mal, Werner hat angeboten, dass du auch zu ihm in die Anfängergruppe kannst, wenn das vielleicht angenehmer für dich wäre.«

Ich blickte zerknirscht zu ihm hinüber, wie er oberkörperfrei und muskelbepackt vor seinen Zöglingen meditierte. »So angenehm wie der Gedanke an eine Fäkalientransplantation«, grummelte ich.

»Bitte?«

»Nichts, nichts«, erwiderte ich, dann kam mir ein furchtbarer Gedanke. »Hast du ihm etwa von meiner Krankheit erzählt?«

»Nein, aber es würde vielleicht vieles erleichtern.«

»Ich fühle mich bei dir sehr wohl, also, in der Fortgeschrittenengruppe. Macht Spaß. Ich wollte wirklich nur mal meinen frischen Kopf am Morgen nutzen und einen Brief schreiben«, sagte ich, obwohl jeder Muskel in meinem Körper schmerzte. Ich fühlte mich ehrlich gesagt erbärmlich, wie eine Woche pausenlos mit einer Stahlbürste gestriegelt, und hatte meine Meinung über Yoga grundlegend überdacht: Das war Sadomaso in Sportklamotten.

»Unten an der Tanote-Bucht gibt es auch ein Internetcafé.« Freya zeigte auf den Umschlag, der aus meinem Tagebuch hervorlugte.

Ich überlegte. »Ich kann mich nicht erinnern, wann ich in meinem Leben einmal einen handschriftlichen Brief geschrieben hätte. Ich hatte schon einen Mailaccount, da musste man den Anbieter noch dafür bezahlen. Aber irgendwie kommt mir der Gedanke an eine E-Mail so flüchtig vor. Weißt du, was ich meine?«

Freya nickte. »Dann will ich dich auch nicht länger stören. Aber was ich fragen wollte: Ein paar von uns gehen heute Abend an den Strand. Abendessen, was trinken und so. Hast du Lust, uns zu begleiten?«

ZEHN

Oriana unterbrach ihren Monolog erst, als der Kellner sich neben uns auf die Knie sinken ließ. Die Dämmerung hatte der Welt bereits alle Farben ausgesaugt, und nur ein Halbmond goss etwas milchiges Licht über die Umgebung. Das Meer schwappte sanft ans Ufer. Wir saßen im Sand und hatten zwei Tischchen zusammengeschoben. Fackelschein tanzte über den Strand. Freya saß neben mir, überhaupt hatte sie sich in den letzten Tagen beim Essen immer neben mich gesetzt, auch im Yogacamp, was folgerichtig dazu führte, dass ich natürlich auf meine Tischmanieren achtete. Bei dieser Art des Speisens der blanke Horror. Es gab nämlich ständig Suppen mit Nudeleinlage. Als Besteck nur Stäbchen und Löffel. Da spritzte es ständig über meinen Schüsselrand wie bei einem Tischbrunnen. Vor allem, wenn ich versuchte gerade zu sitzen.

»Ich nehme die Nummer neun, aber ohne Fleisch, falls welches dran ist«, sagte Shirin. Ich ließ meinen Blick über ihren Körper gleiten, sie war ein hautbeflocktes Skelett, nicht mehr.

»Du hast doch gar nicht in die Karte gesehen«, bemerkte ich und betrachtete ihre spindeldürren Oberarme, die ich mit zwei Fingern umfassen konnte.

»Ich nehme immer die Neun, ist so eine friedvolle Zahl«, antwortete sie schmunzelnd.

Jetzt wurde mir einiges klar. Sie war gar nicht magersüchtig, sondern aß immer nur die Vorspeisen. Gott, der Mensch war schon ein komisches Wesen. »Nimm doch die Neunundneunzig, dann bekommst du vielleicht mal einen Hauptgang«, sagte ich.

Freya lachte laut auf, die anderen stimmten ein, bis auf Oriana. Sie wartete in Habachtstellung die Bestellrunde ab, setzte sich in den Schneidersitz und fuhr düster, fast prophetisch fort: »Konsum ist doch nur eine neue Form von sexueller Befriedigung. Das hat sogar Mo Pu zu mir gesagt, als er mir vor drei Jahren Audienz gewährte: ›Wir sind nichts weiter als Hasen, die sich totrammeln, Oriana‹, so hat er es gesagt. Eine unglaubliche Begegnung war das.«

Cyril hing an ihren Lippen, er nickte hypnotisiert, bevor er antwortete. »Das war der Guru, bei dem du warst, nicht? Ich stimme ihm voll zu. Alle sagen immer, man soll in der Gegenwart leben, aber ist es nicht vielmehr so, dass wir durch unseren Überfluss an allem viel zu sehr in der Gegenwart leben? Wir glotzen und fressen, tagein, tagaus, und dadurch verlieren wir Vergangenheit und Zukunft, unseren Anfang und unser Ende aus den Augen, oder? Oder nicht?«

»Oder wir vereinsamen vor Endgeräten. Die entleerten Gesichter vor Smartphones in Trams sind mir echt unheimlich«, fügte Shirin hinzu.

Gut, mit dieser Theorie war sie ja jetzt nicht allein. Kippel war sogar der Überzeugung gewesen, dass hier die Ursachen meiner Cyberchondrie, der modernen Hypochondrie, zu suchen waren. Neue Technologien und soziale Isolation waren für ihn das hochexplosive Gemisch für Psychosen. Ich würde in meiner Einsamkeit zu sehr mit meinem eigenen Körper kommunizieren, erklärte er mir, ich wäre hypersensibel gegenüber jedweden Symptomen, die, einmal der Bestie Internet anvertraut, zu todbringenden Krankheiten potenziert würden. Diese Diagnose stellte er mir am Ende unserer ersten Sitzung – nach fünfundvierzig Minuten!

Bei unserem zweiten Treffen legte ich höflich Widerspruch ein. Erstens suchte ich ja nicht nach jedem Furz, der mir quer saß. Zweitens konnte ich meine Ängste manchmal durch eine Recherche im Internet sogar zerstreuen, oft suchte ich sogar so lange, bis ich auf einen Hoffnungsschimmer stieß, und auf den fixierte ich mich bis zum Arzttermin. Und drittens gab es in der Geschichte der Menschheit genügend Hypochonder, berühmte wohlgemerkt: Strawinsky, Molière oder Darwin, Charlie Chaplin oder Thomas Mann, und die waren schließlich ganz offline bekloppt.

Ich suchte keinen Disput mit ihm, brachte meine Antithesen wirklich sachlich vor, war ergebnis- und lösungsorientiert, ich wollte ja zurechnungsfähig erscheinen. Meine Augen sprangen jedenfalls beim Sprechen nicht panisch hin und her, ich knabberte nicht an meinen blutigen Fingernägeln und hatte auch keine Heul- und Schreikrämpfe, während ich meine Einwände äußerte, aber der Psychologe war der Ansicht, dass sich mein Krankheitsbild schon so sehr manifestiert habe, dass ich Fachmeinungen nicht mehr annehmen würde. Er dehnte kurzerhand die geplanten fünf auf zehn Sitzungen aus und schrieb mir den Namen eines leichten Antidepressivums auf ein Post-it. Ich sollte damit bei meinem Hausarzt vorstellig werden.

Zu Beginn meiner vierten Sitzung erklärte ich ihm, dass ich das Antidepressivum nicht nehmen würde. Ich hatte die Nebenwirkungen gegoogelt. Er nickte bedächtig, notierte etwas, legte sorgenvoll die Stirn in Falten und riet mir, ab sofort ohne die neuen Technologien zu leben. Ich wies darauf hin, dass ich dann arbeitslos sei, woraufhin er eine Umschulung empfahl, denn ein gesunder Gärtner sei schließlich besser als ein kranker Internethändler …

Ehrlich gesagt nahm ich den ganzen Kulturskeptizismus an diesem Abend am Strand auch nicht mehr so ernst. Die Situation hatte sich für mich grundlegend geändert. Alkohol rauschte wohltuend durch meine Blutbahnen. Ich war am Meer, in Thailand. Freya saß neben mir, und meine Bauchschmerzen hatten sich über den ganzen Körper verteilt: Muskelkater. In jedem Glied wohltuende Lähmung. Und ich spürte den warmen Sand zwischen meinen Zehen, ich war Pilger, Entdecker, Abenteuerreisender, und ich wollte es genießen. Außerdem fand ich das Sinnbild der entleerten

Gesichter vor Smartphones ohnehin etwas überstrapaziert. »Na ja, die Leute, die sich in der U-Bahn eine Zeitung oder ein Buch vor die Nase halten, sehen ja auch nicht gerade lebhaft aus, oder?«, erwiderte ich lachend.

Alle schauten mich stumm an.

Irgendwann ebbten die Gespräche ab, jeder zog sich ein wenig in sich zurück.

Der Strand war bevölkert von Grüppchen, die im Sein schwelgten. Ein Mädchen am Nebentisch zog mehrmals ihr Handy aus der Tasche und machte ein Selfie. Mit drei Negroni und mehreren Bieren hatte ich mich auch längst bettfertig gemacht, da entdeckte ich Werner. Er glitt durch den Fackelschein wie Dionysos, der Partygott, und schlich sich seitlich an Freya heran. Keine Frage, er schwänzelte mir zu oft um sie herum. Er trug einen Poncho, der wie ein offenes Geheimnis über seinem nackten Oberkörper hing. Seine Muskeln zeichneten sich darunter ab, verteilten sich wie Beulenpest über seinen durchtrainierten Body. Ich hasste ihn. Shirin nestelte plötzlich unterm Tisch in ihrer Tasche. Was war hier los?

Werners Hände legten sich sanft über Freyas Augen. Feuer tanzte magisch in seinen Augen. Dann stellte Shirin das Törtchen auf das Tischchen. Drei ganze und eine halbe Kerze brannten darauf.

Einstimmig begannen sie zu singen.

»Happy Birthday to you! Happy Birthday to you ...«

Im Gegensatz zu meinem jüngeren Bruder, der in unserer Kindheit immer in blinden Jähzorn verfiel, wenn ein Teil seines Puzzles partout nicht dorthin passte, wo er es haben wollte, und er daraufhin einen Hammer holte und so lange auf das Teil eindrosch, bis auch Micky Maus in Minnie Maus passte, begann ich in solchen Situationen zu weinen. Aus Hilflosigkeit. Aus Frust. Aus Demütigung. Das verdammte Puzzle hatte mich auflaufen lassen, und ich hasste es dafür. So fühlte ich mich auch, als ich mich nach einer knappen Stunde von der Gruppe absetzte.

Werner versuchte sich gerade im Dunkeln an einer Slackline, die zwischen zwei Palmen aufgespannt war. Georg, Hilli und Jacqueline tuschelten, soweit ich richtig lauschte, sprachen sie aber nur über Avocado. Cyril starrte derweil Oriana an. Oriana starrte auf ihre Hände, mit denen sie einen Joint drehte. Dabei gab sie weitere Weisheiten von ihrem persönlichen Yoga-Guru zum Besten. Shirin erzählte Freya etwas von Outsourcing, und ich war überflüssig, schlenderte Richtung Toiletten, um dann einen Schlenker zu machen und mich an eine ruhige Stelle des Strandes zu verziehen.

Die Meeresoberfläche funkelte im Licht eines Halbmonds. Obwohl der feine Strich am Horizont ein Silberstreif sein sollte, wirkte er auf mich eher wie eine Nulllinie. Nur die schwarzen Umrisse einer anderen Insel bildeten einen letzten Ausschlag auf diesem Herzstillstand des Ozeans. Ich legte mich auf den Rücken, verschränkte die Arme hinter meinem Kopf und starrte in den Himmel, der mit Sternen übersät war. Wunderschön, mystisch und magisch, wie geschaffen für tiefe Gedanken – eben eine dieser Situationen, in denen man sich bemühte, nachzudenken, in sich zu gehen, den Sinn hinter allem zu entdecken, und am Ende postete man ein Selfie und checkte alle drei Minuten seinen Status, weil einem sonst nix einfiel.

»Hier bist du«, hörte ich plötzlich Freyas Stimme und schloss kurz die Augen. Irgendwie hatte ich den Rest des Abends schon vor mir ablaufen sehen, einen Moment mit Freya allein hätte ich nicht für möglich gehalten. Sie ließ sich neben mir in den Sand sinken. War sie mir etwa nachgegangen?

»Brauchte kurz eine Auszeit«, sagte ich, setzte mich auf, und mein Oberarm berührte ihren Oberarm.

»Ist alles in Ordnung, geht es dir gut?«

»Ja, ja, war nur etwas …« Ich seufzte und fuhr fort, mit mehr Trotz in der Stimme, als mir lieb war. »Du hättest mir ruhig sagen können, dass du Geburtstag hast.«

»Tut mir leid. Aber das war mir ehrlich gesagt nicht so wichtig.

Ich wollte nur, dass du mitkommst, damit der Abend nicht ganz so öde wird. Und es war wirklich sehr schön, danke.« Freya stieß mich sanft mit der Schulter an.

»Hm«, grummelte ich und verbarg das Leuchten in meinen Augen, indem ich den Kopf sinken ließ und in den Sand starrte. »Wie weit sind wir hier eigentlich vom Äquator entfernt?«, fragte ich nach einer Weile, um die Intimität der Stille zu durchbrechen.

»Du stellst Fragen. Wie kommst du denn darauf?«

»Keine Ahnung.« Ich schwieg einen Moment. »Nein, das stimmt nicht. Ich weiß, wie ich darauf komme. Ich habe, kurz bevor du kamst, über Nulllinien nachgedacht.«

Freyas Gesicht war von mehr Schatten als Licht gezeichnet, aber ich erhaschte ein sanftes Lächeln. »Hm. Bin ziemlich sicher, dass der Äquator südlich von Singapur verläuft, sind bestimmt tausend Kilometer. Aber darf ich dich was fragen?«

»Klar«, sagte ich. »Klar.«

»Du wirkst so ruhig und gelassen, bist immer gut drauf, gar nicht, als würdest du dir große Sorgen um Nulllinien machen.«

»1. Kirchhoffsches Gesetz: In jedem Knotenpunkt ist die Summe aller Ströme null.«

»Konstantin.«

Ich seufzte. »Hast du schon einmal von Elisabeth Kübler-Ross gehört?«

»Ist das diese Sterbeforscherin?«

»Genau. Die hat den Sterbeprozess in ein Fünf-Phasen-Modell gezwängt: Verdrängung und Isolation, Zorn und Ärger, Verhandlung, Depression und Zustimmung. Verrückterweise konnte selbst sie, die sich mit nichts anderem beschäftigte und den Tod regelrecht verherrlichte, am Ende ihres Lebens nicht recht loslassen. Rein wissenschaftlich würde ich also sagen, ich befinde mich in der ersten Phase des Sterbens: *Haha, Tod? Was für ein neckischer Name, kenn ich aber nicht, hat sich mir nicht vorgestellt,* mit kurzzeitigen Übergängen in die zweite: *TOD? WAS FÜR EIN GESCHMACK-*

LOSER SCHABERNACK IST DAS DENN BITTE, ES SETZT HIER GLEICH EINEN SATZ WARME ORHEN?!!«

Freya schmunzelte. »Ganz ehrlich: Für eine Verdrängungsphase klingst du mir etwas zu reflektiert.«

Ich senkte meinen Blick, wollte nicht, dass Freya meine glasigen Augen sah. »Das Modell ist auch Müll, wenn du mich fragst. Ich springe zwischen den Phasen, manchmal im Minutentakt. Es gibt Momente, da habe ich mehr Angst als jemals zuvor, bisschen wirr und unwirklich alles. Aber ich habe in den letzten Jahren auch ein wenig gelernt, meine Gefühle zu verbergen. Das warf mir meine Ex-Freundin jedenfalls immer vor.«

»Was gab es denn zu verbergen?«, fragte Freya.

»Och, dies und das«, antwortete ich, denn jetzt noch mit meiner Hypochondrie anzufangen, das wäre irgendwie unschicklich. Und was bedeutete dieses Detail jetzt überhaupt noch?

Freya schwieg einen Moment. »Wann habt ihr euch denn getrennt?«

»Vor über zwei Jahren.«

»Und warum?«

»Das weiß ich auch nicht so richtig«, sagte ich, aber Freya schien sich damit nicht zufriedenzugeben, sie wartete auf eine Antwort. Das war mir in den letzten Tagen immer wieder an ihr aufgefallen: Sie gab sich nie mit knappen Erklärungen, geschweige denn Ausweichmanövern, zufrieden. Sie konnte direkt sein, regelrecht unbarmherzig, fragte nach und ließ nicht locker, bis ihr Gegenüber wenigstens den Versuch einer Antwort unternahm. »Selbstlüge ist nicht so deins, oder?«

Freya lachte. »Nein, das mag ich wirklich nicht sonderlich. Einmal in eine Selbstlüge verstrickt, da kommt man nicht mehr so leicht raus.« Sie funkelte mich an. »Scheinerklärungen finde ich aber genauso unnötig.«

»Zugegeben, zum Ende unserer Beziehung habe ich ein wenig die Nerven verloren. Da war Tamia gerade auf einer Messe in

Asien«, begann ich zu erzählen. »Bis vor wenigen Tagen dachte ich sogar, dass die meiste Schuld bei mir liegt, aber bei meiner Zwischenlandung in Frankfurt kam mir plötzlich eine Geschichte in den Sinn, die wenige Monate vor unserer Trennung passierte. Tamia wollte unbedingt *Das Begehbare Herz* in Fulda besichtigen, eine Attraktion für Kinder- und Schülergruppen, aber so etwas interessierte sie immer, sie war bei einer Firma für medizinische Technologie beschäftigt. Wir standen gerade mit einem Audioguide in einer der vier Herzkammern rum – es war richtig schummrig, ich fand es fast schon romantisch da drin –, da sagte Tamia plötzlich, dass sie hier nirgends die Liebe entdecken könne. Auf der Rückfahrt entbrannte eine Diskussion zwischen uns: Was ist Liebe? Ich wusste keine Antwort, aber für Tamia war es nichts weiter als ein Chemiecocktail im Hirn. Im Grunde hätte ich damals merken müssen, dass etwas im Argen lag. Ich glaube mittlerweile, als sie mich ein halbes Jahr später vor die Tür setzte, hatte sie sich schon monatelang auf diesen Schritt vorbereitet und nur auf den passenden Moment gewartet. Und hast du jemanden?«, fragte ich und spürte mein pochendes Herz, das sanft mein dünnes Baumwollhemd ausschlagen ließ.

»Nein, derzeit nicht«, antwortete Freya. »Wart ihr lange ein Paar?«

»Vierzehn Jahre. Wir haben uns schon an der Uni kennengelernt. Ich habe Elektrotechnik studiert, sie Medizintechnik. Wir saßen nebeneinander in einer Vorlesung über Kurvendiskussion und mussten gemeinsam mittels Polynomdivision die Schnittpunkte mit der x-Achse berechnen.«

»Romantisch.«

»Jupp.«

»Vierzehn Jahre sind eine lange Zeit. Weiß Tamia von deiner Krankheit?«

»Nein. Aber früher oder später wird sie es erfahren.« Ich wurde plötzlich das Gefühl nicht los, dass ich hier gerade einen magischen

Moment erlebte, Freya, das Meer, die Wellen, im ewigen Rhythmus. Vielleicht war da doch etwas, da draußen, ein höherer Sinn, eine Weisheit, verborgen in der Pracht der Natur, eine Wahrheit, die ich per se nicht begriff. »Wie denkst du denn über den Tod?«, fragte ich.

Freya zuckte mit den Schultern. »Ich versuche Leben und Tod als eine Einheit zu sehen, einen harmonischen Dialog, den völligen Einklang. Du?«

»Ich sehe einen unlösbaren Konflikt, einen ewigen Zweikampf. Volles Programm. Ausgerissene Gliedmaßen und ausgeschlagene Zähne. Blut, Schmerz und Geschrei. Und am Ende gewinnt der Tod.«

Freya lachte schallend, was mich noch mehr anstachelte.

»Wirklich, Freya! Ich schwöre es dir: Ich würde dem Tod die Augen auskratzen, ihn beißen, mit Boxhandschuhen aus Blei auf ihn eindreschen und nicht an Tiefschlägen sparen!«

»Aber Tod und Leben ergeben doch irgendwie auch einen Sinn, nein?«

»Findest du? Für mich sind sie ein Widerspruch.«

»Der Tod tötet ja nicht die Zeit, die wir hatten.«

»Zeit? Aber wann hatte ich genug Zeit? Wenn ich achtzig ohne Gebrechen werde? Wenn ich vierzig werde, aber davon zwanzig Jahre als Millionär gelebt habe? Wann?«

»Ich glaube, das muss jeder für sich entscheiden.«

»Ich will das aber nicht entscheiden müssen, Freya! Weißt du, bis zu einem gewissen Alter kommen die Menschen in dein Leben. Eltern, Familie, Freunde. Es werden immer mehr. Und irgendwann beginnen sie nacheinander zu gehen. Als vor ein paar Jahren mein Großvater starb, hatte ich plötzlich die diffuse Angst, am Ende der Letzte sein zu müssen – und jetzt?«, schnarrte ich verbittert und wusste nicht, was ich damit eigentlich sagen wollte. Ich blickte Freya hilfesuchend an. Sie schwieg. Ein Paar trottete schwankend an uns vorbei, barfuß, ihre Sandalen trugen sie in den Händen.

Freya seufzte. »Hör mal, die anderen sind wahrscheinlich schon aufgebrochen. Sollen wir auch los? In ein paar Stunden beginnt eine neue Yogastunde, und ich bin ganz schön erledigt.«

Eigentlich wollte ich hierbleiben, den Sonnenaufgang erleben. Ich hatte nämlich noch nie eine Nacht durchgemacht oder konnte mich zumindest nicht daran erinnern. Ich wollte sehen, wie ein neuer Tag anbrach, wollte, dass Freya bei mir blieb. Stattdessen fand ich mich kurze Zeit später im Yogacamp wieder. Nicht müde, sondern hellwach, aufgedreht und angestachelt. Dann stolperte Freya über eine Wurzel auf dem Weg. Ich packte zu. Eine schnelle, beherzte Bewegung. Es war fast ein wenig klischeehaft: Freya lag plötzlich in meinen Armen. Und ich interpretierte es als Schicksal, Fügung, ein Friedensangebot des Kosmos, der mir so übel mitgespielt hatte.

Mein Bewusstsein lag blank, als sich mein Gesicht ihrem näherte. Es fühlte sich fast an, als hätte etwas meiner Wahrnehmung einen Zwicker aufgesetzt. Die Konturen der Bäume, die Schattenwürfe der Hütten, die Geräusche des Waldes, alle meine Sinne wirkten geschärft, sensibilisiert. Die ganze Umgebung waberte im Rhythmus zu meinem Puls, als meine Lippen ihre Lippen suchten und ich dann doch einen recht eigentümlichen Ausdruck in ihren Augen entdeckte, der mich zögern ließ. Freya wirkte erschrocken, geradezu ängstlich. Der Abstand zwischen uns wurde wieder größer. Sie wand sich aus meinen Armen, stolperte die Treppe zu ihrer Terrasse nach oben und verschwand in ihrem Bungalow.

ELF

Grummelnd begab ich mich zu meiner Gruppe, den Dehnübungen im Halbschlaf, den Vorbereitungen zum gemeinsamen Sonnengruß. Sprichwörtlich. Es war noch früh, und die Yoger taumelten im Morgengrauen umher, murmelten Zeugs, nuckelten an Wasserflaschen, reckten ihre Glieder. Schnauben, Prusten, Seufzen. Jeder streifte seinem Schweinehund möglichst behutsam das Zaumzeug über. Trotz der Wärme kroch eine Gänsehaut meine Arme empor. Shirin lag auf dem Rücken und überdehnte sich stöhnend. Cyril stepptänzelte auf der Stelle, Oriana aß eine Banane, Werner streichelte oben ohne die Rinde eines Baums, warum auch immer. Es war jeden Tag dasselbe Spiel, ein festes Ritual, heute allerdings mit einem entscheidenden Unterschied: Freya war nicht da. Ich sah mich vorsichtig um, einmal, zweimal, blickte zu ihrem Bungalow, aber die Tür war verschlossen.

»Da hatte das Geburtstagskind wahrscheinlich einen Cocktail zu viel«, zirpte Shirin und sprach aus, was scheinbar alle dachten: Es erklang leises Gelächter.

Shirins Glieder kreisten plötzlich wie Propeller durch die Luft. Sie schwang sich auf die Beine und ging schnurstracks los, um Freya zu wecken. Ich nahm mir währenddessen eine Bambusmatte aus der Halterung, rollte sie aus und legte mich erst einmal hin. Ich schüttelte ein wenig die angewinkelten Beine. Das sah nach Aufwärmübung aus, strengte aber nicht zu sehr an. Außerdem war mir zunächst der Anblick des Himmels lieber, als sogleich Freya in die Augen schauen zu müssen. Bei dem Gedanken begann mein

Puls zu tröpfeln, mein Herz breitete sich wie eine Pfütze in meiner Brust aus. In der Nacht war die ganze Sache ja schon peinlich gewesen, aber nüchtern betrachtet, bei Tageslicht, war das alles kaum zu ertragen. Wie würde Freya mit der Situation umgehen? Würde sie mich darauf ansprechen, alles totschweigen, mich gar ignorieren?

Dann erklang der Schrei.

Es war ein gellender, psychotischer Schrei, der von einem Moment zum nächsten in gellendes, psychotisches Gekreische überging, sodass sich jeder gedehnte Muskel zu einem sehnigen Klumpen verkrampfte. Innerhalb von Sekunden war ich auf den Beinen, sprintete im Takt meines rasenden Herzens los. Shirin brach wie ein Häufchen Elend unterhalb Freyas Terrasse zusammen. War sie gestürzt? Aber weshalb vergrub sie ihr Gesicht in ihren Händen und bewegte sich wie ein katatonisches Gerippe, vor, zurück, vor, zurück? Was rechtfertigte diese Geste maßlosen Entsetzens?

Die Tür zu Freyas Bungalow stand offen. Saure Galle schoss mir in den Mund, kurz hatte ich den bitteren Geschmack der Negronis auf der Zunge. Ich spuckte auf den Rasen, hustete, strauchelte und rannte weiter. Ein Bild raste durch meinen Kopf, trat bei jedem Schritt, bei jedem Atemzug, der mein krankes Gehirn mit Sauerstoff versorgte, deutlicher zu Tage: Freya bleich, Freya starr, Freya tot.

Sie musste tot sein.

Kein Mensch auf der Welt schrie so furchterregend, wenn er jemanden nackt unter der Dusche überrascht hatte. Ich sprang über Shirin hinweg, landete mit zwei Sätzen auf ihrer Terrasse und blickte zu meinem Erstaunen in einen leeren Raum. Dann sah ich die schillernden Flecken auf dem Bambusboden und dem Bett.

Oriana war die nächste im Bungalow. Sie ging vor den Blutspuren in die Hocke wie eine Kriminalbeamtin. Ich drückte mich an die Wand. Werner tauchte im Eingang auf. Gesichter erschienen im Türspalt, wendeten sich wieder ab. Stöhnen, Klagen, Brabbeln, Jammern. Oriana schnalzte mit der Zunge. Alle hielten den Atem an, warteten darauf, ihre Meinung zu hören, sie war hier schließlich die Rudelführerin und gab den Ton an.

»Beunruhigend«, sagte sie schließlich.

Wie auf Kommando schoss Werner davon, ich hatte keine Ahnung, wohin. Wir traten auf die Terrasse, eine Traube von Menschen wartete am Fuß der Treppe. Gezückte Handys drehten sich wie Pendel in Händen. Weit hinten erkannte ich Werner, der im Urwald verschwand.

»Kann jemand die Polizei rufen?«, warf Oriana in die Runde.

Mit einem Satz stand Cyril neben uns auf der Terrasse und tippelte mit solcher Inbrunst auf sein Smartphone ein, dass man dachte, er prügele auf einen Boxsack.

»Ist das jetzt nicht ein bisschen übertrieben?«, fragte ich.

»Übertrieben? Guck dir mal die Blutlache an!«, fauchte Oriana.

»Ich meine ja nur, es sind auch ihre ganzen Sachen verschwunden, ihr Gepäck und so, das ist doch eigenartig, oder?«

Cyril blickte auf, eine verrückte Geilheit lag in seinen Augen. Er drehte sich um. »Die haben ihre ganzen Sachen mitgenommen!«, rief er.

Hilli stieß einen Schrei aus und brach zusammen. Shirin rannte mittlerweile im Kreis. Drei Mönche standen stumm am Rand der Menschentraube und schauten fragend umher.

»Wo wart ihr gestern Abend eigentlich?«, fragte Oriana plötzlich und funkelte mich an.

»Polizei ist unterwegs!«, rief irgendwer.

Ich antwortete: »Wir waren noch ein bisschen am Strand, haben geredet, als wir zurück zu unserem Tisch kamen, wart ihr schon weg.«

»Wir haben für euch bezahlt!«, stieß Cyril entrüstet aus.

Oriana musterte ihn emotionslos. »Wir dachten, dass ihr ohne uns gefahren seid, Freya war ja ziemlich müde. Aber wann seid ihr dann wieder hier gewesen?«

»Keine Ahnung. Spät. Kurz nach euch. Wahrscheinlich. Ist das jetzt wichtig?«

Werner tauchte neben mir auf. Blutige Kratzer zeichneten sich auf seinem Oberkörper ab, seine nackten Füße waren voller Schmutz und Schlamm. »Zäune sind in Ordnung«, sagte er.

»Zäune?«, fragte ich verdutzt. Ich wusste nicht, dass es hier Zäune gab, und vor allem nicht, warum.

»Ja, wir hatten eine Zeit lang Probleme mit Einheimischen, die ein bisschen randaliert haben, weil sie der Auffassung waren, wir würden ihnen das Geschäft wegnehmen.«

»Und was hat das mit Freya zu tun?«

»Ich wollte nur sichergehen, dass dort alles in Ordnung ist.«

»Aber das Camp hat nicht einmal ein Tor, hier kann man doch einfach reinmarschieren.«

»Unbemerkt? Kann man hier unbemerkt reinmarschieren? Wohl eher nicht«, blaffte Werner. »Und was hast du überhaupt auf Freyas Terrasse gesucht? Ich habe dich in der Früh dort gesehen.«

»Die waren noch länger am Strand, sind später gekommen«, erklärte Oriana.

»Nein, nein, das meine ich nicht. *Er* war *alleine* auf ihrer Terrasse, kurz vor der Dämmerung«, sagte Werner mit Augen wie Gletscher.

Cyril blickte verstört zwischen uns hin und her. Er stand plötzlich näher bei Oriana als bei mir. Ich seufzte. Werner hatte Recht. Nach dem missglückten Kussversuch hatte ich mich fast eine Stunde auf meinem Bett hin und her geworfen. An Schlaf war nicht zu denken. Irgendwann war ich auf Freyas Terrasse geschlichen, in der Hoffnung, ja, keine Ahnung, einen Lichtschimmer unter dem Türspalt zu sehen? Ihre Stimme zu hören, die im Schlaf nach mir rief? Ich wusste es nicht. Nachdem ich eine Minute der Stille gelauscht hatte, hatte ich mich wieder in meinen Bungalow zurückgezogen.

»Ich war nur kurz da und bin auch gleich wieder ins Bett«, sagte ich.

»Aber was hast du auf der Terrasse gemacht?«

»Woher weißt du überhaupt, dass ich auf ihrer Terrasse war?«

»Ich habe mich gerade für meine Joggingrunde warm gemacht.«

Ich schaute alle an, konnte nicht mehr an mich halten. »Leute, wollt ihr mich hier etwa verarschen!?«, kläffte ich.

»Was hast du gemacht?«, zischte Oriana.

»Tickt ihr noch richtig? Ihr ganzes Zeug ist doch auch verschwunden!«

»Er hat ihr Zeug verschwinden lassen!«, schrie Cyril und zeigte auf mich.

»Halt doch die Klappe, du Flachantenne!«, schrie ich Cyril an.

Die Polizei erschien in Form zweier Beamter, die zunächst in aller Seelenruhe die Szenerie inspizierten. Da es mir an interkultureller Kompetenz mangelt – wegen ein paar Städtereisen durch Europa und ausgedehnten Ostseeurlauben kann ich mich nun wirklich nicht als Mann von Welt bezeichnen, der Mimik und Gesten fremder Kulturvölker zweifelsfrei zu deuten vermag –, jedenfalls: Die Polizisten wirkten auf mich unbeeindruckt. Wortkarg, antriebslos, irgendwie schlaff kamen sie mir vor. Oriana gab ihre Version zum Besten. Danach Werner und Cyril. Ja, auch Cyril. Warum auch immer. Dabei kam meine Präsenz auf der Terrasse zur Sprache, was in mir eine teuflische Dreifaltigkeit aus Frust, Zorn und Erniedrigung hervorrief.

Ich war kurz davor, Cyril einen Klaps auf den Hinterkopf zu versetzen, als der zweite Beamte von einer zweiten Inspektion des Bungalows zurück auf die Terrasse trat. »Mai chai rueang yai, krapao ko hai pai muean kan«, sagte er.

»Kein Gepäck«, kommentierte der erste.

»Sag ich doch«, warf ich ein und erzählte drauflos.

Danach wandten sich die Polizisten wieder zu Oriana. Erst jetzt zückten sie einen Stift und einen Block. Werner verschwand kurz mit nacktem Oberkörper und kam mit seinem zerschlissenen Buddha-Muskelshirt zurück, das er aber nur über seine Schulter geworfen hatte. Hilli und eine Schwedin lagen sich in den Armen und schluchzten. Grüppchen standen über die Rasenfläche verteilt und tuschelten. Rauchwolken hingen über den Köpfen, sogar Shirin zog totenbleich an einer Zigarette. Ich hatte sie vorher nie rauchen gesehen. Cyril ging nach unten, lungerte im Kreis der drei Mönche herum, zu denen sich gerade die Thailänderin gesellte, die hier oben die Garküche unterhielt. Und ich war es leid. Ich war müde, genervt, krank und wollte nichts, außer Freya wiederfinden. Die Frage war aber: Wollte Freya gefunden werden?

Ich muss an dieser Stelle vielleicht erwähnen, dass ich in meinem Leben immer davongerannt bin, wenn es ernst wurde. Als Siebenjähriger kämpfte ich dafür, als Fee zum Faschingsfest gehen zu dürfen. Ich brüllte, tobte, schrie, schlug alle Argumente meiner Eltern in den Wind, bis ich endlich ein rosa-tuffiges Glitzerkleid und einen beleuchteten Zauberstab mit Sternchen an der Spitze bekam. An den Teilen hatte ich nämlich einen Narren gefressen. Ich glaube, im Grunde wollte ich nur wegen dieses Utensils eine Fee sein. Gut, außerdem faszinierte mich auch das Prinzip des Schwebens. Was aber im Nachhinein auch unerheblich war, denn ich traute mich letzten Endes nicht nur *nicht* in den Saal, ich verbarrikadierte mich in einem Klo, zog das Kostüm aus und flüchtete durch ein Fenster. Zugegeben, war vielleicht auch besser so. Mit dreizehn lernte ich ein Mädchen kennen. Ich war ganz vernarrt. Sie wollte mich küssen. Bei unserem ersten Treffen verwies ich auf eine Erkältung, beim zweiten Treffen büxte ich aus, unserem dritten Treffen blieb ich fern. Sie küsste kurz darauf einen anderen. Um bei einem landesweiten Physik-Wettbewerb mitmachen zu können, entwickelte ich monatelang eine impuls- und intervallgesteuerte TV-Fernbedienung mit nur einem einzigen, großen Knopf, die sich bequem mit den Füßen bedienen ließ. So hatte man beim Zappen endlich die Hände für Chips und Cola frei. Das Gerät funktionierte tadellos, auch wenn es mehrere Minuten dauerte, vom ersten ins zweite

Programm zu schalten. Die Morse-Codes waren dann doch recht komplex. Ich füllte sogar noch das Antragsformular aus, schickte es aber nie ab. Ich wollte auch Lichtdesign studieren. Unbedingt. Ich bewarb mich. Doch als die Zusage kam, entschied ich mich wegen der besseren Berufschancen für Elektrotechnik. Sie boten mir eine Stelle in der Firma an, in der ich ein Praxissemester absolvierte. Ich erklärte, ich würde mich selbstständig machen. Tamia überlegte nach Vancouver zu ziehen, tolles Jobangebot. Wir besprachen die Sache, träumten von fetten Hummern und satter Natur und zogen am Ende wegen meiner Bedenken ins Haus ihrer Großmutter in Kirchrode. Als ich die Möglichkeit hatte zu leben, versteckte ich mich in Planung, Pflicht und Arbeit, und als ich krank wurde, flüchtete ich nach Thailand. Wie gesagt: Ich war vor allem in meinem Leben davongerannt. Und ich fand, es war jetzt auch nicht mehr nötig, meine Gewohnheiten zu ändern.

Ich ging packen.

ZWÖLF

Erst beim dritten Reisebüro wurde ich fündig. Ironischerweise lag das Geschäft direkt am Hafen. Ich hatte bereits davorgestanden, kaum dass ich von der Ladefläche des Jeeps gesprungen war. Doch die kleine Baustelle schreckte mich ab und ließ mich zunächst zwei andere Reisebüros aufsuchen. Und selbst danach zögerte ich noch. Vor dem Eingang schien eine Terrasse zu entstehen. Oder wurde ein neues Fundament gegossen? Ein Bereich von gut vier Quadratmetern war mit handhohen Holzbretten umgrenzt, links lagen drei Säcke mit Beton, daneben lehnten eine Schaufel und eine große erbsengrüne Plastikwanne an der Wand. Nur Bauarbeiter gab es keine, dabei war es schon kurz nach neun.

Ich bekam bei dem Anblick ein eigenartiges Déjà-vu-Gefühl, die Baustelle war eine imaginäre Barriere, der Teufelskreis auf dem Boden, den ich nicht betreten durfte. Ich zögerte und sah mich noch einmal nach einer weiteren Travel Agency um. Die Sonne stand schon jetzt hoch am Himmel. Der Geruch von Brackwasser und Trockenfisch wurde von einer frischen Brise durch die Häuserzeile getragen. Ich blickte noch einmal auf das handschriftlich geschriebene Schild OPEN, mit dem die Geschäftsführung wahrscheinlich der Großbaustelle entgegenwirkte. Dann hob ich meinen Rollkoffer über die Umrandung, durchquerte mit zwei schnellen Schritten den Bauabschnitt und zog die verdunkelte Glastür, beklebt mit unzähligen Angeboten für Boots- und Kanutouren, auf.

Vorne stand ein hölzerner Schreibtisch mit Computer. Im Hintergrund befand sich ein Teil des Wohnbereichs der Familie. Zumindest sah es so aus. Ein schmerbäuchiger Thai lag auf einem mit Plastik überzogenen Sofa, er schaute fern und tippte nebenbei auf seinem Smartphone. Ein Standventilator drehte müde seine Runden. Der Mann mit Monoaugenbraue sah kurz auf, sah mich an, mit einem Blick, so düster und undurchsichtig wie der eines Gorillas.

»Mi lukkha ma«, rief er.

Eine Sekunde später tauchte eine junge Frau auf und kam auf mich zu. »Sawaddee kaaaaaa«, sang sie mir die Begrüßung entgegen.

»Good Morning«, sagte ich, »haben Sie schön geöffnet?«

»Yes, yes, Sir, please, sit down«, antwortete die Frau und gab mir mit einem Handzeig zu verstehen, dass ich mich setzen sollte. »Was kann ich tun?«

Ich hatte in den vorigen Reisebüros gemerkt, dass Thailänder wirklich misstrauisch wurden, wenn man versuchte, etwas über die Fahrgastdaten in Erfahrung zu bringen, und legte deswegen gleich los mit meiner Lüge. »Hören Sie, ich habe verschlafen«, erklärte ich, ließ einen grunzenden Schnarchlaut folgen und verdrehte dabei die Augen. »Total verpennt, und eine Freundin – nicht meine Freundin, eine Freundin – ist schon ohne mich los, und ich habe vergessen, in welchem Reisebüro wir uns treffen wollten, und ich will natürlich im selben Boot sitzen wie sie. Könnten Sie einmal nachschauen, ob Freya Hofleben bei Ihnen heute ein Ticket gebucht hat?« Ich zeigte auf das vermeintliche Fahrtenbuch auf dem Schreibtisch, in das die Reisebüros die Passdaten ihrer Kunden eintrugen. So war die ganze Sache zumindest in Bangkok gelaufen.

»Das ist kein Problem. Alle Reisebüros buchen dieselben Touren zum Festland, wenn Sie die Abfahrtszeit kennen, dann sitzen Sie automatisch im gleichen Boot wie Ihre Freundin«, trällerte die Thailänderin und lächelte. »Where do you want to go?«

Ich presste die Lippen aufeinander. »Joaaaa. Der Name fing auch mit K an, wie Koh Tao«, murmelte ich, nur um was zu sagen.

»Oh. Koh Samui?«

Ich schüttelte den Kopf.

»Kho Pha-ngan? Koh Lanta? Koh Phi Phi?«

Ich seufzte.

»Koh Pu? Koh Chang? Koh Samet?«

Ich presste die Lippen aufeinander und zuckte mit den Schultern.

Die Thailänderin runzelte die Stirn und schlug ein Buch auf. »Wie war der Name Ihrer Freundin?«

»Freya. Freya Hofleben«, wiederholte ich und spürte mein Herz flattern.

Sie blickte eine halbe Ewigkeit auf die Seiten. Wackelte mit dem Kopf. Blätterte dann zurück, blätterte wieder nach vorne, mit einer solchen Gemächlichkeit, dass sich dazwischen ein regelrechter Spalt im Raum-Zeit-Kontinuum auftat. Während sie blätterte, sah ich die Welt, die sich um sich selbst drehte, ich sah es in Amerika Nacht und in Deutschland Tag werden, ich sah den ewigen Zyklus des Daseins und Fortseins, ich sah Menschen überlebenswichtige Entscheidungen treffen, ich sah Leben entstehen und vergehen, aber vor allem sah ich Busse und Schiffe, die pausenlos ablegten und ankamen – wie konnte man nur so lange in ein Büchlein starren? Sie drehte das Buch und legte es mir vor die Nase. Sie zeigte auf einen Eintrag. »Ist das Ihre Freundin, Sir?«

Da stand ihr Name. Schwarz auf weiß. Dazu ihre Passnummer. Ich fühlte mich plötzlich wie die Fleischwerdung von Sherlock Holmes und starrte darauf wie auf einen Code, den es zu dechiffrieren galt. »Ja!«, rief ich lächelnd, »das ist sie! Toll, prima, klasse! That's perfect!«

Die Thailänderin lächelte nicht. »Ihre Freundin war heute Morgen die erste Kundin, sie ist bereits los. Mit dem Speed Boat und Schnellbus. Tut mir sehr leid, Sir.«

»Och«, ich wedelte mit der Hand, »dann buchen Sie mir doch einfach die nächste Tour.«

Sie zog das Buch zurück, richtete sich etwas auf und begann auf der Computertastatur zu tippeln. »Die nächste schnelle Verbindung gibt es erst wieder heute Abend, mit Speed Boat und Nachtbus. Ansonsten können Sie nur in einer knappen Stunde mit dem gewöhnlichen Boot zum Festland übersetzen und dann den normalen Bus nehmen.«

Ich spürte schon die Gischt im Gesicht, danach den Asphalt unter mir, nur vier Stunden hinter Freya – das war Romantik! »Das klingt doch gut«, entgegnete ich.

»Ooooh, das ist eine sehr lange Tour, Sir. Nehmen Sie besser das Flugzeug von Koh Samui aus«, sagte sie und fügte den Worten ein bedauerndes Stöhnen an, das in ihrer geschlossenen Mundhöhle rotierte.

»Nein, nein, ich will aber den Bus!«

»Fliegen ist besser und schneller, viel schneller!«

»Und teurer!«, argumentierte ich und blickte kurz auf meinen Rollkoffer. Musste man in diesem Land immer mit allen Verkäuferinnen über seine Kaufentscheidungen diskutieren? Ich schob hinterher: »Ich will außerdem das Land sehen!«

»Sir. Das Busticket ist billig, ja, aber Sie sehen nichts vom Land. Nur die Autobahn, die ist nicht sehr schön. Und die Fahrt dauert zwanzig Stunden.«

Ich schluckte.

Der Ventilator kreiste.

»Wie lang?«

»Zwanzig Stunden. Na ja, etwas länger. Sie müssen in Bangkok umsteigen.«

»Sagen Sie mir bitte noch einmal ganz genau, wo die Reise hingeht?«

»Sir?«

»Was ist noch einmal das Ziel?«

»Sir, Chiang Mai, Sir?«

Ich stopfte mein Ticket in die Tasche, stolperte regelrecht nach draußen und setzte mich auf die Terrasse eines kleinen Cafés direkt gegenüber. Die Stadt in Nordthailand hatte bei mir zunächst keinerlei Assoziation ausgelöst, doch als ich den Namen auf dem Ticket las, fing es an zu arbeiten. Dann fiel mir der Reiseführer ein. Ich hatte ihn Freya nicht zurückgegeben und erst heute Morgen in meinen Koffer gestopft, den ich jetzt vor einer verdutzten Kellnerin ausräumte. Ich stapelte meine Klamotten auf einen zweiten Stuhl, bestellte nebenbei einen Kaffee und einen Wassermelonensaft und zog das Buch hervor. Schnell hatte ich das Kapitel über die Stadt gefunden und wirklich: Freya hatte an drei Stellen ein Kreuz gesetzt.

Beim ersten Kreuz handelte es sich um ein Waldkloster, beim zweiten um ein Unternehmen, das Führer für Individualtouren vermittelte, und beim dritten um eine Unterkunft, die Water Well Guest House hieß – was ich schon sehr amüsant fand. Der Name gefiel mir wirklich gut, und ich befürwortete voll und ganz, dass Hotels und Gästehäuser die Vorzüge des Betriebes schon in ihre Namen einbauten. Eat Good Guest House. Sleep Deep Guest House oder Bed Comfortable Guest House. Die Ideen von Soup Yummy Guest House und Ventilator Fast Guest House fand ich so gut, dass ich mir überlegte, mich hier selbstständig zu machen …

Nein, ich war nur gut gelaunt, so gut wie lange nicht, ich hatte mit Logik und Kalkül die Widrigkeiten der Umstände besiegt. Water Well Guest House, das war mein Ziel. Dann zog eine dunkle Wolke herauf. Metaphorisch. Schließlich hatte ich Freyas Reiseführer mit Kreuzchen drin, was, wenn sie kein Duplikat besaß, bedeutete, dass sie keinen Reiseführer mit Kreuzchen hatte und folgerichtig die Hinweise nutzlos waren. Außer sie hatte ein fotografisches Gedächtnis, was ich jetzt einfach einmal ausschloss. Ich rieb mir die Augen, trank einen Schluck Kaffee und kramte in meiner Tasche nach dem Ticket, dabei zog ich den Edelstein hervor, den ich in Bangkok bekommen und völlig vergessen hatte.

Ich drehte ihn in den Fingern, da fiel mir auf, dass die Baustelle mittlerweile bewirtschaftet wurde. Zumindest stand ein verstrubbelter Thailänder in Badelatschen, kurzen Hosen und mit Kippe im Mund neben den Betonsäcken. In der Hand hielt er ein Messer. Er wirkte aber eher so zögerlich, als hätte er den Auftrag, einem Lämmchen die Kehle aufzuschlitzen. Dann kam mir eine Idee. Ich stand auf und ging erneut in das Reisebüro.

»Hat Freya vielleicht eine Unterkunft dazugebucht?«, fragte ich.

»Nein, Sir, phom kho prathan thot khrap, Sir, tut mir leid«, kam die rasche Antwort.

Zerknirscht trat ich wieder aus dem Eingang und blieb verdutzt stehen. An meinem Tisch saß plötzlich eine Frau und blätterte in Freyas Reiseführer.

»Sorry«, sagte ich mit fragendem Unterton und trat auf sie zu.

»Bin auch Deutsche!«, rief sie lachend und hob das Buch in die Höhe. »Ich bin Käthe, und du?«

»Konstantin«, antwortete ich und setzte mich.

Sie saß breitbeinig vor mir, hatte dunkle Augen, dunkle braune Locken, ein rundes Gesicht und volle Lippen. Um ihre Nase verteilten sich ein paar Sommersprossen. Was erst einmal gut klang, allerdings steckte einer ihrer beiden Schneidezähne wie ein Steinschlag in ihrem Mund. Der Zahn war nach vorne verdreht, eine halb offene Dachbodentür, mit dunkler Luke dahinter, ein verkanteter Backstein. Ein Detail, das sie auf dramatische Weise entstellte. Außerdem waren ihre Nasenlöcher erstaunlich schmal und sahen aus wie Lüftungsschlitze. Auf ihren Fingern steckten mehrere Ringe, wobei sie drei der sechs Ringe an einem Finger trug. Sie hatte eine weiße Stoffhose an, ein buntes Batik-Unterhemd und blätterte weiter in meinem Buch.

Die Kellnerin kam. Käthe zog eine Flasche aus milchig weißem Plastik aus ihrem Rucksack und stellte sie auf den Tisch. »Ich habe mein eigenes Wasser, danke«, sagte sie und zog ein angewinkeltes Bein auf den Stuhl. Die Kellnerin wirkte angefressen, verschwand aber wortlos. Dann kramte Käthe eine Zigarette aus ihrer Handtasche und hustete, ein tiefes, feuchtes Husten. »Schleim«, kommentierte sie lächelnd, wobei sie das Wort Schleim mit so viel Sinnlichkeit aussprach, dass man das Gefühl hatte, sie wäre Fernsehköchin und erzählte von Krustenbrot oder Saftschinken. Sie zündete sich die Zigarette an.

»Kann ich dir, ich meine, was …«, stotterte ich.

»Was ist das für ein Stein? Ein Bergkristall?«, fragte sie und nahm ihn einfach vom Tisch. »Der ist aber schön. Ein Glücksbringer?«

»Habe ich aus Bangkok.«

»Teuer?«

»Nein, war umsonst, hat mir so eine alte Schachtel in die Hand gedrückt und ist verschwunden.«

Käthe legte den Stein schnell zurück und wischte sich die Finger an der Hose ab. »Wie? Zum Dank? Hast du ihr über die Straße geholfen?«, entfuhr es ihr, die letzten Worte quietschte sie fast und drehte dabei nervös die Zigarette im Aschenbecher, bis sie die Glut zugespitzt hatte wie einen Bleistift. »Oder warum hat sie dir den Stein geschenkt, gab es einen Grund?«

»Nein, war so eine herumziehende Händlerin auf dem Markt. Hör mal, ich …«, setzte ich an und verstand nicht, wie ich plötzlich einem Menschen gegenübersitzen konnte, der so wenig Distanziertheit besaß. Wobei. Genau das war ja die Ursache des Problems. Oder war das in Thailand ein gängiger Brauch? Wir Touristen waren alle Reisende auf derselben Landmasse und deswegen auch verbrüdert im Geiste?

»Damit ist nicht zu spaßen, Konstantin, wirklich, da musst du aber gehörig aufpassen«, entfuhr es ihr, dabei blies sie Rauch aus beiden Nasenlöchern.

»Was?«, fragte ich.

»Kann sein, dass die einen Fluch loswerden musste«, sagte sie.

Ein Mann mit einem Moped fuhr knatternd an uns vorüber, unterm Arm ein lebendes Huhn, das verdattert in den Fahrtwind blinzelte. Am Hafen brüllte ein Kapitän vom Schiff etwas aufs Pier hinunter, es klang wie eine Kampfansage, als stürzte er sich im nächsten Moment mit Machete im Mund über die Reling. Ein Thai auf dem Steg lachte aber nur, drehte sich um und winkte dem Schiffsführer im Davonlaufen zu. Käthe sah mich an. Ihr Satz schwebte über mir, um ganz langsam in seiner Bedeutung auf mich herniederzurieseln. Fluch? Ihr fehlte ganz offensichtlich der Strom aus der Oberleitung. So viel war sicher.

»Ist dir irgendwas Eigenartiges passiert, seit du den Stein hast?«, fragte sie weiter.

Ich dachte an Durchfall und Fieber, den Bungalow und das Blut, Freya und das ganze Desaster meines Lebens. »Nö«, murmelte ich und unterdrückte den Drang, ihren Zahn anzufassen und zurechtzubiegen. »Nichts, alles ist …«

»… gut?«, vervollständigte sie meinen Satz und taxierte mich eine Weile. »Wartest du auch auf die Fähre?«

»Ja.«

»Und wo geht's hin?«

»Chiang Mai.« Ich betrachtete den Bauarbeiter, der endlich seinen Mut beisammenhatte und sein Messer in den Papiersack rammte.

»Nicht – dein – Ernst!«, hörte ich Käthe rufen.

Er kippte den Beton in die Plastikbox.

»So ein Zufall!«

Er setzte sich gestresst auf sein Moped, wahrscheinlich um den Arbeitsschritt zu überdenken.

»Ich fahre auch dorthin, freu mich schon total!«

Beim Anblick der kleinen grauen Staubwolke, die wie ein Grubenunglück aus der Plastikwanne aufstieg, wurde mir ganz flau.

»Hast du schon eine Unterkunft, sollen wir uns vielleicht ein Zimmer teilen? Das ist viel billiger!«

Ich dachte: Wenn es einen Fluch auf der Welt gab, dann die Erinnerung. Kam auch immer so plötzlich. Hallo Herr Dr. Kippel. Was machen Sie denn hier?

DREIZEHN

»Haben Sie mir eigentlich zugehört?«, fragte ich Dr. Kippel und richtete mich auf. »Natürlich hat das etwas miteinander zu tun. Manchmal würde ich vor den Abendnachrichten am liebsten heulen, wenn damit nur irgendwem geholfen wäre. Zeitweise fürchte ich mich morgens aus dem Bett zu steigen, weil ich nicht weiß, mit welcher Schreckensmaske die Welt heute ums Hauseck springt, manchmal kommt mir mein Hirn wie eine verdammte Müllverbrennungsanlage vor. Mal ehrlich, wird das Weltgeschehen schlimmer und schlimmer, oder finde ich im Weltgeschehen nur einen Spiegel meines eigenen Leids? *Das* wäre übrigens eine spannende Frage gewesen. Und ja, es war in den Tagen davor auf jeden Fall ausgeprägter, dieses beklemmende, erdrückende, hässliche Gefühl von, ja, nennen wir es doch einfach universelle Weltsorge.

Ich erinnere mich besonders an das Erdbeben. Ein Kind hockte auf einem Schutthaufen, in einer Welt aus Trümmern, und es weinte und schluchzte, weil es mutterseelenallein war. Seine Eltern waren fort, verschwunden, wahrscheinlich tot, und da war auch kein Bruder in der Nähe, keine Schwester, kein Onkel, kein Helfer. Nichts und niemand. Es war ein einziges trostloses Bild, das irgendein Kameramann in einem Katastrophengebiet eingefangen hatte. Vielleicht fünf Sekunden wurde es in meine Wahrnehmung gestempelt. Im nächsten Moment wankte eine Frau durch die Ruinen ihrer Heimat. Sie war jung, wirkte aber alt, weil sie gebückt lief, und sie trug seit Stunden ihren toten Säugling im Arm. Wie findet man in so einer Situation jemals wieder Trost? Was ist das für eine Kraft, die uns durchs Leben treibt?« Ich spürte plötzlich meine Hand. Sie schmerzte. Hatte ich sie während des gesamten Redens zu einer Faust geballt? Und hatte Kippel das gemerkt? Ich musste hier tunlichst einen guten Eindruck hinterlassen. Ich lächelte dämlich wie ein Emoticon, lockerte dabei ganz langsam meine Finger und fuhr fort: »Auf jeden Fall erfuhr ich noch von einem erwürgten Dreijährigen, am Tag darauf von einer erstochenen Dreizehnjährigen und einem totgeprügelten Fünfzehnjährigen, ich hörte von Amokläufen in den Vereinigten Staaten, von Bombenattentaten in Russland oder Massakern in Afghanistan. Und die Berichterstattung hört einfach nicht auf. Tag für Tag für Tag. Eisschollen von der Größe von Bundesländern brechen ab, wasserballgroße Meteoriten prasseln wie Platzregen auf unsere Atmosphäre. Havarierte Öltanker und Atomkraftwerke, Plastikteppiche auf den Ozeanen, Massencrashs, Umweltkatastrophen, Tsunamis, und wir fassen dabei lustig in die Chipstüte und zappen zum nächsten Höschenblitzer. Sind wir Menschen zu kaltherzig, zu ignorant und ichbezogen, oder denken wir, wenn wir uns mit alledem ernsthaft auseinandersetzen, werden wir selbst nicht mehr glücklich? Und ist da überhaupt ein Unterschied?

So. Und dann war Tamia jedenfalls mal wieder unterwegs. Fast zwei Wochen. Irgendwo in Asien. Honkong? Peking? Tokio? Wir hatten nach vierzehn Jahren Beziehung aufgehört ins Detail zu gehen. Shanghai. Ich glaube, es war Shanghai. Egal. Sie war in einer Messehalle. Irgendwo auf diesem Planeten, während ich zum Fenster unseres Hauses hinausstarrte – beziehungsweise *ihres* Hauses, sie hatte es von ihrer Großmutter geerbt –, aber der eigentliche Punkt ist: Ich starrte seit über zwei Stunden zum Küchenfenster hinaus, der Akku des Tablets war längst alle, aber die Schlagzeile in meinem Kopf erreichte allmählich die volle Leistung. Ich umklammerte meinen mittlerweile kalten Kaffee und konnte es einfach nicht fassen: ›Radioaktives Material entwendet‹. Bin ich zu panisch, glaubte ich in diesem Augenblick wirklich, dass das Ende bevorstand?

Keine Ahnung, aber mir war unwohl, das können Sie mir glauben, mehr als unwohl, und ich ertrug es einfach nicht mehr, dieses Ergeben, diese Lähmung. In einem Moment zwischen zwei Sekunden kam dann der Impuls. Es gab kein Abwägen von Pro und Kontra mehr, kein Zaudern, kein Hadern. Ich stürzte mir den letzten Schluck Kaffee hinunter, ohne dass da ein Entschluss gefasst worden wäre, es kam aus dem Bauch, ein Urinstinkt, tief drinnen, verborgen unter der ganzen Diplomatie des Intellekts. Ich stieg in den Keller. Noch während ich über ein Konzept nachdachte, hatte ich schon die ersten Kisten in der Hand und schleppte sie in den Carport.

In dieser Nacht stellte ich die Wandkonstruktion fertig, ein Skelett aus Dachlatten, Spanplatten und Nägeln. Zahllose Splitter von den Brettern steckten in meinen Händen. Bei einer Flasche Rotwein zupfte ich sie mir in den frühen Morgenstunden aus dem Fleisch. Kein Fernseher, kein Radio, keine Musik. Es gab nur mich und den Moment. Die Idealform der Zweisamkeit. Im Morgengrauen arbeitete ich weiter. Unermüdlich. Es war ein Rausch. Ich ernährte mich in diesen Tagen aus Pizzakartons, trank Wasser aus dem Hahn. Ich spürte meine Arme. Meine Muskeln schmerzten, meine Lunge brannte. Wenn ich in den Baumarkt fuhr, drehte ich die Fenster herunter und das Radio bis zum Anschlag auf. Ich trommelte auf das Lenkrad, summte bei den dämlichsten Evergreens mit, grüßte an der Ampel meine Mitmenschen, die mich schaulustig beäugten.

Nach drei Tagen hatte ich die ersten Blasen an den Händen. Die Spitzhacke und der Betonboden erwiesen sich als zäh. Funkenflug, als ich das Loch aushob. Nach fünf Tagen hatte ich den Stromkreis neu verlegt, dann kaufte ich den Beton und den Härter. Wie muss ich ausgesehen haben, als ich in den Baumarkt lief? Meine Hose war zerschlissen und verdreckt, in meinem Haar hingen Sägespäne, unter meinen Fingernägeln klaffte der Schmutz. Jeder Knochen im Leib tat mir weh, aber ich war niemals aufrechter durchs Leben gegangen. Wieder daheim, zog ich eine der nostalgischen Blechdosen, die Tamia fanatisch sammelte und die ich ihr aus einer Vitrine stibitzt hatte, um das Gold darin aufzubewahren, unter dem Bett hervor. Ich versenkte die Dose im Loch. Selten ergab etwas für mich so viel Sinn. Ich rührte den Beton in einem Wäschekorb an und kippte die dreifache Menge an Härter hinein.

Danach begann ich die Wände zu verkleiden. Leben, was für ein nichtiges Dasein, wenn man es nur absaß. Ich trug meinen Plattenspieler in den Keller, ließ alle meine Queen-Platten in chronologischer Reihenfolge durchlaufen. Wussten Sie, dass die Band im *Prophet Song* unzählige Gesangsspuren übereinandergelegt hat? Unzählige Stimmen und wir nehmen sie in einer majestätischen Sekunde wahr. Ich sang jedenfalls mit, tanzte und arbeitete. Ich spürte das Gewicht der Betonsäcke auf meinen Schultern, schnitt sie mit einem Teppichmesser auf, atmete den Staub wie ein Lebenselixier. Diese Woche war pure Intensität, kein Vergleich zu den Jahren davor. Und ist es nicht so? Lieber ein paar Tage leben als jahrelang sterben?

Mit dem Zollstock öffnete ich mir gerade das erste Bier des Tages, als Freddy Mercury abrupt verstummte und sich stattdessen Tamias wutentbrannte Stimme in meine Wahrnehmung drängte: ›WAS UM HIMMELS WILLEN IST DENN HIER LOS?‹ Ich lächelte sie freudig an. Sie stand neben dem Plattenspieler, eine Hand noch immer am Tonarm. War sie ein paar Tage früher zurückgekehrt? Wie lange hatte ich hier geschuftet? Und wann hatte ich das letzte Mal auf meine Mobiltelefone gesehen? Wann hatte ich das letzte Mal meine Nachrichten gecheckt oder neue Aufträge bearbeitet? Ich wusste es nicht, aber es war mir egal, ich war glücklich, dass sie endlich wieder da war, ja, das war ich: richtig froh, dass Tamia wohlbehalten und gesund zurück war, denn jetzt würde alles gut werden.«

Dr. Kippel notierte etwas, ohne aufzusehen, fragte er: »Und was haben Sie ihr geantwortet?«

»Ich baue uns einen Luftschutzbunker.«

VIERZEHN

Limetten. Ich dachte an Sorbet, Tarte und Smoothies. Der Geruch fuhr durch meine Sinne wie ein kühler Windstoß. Limetten. Ich dachte an Caipirinha, Mojito und Gimlet. Alkohol, der meine Adern balsamierte. Der Duft umschmeichelte mich, und nein: Ich befand mich in keiner französischen Bäckerei, ich lehnte auch an keiner Cocktailbar am Strand und schaute dem Barkeeper bei seiner Arbeit zu, ich stand in der Busbahnhofstoilette von Chiang Mai, wurde von dem belebenden Geruch frischer Limetten empfangen, sodass ich kurz die Augen schloss, völlig aus dem Tritt kam. Im Grunde kam der Duft einem gestellten Bein gleich, einem Punch nach dem Gong, dem Dolch im Rücken, denn damit hatte ich nun wirklich nicht gerechnet.

Überall in diesem Land gossen die Menschen schließlich Chemikalien in den Abort. Ins Restaurantklosett oder die Schiffslatrine, überall stach einem der Gestank von ätzenden Flüssigkeiten in die Nase, die einem die Nasenscheidenwand auflösten. Ich hatte mich schon fast daran gewöhnt, und jetzt stand ich plötzlich auf dem Klo und dachte an Petit Fours. Irgendwer hatte mehrere Limetten zerteilt, grob zerdrückt und auf den Ablageflächen am Waschbecken und über den Pissoirs verteilt. Es roch so gut, ich hätte am liebsten den Boston-Shaker ausgepackt. Ein Thailänder beäugte mich im Spiegel, als er sich die Hände wusch, wie ich benommen im Eingang stand, und erinnerte mich daran, dass ich eigentlich eine heikle Mission hatte.

Zweiundzwanzig Stunden neben Käthe. Und ich konnte nicht

mehr. Das Dumme: Sie stand draußen und wartete auf mich. *Wir suchen uns eine Pension, danach holen wir uns Rat,* hallte es in meinen Ohren nach. In der Hoffnung, hier durch einen Hinterausgang zu entkommen, war ich in die Toilette geflüchtet, aber es gab nicht einmal ein Fenster, durch das ich mich hätte zwängen können. Nur ein Oberlicht. Ich drehte mich im Kreis und linste einmal um die Ecke, vielleicht kaufte sich Käthe ja gerade ein Wasser oder war selbst auf die Toilette gegangen, doch sie stand speckig wie ein Tempelwächter neben dem Eingang und schaute in die Gegend – der leibhaftige Teppanom des WC-Wats.

Es musste eine Lösung gefunden werden. Die Vergangenheit eines Hotelzimmers war schließlich schon gruselig genug, genaugenommen war die Vergangenheit eines Hotelzimmers blanker Horror. Selbst im sterilsten Raum, in dem hundert Hausdamen mit antibakteriellen Putzmitteln zu Gange waren und ein Chirurg einen Bypass hätte legen können, wurde man kirre, wenn man nur eine Sekunde darüber nachdachte, was in diesen vier Wänden schon alles passiert war. Schwitzende, haarende, juckende, kopulierende Leiber, die sich in dem Raum unentwegt gekratzt, die geatmet, gehustet, gefurzt hatten – was menschliche Leiber eben so taten, wenn man ihnen nicht zusah. Nicht schön, aber dann noch Käthe obenauf? Nein, danke.

Mit beiden Händen stützte ich mich auf einem Waschbecken ab, sah in den Spiegel und überlegte. Ich blickte in ein müdes Gesicht. Stoppelbart, zerzauste Haare, rot geäderte Augen, alles in allem an der Grenze zur Verwahrlosung, wobei ich mich im selben Augenblick über mich selbst wunderte: Meine nackten Hände lagen nämlich auf dem Waschbecken, einem öffentlichen Waschbecken, also einem regelrechten Kontaminanten. Vor zwei Wochen hätte ich mir hier nicht einmal die Hände gewaschen. Irritiert, regelrecht fahrig, wischte ich über dieses Porzellan voller mikrobieller Ungeheuerlichkeiten, aber es machte mir nicht das Geringste aus – warum nur?

Dabei surrte Käthes ewige Stimme in meinem Schädel wie eine Salatschleuder. Käthe Ungrade. Sie hatte am Hafen einfach zu sprechen begonnen und nicht mehr aufgehört. Sie sprach und sprach, setzte sich neben mich aufs Schiff, dann neben mich in den Bus und sprach, redete, plauderte, tratschte, plapperte. Ununterbrochen. Wie ein tröpfelnder Wasserhahn. Sie erzählte von ihrem Beruf als Souffleuse, den schlechten Zukunftsaussichten, beruflich wie auch im Allgemeinen, sie erzählte vom Klimawandel und Massentierhaltung, von eingewachsenen Zehennägeln und Thermomix, von Harry Potter, Lord Voldemort und diffusem Haarausfall, von Chemtrails, mysteriösen Radioblitzen und Area 51. Manchmal klang sie wie mein Echo, nur frei von jedweden Zweifeln, angereichert mit einer gehörigen Portion Übersinnlichkeit und Verschwörungstheorie. Nach vierzehn Stunden war sie eingeschlafen, war in sich zusammengesunken wie ein Leichensack, den Kopf auf meiner Schulter.

Ich seufzte erleichtert, versuchte ihr nasales Röcheln zu überhören und starrte hinaus in die Dunkelheit. Der Motor des Busses brummte, die Sitze vibrierten, dunkle Umrisse zogen vorüber. Das Fenster war ein Bildschirm. Die Welt, gefangen in der Vorspultaste. Irgendwann schlief mein Hintern ein, meine Zehen kribbelten, ich wechselte geringfügig die Sitzposition, da wurde sie wieder wach. Nach nur drei Stunden. Und starrte mich vernichtend an. Ihre Haare waren verstrubbelt, ihre Augen im Dämmerlicht des Busses dunkel wie Kaffeesatz. Im Grunde traute ich mich bei Käthes Gesichtsausdruck nicht einmal zu atmen. Ich rechnete fest damit, dass sie mir gleich das Gesicht zerkratzte, einfach nur, weil ihr gerade danach war.

»Ich habe über deinen Stein nachgedacht«, sagte sie schließlich mit einer Stimme wie ein sich absenkendes Grab.

»Ah, oh, ach«, entgegnete ich, suchte schon nach einer Lücke in ihrem Satz, die ich mit Humor und Ironie füllen konnte, zumal ich keine Ahnung hatte, wann sie Zeit zum Nachdenken gehabt hatte.

Ich suchte also eine Lücke für Witz, doch erspürte nicht einmal den winzigsten Spalt. Ich stand vor einer geschlossenen Mauer. Käthes Blick sprach Bände. Draußen war es dunkel geworden, und jetzt gab es kein Necken mehr, keine Widersprüche, keine Diskussion. Der Spaß war vorbei.

»Bergkristalle haben eine sechseckige Molekül- und Energiestruktur. Er ist grundsätzlich ein Heilstein, kann aber auch negativ aufgeladen werden. Dein Stein ist an einer Seite geschliffen, an der anderen Seite rau und unbearbeitet. Das heißt, ihm wohnen die Energien von Yin und Yang inne, also weibliche wie männliche Attribute. Das macht es nicht einfacher.« Sie nahm einen Schluck Wasser.

Ich blies meine Backen auf. »Was macht es nicht einfacher?«

»Die negativen Energien vom Stein zu lösen.«

»Woher willst du denn wissen, dass da ein Fluch drauf lastet? Müsste da nicht ...«

»Was Schlimmes passiert sein? Ich spüre etwas. Vielleicht war es kein Zufall, dass wir uns getroffen haben. Irgendetwas stimmt nicht. Ich habe dafür ein Gespür, als könnte ich die Zukunft fühlen. Merke ich auch im Theater immer wieder. Schon wenige Momente bevor sich ein Schauspieler verspricht, kribbelt es in meinen Haarspitzen. Ist so was Hormonelles, denke ich. Manchmal fühle ich mich mit meiner Gabe fast wie Kassandra aus den *Troerinnen*. Oder Beralde. Oder Mercutio. Bin wegen den schlechten Schwingungen deines Edelsteins schon selbst ganz hinüber«, sagte Käthe ohne den Hauch eines Zweifels. Sie massierte sich den Nacken.

»Du bist hinüber, weil du im Sitzen geschlafen hast und nach nur drei Stunden wieder aufgewacht bist. Wir sind seit zwanzig Stunden auf den Beinen, sind müde ...«

»Und ausgelaugt. Ja. Aber das meine ich nicht«, vervollständigte sie wieder meinen Satz, auch so eine Marotte von ihr, die wahrscheinlich von ihrem Beruf herrührte: Sobald jemand Luft zwischen zwei Worten holte, grätschte sie dazwischen und vervollständigte den Satz. Nur hatte ihr jemand das falsche Skript ausgeteilt. Deswegen sprach sie wahrscheinlich auch nonstop durch. Im wahren Leben stand *sie* auf der Bühne und hockte nicht in einem Kasten im Boden. »Warum hätte sie dir einen Stein schenken sollen? Hast du mal darüber nachgedacht?«

»Keine Ahnung. Weil sie nett war, weil sie Lust drauf hatte? Oder weil ihr die vielen Steine auf Dauer zu schwer wurden? Hast du mal eine Dokumentation über die Sklavenarbeit an den Pyramiden gesehen? Steine schleppen ist keine Freude, das sag ich dir!«

Sie funkelte mich an, oh, wie sie mich anfunkelte. »Findest du das amüsant?«

»Irgendwie.«

»Hör zu, Konstantin, ich versuche dir gerade zu helfen, okay?«

»Gut, was hältst du davon: Wir haben schon lange keinen Stopp mehr eingelegt, tun wir bestimmt bald, also, an der nächsten Raststätte werfe ich den Stein einfach in den Mülleimer, wusch, zack, weg damit. Oder noch besser: ab in die Böschung. Gut?«

Käthe starrte mich fassungslos an. »Bist – du – total – wahnsinnig?«, flüsterte sie. »So kriegst du die negativen Energien nie wieder los, die bleiben an dir haften wie Kletten, dein Leben lang.«

»Bis ich dich getroffen habe, wusste ich ja nicht einmal, dass ich verflucht bin.«

»Hast du zufällig Alufolie in der Tasche? Oder eine Metalldose?«

»Nein, wieso sollte ich?«

»Wir suchen uns nachher eine Pension. Dort spülst du den Stein unter kaltem Wasser ab und schlägst ihn dick in Alufolie ein. Danach holen wir uns Rat.«

»Okay, okay«, sagte ich, dachte dabei aber an Mord. Erdrosselung wäre unter Umständen machbar, ohne dass ein anderer Fahrgast etwas mitbekäme. Oder besser Reißaus nehmen? Ein Sprung aus dem offenen Busfenster?

Dann brach der Tag an, das Licht schmolz über den Horizont,

und ich entschloss mich für die organsierte Flucht am Zielort. Ich würde einfach abhauen, die Biege machen, diese kurze Bekanntschaft ohne großes Brimborium und Trara beenden.

Und so stand ich nun also auf der Bahnhofstoilette, atmete nochmals den Limettenduft ein und blickte ums Eck. Käthe lehnte mittlerweile seitlich zum Eingang, nur drei Meter von mir entfernt, an einem freistehenden, wuchtigen Metallrahmen, in den fünf, sechs knallbunte Hinweisschilder auf ein Café, Frisöre oder Thaimassage-Studios eingespannt waren. Es war ungefähr acht Uhr am Morgen. Den Wochentag wusste ich nicht, aber es war erstaunlich wenig los, sodass ich unmöglich einfach in der Menschenmenge untertauchen konnte. Ich überlegte, einfach reinen Tisch zu machen. Schluss mit Kindergarten. *Käthe, ich ertrage dich nicht mehr, tschüss, gute Reise, gehab dich wohl, du Bekloppte*, doch dann ließ ich einen Fuß nach vorne fallen, dann den zweiten, tapste einfach los, über den grau-weiß-gepunkteten Steinboden, tapste an ihr vorbei und wartete auf ihre Stimme.

Mein Rollkoffer rollte dahin, die türkisfarbenen Wände der Eingangshalle wechselten zum feuchtschwülen Talkessel von Chiang Mai, der aus Werbebannern, Buddha-Schreinen und Kabelsalat zu bestehen schien. Die drückende Hitze legte sich wie zwei Hände um meine Kehle. Zwei Taxifahrer entdeckten mich, verloren dabei fast die Nerven, winkten mir hektisch zu. Ich drehte mich kurz um. Keine Käthe im Eingangsbereich. Ich hastete auf die Hauptstraße zu. Ein Taxifahrer stand kurz vor einem Herzanfall, er ruderte mit den Armen und kreischte, aber es war mir zu heikel. Ich brauchte Abstand. Ich rannte auf ein unfassbar hässliches Hochhaus zu, dass aussah wie ein Eiswürfelbereiter, bog daneben in eine Seitenstraße ein, bog wieder in eine Seitenstraße ein.

Am Gehweg sah ich ein Tuk-Tuk parken, darin lag ein junger Thai mit Bartflaum und Tattoo auf dem Oberarm. Die Ärmel seines Motörhead-Shirts hatte er hochgekrempelt, unter einem zeichnete sich eine Kippenschachtel ab. Er hatte sich eine Haartolle aufmontiert, seine Frisur sah aus wie aufgesteckt, wie bei einem Playmobil-Männchen. Er hatte gezupfte Augenbrauen, wirkte insgesamt wie jemand, der gerne einen Ganzkörperspiegel mit sich herumtragen würde. Seine Füße baumelten aus der Fahrerkabine. Dabei tippte er mit seiner rechten Hand auf seinem Smartphone, zwischen Daumen und Zeigefinger seiner linken Hand hielt er eine Zigarette so fest, als drückte er sich einen Pickel aus. Ich sprang auf die Rückbank und zerrte den Koffer zu mir.

»Water Well Guest House«, sagte ich und beugte mich nach vorne.

»Sir?«, fragte er und schnippte die Kippe an meinem Gesicht vorbei.

»Water – Well – Guest – House!«, rief ich.

»Okay«, entgegnete er und startete den Motor.

»Und könnten wir unterwegs anhalten? Need to go to toilette!«

FÜNFZEHN

»Ist Freya Hofleben schon eingecheckt?«, fragte ich die Empfangsmitarbeiterin, ohne ein Lächeln auf meine Lippen zu bemühen. Ich war angespannt, nervös und hibbelig, hatte unzählige Kilometer auf Stoßdämpfern zurückgelegt, die so flexibel wie Schlagstöcke waren, ich hatte das pausenlose Geschnatter einer Verrückten ertragen. Ich dachte nicht einmal mehr an meine Leber, und wenn mir doch mal wieder die Galle aufstieß, dann schluckte ich sie runter wie verklumpte, bittere Medizin. Ich wollte Verdrängung, heilige Verdrängung. Und ich wollte zu Freya, weswegen ich ihren Nachnamen buchstabierte, obwohl die Thailänderin bereits in einem Karteikästchen blätterte. »H-o-f-l-e-b-e-n.«

»Wir haben keine Buchung auf diesen Namen«, antwortete die junge Frau in einem höflichen Ton, mit höflichem Lächeln, aber ihre Augen erinnerten mich an ein Höllenwesen. Ihre Pupillen waren fast so schwarz wie die Iris. Hellschwarz, wenn es so etwas gab. Es sah unheimlich aus.

»Können Sie noch einmal nachsehen?«, raunte ich und spürte den Frust in mir hochsteigen, obwohl ich nicht wusste, weshalb. Was hatte ich denn erwartet? Dass Freya im Bikini am Hotelpool lag, uns schon zwei Cocktails und eine Shrimps-Platte bestellt hatte, dass sie uns die Honeymoon-Suite gebucht hatte, weil sie längst spürte, dass ich ihr auf den Fersen war? Unsinn. Ich war hier wegen einer albernen Markierung in einem Reiseführer. Dabei gab es hier unzählige Gästehäuser, sie waren im Tuk-Tuk an mir vorübergezogen wie bei einer animierten Fahrt über ein asiatisches Monopoly-Spielbrett.

»Tut mir leid, wann sollte sie denn anreisen?«, fragte die Thailänderin.

»Egal«, seufzte ich, »es ist egal.«

Ich schnappte mir den Schlüssel und meinen Rollkoffer und machte mich auf die Suche nach meinem Zimmer. Es war ein sauberer, kleiner Raum. Recht dunkel. Geschlossene Jalousien, mit dunklem Holzfußboden und einem breiten Bett, das fast die gesamte Fläche einnahm. Ich stellte den Ventilator an und räumte meine Hosentaschen aus, darunter befand sich neben Kleingeld auch der Bergkristall, den ich auf meinen Nachttisch legte. Ich wollte eigentlich duschen, den ganzen Dreck der letzten Stunden von mir spülen und dann eine Rasterfahndung mit mir als Einsatzteam einleiten, aber ich war müde und erschöpft und warf mich stattdessen in voller Montur auf das Bett.

Die Matratze war so hart wie eine Werkbank, der Edelstein funkelte im Licht der Nachttischleuchte. Was tat ich hier? Ich dachte an meinen letzten Abend in Deutschland, wie ich vor dem Bildschirmschoner gesessen hatte, so tief in mir selbst versunken, dass ich losgelöst von Zeit und Raum existierte. Nur gelegentlich malträtierte mich mein Maileingang.

Um diese Uhrzeit tippte ich auf Junkmails.

Oder meine Mutter.

Als wir ihr zu Ostern ein Tablet geschenkt hatten und ich ihr über die Feiertage beigebracht hatte, E-Mails zu schreiben, hatten wir unwissentlich die Büchse der Pandora geöffnet. Meine Mutter, lebenslang Hausfrau, ist intelligent, hat unbändige Energie, Durchsetzungsvermögen, aber ist einfach zum Sprechen geboren. Ihre Gedankengänge funktionieren beim Schreiben einfach anders als beim Reden. Ein Satzende ist für sie ein guter Zeitpunkt, eine Mail abzuschicken, was dazu führt, dass die Informationsdichte, die sich sonst auf ein, maximal zwei Nachrichten auf dem Anrufbeantworter verteilt, sich nunmehr auf acht, manchmal auch zwölf oder sogar vierzehn Mails am Tag beläuft. Glauben Sie nicht? Beispiel gefällig?

An besagtem Tag schrieb sie um sieben Uhr dreißig, dass sie mir bei meinem nächsten Besuch gesottenes Ochsenfleisch machen würde, das ich ja so lieben würde, mit Grüner Soße und Stampfkartoffeln. In der Folgemail zwei Stunden später wies sie darauf hin, dass die Tochter von Landwirt Altmann, mit der ich ja in der Grundschule gewesen sei und mit der mich ja einmal eine tolle Freundschaft verbunden habe, einen Sohn bekommen habe, der auf einem Ohr schwerhörig zur Welt gekommen sei – sie komme darauf, weil sie dort die Kartoffeln für mein Essen kaufen würde. Ich antwortete, dass der gemeinsame Nenner von Tochter Altmann und mir die blanke Antipathie gewesen sei.

Gegen Mittag schrieb sie dann, dass bei Altmann die Herbstkartoffeln auch eigentlich nicht gut seien, sie also besser im Supermarkt einkaufen ginge. Ich wollte ihr gerade antworten, dass es eigentlich mein Bruder war, der gesottenes Ochsenfleisch so gern mochte, da kam eine weitere Nachricht, dass es Gulasch gäbe, das sie noch eingefroren hätte. Die Erklärung dazu kam dann in der fünften Mail, nämlich, dass es auch nicht einfach sei, immer nur für zwei Personen (sie meinte damit sich selbst und meinen Vater) zu kochen, dann müsse man halt auch mal Reste essen, was schließlich am Nachmittag, kurz bevor ich zum Arzt aufbrach, in eine Klageschrift mündete, in der sie anprangerte, dass wir die Eltern zu wenig besuchen würden, und überhaupt: Wann hatte ich vor, mal wieder vorbeizukommen? Hoffentlich nicht erst an Weihnachten!

Ich habe die Mails meiner Mutter gesammelt und zusammengeheftet, in einem eigenen Ordner. Ich habe Aufsätze in zwölf Teilen zu Geburtstags- und Urlaubserlebnissen, Episoden zu Verwandtenbesuchen oder auch Kindheitserinnerungen, was ich persönlich besonders beeindruckend finde, denn diese Geschichten ziehen sich schon über viele Monate. Es ist Wahnsinn: Manchmal kommen kurze Mails zu Themen wie den Nachkriegsjahren, ihrem Geburtshaus oder Großvater, die nahtlos an ihre Mails von vor sechs, acht oder zwölf Wochen anschließen. Eigentlich schreibt meine Mutter ihre Biografie. Sie weiß es bloß nicht.

Ich stupste den Bergkristall an und dachte plötzlich an Weihnachten. Den Baum, die Kirche, das Essen. Das ganze Ritual. Ich kramte kurz aus meinem Rucksack den Meldeschein des Gästehauses. Es war bereits der 17. Dezember. Montag, um genau zu sein. Und meine Familie hatte keine Ahnung, wo ich mich befand. Nach dem Nachruf hatte ich den Stift nicht mehr in die Hand genommen. Sie kamen bestimmt um vor Sorge. Einerseits. Andererseits vergingen durchaus auch mal drei, vier Wochen ohne Kontakt. Jeder war mit seinem Leben beschäftigt. Ich beschloss, bald eine Mail zu senden, drehte mich nach links und knipste das Licht aus, womit die Rasterfahndung auf den Mittag verschoben war.

Hatte ich im Gespräch mit Käthe den Namen des Gästehauses erwähnt? Ihn in einer geistigen Umnachtung hinausposaunt, ohne mir den Konsequenzen bewusst zu sein!?

Ich schreckte im Bett nach oben, sprang auf, mein Herz klopfte, mein Hals war schweißnass. Mit einem Schlag auf den Schalter knipste ich das Licht an, blickte auf die Uhr auf der Digitalanzeige der Klimaanlage. Es war schon nach vier. Und doch, wir hatten darüber gesprochen.

Ich hatte ihr auf jeden Fall gesagt, dass ich schon ein bestimmtes Gästehaus in Betracht gezogen hätte. Aber war mir dabei der Namen der Unterkunft über die Lippen gekommen? Ich setzte mich auf die Bettkante.

Der Kristall lag auf dem Nachttisch und lächelte mich an. Ich schraubte eine Wasserflasche auf, trank sie in einem Zug aus, sah dabei Käthe schon vor mir, wie sie im Nebenzimmer residierte.

Auf leisen Sohlen schlich ich ins Bad, duschte, zog mir frische Klamotten an, steckte den Stein und das Kleingeld in die Tasche und zog sachte meine Zimmertür auf. Wie alle Gästezimmer lag auch meines zum Innenhof, der mit einigen wuchtigen Palmen und Gräsern bepflanzt war und einem kleinen gemauerten Teich mit Goldfischen darin. In zahllosen Tontöpfen wuchsen Orchideen. Ich lauschte. Die Räume waren zwar sehr hellhörig, ich hatte im Halbschlaf viel mitbekommen, aber in diesem Augenblick war alles ruhig. Nur ein einsamer Hund kläffte beharrlich gegen irgendetwas oder irgendwen an. Was es auch war, es musste schlimm sein. Auf Zehenspitzen schlich ich über die Galerie, im festen Glauben, gleich Käthe in die Arme zu laufen.

»Verzeihung«, sprach ich die Empfangsmitarbeiterin an, die auch am Nachmittag Augen wie Pech hatte, aber alles in allem ein hochattraktives Wesen war. Ich räusperte mich. »Würden Sie einmal nachsehen, ob eine Käthe Ungrade eingecheckt hat?«

»Sir, es tut mir leid, Ihre Freundin wohnt wirklich nicht in unserem Gästehaus.«

»Ja, ja, das weiß ich«, sagte ich, »das ist eine andere Frau.«

Die Empfangsmitarbeiterin starrte mich an. »Sir?«

»Bitte«, fügte ich hinzu und zeigte auf ihr Karteikästchen.

»Sir, seit heute Vormittag sind nur noch sechs Leute angereist, eine Gruppe, young people.«

»Das ist ja großartig!«

Mit großen Schritten ging ich auf die Anliegerstraße. Es war warm und schwül. Tauben, Hirtenstare, Bülbüls und eine Horde anderer Vögel, die ich nicht kannte, geschweige denn jemals zu Gesicht bekommen hatte, schienen in den umliegenden Bäumen zu sitzen und zu zwitschern. Das Gästehaus lag zwar mitten in der quirligen Altstadt von Chiang Mai, aber in den Seitenstraßen schien die Ruhe zu regieren, als lägen hier Sturm und Flaute direkt nebeneinander.

In einem Restaurant an einer großen Straßenkreuzung mit Blick auf den Kanal aß ich einen Teller Nudeln und trank ein Bier. Na ja, eigentlich trank ich zuerst ein eiskaltes Bier und war dann zu faul, einen angenehmeren Ort zum Abendessen zu suchen. Außerdem war das Bier kalt und würzig und süffig. Und es lief gute Musik, was aber weniger eine Rolle spielte, denn das Klangbett wurde von schnurrenden, ratternden, heulenden, klappernden, quietschenden, rasselnden, kratzenden, schabenden, knallenden, spuckenden, stotternden, gluckernden Motoren bestimmt, von Autos, Tuk-Tuks, Mopeds – eine Orchestrierung des Krachs.

Das Leben brauste um mich herum. Menschen kamen, Menschen gingen, stolperten über die löchrigen Bordsteine. Dazwischen ragten Strommasten wie Urwaldgewächse hervor. Elektriker genossen in Thailand wahrscheinlich die gleiche Grundausbildung wie Soldaten, bevor sie für ihr Land ihr Leben ließen. Auf der anderen Straßenseite stellte eine alte Frau eine Schale vor einem kleinen Buddha-Schrein ab, der auf dem Gehweg zwischen zwei Geschäften eingezwängt worden war. Zwei junge Touristinnen joggten am Kanal entlang, was für mich bei der Luftqualität auf suizidale Tendenzen hindeutete. Da blieb man lieber sitzen und rauchte eine Schachtel Zigaretten. War wahrscheinlich gesünder. An der Ampel hielt eine Fahrradrikscha. Der drahtige, zerknautschte Fahrer schaute herüber, unsere Blicke trafen sich. Er schmunzelte und nickte mir grüßend zu. Ich nickte zurück. Irgendwie gefiel es mir hier.

Morgen würde ich das Waldkloster besuchen und heute noch ein Bier trinken.

So war das.

Ich winkte der Kellnerin.

SECHZEHN

Buddha war abgemagert, nur Haut und Knochen. Seine Augen waren halb geschlossen, er wirkte benommen, betäubt, seine Speiseröhre klaffte wie die Knochenplatten eines Reptils aus seinem Hals hervor. Er saß im Schneidersitz auf einer Betonplatte, ein Tuch um die Lenden. Adern und Sehnen schlängelten sich wie Würmer über seinen Rippenkasten. Von der Stirn und den Beinen war großflächig der Lack abgefallen. Ich drehte mich einmal im Kreis, suchte nach einer Tafel, die über die Figur aufklärte. Zeitlebens hatte ich Buddha-Statuen nämlich fettbäuchig, vergoldet und glückselig gesehen, oder gleich geköpft, als Dekorationsaccessoires in Toiletten und Hauseingängen. Oder war das hier vielleicht kein Abbild des Heiligen, sondern irgendein böser Hungergeist?

Der Taxifahrer hatte mich kurz zuvor am Eingang des Wat-Umong-Waldklosters herausgelassen. Ich war zunächst dem Hinweisschild eines Meditationszentrums gefolgt und durch ein kleines Wäldchen gelaufen. Die Ruhe lag wie ein Schweigegelübde über dem Gelände. Hühner pickten im Unterholz. Eine Katze lag unter einem Busch, ein ausgezehrtes Vieh mit braunfleckigem Fell, bei dem nur das Zucken des Schwanzes darauf hindeutete, dass es nicht längst verendet war. Dann fielen mir die Holztafeln auf, verteilt über das ganze Areal. Sie waren an Baumstämme genagelt, beschrieben mit vermeintlichen Weisheiten: »Mit Dharma im Herzen schmeckt selbst nackter Reis.« »Die Weisen zähmen sich selbst.« »Das dünnste Haar kann einen Schatten werfen.«

Das Meditationszentrum erwies sich als ein kleiner Bungalow, verrammelt und verriegelt, dabei wollte ich nachfragen, ob diese Tage irgendwelche Kurse begannen, die mir vielleicht einen Hinweis auf den Verbleib von Freya gaben. Doch die Tür war verschlossen. Ich rüttelte ein paar Mal daran und folgte schließlich einem weiteren Schild zur Meditationshalle, die sich wiederum als kleiner Pavillon herausstellte, der ebenso verlassen wirkte wie das übrige Kloster. Nur hier und da tauchte zwischen den Bäumen die orangefarbene Kutte eines Mönchs auf. Auf einer kleinen Anhöhe, in der Kulisse von Lianen und moosüberwucherten Steinmauern, fand ein Fotoshooting eines Paares statt – zur Hochzeit? Für einen Modekatalog? Ich wusste es nicht.

An einen großen gepflasterten Platz, gespickt mit Beeten, Bäumen und Statuen, grenzte ein flacher Tempelbau mit tunnelartigen Gängen. Mit eingezogenem Kopf lief ich durch das gekachelte Wegesystem, es roch nach Wachs, Räucherstäbchen und Petroleum. Die Luft war schwer und feucht. Matte Leuchten warfen trübes Licht. Immer wieder taten sich niedrige, schummrige Nischen auf, in denen kleine Buddha-Schreine mit Matten davor arrangiert waren, wahrscheinlich zur Meditation. Dann trat ich wieder ins Freie, ich stand plötzlich hinter dem Gebäude, hatte es einmal durchquert. Links führte ein sauberer, abschüssiger Weg in die Botanik, rechts ein Trampelpfad weiter nach oben am Gebäude entlang.

So hatte ich den heiligen Hungerhaken gefunden, der mich nun entrückt anstarrte. Ich setzte mich auf ein Mäuerchen und trank Wasser. *Mit Dharma im Herzen schmeckt selbst nackter Reis.* Buddha, wenn er es wirklich war, sah nicht so aus. Hungernd, darbend, schmachtend, viel zu benommen und müde, um sein Selbst noch in aller Deutlichkeit wahrzunehmen, weit entfernt vom Diesseits. War Buddha nicht ein Prinz, der dem luxuriösen Leben am Hof entsagte, alles, Familie, Reichtum, Prestige, einfach alles hinter sich ließ, weil ihm bewusst wurde, dass alle Lebewesen altern und sterben würden und er in diesem Überfluss, in dem er lebte, den eigentlichen Fragen des Lebens nicht näher kam?

Ich dachte an den Morgen, an dem ich noch schnell versucht hatte, ein Internetcafé zu finden, um meiner Familie eine Mail zu schreiben. Das war nicht so einfach, wie ich dachte. Hot Spots hatten sich wie eine Seuche ausgebreitet und scheinbar alle Touristen infiziert, die fiebernd zum nächsten Zugang torkelten. Das Internet durchsetzte das Leben, jeder hatte es in der Tasche. Computer brauchte es nicht mehr. Ich hatte es gestern Abend zur Genüge erlebt: Noch bevor in einem Restaurant die Aufmerksamkeit auf Speisekarten gerichtet wurde, huschten die Blicke über die Wände, auf der Suche nach dem WLAN-Passwort, um schnellstmöglich mit dem Smartphone die Tore zu den heiligen Hallen des Paralleluniversums aufzustoßen. Fiel mir dieses Detail nur auf, weil ich keines meiner Smartphones dabeihatte?

Was würde Buddha wohl zu den heutigen Lebensgewohnheiten sagen?

Zu Super-Size-Menüs, Fettabsaugung und Brustimplantaten?

Der modernen Gesellschaft an sich?

Obwohl. Vielleicht würde es ihm ja gefallen. Mit einem schnellen WLAN-Zugang und einem ordentlichen Endgerät hätte Buddha seine Erleuchtung live streamen können. Bin mir sicher, das Video wäre viral gegangen und sein Blog wäre der Renner geworden. Denn um heil über die Hängebrücke des Zeitgeists zu kommen, brauchen wir ja die richtigen Strategien. Da kommen YouTube-Videos mit autogenem Training, Yoga und Buddhismus doch ganz recht. Erstens. Zweitens habe ich zwar nie meditiert, aber Bewusstseinsebenen und Internet kommen mir vom Prinzip sehr ähnlich vor. Der grundlegende Unterschied ist vielleicht, dass kein Mensch den ganzen Tag meditiert. Außer natürlich Nerds wie Buddha, die Zeit ohne Ende haben. Ich stand auf und sah mich nach einem Mönch um.

Was beschäftigte mich an dieser verflixten Statue? Die Tatsache, dass ich im Gegensatz dazu körperlich noch recht gut genährt war, aber mich geistig so ausgezehrt fühlte wie dieses Gerippe?

An einem Nebengebäude der Tempelanlage traf ich schließlich auf einen Mönch. Er stand vor der geöffneten Motorhaube eines Pick-ups und überprüfte den Ölstand des Fahrzeugs. Seine orangefarbene Kutte hatte er klassisch über nur eine Schulter gebunden. Seine nackte Schulter war aber alles andere als nackt, sondern bis zum Handgelenk mit Tribals tätowiert.

»Entschuldigung«, sagte ich, wobei das Wort eher als ein geräuschgespickter Atemzug meinem Mund entglitt, meine Stimme klebte in meiner Kehle. Ich räusperte mich und kramte nach meiner Wasserflasche. »Sorry.«

Der Mönch drehte sich um und blickte mich sauertöpfisch an. Kein Ton kam ihm über die Lippen. War er maulfaul? Sprach er kein Englisch? Hatte ich gerade seine spezielle Form der Morgenandacht gestört?

Ich wusste nicht, wohin mit meinem Blick. Ich schaute in den geöffneten Motor, wieder zu ihm, wieder in den Motor. Das Kabel der Lichtmaschine war ganz schön zerschlissen.

»Das Kabel Ihrer Lichtmaschine ist ganz schön zerschlissen«, sagte ich und zeigte auf den Motor wie auf einen Haufen Innereien beim Metzger.

Er runzelte die Stirn. Ich beugte mich vorsichtig zu seiner Werkzeugkiste hinunter, nahm etwas Isolierband heraus und deutete damit auf die spröden Kabel. Er zuckte mit den Schultern und wandte sich wieder seiner Tätigkeit zu. Ich fasste das als Zustimmung auf, und für einen Moment waren wir eine Einheit. Der Mönch reinigte mit einem dunklen Lumpen den Messstab, ich schnitt etwas Klebeband ab und umwickelte damit die Kabel. Die ganze Sache dauerte keine zwei Minuten, danach schlug er die Motorhaube zu und nickte mir zu, auf den Lippen die Ahnung eines Lächelns. Ich zeigte in Richtung der ausgemergelten Statue, die in Umrissen zwischen den Bäumen zu erkennen war, sog meine Backen ein, weil ich nicht wusste, wie ich sonst Ausgezehrtheit pantomimisch darstellen sollte, und fragte: »Buddha?«

»Buddha«, bestätigte der Mönch und nickte.

»Warum ist der so dünn?«, hakte ich nach.

»Khao ot ahan chon kueap tai«, antwortete der Mönch und schaute mich an, mit einem Blick wie ein trauriges Liebeslied.

»Vielen Dank«, entgegnete ich und wandte mich ab, doch der Mönch wedelte mit der Hand und verschwand im Haus. Wenige Augenblicke später kam er mit einem anderen Mönch heraus, der nicht alt und nicht jung wirkte, ein Mann mit kahlgeschorenem, rundem Schädel, in dessen Mitte eine Brille wie eine Heftklammer steckte. Sie trippelten mit kurzen Schritten auf mich zu.

»Es tut mir wirklich leid, ich wollte Ihnen keine Umstände machen, mich interessiert eigentlich nur, ob diese dünne Statue dort hinten eine Buddha-Figur ist?«, platzte ich hervor.

»Ja«, antwortete der Mann. »Es ist Buddha.«

»Ich habe so eine Figur noch nie gesehen, sieht ein wenig schaurig aus.«

»Buddha hat viele Jahre gefastet, man sagt, er hat täglich nur ein Reiskorn gegessen.«

Ich schwieg einen Moment. »Gehört das zum Buddhismus, also fasten Sie auch?«, fragte ich.

»Selten, es war auch nur ein Teil, der Buddha zur Erleuchtung führte. Am Ende erachtete er einen Mittelweg als richtig, zwischen Überfluss und Askese. Und natürlich die Meditation, also die Vertiefung in das Selbst, um dem Wesen der Welt näherzukommen und sich aus dem ewigem Zyklus der Wiedergeburten zu befreien. Sind Sie religiös?«

»Ich habe mal eine Weile als Messdiener gearbeitet«, entgegnete ich, weil ich nicht zugeben wollte, dass ich mit dem ganzen Religionszeug nichts anzufangen wusste. Er nickte, schien aber nicht zu wissen, was ich meinte. Wie auch? »Messdiener«, wiederholte ich und fügte hinzu: »Hat mich meine Mutter reingeritten. Halbes Jahr Vorbereitungszeit, um dann bei der Sonntagsmesse dem Pfarrer die Pfoten zu waschen.«

Der Mönch schien zu verstehen. Zumindest ansatzweise. Er lächelte hoffnungsfroh. »Hat es Sie erfüllt?«

»Nein, aber es handelte sich bei der Aufgabe wirklich nur um Hilfsdienste. Altar aufdecken, Weihwasserkessel schleppen. Das war teilweise eine echte Plackerei. Beim stundenlangen Knien während der Allerheiligenlitanei in der Osternacht nickte mal ein Messdiener ein, dabei fiel ihm die brennende Kerze aus der Hand und sein Rochett ging in Flammen auf. Da war kurz ein Durcheinander. Oder das Weihrauchfass schwingen, das war auch ein echter Knaller! Wenn der Pfarrer nämlich die Weihrauchkörner einlegte, stand man minutenlang in einer Rauchwolke. Die jüngeren Ministranten kippten um wie Holzfiguren. Die aktuelle Feinstaubdebatte ist nichts gegen einen katholischen Gottesdienst«, antwortete ich, wobei es die Katholiken ja noch besser hatten als die Evangelisten, die beim Abendmahl alle aus einem Kelch Traubensaft schlabberten. Reichte ja beileibe nicht, wenn der Pfarrer den Rand mit einem Tuch abwischte, gab sogar Studien dazu, die dringend Einwegbecher empfahlen. Meningokokken, Herpes oder Noroviren: Die Kelche sind eigentlich Petrischalen, das Abendmahl eine Seuchenschleuder. »Ich bin jedenfalls nicht religiös«, ergänzte ich. »Warum?«

»Viele Touristen kommen in den letzten Jahren hierher, sprechen uns an und informieren sich, weil sie glauben, im Buddhismus liege ein Weg, der sie aus ihrer Unzufriedenheit führt. Ich rate dann immer, besser den Blick auf die eigene Religion zu richten, die Religion, die einem bekannt ist, um dort sein Glück zu suchen. Das Meditieren lässt sich ja trotzdem erlernen.«

»Was passiert eigentlich bei der Meditation?«

»Meistens habe ich Zeit, mich ein wenig von mir zu lösen und mein Tun kritisch zu betrachten, das fühlt sich ein bisschen wie Halbschlaf an. Manchmal habe ich auch das Gefühl, dass sich mein Geist von meinem Körper löst und ich Teil einer Wahrheit werde, die sich nicht denken lässt. Wahrheit und Wirklichkeit sind nicht ein und dasselbe.« Er lächelte mir aufmunternd zu.

Wahrheit?

Wirklichkeit?

Nicht dasselbe?

»Ahhhh«, gab ich mit weit aufgerissenen Augen von mir, als sei mir nicht nur völlig klar, was er meinte, sondern als habe mir gerade die Erleuchtung die ganze Schädeldecke unter Strom gesetzt. »Kommen eigentlich viele Touristen zu Ihnen?«

»Es ist in den letzten Jahren mehr geworden. Ich habe das Gefühl, dass die Leute einfach zu viel Auswahl haben, ihr Leben zu gestalten. Sie haben sehr viel, wissen sehr viel, machen sehr viel, nur ihre Zeit können sie nicht steigern, weswegen sie immer mehr in derselben Zeit erledigen. Sie verlernen beim Leben das Leben.«

Ich blickte den Mönch an. Wahrscheinlich gab er diese Weisheit sechsmal am Tag zum Besten, aber ich fühlte mich dennoch beschämt, dass die Männer mit mir sprachen. Ich hätte mich vor ihnen am liebsten in den Dreck geworfen, Buße getan, Abbitte geleistet. Er hatte ja Recht: Wir hetzen von der Arbeit zum Shopping, ins Restaurant, ins Kino oder auf die Couch – es will ja die siebte Folge der sechsten Staffel gesehen werden! Sport passt in die Mittagspause, Handycheck zwischen zwei Gedanken. Wir treffen Freunde, Familie, Bekannte, bringen unsere Kinder zum Sport, in die Musikschule, Squash am Mittwochabend und Sprachkurs ganz flexibel online. Wir kochen frisch und gesund, sind immer voller Elan. Kreolisch ist voll im Trend? Probieren wir! Aktuelle Superstimmung? Posten wir!

Sich sein zu lassen bedeutet Stillstand. Schließlich rattert ja auch nebenher lustig die ganze Welt über unseren Ticker. Wir sind immer *up to date*, verfolgen die Nachrichten in Echtzeit und werden ungeduldig, wenn eine Stunde nach einer Katastrophe nicht schon über die Hintergründe berichtet und mit der Aufarbeitung begonnen wird. Alle reden mit, alle durcheinander. Zu allem brauchen wir eine Meinung. Und zwischendurch bekommen wir die Statusmeldung, dass irgendeiner unserer fünfhundertsiebenundsechzig Freunde irgendwo irgendwas ganz Tolles und Spannendes erlebt hat, was uns daran erinnert, dass wir noch viel mehr Tolles und Spannendes erleben könnten, würden wir uns nur ein bisschen mehr anstrengen.

»Selig sind die Gelassenen«, sagte ich und lächelte.

»Ich wünsche mir auch manchmal, dass der Tag mehr Stunden hätte. Ich war gerade dabei, die E-Mails des Klosters zu beantworten, als Sie kamen, das schaffe ich nur alle zwei, drei Tage, stresst mich sehr, danach gehe ich meist am See spazieren. Aber dann habe ich keine Zeit mehr zu meditieren. Ich nehme das so an. Es gibt viele Ratschläge heute, wie man glücklich wird. Nicht beirren lassen und seinen Weg finden. So verstehe ich Buddhas Lehre.«

»Vielen Dank für Ihre Zeit.« Ich strahlte ihn übertrieben dämlich an, weil ich nicht wusste, wie ich mich sonst erkenntlich zeigen sollte. Wann schenkte ein Fremder einem schon einmal freimütig seine Zeit?

»You're welcome. Bleiben Sie lange in Chiang Mai?«

»Das weiß ich ehrlich gesagt auch noch nicht, ist ein wenig von einer Freundin ...« Ich zögerte kurz. »Ich weiß, es ist eine komische Frage, aber ist Ihnen gestern zufällig eine hübsche Frau aufgefallen, mit dunklen, halblangen Haaren und haselnussbraunen Augen? Eine umwerfend hübsche Frau?«

Der Mönch wandte sich an seinen tätowierten Glaubensbruder.

»Muea wan hen phuying phom dam ta si namtan mai?«

»Muea wan nak thongthiao yoe mak.«

»Khao wa pen phuying thi suai mak.«

»Ao phuying thai roe.«

»Eine Thailänderin?«

SIEBZEHN

ÄskulaPatchouli: leute, mir geht's gar nicht gut.

Klappcouch0815: Was ist los?

ÄskulaPatchouli: habe seit ein paar tagen schmerzen in der nierengegend, es zieht so komisch, hab langsam echt schiss

Klappcouch0815: Bist Du verschwitzt Fahrrad gefahren oder so was????

MorgionLöwenherz: Es ist Dezember, es liegt Schnee.

Klappcouch0815: Geht mir nur ums Prinzip!

ÄskulaPatchouli: ich habe ein bisschen schnee geschippt, nicht viel, den weg zu meiner wohnung, das sind vielleicht sechs, sieben meter

MorgionLöwenherz: Zieht es nur auf einer Seite?

ÄskulaPatchouli: rechts ist es schlimmer als links, zumindest tagsüber, abends habe ich eher das gefühl, das sich der schmerz ein wenig ausbreitet!!!!!

MorgionLöwenherz: Ich nehme mal an, Du bist Rechtshänderin?!

ÄskulaPatchouli: rechtshänder

Klappcouch0815: Was?

ÄskulaPatchouli: rechtshänder, ich bin ein mann

MorgionLöwenherz: Krass, hätte ich nicht gedacht!!!!

Klappcouch0815: @ÄskulaPatchouli: Wollest Du Dich nicht mit mir treffen??!!???

ÄskulaPatchouli: ja, und?

Klappcouch0815: Ich bin auch ein Mann!!!!!

ANGEL: Echt? Hätt ich nichst gedacht!!! Ich bin einwe Frau!

ÄskulaPatchouli: haaaallo? was mache ich jetzt wegen meinen schmerzen? das ist mir grad echt wichtiger!

MorgionLöwenherz: Nichts. Du hast nur Muskelkater.

ÄskulaPatchouli: sehr witzig, ich weiß wie sich muskelkater anfühlt

MorgionLöwenherz: Wärme die Stelle ein paar Tage mit einem Kirschkernkissen, einfach in der Mikrowelle oder auf dem Heizkörper aufwärmen. Und reibe die Stelle mit Teebaumöl oder Arnikasalbe ein, trinke Stiefmütterchentee und Du bist schnell wieder fit ☺

Klappcouch0815: Falls es sich um eine Zerrung handelt, kann wärmen auch ein Fehler sein. Du solltest es kühlen, damit sich die Entzündung nicht ausbreitet.

ÄskulaPatchouli: entzündung???!!! kühlen???!!!

Kapsel: Hast du es mal mit dem zungentrick probiert?

Klappcouch0815: KAAAAPSEL!!!!! Du bist noch da???? Hast Dich aber lange nicht gemeldet, wir dachten schon …

Kapsel: Alles gut, bin in thailand, ist gerade nachmittag

ANGEL: häftig, hier ist es schon seid halp fünf dunkel

MorgionLöwenherz: Sag, wie geht es Dir?

Kapsel: Mir geht es ganz gut.

MorgionLöwenherz: Hast Du Schmerzen?

Kapsel: Ehrlich gesagt, nicht mehr so sehr. Es ist warm, die sonne scheint. War gerade auch in einem kloster und hatte ein tolles gespräch mit einem mönch. Bin fit. Keine ahnung was das alles soll.

ANGEL: hab ich ja gesgat, ein ultraschal ist keine suabere diagnose

Klappcouch0815: Das heißt ja nicht, dass er gesund ist – geh in eine KLINIK!!! SOFORT!!!!

MorgionLöwenherz: Lass ihn doch in Ruhe, er fühlt sich gut. Es gibt immer wieder Berichte, dass sich Tumore zurückbilden. In Taiwan gibt es sogar spezielle Musik gegen den Krebs, für jedes Organ eigens entwickelte Melodien – es gibt so viele Möglichkeiten und wir beschränken uns auf die so genannte Schulmedizin! Dabei bleibt die Selbstheilung des Körpers vollkommen unbeachtet – was mir die Geschichte von Kapsel wieder bestätigt: Eine Therapie bei Fachkundigen im Kloster ist durchaus eine Alternative!

Dorfneurotiker: Genau … und nimm viel vitamin B17, mach dir Kaffeeeinläufe und mach eine öl-eiweiß-diät nach johanna budwig … dann biste schnell wieder auf'm damm … ;-(((… @ MorgionLöwenherz: red nicht so ein blech

Klappcouch0815: Ich bin für Chemotherapie. Oder eben Bestrahlung. Sorry. Den ganzen anderen Schnickschnack kann man ja zusätzlich machen, wenn es einem gefällt.

MorgionLöwenherz: Krebs ist nichts anderes als unterdrückte Wut – und Dir ist schon klar, dass eine Chemotherapie den Kontakt zur geistigen Welt völlig zerstört. @Kapsel: Ich bin beeindruckt von deinem Weg – alles auf eine Karte! Respekt!

Dorfneurotiker: Auf eine karte? Kenne einen typen, geht mit mitte sechzig in ruhestand, nur geschuftet, sein leben lang, will dem staat nix schenken und lässt sich seine ganze rente ausbezahlen, das ging damals noch. Er hockt sich zu hause an den tisch und legt die ganze kohle auf seine lebenserwartung um, lag damals bei 73 jahren, ist sogar noch optimistisch und lässt einen spielraum von zwei jahren und dann fängt er an, die kohle auf den kopf zu hauen, lebt in saus und braus. Kürzlich ist er 90 geworden. Haben ihm zum jubiläum mit dem gesangsverein noch ein ständchen gesungen … ist arm wie ne kirchenmaus … lebt von sozialhilfe und muss seine klamotten aus der altkleidersammlung beziehen … so viel zu: alles auf eine karte …

Klappcouch0815: Besser ausbrennen als verblassen …

Dorfneurotiker: Na ja, der ist aber ausgebrannt und verblasst jetzt auch noch … ;-))))

ÄskulaPatchouli: was ist denn jetzt der zungentrick, kapsel? ich finde dazu nichts im netz!

ÄskulaPatchouli: hey kapsel, wo bist du?

ÄskulaPatchouli: haaaallloooo!

Kapsel: Sorry, checke nebenher meine mails und bin auf google earth unterwegs – schon krass wie viele spannende orte es entlang des äquators gibt, schon mal von pulau pini gehört?, aber egal, ich meinte eigentlich löffeltrick, sorry, also: schabe mit einem löffel über deine ganze zunge, packe den löffel in eine transparente plastiktüte und lege sie unter eine warme Lampe, warte eine gute minute und hole ihn dann wieder raus, riecht der löffel komisch oder hat sich ein belag gebildet, kann es – je nach farbe des belags – auf eine erkrankung, auch der Nieren, hinweisen.

Klappcouch0815: Davon habe ich ja noch nie gehört, ist das valide?

ANGEL: Valide?

ÄskulaPatchouli: Scheiße, scheiße, scheiße, ich hab's gemacht, da ist ein ganz leicht gelblicher belag – was heißt das jetzt?

ANGEL: Im netz steht was von kaputter Schilddrüse!!!

ÄskulaPatchouli: Meine augenbrauen sind in letzter zeit auch so dünn geworden, dass kann auch mit der schilddrüse zusammenhängen ... scheiße, scheiße, scheiße!!!!

Dorfneurotiker: Sorry, komm nicht mehr mit, ich dachte, du hättest schmerzen in der nierengegend?!

ÄskulaPatchouli: Hab im Krankenhaus angerufen. Die sagen, es sei alles ok, ich soll die Tage aber mal beim Hausarzt vorstellig werden ... puh!

ANGEL: wieso sollst du dann zum hausazrt, wnn alles okay ist?

ÄskulaPatchouli: Was meinst du?

Dorfneurotiker: Leute, leute, bleibt mal alle ruhig!

MorgionLöwenherz: @Kapsel: Ich hab es auch mal ausprobiert. Mein Löffel riecht komisch, darauf ist ein weißlicher, eingetrockneter Belag???? Was heißt das? Hast du da Erfahrung????

Dorfneurotiker: das ist dein speichel, soll der etwa nach rosen duften?

MorgionLöwenherz: Kaspel?

ÄskulaPatchouli: kapsel?

ACHTZEHN

»Falls du die Nummer von Dr. Bischoff suchst, kann ich sie dir auch sagen, kenne ich auswendig«, hörte ich eine Stimme neben mir.

»Freya.« Das sagte ich. Die Hände noch an der Tastatur, die Gedanken in Chats, Erdanimationen, E-Mail-Accounts, Nachrichtentickern. *Freya.* Es war das einzige Wort, das in diesem Augenblick wie Dämmschaum mein Gehirn ausfüllte. Ich drehte meinen Kopf auf dem Stativ meines Rumpfs. Neunzig Grad. Schwenk in Zeitlupe. Und bestaunte diese einzigartige Skulptur, die sich neben mir im Internetcafé materialisiert hatte. Sie zeigte auf den Bildschirm, auf dem ich gerade das Kontaktformular von Kalthands Website geöffnet hatte. Ich sollte mich telefonisch dort melden, eine Arzthelferin hatte geschrieben. Wahrscheinlich war ihnen mittlerweile zu Ohren gekommen, dass ich in der Onkologie der MHH nie angekommen war. Das musste es sein. Aber für einen Anruf war es heute eh schon zu spät. Ich schloss alle Browserfenster, trommelte mit Daumen und Zeigefinger auf die Tasten und kappte alle Kommunikationsverbindungen.

»Freya!«

Alt. F4.

»Was!«

Alt. F4.

»Machst!«

Alt. F4.

»Du!«

Alt. F4.

»Denn!«

Alt. F4.

»Hier?«

»Was ich hier mache!?«, rief sie und schickte ein lautes Lachen hinterher. »Ich schreibe hier nichtsahnend ein paar Mails, schaue irgendwann über die Schulter und sehe dich hier sitzen. Ich starre dich schon seit mindestens zehn Minuten ungläubig an!«

Computer. Zehn an der Zahl. Die meisten besetzt. Mit Asiaten, Europäern, Amerikanern. Was auch immer. Sie hatten Headsets auf den Köpfen, starrten in Webcams, sprachen mit Freunden, in irgendwelchen Zeitzonen auf der Welt. Ein Ventilator drehte auf dem Schreibtisch des gelangweilten Geschäftsführers seine Runden, darüber hing ein Kalender mit einer Reisterrasse und daneben ein Gemälde des verstorbenen Königs von Thailand Bhumibol Adulyadej, geschmückt mit goldenen Girlanden und Blumen. Es war ein ungewohnter Ort, keine Frage, aber auch nicht völlig von der Welt. So insgesamt. Alles in allem. Herzuleiten. Logisch erklärbar, doch alles kam mir plötzlich fremd vor, der Raum, die Stadt, das Land, die Zivilisation, sogar ich mir selbst.

»Ist alles gut, Konstantin?«

»Ja, ja, natürlich, ich bin schon länger hier, fast eine Stunde, glaube ich, war nicht mehr im Netz, seit ich in Thailand bin.« Ich sah Freya an und wusste, dass ich es längst wusste. Ich hatte es auf der Busfahrt gewusst, im Yogacamp, im Flieger und im Wartezimmer: Ich hatte mich verliebt, war verschossen, verknallt, über beide Ohren, Schmetterlinge im Bauch, Vollalarm in den Eiern – ja, auch das, es brodelte in meinem Unterleib –, und ich konnte es ihr nicht sagen, das mit der Libido sowieso nicht, aber auch das Ding mit der Liebe nicht, man musste ja diesen Gefühlsausbruch in einen entsprechenden Rahmen betten. Kaffee, Kino, Spaziergang, Dinner, Videoabend – *huch, was macht denn meine Hand in deiner?*

»Wolltest du ohnehin nach Chiang Mai? Oder warum bist du

hier?«, fragte Freya, mit angewinkelten Armen, die Handflächen nach oben.

»Du hast ein ganz schönes Tohuwabohu im Camp hinterlassen.«

»Ich weiß. Ich habe Oriana gerade eine Mail geschrieben und mich entschuldigt. Aber jetzt raus damit, wolltest du nach Chiang Mai?«

»Nun«, begann ich meine Argumentation und überlegte eine tollkühne Geschichte von Intuition und Zufällen zu Gehör zu bringen, von Romantik und Abenteuer. Ich, allein am Hafen von Koh Tao, eigentlich gewillt nach Kambodscha zu fahren, um den Mekong zu bereisen, durch Laos, Burma, bis nach China, ich und mein Schicksal, die alleine flussaufwärts schipperten. Oder noch besser: auf dem Landweg nach Singapur, hinab zum Äquator. Ich auf dem Trampelpfad der Nulllinie, von Indonesien über Südamerika bis nach Afrika. Das war eigentlich mein Plan gewesen. Aber dann, man glaubte es kaum, ein verrückter Kapitän am Pier, ein Ticketheft, das er zornentbrannt in die stürmische Brise schleuderte. Es flatterte davon, mir vor die Nase. Darin: Freyas Name in Blaupause mit dem Ziel Chiang Mai.

Stattdessen senkte ich meinen Blick. »Ich habe am Hafen in die Fahrtenbücher von Reisebüros geschaut. Und als ich deinen Namen gefunden hatte, bin ich dir einfach hinterhergefahren.« Ich schluckte.

»Und wo wohnst du? Hier in der Ecke?«, fragte Freya, ohne mir auch nur mit der kleinsten Regung oder einem Beiklang in der Stimme einen Hinweis zu geben, wie sie meine Nachstellung bewertete. Obwohl ich mir unsicher war, ob sich nach tausend Kilometern und zwanzig Stunden Reisezeit noch von Nachstellung sprechen ließ. Zumal ich ihr auch noch von Deutschland nach Thailand hinterhergeflogen war. *Obsessiver Verfolgungswahn* entspräche wohl eher dem Kern der Sache. Stalking Stufe zehn plus. Eigentlich gehörte ich eingebuchtet.

»Water Well Guest House«, antwortete ich, gefolgt von einem heiseren Räuspern.

»Water Well Guest House«, wiederholte Freya.

»Du hattest es in deinem Reiseführer angekreuzt«, schob ich schnell hinterher und lief rot an, was aber Freya bestimmt nicht weiter auffiel. Hier saßen alle mehr oder weniger rotbäckig herum, es war unglaublich warm und stickig.

»Ich wusste, dass ich den Namen kenne. Ich hatte es mir markiert, weil ich eine Unterkunft in einer Ecke der Altstadt wollte, wo es noch etwas ruhiger ist.«

»Und wo wohnst du?«, fragte ich.

»Im Hello Guest House, ist nicht weit von hier.«

»Das kenne ich, ist nur ein paar Seitenstraßen vom Water Well Guest House entfernt. Bin ich gestern Nacht noch dran vorbeigelaufen.«

»Schon verrückt, dass wir uns treffen.«

»Internetcafés gibt es hier ja nicht so viele.«

»Benutzen eben alle mittlerweile ihre Smartphones.«

»Genau, ja, ja, schon verrückt.«

Ich saß. Sie stand. Da waren wir. Wie vor zwei Wochen im Wartezimmer bei Dr. Kalthand. Und trotzdem kam es mir wie tausend Lichtjahre vor. Der Geschäftsführer des Internetcafés steckte sich eine Kippe in den Mund und puhlte mit seinem linken, spitz gefeilten Fingernagel, der gute zwei Zentimeter lang war, an der Düse seines Feuerzeugs herum. Eine Asiatin schlug vor ihrem Bildschirm die Hände vor dem Mund zusammen. Ein Schwarzer mit raspelkurzen Haaren, Augen wie Steaksoße und einem Kreuz wie ein Zugochse zeigte seinem Bildschirm beide Stinkefinger, quiekte amüsiert und trampelte dabei mit beiden Füßen auf dem Boden. Ich lächelte und schaute zu Freya. Alles war gesagt, was es als Aufwärmübung zu sagen gab. Dann erblickte ich ihren rechten Fuß, der bandagiert war und in einer Sandale steckte.

»Was ist denn mit deinem Fuß passiert?«, entfuhr es mir.

»Als wir am Strand waren, hat irgendwer meine Sandalen mit ins Camp zurückgenommen. Als ich dann in meinen Bungalow gestolpert bin, habe ich mir an einem Splitter vom Bambusboden die Fußsohle aufgerissen. Es hat wahnsinnig geblutet, dachte schon, ich muss Oriana wecken, damit sie mich ins Krankenhaus fährt. Irgendwann hat es aufgehört, aber ich glaube trotzdem, ich muss nochmal zum Arzt, es blutet immer wieder. Aber sollen wir vielleicht vor der Tür weitereden? Oder einmal ums Eck? Da vorne ist ein netter Platz neben einem Tempel, habe ich gestern entdeckt. Hier ist es auf jeden Fall ziemlich unruhig und warm, du bist ja auch schon ganz rot im Gesicht.«

Ich stand wortlos auf und schnappte meinen Rucksack. Freya bezahlte zuerst und ging nach draußen. Ich zog einen Hundert-Baht-Schein hervor, etwas mehr als ich eigentlich benötigte, begann dann aber, in meiner Tasche nach Münzgeld zu kramen. Mein Herz pochte, mein Mund war staubtrocken, hatte ich doch keine Ahnung, ob Freya mir vor der Tür den Laufpass geben würde. Ich musste Zeit schinden, wollte es nicht wissen, noch nicht, denn im Grunde war doch alles gut. Für diesen kurzen Augenblick war alles gut in diesem launenhaften Leben. Ich war hier, Freya war hier. Es gab keine Oriana, keinen Werner, keine Käthe. Es gab nur das Uns, sofern ich das mit der Rechnung noch weiter hinauszögern konnte. Mein ganzes Kleingeld lag mittlerweile auf dem Tisch aufgereiht, war zweimal durchgezählt. Es reichte aber nicht. Ich hielt dem Thailänder gerade den Schein hin, da fiel mir ein, dass ich beim Kauf eines Wassers beim Waldkloster das Wechselgeld in meinen Rucksack gestopft hatte. Ich zog den Schein zurück und begann den Rucksack auszuräumen. Der Geschäftsführer klopfte mit seinem Fingernagel auf die Tischplatte, seine Zigarette lag qualmend im Aschenbecher, der Rauch schraubte sich spiralförmig in die Höhe, um sich dann langsam in Gestank aufzulösen.

»Ich bin froh, dass du da bist«, sagte Freya, kaum dass ich aus der Tür war. Sie trat einen Schritt auf mich zu, nahm mich in den Arm und legte ihren Kopf an meine Brust, während uns dabei die flirrende Abendhitze wie ein Kokon umhüllte.

NEUNZEHN

Freya. Ich. Und der Himmel war hässlich. Schlierige Wolken mit schwarz-bräunlichem Ton, als habe eine kosmische Kläranlage ein Leck. Dazwischen die zitronengelbe Sonne, die wie ein Klo-Stein der nächsten Spülung harrte. Furchtbares Bild. Passte so rein gar nicht zu meiner Hochstimmung. Wir beide, die einmal quer über den Platz vor dem Sam-Kasat-Denkmal liefen, dem Three Kings Monument, das ungefähr in der Mitte der Altstadt lag, die für mich im Übrigen nicht wirklich von der Neustadt zu unterscheiden war, außer dass der Bezirk durch einen Wassergraben umrandet wurde und mancherorts wuchtige Mauerruinen von der ehemaligen Stadtgrenze zeugten. Aber das konnte auch nur an der Brille meines eingeschränkten Weltbildes liegen: *Altstadt? Soso. Und wo sind dann bitte die Kopfsteinpflaster, die Giebel, der Erker und der Fries?*

An der Inthawarorot Road hielten wir kurz an und rannten dann Hals über Kopf über den Zebrastreifen. Anders kam in diesem Land niemand über die Straße. Fahrzeuge stiegen grundsätzlich erst dann auf die Bremse, wenn man sich ihnen vor den Kühlergrill warf. Freya humpelte auf eine aufwendig verzierte, goldene Pagode zu, an deren Eingang zwei Tempelwächter und zwei Riesenschlangen Wache hielten. Wobei die Riesenschlangen auch Drachen sein konnten, so genau wusste ich das nicht, aber die Tiere gingen ja genau genommen auf dieselbe Spezies zurück. Daneben stand ein im Vergleich geradezu dramatisch trostloses Gebäude, ein Museum, das über die kleine Tempelanlage informierte.

Freya bog links ab. Sie ging über einen kleinen Platz und steuerte die Seite des Gebäudes an, an der sich eine kleine Sitzecke an die Hausmauer schmiegte. Es gab zwei Betontische mit Betonbänken. Eine Buchsbaumhecke. Dazwischen ragte ein wuchtiger Laubbaum hervor, aus dessen Rinde unterhalb der Krone sich Äste wie die verzweigten Arme eines Kandelabers schlängelten, an deren Spitze wunderschöne rot-orangefarbene Blüten standen. Es war ein wirklich eigentümliches Gebilde, sodass ich nicht anders konnte und es antippte. Das gesamte Geäst begann leicht zu wippen, vorne mehr, hinten weniger, aber alles schien ineinander verwoben, ein einziger Organismus, der sich im Gleichklang bewegte.

Ich hatte mich noch nicht einmal gesetzt, da saß Freya am Tisch und begann zu erzählen. »Bereit? Meine Eltern haben jung geheiratet, aber waren schon relativ alt, als ich geboren wurde. Meine Mutter war Anfang, mein Vater Ende vierzig. Letztes Jahr hatte mein Vater einen Schlaganfall. Er war da schon Anfang achtzig. Eigentlich lief in dieser Situation alles ideal. Wir waren bei ihm, haben sofort reagiert, er kam rechtzeitig ins Krankenhaus. Zwei Tage später war alles scheinbar wieder in Ordnung, er hat sogar Scherze über seinen Sprachfehler gemacht, er konnte das *ch* nicht mehr sauber aussprechen, es klang wie ein Kratzen im Radio. Dann ist er gestorben.«

Freya machte eine Pause und zog eine Flasche Wasser aus ihrer Umhängetasche. Ein Mönch begann neben uns den Hof zu kehren. Ich saß ihr still gegenüber, aber unzählige Floskeln ratterten durch mein Hirn auf der Suche nach Textbausteinen für das Pietätspuzzle. »Oh«, war am Ende das einzige Geräusch, das ich zustande bekam.

»Wir waren todtraurig, aber irgendwie treibt einen ja auch so ein blindwütiger Aktionismus durch die Tage, wir mussten ja die Beerdigung organisieren«, fuhr sie fort. »Wie man das halt so macht: Augen zu und durch. Meine Mutter ging nach der Trauerfeier früh ins Bett, war entsprechend hinüber. Ich versprach ihr, die nächsten Tage noch zu Hause zu schlafen. Ich habe an dem Abend noch versucht, im Wohnzimmer ein bisschen Yoga zu machen, mein ganzer Rücken war verspannt, die Finger und Füße haben gekribbelt, ich dachte, ich drehe durch. Am Ende bin ich auf der Couch eingeschlafen und erst im Morgengrauen wieder aufgewacht. Ich habe Frühstück gemacht, das ganze Geschirr aufgeräumt, gegen acht bin ich ins Schlafzimmer. Da lag meine Mutter, noch in ihrem schwarzen Kleid, auf der Bettseite meines Vaters. Sie war eingeschlafen und ist nicht mehr aufgewacht. Die Ärzte meinten, dass ihr Herz einfach aufgehört hatte zu arbeiten.«

»Heilige Scheiße!«, rief ich.

»Das kannst du laut sagen. Ich habe auch die Beerdigung meiner Mutter irgendwie rumgekriegt, eine ältere Cousine hat mich ein bisschen unterstützt. Im Frühsommer habe ich die Wohnung aufgelöst und verkauft, danach war ich ziemlich fertig, mir ging es auch körperlich nicht gut.«

»Verständlicherweise.«

»Mein Vater hatte mir noch im Krankenhaus von einer Geldsumme erzählt, die er über die letzten Jahre beiseitegelegt hatte.« Freya schmunzelte. »›I*ccch* würde mich freuen, wenn du das Geld nimmst und di*ccch* selbstständig ma*ccch*st‹, hat er gesagt und das *ch* noch extra scharf betont. Er wünschte sich, dass ich mir damit ein kleines Yogastudio finanziere beziehungsweise mir Räumlichkeiten kaufe und mir nicht länger Zeit zur Raumnutzung in einem Studio buche. Er wollte, dass ich mich selbstständig mache, damit ich nicht den Rest meines Lebens für jemanden anderen buckeln muss.«

»Das ist doch aber toll, oder nicht?«

»Ja, natürlich, die Sache ist, dass ich zu dem Zeitpunkt mit Oriana und Werner schon die Abmachung getroffen hatte, dass wir einen Kredit aufnehmen und zusammen das Taoga-Camp kaufen. Oriana ist das ganze Jahr in Thailand. Werner während der kompletten Hauptsaison. Und ich eben bislang nur ein paar Monate. Meist Dezember und Januar. Nur meinen Eltern hatte ich noch nichts von der Idee erzählt.« Freya lächelte. »Thailand. Ich hätte mal gerne das Gesicht meines Vaters gesehen. Er war eh schon sauer, dass ich zwei Jahre lang an Weihnachten auf ›irgendeiner asiatischen Insel‹ rumturne.«

»Willst du denn überhaupt selbstständig sein?«

»Ich bin es ja im Grunde schon und finde es auch gut. Die Selbstbestimmung gefällt mir. Aber für immer in Thailand? Eigentlich mag ich Deutschland ganz gern.«

»Hast du Gewissensbisse, weil du dich Oriana *und* deinem Vater verpflichtet fühlst?«

»Ja, sicher, ich habe mich aber auch ein bisschen mit Oriana und Werner gezofft, weil ich das meiste Geld für den Kauf beisteuern sollte, aber eine Partnerschaft stelle ich mir anders vor. Und es geht aber auch irgendwie um die Sonne«, sagte Freya und seufzte.

»Kann ich verstehen. Das Wetter ist hier klasse, und ich denke nicht, dass deine Eltern dir einen Vorwurf machen würden. Es geht doch unterm Strich darum, dass du dein Glück findest«, platzte ich hervor, obwohl ich schon beim Sprechen wusste, dass Freya sicherlich schon von selbst auf diese große, weltumspannende Weisheit gekommen war. Und weil dieses maßlos bescheuerte Statement mir mal wieder mein Primatendasein vor Augen führte, wie ein Spiegel dem Affen sein Bild zurückwarf, schob ich schnell hinterher: »Bist du deswegen ausgebüxt? Und was hat das alles mit Chiang Mai zu tun?«

»Nach Chiang Mai wollte ich schon länger«, sagte Freya und verstummte. Sie schaute eine Weile in die Richtung des Mönchs, der Laub zusammenkehrte, aber ich hatte eher das Gefühl, sie blickte durch ihn hindurch. Ich betrachtete eine Blüte, die eine knappe Armlänge vor meiner Nase an einer Astspitze baumelte. Ich stupste das Gewächs erneut an.

»Das ist ein Salbaum, findest du hier häufig«, erklärte mir Freya. »Wird gerne in Tempelanlagen gepflanzt, es heißt, das Buddha darunter geboren wurde.«

Ich schaute sie an. Vielleicht war ein kurzer Themenwechsel ja nötig, ein Switch, etwas Abstand, bevor es ans Eingemachte ging.

Wobei ich auch nicht so richtig wusste, was eigentlich noch kommen sollte. Ich vermutete eine Affäre mit Werner – was sonst? Sie tändelte seit einigen Jahren mit ihm, aber hatte sich in mich verliebt, einen todkranken Hypochonder. Gut, zugegeben, von meiner Hypochondrie wusste sie nichts. Wobei meine Hypochondrie ja genau genommen keine Hypochondrie mehr war, aber egal: Sie hatte sich in mich verliebt und wollte nicht schon wieder einen geliebten Menschen verlieren. Ich hatte Verständnis für Freya. Sofern es auf diese Geschichte hinauslief. Wovon ich fest überzeugt war. Also: Themenwechsel. Kurze Atempause, bevor alle Karten auf den Tisch kamen.

»Da kam die Mutter also wohl zuerst zur Rinde.« Ich zeigte mit dem Daumen auf den Salbaum.

»Blödmann«, murmelte Freya, aber neben ihren Augen entdeckte ich Lachfältchen.

»Da bekommt Stammbaum eine ganz neue Bedeutung«, schob ich hinterher und setzte dazu ein schelmisches Grinsen auf, um über die Tiefen des Sparwitzes hinwegzutäuschen. Das Prinzip funktionierte ja bei jeder Soap und jeder Radiosendung: Begannen Publikum oder Moderatoren zu lachen, steckte es instinktiv an.

»Hör jetzt auf!«, zischte Freya lächelnd.

»Da ist der Buddha wohl einfach raus-ge-wurzelt.«

Freya lachte und vergrub ihr Gesicht in ihren Händen.

»Heißt die Mutter von Buddha eigentlich Muddha?«

Ich sah das Beben ihrer Schultern. Und war stolz. Stolz wie der erste Mensch, der ein Feuer entfacht hatte, nein, falsch, ich hatte den Mount Everest ohne Sauerstoffgerät bestiegen, hatte die Bucht von Thailand durchschwommen und zehn Menschen aus einem brennenden Haus gerettet: Ich hatte diese Frau zum Lachen gebracht – und sie war so wunderschön, ich hätte sie am liebsten auf der Stelle geküsst.

»Vor Level zwei brauche ich erst einmal einen Drink und was zum Futtern.« Freya atmete tief durch. »Wird ja bald schon dunkel, sollen wir auf einen Essensmarkt gehen? Ich glaube, am südlichen

Eingang der Altstadt ist abends immer einer zu finden. So steht es jedenfalls in dem Stadtplan, den ich bei meiner Ankunft bekommen habe. Oder wir fahren an den Ping, dort gibt es am Ufer einige Restaurants. Was denkst du? Oder hast du schon was anderes vor?«

»Quatsch, ich hab nix anderes vor – klingt prima«, sagte ich und zeigte auf ihren Fuß. »Aber vielleicht nehmen wir uns ein Tuk-Tuk?«

Zwei Minuten später drückten wir uns über den Gehweg, der vor Bannern, Säulen und Menschen kaum Platz bot, zumal zahlreiche Bodenplatten einfach fehlten und darin Bäume gepflanzt waren. Immer wieder wechselten wir vom Gehweg auf die Straße und zurück, es hatte etwas von Slalom. Hindernisparcours. Die Stadt erwachte aber gerade auch vollends zum Leben. Es roch nach glimmender Holzkohle und brutzelnden Garnelen, hier und da waren einige Restaurants schon auf Weihnachten eingestellt, was doppelt abstrus wirkte: wegen der Temperaturen und der Kultur. Ich ignorierte die Nikolausmützen auf Elefantenstatuen und die neon blinkenden Weihnachtsbäume, ein Restaurant lockte sogar mit Glühwein. Das war, wie einen Frozen Margarita in der Antarktis zu bestellen.

Wir gingen den Bordstein runter, schlängelten uns seitlich zwischen parkenden Mopeds hindurch und hielten vor einem Gerüst an einer Hausfassade. Der Durchgang war ein Nadelöhr, aus dem pausenlos Touristen gespuckt wurden. Wir warteten.

Freya drehte sich zu mir um. »Da vorne, an der Ecke, standen in den letzten beiden Tagen immer ein paar Rikschas«, rief sie über ihre Schulter und humpelte weiter.

Als ich dann schließlich auf der Rückbank des Fahrzeugs saß, hatte ich plötzlich ein ungutes Gefühl, nein, ich hatte das ungute Gefühl eigentlich schon vorher. Als wir den Fahrer ansprachen, musterte er uns mit einem geringschätzigen Blick, schnalzte mit der Zunge und wandte sich einfach ab. Ich wusste nicht, was sein Problem war. War ihm die Strecke zum Essensmarkt zu kurz? Er kläffte etwas zu seinem Kollegen hinüber, der in einer anderen

Motorradrikscha saß, gute zwei Meter daneben. »Ik mai ki met ko thueng pratumueang chiangmai, chuang wela ni.«

»Tha rakha thuktong na«, antwortete der andere Fahrer.

Dann schaute er auf den Abendverkehr, der sich wie ein ächzendes Ungetüm an uns vorbeischob. Er blickte kurz auf Freyas Fuß und knurrte etwas von vierhundert Baht, unwirsch und abweisend, und startete dabei den Motor. Wir hätten kehrtmachen sollen, einfach weiterlaufen, stattdessen begann ich zu diskutieren.

Freya war schon halb in der Kabine, da zog ich sie sanft am Arm zurück. Es war zu viel. Vierhundert Baht waren einfach zu viel. Klar, wir sprachen umgerechnet von zehn Euro. Nicht die Welt, aber darum ging es nicht. Vom Busbahnhof hatte ich dreihundert Baht bezahlt, das war grob geschätzt die dreifache Strecke. Er wollte uns foppen, über den Tisch ziehen, dazu musste man kein Genie sein. Und gehörte Feilschen nicht ohnehin zur hiesigen Kultur? War es nicht das Herzstück eines jeden Geschäfts? Das Salz und der Pfeffer, ja, die gesamte Würze des Handels? Wurde es nicht sogar erwartet und gehörte zum guten Ton?

»Hundertfünfzig«, sagte ich.

»Dreihundert«, schnauzte er und zog schnippisch die Nase nach oben.

»Zweihundert«, erwiderte ich und schüttelte den Kopf.

»Zweihundertfünfzig.«

»Zweihundert.«

»Okay, okay, zweihundertzwanzig.«

»Zweihundert. Oder wir suchen uns ein anderes Tuk-Tuk.«

Der Fahrer funkelte mich böse an.

Vielleicht war alles mein Fehler.

Der Innenraum seines Fahrzeugs glich einer Wohnstube. An den Innenspiegeln baumelten Girlanden und künstliche Orchideen, unter den Querverstrebungen des Dachs klemmten Fernsehmagazine, der Rahmen des Gefährts war mit grünen und roten Dioden dekoriert, die beim Bremsen aufleuchteten. Auf dem Armaturenbrett klebte eine Figur: ein fülliger Mann mit Elefantenkopf und nur einem Stoßzahn. Doch wirklich irritierend fand ich die Penisse am Zündschlüssel. Sieben an der Zahl. Geschnitzt aus Holz, in unterschiedlicher Länge und Dicke, baumelten sie herunter wie das jämmerliche Gehänge eines halbstarken Machos.

Dann trat der Mann auf das Gas, die Rikscha schoss davon und scherte zwischen zwei Autos ein, die ihrerseits mit einem wilden Hupkonzert reagierten. Es kam so unvermittelt, dass ich das Gleichgewicht verlor und halb auf Freya stürzte. Blind grabschte ich mit der linken Hand nach dem Haltegriff am Dach, mit der rechten Hand stützte ich mich auf der Sitzfläche zwischen uns ab. Er hielt kurz an einer roten Ampel, der Auspuff stieß mir schwarze Abgase ins Gesicht, dann bog er nach links ab und schoss über den Kanal. Das ganze Konstrukt des Fahrzeugs schien zu knarzen wie ein Geflecht aus Lianen, die gegeneinandergedreht werden.

Nach meiner Einschätzung fuhr er jetzt in Richtung Osten, obwohl wir eigentlich nach Süden mussten. Ich beugte mich nach vorne, heißer Fahrtwind pfiff um mein Gesicht. »Chiangmai Gate!«, brüllte ich gegen die Knallgeräusche des Zweitakters an. »We need to go to Chiangmai Gate!«

»Road to busy«, schrie der Fahrer und bog in eine Seitenstraße ein.

Graue Betonmauern rasten links und rechts an uns vorbei, kurz unterbrochen durch Hauseingänge. Der Motor heulte. Bodenwellen durchfuhren meine Wirbelsäule, hämmerten mit Doppelfäusten auf mein Skelett. Ein älterer Thailänder mit Tuch um die Hüften sprang zur Seite und hob schimpfend die Hand. Ich schaute zu Freya. Sie versuchte zu lächeln, aber in ihren Augen stand das blanke Entsetzen. Sie hatte Angst. Und war damit nicht allein. Er fuhr zu schnell, viel zu schnell. Um das zu beurteilen, genügte gesunder Menschenverstand. Der Fahrer war wahnsinnig, irre, lebensmüde. Ich schaute nochmals zu Freya, nahm schnell meine Hand vom Sitz und umklammerte das Gestänge seiner Kopfstütze.

Mit einem Ruck zog ich mich nach vorn, mein Rumpf und Kopf wackelten im Seilzug meiner Arme?

»It's okay«, schrie ich in sein linkes Ohr. »We want to jump out! Now!«

Er riss den Lenker herum und bog auf eine große Straße ein. Hatte er mich nicht gehört, hatte er mich überhört?

Motoren plärrten. Lichter flackerten irre. Rückleuchten, Straßenlaternen. Ich sah Abdeckungen, Stände – war dort vorne der Markt, waren wir am Ziel? Hatte er mit seinem Kollegen vielleicht nur eine halsbrecherische Wette am Laufen, dass er uns innerhalb weniger Minuten ans Ziel brachte und wieder an seinen Platz zurückkehrte? Hatte er schnelles Geld gemacht, im wahrsten Sinne des Wortes? Der Fahrer scherte nach links aus, nahm einem Moped die Vorfahrt, brauste zwischen zwei Trucks hindurch und raste ungebremst auf eine Kreuzung zu. In einem Sekundenbruchteil schaute ich nach oben, zur Ampel und atmete erleichtert auf. Grün. Die Ampel war grün. Der Fahrer hatte alles im Griff. Ich unterdrückte den Impuls, ihn am Shirt zu packen, ihm mit der Faust einen Genickschlag zu verpassen.

Ich blickte durch die Windschutzscheibe. Ein weißer Transporter wechselte die Spur, schob sich von rechts in mein Blickfeld wie ein Eisberg. Links von uns befand sich eine Kolonne aus Autos, eine Mauer aus Blech. Der Tuk-Tuk-Fahrer gab Gas, versuchte eine vierköpfige Familie auf einem Moped zu überholen – und da war sie doch auch, vor uns, die Schneise, breit und komfortabel wie eine Rettungsgasse. Aber der Transporter bremste nicht. Und das Tuk-Tuk driftete weiter nach links. Die Fahrzeuge waren wie zwei Magnete, die sich abstießen. Und neben uns befand sich immer noch die Familie. Wir kamen ihnen nah, viel zu nah.

Sie saßen auf ihrem Moped, aufgefädelt auf ihren Sitz wie Perlen auf eine Schnur.

Mutter, Kind, Vater, Kleinkind.

Alle ohne Helm.

ZWANZIG

Der Tag tat seine letzten Atemzüge, ein fiebriger Glanz lag auf dem Himmel. Ich erhaschte noch einen kurzen Blick darauf, als sich das Tuk-Tuk verkeilte und kippte, ganz langsam, ja fast sanft wie eine Wiege. Zumindest kam es mir so vor, während sich die Welt in Krach auflöste, in quietschende Reifen und knirschendes Metall, und der Himmel, schön und nicht mehr hässlich, plötzlich rechts neben mir auftauchte. Die braunen Wolkenschlieren hatten sich in der Dämmerung in violette Pinselstriche gewandelt, schillernde Pastelltöne auf der Staffelei des Himmelzelts. Ich suchte kurz Trost in diesem majestätischen Anblick, während die Wucht der Rikscha gegen die Erdanziehung kämpfte, am Punkt, bevor die Gewalten sich umkehrten. Freyas Schrei hatte in diesem Lärm fast etwas Zärtliches, Zerbrechliches.

Mit der linken Hand krallte ich mich an die Halterung am Dach, mein Kopf schlug gegen etwas Hartes, einmal, zweimal, ich riss mich mit aller Kraft nach vorne, packte Freya und zog sie an mich. Es war doch ganz einfach: Die Rikscha würde umfallen, auf meine Seite. Sie würde nach dieser kurzen Pause in der Blase der Fliehkraft hart auf den Asphalt aufschlagen, womit die Fahrt nicht beendet sein würde, nein, nein. Wie schnell waren wir, als das Vorderrad uns in die Luft katapultiert hatte? Dreißig Stundenkilometer? Vierzig? Genug jedenfalls, da explodierte unter mir bereits das Metallgestänge in gleißendem Funkenflug. Ich lag mittlerweile auf meinem Arm, nur noch ein Stück Plastikabdeckung zwischen mir und dem Schleifpapier der Straße.

Ich war eingekeilt, unbeweglich, gefangen in Gesetzmäßigkeiten aus Kraft, Gewicht und Bewegung. Ich presste meine Beine gegen das Unterteil der Fahrerkabine, spürte die Straße unter meinem Arm und meiner Schulter, drückte Freya an mich. Erst die Wucht des nächsten Aufpralls würde die Verhältnisse aufheben und verschieben, mir eine Millisekunde einräumen, in der ich meine Position überdenken konnte. Das Blut pumpte in meinen Schläfen, die Luft sammelte sich in meinen Lungen, alle Muskeln angespannt für den einen Moment. Doch es geschah nichts. Alles hörte einfach auf sich zu bewegen, von einer Sekunde auf die nächste, und nur noch die Holzpimmel pendelten im Zündschloss.

Der Fahrer kletterte erstaunlich behände und leichtfüßig nach oben, sprang aus seiner Fahrerkabine und verschwand aus meinem Sichtfeld. Freya hatte die Augen geschlossen. »Bist du in Ordnung, Freya?«, flüsterte ich, als könnte ein Flüsterton dem Lärm der Welt ein Gegengewicht verleihen. Sie nickte. Mehrmals. Drückte aber ihre Augen nur noch fester zusammen. »Alles okay, es ist alles okay, alles okay«, murmelte ich halb zu mir selbst. »Wir müssen raus, raus«, sagte ich und: »Lass uns aufstehen, es ist besser, wenn wir aufstehen und rausklettern, komm«, bevor ich meinen Ellenbogen wie einen Keil auf die Straße presste und mich in eine aufrechte Sitzposition brachte. Mein Nacken schmerzte. Mir war schwindelig und übel.

Ich befühlte kurz meinen Hinterkopf und beäugte meine Finger. Kein Blut. Ich bewegte meine Beine, meine Arme, nur mein Knöchel tat etwas weh. Dann betastete ich meinen Unterarm. Es brannte. Eine Schürfwunde. Nichts, was mich hier und jetzt das Leben kosten würde. Aber irgendetwas stimmte nicht, der Moment des Aufatmens kam einfach nicht. Bilder ratterten wie in einem Daumenkino an mir vorüber, immer wieder dieselben Bilder, aber ich konnte sie nicht halten. Sie blitzten auf und waren wieder verschwunden. Mein Gehirn versuchte, mich auf etwas hinzuweisen, ein wichtiges Detail, das ich in diesem Chaos übersah. Dann dachte ich an die Familie auf dem Moped.

Sekunden später stand ich auf der Straße, zog Freya aus der Fahrerkabine und drehte mich einmal im Kreis. Licht, Menschen, Schemen. Stimmen brachen wie Flak-Artillerie über mich herein. Wie viel Zeit war vergangen? Sekunden, Minuten? Dann sah ich den ersten Körper. Bevor der Fahrer das Lenkrad herumgerissen hatte und wir über das Vorderrad gekippt waren, hatten wir das Moped gestreift, zumindest den Lenker. Ich hatte den Knall gehört, klar hatte ich ihn gehört: ein dumpfer Aufprall am Gehäuse der Rikscha. Ich rannte hinüber, es war das ältere der beiden Kinder, vielleicht vier oder fünf Jahre alt. Ein Mädchen. Und sie blutete. Blut tropfte über ihre Stirn und ihre Augen, und sie weinte und schrie, ein fassungsloses Schreien, das sich mit einem hohen, heiseren Schluchzen paarte.

Ich sah es vor mir, wusste alles. Ich hatte mir doch die Filme angesehen. Zigmal. Mit geschlossenen Augen die Situation durchgespielt. Immer und immer wieder. Und es war doch dasselbe: Thailand, Deutschland – wo lag der Unterschied? Menschen waren Menschen, Körper waren Körper. Fleisch, Knochen, Organe, von der Evolution baugleich zusammengekleistert. Der SUV stand in zweiter Reihe. Ich rannte hinüber. Der Fahrer saß hinter seinem Lenkrad und tippelte auf seinem Telefon, das Fenster geöffnet. »Verbandskasten«, schrie ich wie von Sinnen. »Ver-bands-kas-ten!« Ich zeigte auf seinen Kofferraum. Der Mann zuckte zusammen, wurde hektisch, doch bevor er irgendwas tun konnte, hatte ich ihm den Schlüssel aus dem Zündschloss gerissen und durchwühlte seinen Kofferraum.

Eine Schere, Blechdosen und Verpackungen prasselten auf den Asphalt. Ich packte zwei Mullbinden, riss mit den Zähnen die Plastikverpackung auf und suchte dabei nach der Wunde. Die Haare des Mädchens waren schwarz, die Umgebung düster, ich drehte ihren Kopf ins Scheinwerferlicht eines Autos, sie brüllte wie am Spieß, war kreidebleich, da erblickte ich einen Spalt auf der Kopfhaut. Ein schillerndes, dunkles Etwas, das dort nicht hingehörte.

Ich drückte eine Mullbinde auf die Wunde und wickelte die andere Mullbinde um den Kopf, da sah ich, dass sich einige der Thailänder aus ihrer Starre lösten, es war eine Bewegung im Augenwinkel. Sie hoben zu dritt einen Körper auf eine Motorhaube.

Ich sprang auf. Die Gegenwart war nur noch ein Spalt, ein dünner, dunkler Spalt, an dessen Rändern sich Wahrheit und Wirklichkeit kristallisierten, dass sie nicht zu unterscheiden waren – was hatte der Mönch nur gemeint?

»Halt«, schrie ich, »halt!« Es war die Frau, jetzt erkannte ich sie, sie hatten die Frau auf die Motorhaube gelegt, und irgendetwas lief falsch. »Nicht auf den Rücken!«, rief ich, aber wusste nicht, weshalb. Die Tochter war mir gefolgt und quasselte auf ihre Mutter ein. Ich drehte mich panisch im Kreis. Irgendetwas war falsch an diesem Bild. »Seitenlage, Seitenlage«, rief ich, als verstünde mich hier irgendwer, ich schüttelte meine Arme. »Erstickung«, stammelte ich, »Einatmung«, ich rannte plötzlich im Kreis wie ein Irrer, meine Hände zitterten, »Flüssigkeit, Einatmung, Erstickung.«

Ich schoss nach vorne. Die Tochter tätschelte mit einer Hand ihre Mutter und befühlte mit der anderen ihren Kopfverband. Ich packte sie am Oberarm und zerrte sie grob zur Seite. Sie quietschte. Ich hielt mein Ohr an den Mund der Frau. Sie atmete. Luft rein, Luft raus. Aber etwas stimmte nicht. Mit einem Ruck drehte ich sie auf die Seite. Erbrochenes ergoss sich über den Kühlergrill. Sie hustete und japste. Dann sah ich ihn, keine fünf Meter von mir entfernt. Den Fahrer.

Er machte ein Video von der Szene, hielt mir sein Smartphone entgegen wie ein Wanderprediger seine Bibel. Zorn wallte in mir auf, klarer, als ich es jemals gefühlt hatte, als hätte mein Verstand säuberlich die Schichten der Vernunft abgetragen. Waren wir in einem verdammten Film, war das Leben nur noch Kino?

Schon beim ersten Schritt kreiste mein Arm über meinem Kopf wie ein Morgenstern, meine Faust war ein stahlharter Brocken aus Sehnen, Muskeln und spitzen Knochen. Beim dritten Schritt blickte er über den Bildschirm seines Telefons hinaus, das kalte Grausen trat auf seine Miene. Er fiel in sich zusammen, als hätte ihm jemand die Sicherungsstifte aus den Knien gezogen. Er riss zur Verteidigung die Arme nach oben. Ich schlug ihm das Telefon aus der Hand und hörte jemanden aus Leibeskräften brüllen, bis ich bemerkte, dass ich es war, der brüllte. Ja. So stand ich über ihm. Speichel in den Mundwinkeln und brüllend – ich brüllte, brüllte auf ihn ein, und mein Arm kreiste und kreiste, aber traute sich nicht in sein Gesicht.

»Ko khun yaeng phuang malai pai chak phom ni«, rief der Mann immer wieder, »ko khun yaeng phuang malai pai chak phom ni.«

Ich verstand kein Wort, bis ein Mann daneben übersetzte. »Er sagt, Sie hätten ihm den Lenker herumgerissen.«

Augenblicklich wich mir das Blut aus dem Gesicht, wurde eiskalt. »Natürlich!«, schrie ich, »natürlich habe ich den Lenker herumgerissen – wir hätten die Familie zerquetscht!«

Da spürte ich eine Hand, die mich betatschte. Ich fuhr herum und blickte in ein Männergesicht, so zerfurcht wie ein Kartoffelacker. »Doctor«, sagte der Mann, »Doctor«, und zeigte in eine Richtung.

»Ich bin kein Doktor!«, rief ich und stolperte ihm hinterher, erhob das erste Mal seit dem Unfall meinen Blick. Ein Lichtermeer. Links, rechts, vorne, hinten. Hupende Autos, wie wütende Frösche in einem Teich. Dazwischen Menschen, und ich stand nicht nur mitten in diesem Krater, nein, ich war es gewesen, der an der Lunte gezündelt hatte. Ich hatte gefeilscht, mich entgegen meines unguten Gefühls in die Rikscha gesetzt. Ja. Es war meine Schuld, und ich war krank. Sterbenskrank. Ich blieb stehen, alle Kraft entwich aus meinem Körper, und jeder Gedanke zerfiel in tausend Bedeutungen. Ich spürte es das erste Mal. Das erste Mal seit dem Wartezimmer, seitdem ich alles von mir geschoben hatte, seitdem alles ja im Grunde nur ein übler Scherz gewesen war, ein Abenteuer in

Südostasien. Bisschen die neue Flamme bezirzen, Yoga machen, auf andere Gedanken kommen, und hey, ein übler Befund in Deutschland galt ja nicht in Thailand, oder? Andere Kultur, anderes System, andere Religion und andere Naturgesetze – war doch klar!

Von irgendwoher erklang das befreiende Geräusch von Sirenen. Ich löste mich aus meiner Sekundenstarre und sah mich um. Der Mann winkte mir, er kniete neben dem Vater, der zwischen zwei Autos an einer Stoßstange lehnte. Sein Fuß war verdreht, er blutete am Kopf. Seine Augen waren halb geschlossen, die Lider hingen herab wie eine Trauerbeflaggung. Ich bückte mich zu ihm hinunter, da packte er mich am Kragen und zog mich zu sich.

»Luk phom«, knirschte er, »luk phom yu nai?«

Ich wusste auch ohne Übersetzung, was das bedeutete.

Kind – wo ist mein Kind?

Das Blut wich aus meinem Gesicht, wurde von meinem pumpenden Herz einfach abgesaugt. »Das Kleinkind! Wo ist das Kleinkind?«, schrie ich im Aufspringen. »WHERE IS THE SMALL CHILD!?«

EINUNDZWANZIG

Mein Bein wippte.

Still und starr wie eine Truppe Soldaten standen unzählige Rollstühle mir gegenüber, in Reih und Glied, die Rückenlehnen mit Einwegüberzügen überzogen, getarnt in einschmeichelndem Lila. Und mein Bein wippte, es war nicht zum Aushalten.

Draußen war es dunkel. Der Innenraum des Eingangsbereichs spiegelte sich an den Panoramascheiben. Die Schiebetüren glitten auseinander. Eine Ambulanz fuhr vor. Zwei Sanitäter luden einen alten Thailänder samt Liege aus und fuhren damit in die Halle. Ein Deckenlicht flackerte. Keine fünf Schritte von mir entfernt parkten sie kurz die Liege. Sie kümmerten sich um Formalien. Stimmen schnatterten. Der Mann richtete sich schwerfällig auf, bugsierte sich in den Schneidersitz. Er trug eine Nasensonde, der durchsichtige Schlauch verschwand in einer Plastikbox, wahrscheinlich Sauerstoff. Der Mann fixierte mich, nicht verwundert, hämisch oder böse, sondern ausdruckslos und lebensmüde. Dann wurde er davongerollt.

»Möchtest du auch ein Wasser, ich hole mir noch eines, ein Wasser, soll ich dir eines mitbringen?«, fragte ich, sprang auf, marschierte los, hielt an, drehte mich um und blickte Freya an. Ich hatte vergessen, ihre Antwort abzuwarten. Sie saß auf einem der neongelben Hartschalensitze, totenbleich, ihre verdreckte Stofftasche lag auf ihrem Schoß, darüber ihre gefalteten Hände. Sie schüttelte den Kopf.

Ich stapfte quer durch den Eingangsbereich des Krankenhauses. In meinem Magen schlugen Grillen mit den Flügeln, meine Beine waren kribbelig, ich wäre am liebsten losgerannt, barfuß und auf nacktem Stein, um irgendwie dieses heisere Gefühl aus meinen Gliedern zu trampeln. Eine Sicherheitskraft, die stramm vor dem Eingang einer Bankfiliale ausharrte, folgte jedem meiner Schritte. An der Wasserbombe füllte ich meinen Becher, trank ihn in einem Zug aus und füllte ihn erneut. Ich war durstig, so durstig wie nie in meinem Leben.

»Woher kennst du dich denn mit Erster Hilfe aus?«, fragte Freya, als ich zurückkam.

»YouTube«, antwortete ich und zeigte in den hinteren Teil des Empfangsbereichs. »Guck mal, die haben hier sogar eine Bank im Krankenhaus. So etwas habe ich auch noch nicht gesehen.«

»Viele Thailänder haben keine Krankenversicherung. Wenn etwas passiert, dann bleibt oft nur der Kredit«, sagte Freya und kniff die Lippen zusammen.

»Heftig, das ist alles so heftig«, entfuhr es mir. Ich stand wieder auf, konnte nicht sitzen, es war unmöglich. Ich befand mich im Grunde auch noch nicht im Krankenhaus, ich war gedanklich immer noch auf der Straße, brüllte nach dem Kind, robbte über die Straße, blickte unter alle Autos, immer auf das Schlimmste gefasst. Dabei war die Sache längst geregelt. Eine Gruppe von vier Thailändern hatte sich um das Kind gescharrt, hatte es von der ganzen Sache abgeschirmt. Ihm war nichts passiert. Nichts, außer einer Schürfwunde am Handballen und Unterschenkel. »Tuk-Tuk«, hatte es zu mir gesagt, als ich in den Kreis getreten war, um einen Blick auf das Kind zu werfen. Es war ein Junge, höchstens zwei. »Tuk-Tuk«, fasste er die ganze Sache zusammen und zeigte auf den Haufen aus Blech, Blut und Scherben. Ich hatte Tränen in den Augen.

»Geht's dir gut?«, fragte ich.

»So gut wie vor ungefähr drei Minuten.« Freya schmunzelte. »Da hast du mir die Frage das letzte Mal gestellt. Geht es dir gut?«

»Schwein gehabt«, sagte ich und schüttelte den Kopf. »So was von Schwein gehabt.«

Dann stand eine Schwester mit Klemmbrett neben uns. Sie trug ein schwarz-weißes Schwesternhütchen, schwarze Strickweste und weißen Kasack. »Follow me, please«, quietschte sie.

Hinter einer Schwingtür wechselte der gekachelte Boden zu eidotterfarbenem Linoleum. Das Licht war grell und kalt. Links und rechts reihten sich im Abstand von mehreren Metern die Liegen aneinander, abtrennbar durch weitestgehend blickdichte hellgelbe Vorhänge. Drei dieser Untersuchungsnischen waren eingeschlagen, dahinter waren vage Umrisse und Bewegungen zu erkennen, irgendwer jammerte. Die Schwester schlurfte durch den Raum und lotste uns in einen recht großen Bereich, im hinteren Teil der, ja, der Notaufnahme? Sie wies uns zwei Plätze an. Kurze Zeit später schob sie polternd ein Ultraschallgerät herein und platzierte es neben der Liege. Sie gab uns unsere Ausweise zurück und zog die Vorhänge zu.

Der Arzt war kein Gentleman. Ich kam jedenfalls zuerst an die Reihe. Er fuchtelte mir mit einer Leuchte vor den Augen herum, maß meinen Blutdruck, schnipste mit den Fingern neben meinen Ohren und forderte mich zum Armdrücken auf. Er war ein junger Bursche, also jung für einen Arzt. Anfang dreißig, schätzte ich. Er hatte ein schlankes Gesicht, gütige Knopfaugen und sprach fehlerfrei Englisch. Er hatte sogar einen englischen Akzent, wenn mich nicht alles täuschte. Oder hatte er nur zu oft seine Lehrkassetten in Oxford-Englisch laufen lassen? Er beschmierte mich mit Ultraschall-Gel, untersuchte Nieren, Leber und Bauchspeicheldrüse, danach bat er mich aufzustehen. Er ließ mich auf einer Linie laufen und mich mit dem Zeigefinger meine Nase berühren, mit geschlossenen Augen.

»Alles so weit in Ordnung«, sagte er. »Falls in den nächsten Stunden Schwindel oder Übelkeit auftreten, kommen Sie bitte wieder umgehend her.«

Alles so weit in Ordnung?

Ich starrte ihn fassungslos an, wusste nicht, was sagen, was tun. Hatte er nur nach Einblutungen in den Organen gesucht?

Und wollte ich das überhaupt wissen?

Ich schaute hilfesuchend zu Freya, es brachte mich schier um den Verstand.

»Was, also, können Sie etwas zu den Wucherungen in meiner Leber sagen?«, platzte ich heraus.

»Wie bitte?«, fragte der Arzt und blickte von einem Formular auf. Er zog dabei die Augenbrauen so weit nach oben, dass sich bei jedem anderen Menschen die Stirn in Falten gelegt hätte, bei ihm blieb sie jedoch glatt, als hätte er kürzlich eine Botox-Kur gemacht.

Ich räusperte mich, brachte aber kein Wort hervor.

»Er hat eine Krebsdiagnose bekommen, vor einigen Wochen«, sprang mir Freya bei.

»Wie wurde die Diagnose gestellt?«, fragte der Arzt, legte das Formular zur Seite und wuchs auf seinem Hocker – er streckte sein Rückgrat durch.

»Ultraschall. Geschwüre auf der Leber. Pfortader. Alles voller Geschwüre«, murmelte ich.

»Ziehen Sie sich bitte noch einmal aus. Wie waren denn die Blutwerte, wissen Sie das? Wurde ein MRT oder ein CT gemacht? Oder wurde Gewebe entnommen?«

»Ich«, sagte ich und begann zu zittern, ich musste hier weg, konnte nicht bleiben. Ich musste weg, fort, in ein richtiges Krankenhaus mit echten Fachleuten. »Ich weiß es nicht.«

Freya stand auf und humpelte zu uns herüber. Sie nahm meine Hand. Der Arzt wiederholte die Untersuchung. Mehrmals stellte er das Bild fest. Er drückte den Kopf tief ins Gewebe, glitt über meinen Unterbauch. »Völlig unauffällig«, kommentierte er. »Hatten Sie Entzündungswerte im Blut? Wie wurde die Erkrankung denn diagnostiziert?«

»Ich kenne den Arzt«, fügte Freya sachlich hinzu, »ein wirklich guter Mediziner.«

»Mit Ultraschall«, wiederholte ich und suchte den Blick von Freya. Er war so undurchschaubar, es zerriss mir fast das Herz. Glaubte sie, ich hatte sie angeflunkert? Mir einen schlechten Scherz erlaubt?

»Sie wissen aber, dass Ultraschall kein ausreichender Befund ist. Wenn das Ihnen nach nur einer derartigen Untersuchung ohne jedwedes Blut...«

»Was heißt denn das? What do you mean, just with ... Ultraschall?«, fauchte Freya mich an, englische und deutsche Worte überschlugen sich in ihrem Mund. Sie ging einen Schritt zurück. »Ich dachte, das sei alles gesichert!«

»Ist es ja auch, ist es ja auch!«

»Dann haben sie dir doch sicher auch Blut abgenommen. Ich dachte, deswegen warst du so nervös im Wartezimmer.«

»Blut haben sie mir nicht abgenommen, also, nicht dass ich wüsste.«

»Willst du mich verarschen?«, rief Freya. »Ich fasse dich seit zehn Tagen mit Samthandschuhen an, und du ...«

»Freya, bitte!«

»Ist das etwa so eine Masche? Ein bisschen auf todkrank machen und die Weiber vollheulen?«

»Für mich klang das alles sehr eindeutig!«

»Aber was hat Bischoff denn zu dir gesagt?«

»Dass ich Krebs habe«, stotterte ich. »Also höchstwahrscheinlich, mit ziemlicher Sicherheit, nein, ich bin mir sicher: Er – hat – es – gesagt.«

Der Arzt drehte den Bildschirm in unsere Richtung. »Wenn Ihr Doktor dasselbe Ultraschallbild gesehen hat, das ich gerade anschaue, dann haben Sie keinen Krebs. Zumindest nicht in der Leber«, erwiderte er.

Ich blickte auf den Bildschirm. Schwarz-weiße Muster, die wirkten wie eine körnige Langzeitbelichtung des Nachthimmels. Worauf stützte der Mann seine Aussage? Auf diesen Wust an Schlieren? Ich schaute ihm ins Gesicht, wandte mich dann zu Freya. »Denkst du wirklich, das können *die* hier beurteilen?«, sagte ich auf Deutsch.

»Ich habe in Rotterdam studiert und kenne auch europäische Tumore, die sich von asiatischen nicht wirklich unterscheiden.« Der Arzt musterte mich abschätzig.

Freya sah mich an. Ich wusste nicht, was ich tun sollte. »Ich denke mir das nicht aus!«, rief ich, aber traute mir selbst kaum über den Weg. Das hier war doch alles inszeniert. Der Unfall, das Krankenhaus, das Leben. Ein Kind begann zu weinen. Es klang ganz anders als das Weinen, das ich von den Kindern meines Bruders kannte. »Ich denke mir das alles doch nicht aus!«

»Wenn Sie wünschen, dann kann ich Ihnen Blut abnehmen, allerdings kann ein Trauma – wie ein Autounfall – die Werte ungünstig beeinflussen. Mich würde nur eines interessieren: Wenn Sie Krebs haben, warum sind Sie dann nicht in Behandlung?«

Ich ballte meine Faust.

Zum zweiten Mal an diesem Tag.

»Das wäre eine gute Idee, Konstantin, das mit dem Blut«, warf Freya tonlos ein.

»Das mache ich nicht«, schnauzte ich und dachte an schmutzige Nadeln und antibiotikaresistente Keime. Viren und Bakterien umschmeichelt von tropischen Temperaturen, ausgeniest von dreckigen Lüftungsanalagen, im ganzen Gebäude verteilt. Hier würde mir niemand ein Loch in den Körper stoßen. Ich wollte raus. Weg. Ich stand auf. »Das mache ich nicht. Nicht hier jedenfalls!«

Der Arzt zuckte mit den Schultern. Er zeigte auf Freyas Verband. »Sie humpeln etwas. Ist das ebenfalls beim Verkehrsunfall passiert? Dann sollten wir vielleicht besser röntgen.«

»Nein, nein, das war schon vorher, habe mir die Fußsohle aufgerissen«, entgegnete Freya um einen sachlichen Ton bemüht. Sie schaute mich kurz an. »Aber es wäre mir trotzdem ganz lieb, wenn

Sie sich die Wunde nach der Untersuchung einmal anschauen würden.«

»Das ist kein Problem, können wir machen.«

»Was heißt das jetzt? Bin ich gesund?«, blaffte ich den Arzt an.

»Möchten Sie krank sein?«

ZWEIUNDZWANZIG

Ein Regenschauer hatte alle Gerüche weggespült. Ich stand vor dem Krankenhaus und sog die Luft wie ein Elixier ein. Das Rondell war bebaut, den Mittelpunkt bildete eine Art Verkehrsinsel, darauf stand eine kleine, mit Strahlern beleuchtete Pagode. Ich ging hinüber. Zwei stattliche Hähne mit silberfarbenem Gefieder, knallrotem Kamm und buntem Schweif standen links und rechts des Treppenaufgangs. Sie waren nass, und die Tropfen bildeten im schillernden Licht der Scheinwerfer einen regelrechten Kosmos. Sie sprenkelten den Lack, flossen in einem stillen Wasserspiel ineinander, wuchsen hier und da zu Perlen heran, um dann sturzbachartig abzugehen und einer neuen Konstellation Platz zu machen. Ich konnte meinen Blick nicht davon abwenden, wollte nicht, stand zusammengesunken davor.

Ein Krankenwagen rauschte sirenenlos ans Gebäude heran, dahinter kam ein Mann zum Vorschein, trotz seiner dunkleren Hautfarbe war sein gräulicher Teint unverkennbar. Er trottete aus dem Haupteingang, gebückt und schwerfällig, gestützt auf einen Gehbock. Er verbarg sich im Schutz einer Säule und zündete sich eine Zigarette an. Von allen dummem Erfindungen der Menschheit die allerdümmste, direkt nach Waffen, Atomenergie und Tamagotchis: Zigaretten. Ein Krebs-Lolli aus Ammoniak, Zink, Blei, Cadmium und Formaldehyd, und wir lutschten daran herum. Nach zwei, drei Zügen schnippte er die Kippe weg und legte seine Hand wieder auf den Griff seiner Gehhilfe. Gab es wirklich Menschen auf der Welt, die krank sein wollten?

Ich gehörte nicht dazu, auch wenn es mir von thailändischen Ärzten, deutschen Psychologen und sogar meiner Ex-Freundin unterstellt worden war, nein, nicht unterstellt, untergeschoben, in einem Moment purer Verletzlichkeit. Ich lag in der Badewanne. Nackt und krank. Wie so oft hatte mir Tamia von ihrer Asienmesse eine Erkältung mitgebracht, im Luftschutzbunker durch ein beherztes Niesen feierlich überreicht. Mein Schädel dröhnte. Die ätherischen Öle des Erkältungsbads stiegen auf, legten sich wie ein Flächenbrand über mein Gesicht. Ich hatte die halbe Flasche des Eukalyptus-Aufgusses in die Wanne geschüttet, viel hilft viel, hatte aber eher das Gefühl, dass ich mich auflöste. Und vielleicht geschah das sogar unter der Wasseroberfläche: Ich zersetzte mich, und die Spurensicherung musste später nur noch den Stöpsel ziehen. Eine seltsame Befriedigung lag in dem Gedanken. Vorbei die ganze Drangsal und Mühe. Männergrippe eben. Brutal und immer terminal.

Still schwang die Tür auf, ich hatte nicht einmal die Klinke gehört, sondern nur die Lichtveränderung hinter meinen geschlossenen Lidern wahrgenommen. Ein kühler Lufthauch strich über meine Arme. Tamia schob sich durch einen Türspalt, und ich spürte plötzlich, dass da doch noch Leben in mir war. Kurz flackerte ein Bild vor meinem inneren Auge auf. Ich wünschte mir, dass sie ihre Hose und ihren Slip in einem Zug abstreifte, so wie früher, und danach ihr Shirt über den Kopf zog, sodass ihre Brüste hervorpurzelten. Einfach so. Jetzt und hier. Ganz spontan. Versöhnung feiern. Wir hatten uns schon so lange nicht mehr geliebt, nicht einmal der obligatorische Sex nach ihrer Auslandsreise hatte stattgefunden. Meine Umbaumaßnahme hatte ihre Stimmung etwas eingetrübt. Oder um es meteorologisch zu umschreiben: Die letzten Tage unserer Beziehung waren von heftigem Dauerfrost geprägt. Ich schlief im Gästezimmer und kam erst heraus, wenn Tamia bei der Arbeit war. Heute war allerdings Samstag. Samstagnachmittag.

»Können wir reden?«, fragte sie, klappte den Toilettensitz nach unten und setzte sich. Sie sah gut aus. Auch nach so vielen Jahren konnte ich mich nicht satt an ihr sehen. Was Proportionen anging, hatte es der Gencocktail wirklich gut mit ihr gemeint: Nase zu Mund, Kopf zu Augenabstand, Brüste zu Hüfte, Beine zu Rumpf – alles stand in einem wohlgeformten Verhältnis zueinander, als hätte sich ein italienischer Künstler der Renaissance seine Traumfrau aus Stein gehauen. Im wahrsten Sinne des Wortes aus Stein oder besser: steinhart. Tamia schuftete für ihr Aussehen. Stepper, Hanteltraining und Fitnessstudio, Low-Carb-Diäten und Gesichtsmasken gehörten zu ihrem Wochenablauf. Auch der Wandel der Zeit hatte an ihrem Körper nichts verloren. Als sie ein Muttermal am Nacken bekam, ließ sie es nach einem halben Jahr entfernen.

»Reden, klar«, sagte ich und setzte mich in der Wanne auf. »Fände ich gut. Mir geht die Situation echt an die Nieren.«

»Mir auch. Geht es dir besser?«, entgegnete Tamia und zeigte auf die Tasse mit Kamillentee am Badewannenrand. Ich hatte zwei Teebeutel im Wasser ziehen lassen, die Flüssigkeit war fast ockerfarben und sah aus, als würde ich eine Kur mit Eigenurin machen. Ich schob die Tasse beiseite und versteckte sie hinter dem Duschgel.

»Nicht wirklich, aber geht schon«, antwortete ich.

Tamia nickte, sog kurz ihre Wangen ein, bis ihr Mund aussah wie ein Entenschnabel, und sah mich eine Weile an. »Hast du Fieber?«, fragte sie plötzlich.

»Nein.«

»Gliederschmerzen?«

»Nein, nur Schnupfen und Kopfweh«, untertrieb ich maßlos mein Befinden, es keimte die Hoffnung in mir, dass sie vielleicht wirklich noch in die Wanne steigen würde und sich in diesem Augenblick nur ganz sachte an mein allgemeines Befinden herantastete.

»Gut, das ist gut«, sagte Tamia und schwieg einen Moment. »Wegen deines Bauvorhabens …«

»Hör zu, Tamia, es tut mir leid, okay?«, zwitscherte ich fröhlich und lächelte unschuldig. »Ich dachte, es sei eine gute Idee, und weißt du, irgendwie hat es mir gutgetan, mal wieder handwerklich was zu machen. Ich hocke ja nur tagein, tagaus in meinem Büro. Wenn ich nachmittags zur Post fahre, um die Bestellungen aufzugeben, dann ist der Beamte oft der erste Mensch, mit dem ich seit dem Frühstück ein Wort wechsle. Mir hat die Idee gut gefallen, und ich habe wirklich gerne da unten gewerkelt. Bin mal auf andere Gedanken gekommen ...«

»Konstantin, entschuldige, wenn ich dich unterbreche, aber *du* hast *da unten* keine Modelleisenbahn aufgebaut.«

»Jaaaaa, aber betrachte es doch mal auf der Ebene des reinen Werkelns: Wo ist da noch der Unterschied?«, fragte ich und fuchtelte dabei mit den Händen, sodass die Tropfen über den Wannenrand sprangen.

»Das mag sein. Aber mir geht es mehr um den Anlass, also, der Grund, der dich ...« Tamia seufzte. »Du bist etwas panisch«, sagte sie und musterte mich argwöhnisch, fast ein wenig angewidert. Aber das kam mir sicher nur so vor, es konnte nicht sein, sondern lag an dem trüben Licht, alles um mich herum war in Nebel gehüllt, Dampf stieg von meinem Oberkörper auf, meine Augen tränten, der Spiegel war beschlagen, und der Wasserhahn tropfte, tropfte unentwegt, die Tropfen schlugen auf der Wasseroberfläche ein wie Napalmbomben.

»Früher las man morgens die Zeitung und hatte bis zur Tagesschau seine Ruhe. Heutzutage kommt man sich immer uninformiert vor, weil, wenn man die Morgenzeitung gelesen hat, es online schon eine Aktualisierung gibt, bevor es in den Abendnachrichten nochmals aufgedröselt wird. Infos, Infos, Infos – vor allem, wenn man am Computer arbeitet. Da kann man auch mal was in den falschen Hals kriegen«, entgegnete ich.

»Aber ein Luftschutzbunker? In dem Schaukelstuhl, den du zur Müllhalde gebracht hast, saß ich mit meinem Großvater und habe mit ihm Bilderbücher angeschaut!«

Ich schluckte. »Das wusste ich nicht, wirklich! Du hast doch mehrmals gesagt, dass wir den ganzen Keller einmal leerräumen müssten: *Granate rein und gut ist* – das hast du gesagt, oder? Das mit dem Schaukelstuhl wusste ich nicht, wirklich, ich hätte ihn doch nicht weggeworfen, wenn ich gewusst …«

»Aber ein Luftschutzbunker!? Weil irgendwo in Weißderteufelwo irgendwelches atomares Material abhandengekommen ist? Ich bitte dich! Gerade kam eine Lieferung mit Reis, Konstantin!«

»Stimmt. Das war ja auch noch«, knurrte ich und klatschte mir demonstrativ an die Stirn. »Habe ich vergessen zu stornieren. Aber den Reis können wir doch trotzdem essen, oder? Der wird ja nicht schlecht. Du kochst doch gerne Reis, den indischen, mit den vielen Gewürzen, der schmeckt toll, den esse ich gerne. Wir könnten ohnehin mal wieder zusammen kochen, machen wir in den letzten Monaten gar nicht mehr. Es ist auch der gute Bio-Vollkorn-Basmati-Reis, den habe ich nur wegen dir besorgt!«

»Aber zweihundertfünfzig Kilogramm? Konstantin! Zwei! Hundert! Fünfzig!«

»Mann, Tamia, jetzt mach kein Drama draus, ich habe eben zehn Säcke bestellt, nicht groß drüber nachgedacht, wollte den …«, pflaumte ich schnippisch und stockte. Ich traute mich nicht, das Wort *Luftschutzbunker* auszusprechen, die Stimmung war eh schon wieder im Eimer. »Ich wollte eben unseren Vorratskeller ordentlich bestücken. Alles nicht so einfach.«

»Doch. Doch.« Tamia richtete sich auf. »Eigentlich ist alles einfach. Du hast nur angefangen, der Schwere zu viel Gewicht zu verleihen?!«

»Jetzt werde nicht theatralisch.«

»Theatralisch! Ich sehe doch deinen Browserverlauf! Du suchst andauernd nach Krankheiten!«

»Du checkst meinen Browserverlauf?«

»Nein. Ich sehe aber den Browserverlauf, wenn ich *mein* Tablet in der Küche benutze, vorhin hast du nach *Erkältungssymptomen* und *Asien* gesucht. Glaubst du etwa, ich habe dir die Asiatische Grippe mitgebracht, oder was? Und warum checkst du die Wetterdaten am Nordpol?«, fauchte Tamia. Ich bemerkte plötzlich, wie angespannt sie war, sie saß leicht vornübergebeugt, bereit zum Sprung an meinen Hals.

»Lass uns bitte ruhig bleiben. Ich habe vorhin nur einen Fachartikel gelesen, dass die Welt nach Meinung mehrerer Forscher auf einen Tipping Point zusteuert«, rief ich und wurde sauer. »Und weißt du, wir – du, ich, wir alle! – wir gehen in unserer Naivität davon aus, dass auf den Frühling immer der Sommer, der Herbst, der Winter folgt, aber eigentlich beginnt der Herbst doch schon im Sommer und dauert den halben Winter. Oder es regnet einfach mal ein paar Monate gar nicht. Er hat längst angefangen, der Klimawandel, man muss nur hinschauen. Und wenn die Erde sich einen Schnupfen holt, schnäuzt sie die Menschheit aus. Eine Pandemie ist ja kein Hirngespinst, deswegen die Suchbegriffe.«

»So schlimm ist es um die Welt nicht bestellt.«

»Würdest du eine Wette darauf abschließen?«, unterbrach ich sie. »Hast du mal einen Eisbären auf einer Scholle im Meer treiben sehen? Genauso ist es auch mit der Menschheit und der Erde. Ich würde jedenfalls keine Sperenzchen machen, solange kein Land in Sicht ist.«

»Und du nennst mich theatralisch? Wenn du mal hin und wieder in den Wald gehen würdest, anstatt auf Bildschirme zu starren, hättest du vielleicht mehr Vertrauen in die Welt.«

»Wie meinst du das?«

»Ach komm, Konstantin, du bist doch immer abwesend und tippst auf deinen beiden Smartphones rum. So kann man auch Abstand in eine Beziehung bringen!«

»Weil du abends deine doofe Serie guckst. Du hast mich nie gefragt, ob mir die Sendung gefällt. Da sitze ich eben neben dir und lese im Netz meine Nachrichten. Überhaupt: Du gehst montags zum Sport, dienstags mit deinen Freunden aus, mittwochs verbringst du den halben Abend auf deinen Fitnessgeräten, donnerstags bist du mit deiner Mutter unterwegs und sonntags verbringst du die meiste Zeit mit deiner Dissertation. Manchmal habe ich das Gefühl, du suchst den Abstand! Und wenn mal deine Kollegen zu uns zum Essen kommen, dann, ja, dann butterst du mich unter oder machst Witze über meinen Job.«

»Du verkaufst Kabel im Internet!«

»Nein. Ich handele mit elektronischen Antiquitäten. Ich verkaufe Ersatzteile zu wunderschönen Geräten, die kein Mensch mehr in Gang kriegen würde. Die Dinger würden auf dem Schrott landen. Erst gestern bekam ich eine Mail von einer sechzigjährigen Kundin, die mir ein Bild von ihrem Schweizer Paillard-Trichtergrammophon geschickt hat. Ich habe ihr ein neues Federwerk besorgt. Ihr Neffe hat es ihr eingebaut. Läuft wieder, repariert!«, rief ich und merkte, dass ich in der Wanne stand.

»Dann hör doch ab sofort mit ihr deine dämlichen Queen-Platten, dann musst du auch nicht mehr meine Serie über dich ergehen lassen.«

»Ich habe letztes Jahr deutlich mehr Umsatz gemacht als du!«

»Umsatz ist nicht gleich Gewinn, oder?«

»So langsam wird es hier echt ein bisschen albern!«

»Stimmt. Machen wir hier besser einen Cut. Ich will nämlich, dass du ausziehst.«

Nackt und nass, triefend und dampfend, mit schlottrigen Knien und Gänsehaut stand ich vor Tamia und rang nach Worten. »Was?«, stieß ich hervor, bedeckte mein Geschlecht mit meinen Händen und sah mich nach einem Handtuch um.

»Ich bin heute Abend unterwegs und komme heute Nacht auch nicht nach Hause«, sagte Tamia, blickte kurz zu einem Haken an der Tür, an dem ein Handtuch hing. Sie machte aber keine Anstalten, es mir zu reichen, scheinbar gefiel ihr alles so, wie es war, ich, völlig entblößt und entmannt, sie angezogen und bereit zum Aufbruch. »Bin morgen Mittag wieder da. Bis dahin möchte ich, dass du deine Sachen gepackt hast. Dir geht es ja auch nicht so schlecht, hast kein Fieber und so, sollte also kein Thema sein.«

»Ich … du …«, stammelte ich und setzte mich auf den Wannenrand. »Du hast das alles geplant, schon bevor du hier reingekommen bist, oder?«

»Das tut doch jetzt nichts zur Sache.«

»Wir sind vierzehn Jahre zusammen, das wirft man doch nicht einfach …«

»Konstantin, ich habe mich entschieden. Wir sind lange zusammen, und vielleicht tut uns beiden etwas Abstand gut«, ihre Stimme wurde weich, fast zärtlich und aufmunternd, sie zog dabei die Augenbrauen nach oben, als spräche sie mit einem kleinen Kind, »um uns zu sammeln, zu sortieren.«

»Du willst dich also nicht trennen, nur mal durchatmen?«, fragte ich und merkte, dass meine Hände zitterten.

»So was in der Art.«

»Hast du einen anderen Mann?

»Nein, natürlich nicht.«

»Wo schläfst du heute Nacht?«

»Bei Chrisi.«

»Und du hast keinen anderen Mann?«

»Nein.« Sie stockte und seufzte. »Ich würde es dir sagen, wenn es so wäre. Ich penne bei Chrisi. Peperoni-Pizza und Trash-TV. Morgen gehen wir frühstücken, ins Treibhaus oder Safran.«

»Du hast Christina also schon erzählt, dass du mich rauswirfst?«

»Ist doch egal jetzt.«

»Und wo soll ich bitte schön hin? Ins Hotel?«

»Geh doch vorübergehend in unsere alte Wohnung.«

»Die Wohnung besteht doch nur noch aus meinem Büro, da steht nicht einmal mehr ein Bett.«

»Aber eine Couch. Ich habe dir Deckbett und Bezüge schon hingerichtet, steht im Wäschekorb im Flur«, sagte sie, stand auf und öffnete die Tür. Dampf stiegt vor dem hellen Flurlicht empor, Tamia war für einen kurzen Moment nur eine schwarze Silhouette. Sie blieb stehen, sah mich bei ihren letzten Worten nicht einmal an, sondern drehte nur ihren Kopf ein wenig zur Seite: »Manchmal habe ich das Gefühl, du willst krank sein.«

Tür zu, Beziehung beendet – auch wenn ich noch nichts davon wusste.

Hätte mir Tamia damals nicht den Rücken zugewandt, sondern mir in die Augen gesehen, ich hätte es ihr gesagt, hätte tief Luft geholt und mit fiebrigem Atem hinausgebrüllt: *Ich will nicht krank sein, Tamia, aber ich bilde mir Krankheiten ein. Ich weiß nicht, wann das anfing. Ich weiß auch nicht, warum. Ich weiß im Grunde nichts, nichts, außer dass seit einigen Monaten diese Panik kommt und geht und ich nichts dagegen tun kann. Es ist nur mein Rücken, der eine Zeit lang zwickt, mein Magen, der schmerzt, oder mein Kopf, der wehtut, und plötzlich quillt diese Dunkelheit aus allen Ritzen des Dielenbodens, drückt durch die Wände und die Decke, hüllt mich ein, mit einer Endgültigkeit, die mir jedes Mal fremder und unheimlicher wird, mich erstickt, bis ich es kaum noch schaffe zu atmen. Und meine Arme baumeln an mir herunter. Und das Leben fließt durch mich hindurch wie durch einen löchrigen Schlauch. Und dann spüre ich den Tod, der irgendwo in dieser Finsternis lauert. Und ich bin ihm ausgeliefert, kann nur dastehen und gelähmt ins Dunkel starren!*

»What's up?«, kläffte der junge Kerl und ging einen Schritt rückwärts. Er war braungebrannt, mit blonden Haaren und telefonierte mit einem Smartphone.

Ich sah mich um, ich stand jetzt direkt vor dem Krankenhauseingang. Hatte ich ihn etwa vollgetextet? Vor mich hingebrabbelt wie eine der verlorenen Seelen, die einem gelegentlich am Raschplatz hinter dem Hannoveraner Hauptbahnhof begegneten?

»Entschuldigung, habe ich etwas zu Ihnen gesagt?«, fragte ich erschrocken.

»Nein«, knirschte er und hielt sich das Telefon vom Ohr weg, »aber Sie stehen seit einer halben Minute direkt vor mir und starren mich an – ist irgendwas?«

Ich seufzte. »Ja. Ja, es ist etwas. Dürfte ich mir bitte kurz Ihr Telefon ausleihen? Es ist wirklich dringend!«

TEIL II

EINS

Kurz stellte ich mir das Telefon vor, auf einer Ladestation in einer dunklen Diele, die direkt über der Praxis lag. Ich sah das helle Display, das einen matten Schimmer in den breiten Flur warf und die Konturen der Einrichtung aus der Dunkelheit schälte. Ich richtete die Diele sogar mit einigen Kunstgegenständen und Antiquitäten ein. Birkensekretär. Pendeluhr. Ja. Das würde gut zu ihm passen. Vielleicht sogar ein handgeknüpfter Läufer. Dann spürte ich das Licht im Schlafzimmer angehen. Murren, Schnauben. Bademantel, Hausschuhe. Jetzt bewegte sich Kalthand über den knarzenden Dielenboden, stand schon neben dem Telefon, knipste aber zuerst eine Lampe an – oder sogar eine Deckenleuchte, die wie eine Krone über seinem Kopf an der hohen stuckverzierten Decke aufflammte? Seine Hand war am Apparat. In diesem Moment. Ich drückte mir das Telefon fester ans Ohr. Aber nichts geschah.

Wieso nahm er nicht ab?

War es nicht seine Nummer?

War er im Urlaub?

Übers Wochenende verreist?

Welcher Wochentag war heute?

Während es klingelte, wirbelten Moskitos wie eine Orkanböe um das trübe Licht einer Straßenlaterne. Ich schaute daran vorbei, über den Zaun hinaus, der das Krankenhausareal umgab, ich blickte auf die Straße, die Häuser, den Nachthimmel, aber alles kam mir so unecht wie eine Fototapete vor. Mein Magen rebellierte. Ich fragte mich, wie ich eigentlich hierhergekommen war, in diesen Talkessel, der aus allen Poren dampfte und stank – sah ich das alles wirklich? Die Autos, den Thai, der einen hölzernen Handkarren mit Wassermelonen die Straße entlangbugsierte? Oder waren es gar keinen Melonen, sondern Pomelos? Oder gar diese stinkenden Ungetüme, von deren Existenz ich bis vor zwei Wochen noch nichts geahnt hatte? Durian, genau, so hießen diese Früchte aus der Hölle, die rochen wie ein Destillat aus Rotschmierkäse und Fußballsocken.

»Was glauben Sie denn, was es bedeutet, wenn nach zwanzigmaligem Klingelzeichen noch niemand am Apparat ist?«, knurrte eine Stimme in den Hörer.

Ich war so verdutzt, dass ich antwortete: »Dass niemand zu Hause ist?«

»Oder dass die Menschen schlafen. Es ist zwei Uhr in der Früh! Wer ist denn da?«, knatterte der Doktor eine Salve an Wörtern in den Hörer.

»Konstantin, hier spricht Konstantin, Herr Dr. Bischoff, verzeihen Sie die Störung.«

»Konstantin?«

»Konstantin Wittgenbausch.«

»Konstantin! Du lieber Himmel, um diese Zeit. Ist etwas geschehen, geht es Ihnen gut? Die Leitung rauscht ein wenig.«

»Ich rufe aus Thailand an«, sagte ich und sah meine Stimme in der Membran verschwinden. Codiert und encodiert. Elektromagnetische Wellen, die einmal um den Globus sausten.

»Thailand? Was machen Sie denn in Thailand? Und wie kommen Sie an meine Privatnummer?«

»Über die Auskunft.«

»Und was kann ich für Sie tun?«

»Ich habe eine Mail erhalten, von einer Ihrer Assistentinnen, in der stand, dass ich Sie anrufen soll«, argumentierte ich und überlegte, ob ich die Zeitverschiebung vorgeben sollte, die ich in einem Anflug von Panik vergessen hatte, aber der Doktor sprach einfach weiter.

»Eine Mail?« Er räusperte sich. »Ach. Ja, ja. Ich habe seit unserer letzten Sprechstunde nichts mehr von Ihnen gehört. Mir wurden keine Ergebnisse der weiteren Untersuchungen übermittelt, ich wollte nur wissen, wie es Ihnen ergangen ist. Telefonisch waren Sie nicht zu erreichen.«

Meine Beine wurden weich, alles drehte sich. Ich lehnte mich an eine Steinsäule, merkte aber, dass das nicht genügte. Ich sank in die Hocke und schloss meine Augen. Es empfing mich aber keine Dunkelheit, sondern die wabernde Masse meines Bewusstseins. Tief in meinem Inneren hatte ich auf eine verrückte Geschichte gehofft, eine Geschichte über einen defekten Ultraschallkopf oder kaputten Bildschirm – oder ein Migräneleiden des Doktors? Genau, Migräne mit Aura, er litt an Augenflimmern, einem Flimmerskotom, wie van Gogh oder Picasso, weswegen er häufiger fantasiebeflügelte Fehldiagnosen stellte. Doch nichts war passiert, keine Aura, kein Missverständnis, ich hätte heulen können, hörte seine Stimme kaum. Er sagte: »Aber das können wir doch auch alles am Tag besprechen, da müssen Sie doch nicht mitten in der Nacht anrufen und dann auch noch auf meiner Privatnummer. Woher haben Sie überhaupt die Nummer? Hallo, sind Sie noch da?«

»Das haben Sie mich eben schon gefragt, über die Auskunft habe ich Ihre Nummer erhalten«, antwortete ich kurzatmig.

»Stimmt. Haben Sie mir aber auch gesagt, was Sie in Thailand machen?«

»Das ist eine lange Geschichte.«

»Sind Sie geimpft?«, fragte Bischoff, gefolgt von einem Seufzer. »Und was ergab denn nun die Untersuchung?«

»Nun, es ist so, dass ich erst hier in Thailand in ein Krankenhaus gegangen bin. Genauer gesagt wurde erst vor wenigen Minuten eine Ultraschalluntersuchung gemacht, dasselbe Spiel wie bei Ihnen.«

»Und was kam dabei heraus?«

»Nichts. Das ist es ja. Keine Schatten. Nichts«, quiekte ich, mein Herz zappelte wie wild in der Eisenklaue meines Rippenkastens, und ich schwitzte, war klatschnass geschwitzt, als wäre ich in einen Tropensturm geraten.

»Prima, das ist doch eine gute Nachricht! Haben Sie sich jetzt impfen lassen oder nicht?«

Ich war kurz sprachlos. »Dr. Bischoff!«, rief ich. »Aber Sie haben doch gesagt, ich hätte Krebs!«

»Was habe ich?«

»Krebs! Sie haben Krebs diagnostiziert!«

Eine Ambulanz schoss mit Blaulicht vom Hof, bog auf die Suthep Road und verschwand mit Sirenengeheul in der Nacht. Ich drehte mich um, suchte in der Eingangshalle nach Freya. Ich fühlte mich ausgesetzt, verlassen und verloren, fühlte mich wie ein Obdachloser und wollte nur Freya, jetzt und hier, auf der Stelle, wollte sie neben mir, wollte ihre Stimme hören, die wie eine Wärmestube für mein streunendes Gemüt war. Es war still in der Leitung, ich drehte fast durch.

»Konstantin, erinnern Sie sich an unsere zwei Gespräche?«, fragte Kalthand schließlich, nüchtern und sachlich, sauber betont, mit auffallenden Pausen zwischen jedem Wort, als sei ich schwer von Begriff oder ein Dreijähriger, dem er ein Kinderbuch vorlas.

»Zwei Gespräche?«

»Ja, eines vor und eines nach der Beruhigungsspritze.«

»Trübe«, murmelte ich, obwohl ich keine Ahnung hatte, wovon er sprach. Ich dachte nur kurz an das Pflaster auf meinem Oberarm, das ich vor dem Bungalow auf Koh Tao entfernt hatte. Hatte ich es mehrere Tage auf der Haut getragen, ohne es zu bemerken?

»Sie waren völlig hysterisch, ich konnte Sie kaum beruhigen, auch nicht mit Argumenten, da habe ich Ihnen eine Spritze gegeben.«

»Und was haben Sie zu mir gesagt?«

»Ich habe Ihnen erklärt, dass sich die Sache nochmals ein Spezialist anschauen muss. Ultraschall ist eine ungenaue Diagnostik.«

»Sie haben doch von Krebs gesprochen, ich bin doch nicht plemplem!«

»Herrschaftszeiten! Nachdem Sie mich eine gefühlte halbe Stunde mit der Frage drangsaliert haben! Ich wusste, dass es ein Fehler war, Ihnen das zu sagen! Natürlich musste ich Krebs in Betracht ziehen, obwohl, nach meinem Dafürhalten, bei den Schatten, die sich über die Pfortader erstreckten, schon andere Symptome hinzugekommen wären. Die Pfortader ist ein Gefäßband, das die Leber mit Blut versorgt, unter anderem aus dem Darm. Dort liegen auch viele Lymphknoten. Ein auffälliger Befund kann auf viele Erkrankungen hindeuten. Können Sie mir so weit folgen?«

»Gefäßband.«

»Gefäßband. Pfortader. Vergrößerte Lymphknoten. So. Da kommt Krebs in der Leber, Krebs im Blutsystem, Krebs im Bauchspeicheldrüsenkopf in Frage«, plauderte Kalthand weiter, und jedes Mal, wenn er das Wort Krebs aussprach, zuckte ich zusammen, in meinem Mund schwappte saurer Speichel hin und her, als hätte ich eine Batterie ausgelutscht. »Aber auch eine Verfettung der Leber, eine Entzündung der Leber ist nicht ausgeschlossen. Obwohl, wenn sich alles zurückgebildet hat, dann war es vielleicht auch nur eine simple Gastroenteritis. Was sagen die Kollegen in Thailand denn genau?«

»Nichts, nicht einmal der kleinste Fleck ist auf dem Ultraschall zu sehen.«

»Medizin ist schon eine verrückte Sache, nicht?«, gluckste Kalthand.

Totgeweiht, doch nicht totgeweiht. Ich war kurz vor einem Nervenzusammenbruch, wollte durch den Hörer fassen, war nur noch nicht entschlossen, ob ich den Mann am anderen Ende erwürgen oder umarmen wollte. »Kann ich dem Befund hier trauen?«, fragte ich.

»Sofern Sie nicht in einer Bretterbude waren und Ihnen ein Eingeborener mit einem Einmachglas über den Oberbauch gefahren ist: Klar, warum sollten die Ergebnisse nicht stimmen? Haben Sie noch Schmerzen?«

Ich überlegte. »Nein, nicht wirklich, also im Grunde sind die Schmerzen weg.«

»Sehen Sie. War Ihnen vielleicht übel zu der Zeit, als Sie zu mir kamen, hatten Sie dünnen Stuhlgang?«

Ich überlegte. »Nein, nicht dass ich wüsste. Ein bisschen schlecht war mir vielleicht. Erst kurz nachdem ich in Thailand ankam, hat mich eine Magen-Darm-Grippe umgelegt, aber das lag an einem verdorbenen Hühnchen.«

»Hm. Vielleicht haben Sie schon in Deutschland was ausgebrütet. Wurde Ihnen gerade auch Blut abgenommen? Sind Sie jetzt eigentlich geimpft?«

»Kein Blutbild. Bisher.«

»Das sollten Sie machen, zur Bestätigung des Ultraschall-Befunds, aber machen Sie sich erst einmal keine weiteren Sorgen«, sagte Kalthand, dann hörte ich ein Knacken, ein Kratzen und Schaben. »Geh wieder ins Bett ... Nein, nein, alles gut ... Nur ein Patient ... Ich komme gleich«, hörte ich ein sanftes Flüstern, ein sehr deutliches Flüstern – hielt er etwa aus Versehen die Hörmuschel zu?

Ich blickte kurz zu dem jungen Schweden, dem ich das Handy abgeluchst hatte – ja, er war Schwede, ich hatte Teile seines Telefonats mitgehört, bevor ich ihm tausend Baht zugesteckt und ihm das Smartphone aus der Hand gerissen hatte –, ich blickte also kurz zu dem Schweden, der mit versteinerter Miene neben mir stand und mich misstrauisch beäugte. Seine grünen Augen funkelten. Verstand er, über was ich sprach? Was dachte er über mich? Was dachte Kalthand über mich? Du lieber Himmel, irgendwie musste ich den Eindruck erwecken, dass ich nicht in eine Klapsmühle gehörte. Ein normaler Dialog, das war es, das Gespräch musste zum Abschluss auf die asphaltierte Bahn einer normalen Konversation gelenkt werden.

»Hallo? Konstantin? Sind Sie noch da?«

»Wo steht eigentlich Ihr Telefon?«, fragte ich mit gebotener Sachlichkeit in der Stimme.

»Was?«

»Steht Ihr Telefon in der Diele?«

»Nein, im Wohnzimmer. Warum?«

Ich überlegte. »Nicht so wichtig. Und wie war das Kabarett, gut?«, fragte ich. »Hat das mit der Platzauswahl funktioniert?«

»Entschuldigung?«

»Sie waren doch im Kabarett, erinnern Sie sich? Ich habe Ihnen mit dem Browser geholfen.«

»Hören Sie mir bloß auf, Konstantin! Das Stück hieß EULEN:SPIEGEL. Ich erwartete ein amüsantes Schelmenstück, stattdessen gab es Theater, im wahrsten Sinne des Wortes: Pest, Judenverbrennung, Irrenanstalten und Tod. Themen, mit denen sich kein normaler Mensch zur Unterhaltung beschäftigen sollte. Meine Frau war so stinkig, dass ich sie danach noch zu Ranko in Misburg einladen musste – kennen Sie das Restaurant zufällig? Bester Grillteller der Stadt! Mit mehreren Gläsern Kirschbier konnte ich die Wogen wieder glätten.«

»Hm«, raunte ich, »und ich dachte immer, der Tod perlt von Ihnen einfach ab.«

»Für mich hat der Tod keine Bedeutung mehr«, entgegnete Kalthand.

»Wie soll das denn bitte funktionieren?«

»Das Thema ermüdet mich einfach, ich lasse es in meinem Leben nicht mehr als zwingend nötig zu. Ich will der Gegenwart auch nicht mehr entfliehen, man hat so wenig davon.«

Ich war perplex. »Na, Ihre Ruhe will ich mal haben. Sind Sie christlich? Glauben Sie an das Leben nach dem Tod, sind Sie deswegen so lässig? Was denken Sie denn, was nach dem Tod passiert?«, platzte es aus mir heraus.

»Ich weiß es nicht. Niemand weiß das, Konstantin. Aber Sie

können auch versuchen, mit Ihrem Kopf ein Loch in eine Betonwand zu schlagen, in der Hoffnung, dass das Ding irgendwann nachgibt. Die Wahrscheinlichkeit ist aber sehr hoch, dass Ihr Hirn kaputt ist, bevor Sie sehen, was sich im Nebenzimmer befindet.«

Ich seufzte. »Ich glaube, ich komme jetzt besser nach Hause, dann können *Sie* mein Blut untersuchen, das ist vielleicht einfach vernünftiger und …«

»So ein Blödsinn, mein Junge, hören Sie doch mit diesem Leben in Schonhaltung auf!«, unterbrach mich der Doktor. »Sie sind in Thailand! Tropenhitze, tolle Kultur, schauen Sie sich ein paar Nachtmärkte und Tempel an, fahren Sie am besten Tuk-Tuk – das macht Riesenspaß!« Ich stöhnte, aber Kalthand sprach unbeirrt weiter. »Wir haben hier Schneeregen, alles grau, matschig und neblig, ich habe seit drei Tagen die Eilenriede nicht gesehen, obwohl der Wald nur zehn Meter vor meiner Haustür beginnt. Wo sind Sie denn genau, in Bangkok? Bei fünfunddreißig Grad?«

»Chiang Mai.«

»Haben Sie schon zu Abend gegessen?«

»Nicht wirklich.«

»Haben Sie Tabletten gegen Durchfall dabei?«

»Noch eine halbe Packung.«

»Prima, dann knacken Sie jetzt ein paar Meeresfrüchte an einem Straßenimbiss! Oder essen Sie doch mal etwas, von dem Sie keine Ahnung haben, was es sein könnte – gibt nix Schöneres«, er lachte, »und lassen Sie sich auch eine Thaimassage geben, eine Stunde, das muss man mal erlebt haben! Danach tut Ihnen jeder Knochen im Leib weh!«

»Ich glaube, ich bin verliebt.«

Stille in der Leitung. »Mensch, das ist doch klasse, geben Sie sich einen Ruck, Sie wissen doch: Leben ist die beste Therapie!«, rief Dr. Kalthand und schob ein lautes Lachen hinterher.

»Herr Dr. Bischoff«, sagte ich und blickte in die Nacht, die sich wie eine Seuche vor mir ausbreitete, die Wärme, die Schwüle, »das Problem ist, ich fühle mich, als ob ich aus einem Raumschiff geschubst wurde und auf einem fremden Planeten aufgeschlagen bin.«

»Sie Glückspilz – großartiges Gefühl, oder nicht?«

ZWEI

Eine Kluft. Zwischen uns. Auf der Rückbank des Taxis. Wortlos saßen wir nebeneinander. Freya umklammerte ihre Handtasche und starrte zum Fenster hinaus. Sie hatte ihr Longsleeve ausgezogen und trug nur noch ein Top mit Spaghettiträgern. Schon beim Anblick lief mir ein Schauer über den Rücken. Die Klimaanlage kristallisierte förmlich den Schweiß auf meiner Haut. Im Radio kasperte ein Sprecher, ich verstand kein Wort. Der Motor summte in meinem Schädel, jede Bodenwelle kam mir wie die Senke einer Achterbahn vor. Drei-, vier-, fünfmal holte ich tief Luft, um ein Gespräch anzufangen, aber ich brachte kein Wort über die Lippen, starrte lieber selbst zum Fenster hinaus, sah den Trott der Stadt an mir vorbeiziehen und ließ mein Gespräch mit Kalthand nochmals Revue passieren. Irgendetwas nagte an mir.

Vor Freyas Gästehaus stiegen wir aus. Die Schwüle umfing mich wie ein Hechtsprung in eine Schwefelquelle. Es roch nach Abgasen und Holzfeuer. Ich bezahlte den Fahrer, während Freya sich an einen Pfeiler stütze, etwas in die Knie ging, ihr linkes Schienbein auf dem rechten Knie ablegte und die Schnallen ihrer Sandalen lockerte. Sie schien Schmerzen zu haben, humpelte nicht einmal mehr, sondern schlurfte nur noch, um ihren Fuß nicht zu belasten. Ich hätte sie am liebsten huckepack getragen. Stattdessen ging ich auf sie zu und bot ihr meinen Arm wie eine Sänfte an, sie konnte sich ja den Rest des Weges bei mir abstützen, doch sie schüttelte den Kopf.

Der Arzt hatte ihre Fußsohle mit zwei Stichen genäht. »Tut es sehr weh?«, fragte ich.

»Es ist unangenehm. Die Betäubung lässt langsam nach.«

Ich zeigte auf ihre Armbeuge. »Hast du auch eine Spritze bekommen?«

Freya legte die Stirn in Falten, wirkte abwesend, sie folgte meinem Finger, schaute auf das Pflaster. »Nur Tetanus«, sagte sie und fügte hinzu: »Zur Sicherheit.«

»Hör mal, ich wollte … also … wegen vorhin«, fing ich an.

»Du bist mir keine Erklärung schuldig«, ging Freya dazwischen.

»Nein, du verstehst nicht«, brummte ich und wollte es ihr sagen, wollte es laut hinausbrüllen, dass ich über eine blühende Fantasie verfügte, unter Umständen etwas in den falschen Hals bekommen hatte, sogar das Wort »Hypochondrie« lag mir auf den Lippen, aber ich brachte es nicht fertig, es auszusprechen. In einer Praxis war das etwas anderes. Praxen waren dazu da, den ganzen Irrsinn des Lebens zu absorbieren, wie ein Schwamm den Bodensatz der Existenz aufzuwischen, aber hier draußen käme das Wort einem Eingeständnis gleich, einem Zeugnis meines armseligen Innenlebens. Ich kam mir vor wie ein Würstchen, ein Hasenfuß, der dem ganzen Leid der Menschheit sein konstruiertes Leid als Gegengewicht anhängte. Ich fügte mit verlegenem Lächeln hinzu: »Ich meine, es kann sein, dass ich vielleicht doch gesund bin.«

Freya schien nicht glücklich darüber und nahm meine Aussage resigniert zur Kenntnis. Sie rieb sich den Knöchel, zwang sich zu einem Lächeln. »Das ist doch schön«, sagte sie und streifte ihre Sandalen ganz ab. Ihren bandagierten Fuß stellte sie auf die Zehenspitzen.

»Also, vielleicht müsste ich noch eine Blutuntersuchung machen, aber warum eigentlich, wenn der Mann nix auf dem Ultraschall gesehen hat, dann ist wahrscheinlich auch alles okay, wobei auch Ultraschall keine sichere Diagnose ist, also nicht fehlerfrei, aber wenn da so gar nichts zu sehen war, bin ich vielleicht wirklich nur das Opfer eines Missverständnisses geworden, ganz schön heftig – apropos, unser Unfall war auch ganz schön heftig, oder? Sollen wir vielleicht noch was zusammen trinken? Reden? Ich könnte einen Schluck vertragen.«

»Ich will jetzt meine Ruhe.«

»Okay, verstehe ich, verstehe ich.« Ich sah alles schwinden: Ich hatte es verbockt, vergeigt, hatte sie gefunden und verloren, alles innerhalb weniger Stunden. Ich bot ihr erneut meinen Arm an. »Darf ich dich wenigstens zu deinem Zimmer bringen?« Freya zögerte. »Komm schon, ich erwarte auch nicht, dass du mich auf einen Kaffee reinbittest.«

Freya hakte sich bei mir unter und lotste mich durch die Lobby. Unter einem Baum, auf zwei Steinstufen, erkannte ich die dunkle Silhouette eines Thailänders, der einfach nur dasaß: kein Smartphone, kein Buch, keine Zigarette. Was tat er da? War er ein Nachtwächter, den es auch im Water Well Guest House gab? Und was tat man die ganze Nacht allein in einer Hotelanlage? Er folgte uns mit interessiertem Blick. Wir stiegen eine Treppe nach oben und gelangten, ähnlich wie in meinem Guest House, auf ein Karree. Bei Zimmer 202 hielt Freya an, kramte in ihrer Tasche und zog einen Schlüssel hervor.

»Sehen wir uns morgen?«, platzte ich hervor. »Darf ich dich vielleicht zum Frühstück einladen?«

Freya zögerte. »Ich will morgen gerne länger schlafen, aber wir können mittagessen gehen.«

»Mittagessen! Das klingt super«, sagte ich. »Und du bist dann auch nicht wieder verschwunden?«

Freya lächelte. »Ich bin hier. Versprochen.«

Ich nahm sie zum Abschied in den Arm, und für diese Sekunde stellte ich mir vor, dass es jetzt immer so sein würde. In meiner Vorstellung brach alles weg, das Gästehaus, ja selbst die Stadt, das Land, die Welt. Alles wurde von der Apokalypse meiner Vorstellungskraft verschlungen, und zurück blieb die Kanzel dieses Karrees, diese Loge des Moments, dieser Fleck von einem Quadratmeter, auf dem sich der Rest meiner Tage abspielen durfte.

Mit großen Sätzen sprang ich die Treppe hinunter, stapfte durch die Gassen zur Hauptstraße. Ich stieg in das erste Taxi, das ich finden konnte. »Zum Krankenhaus, bitte.«

DREI

Ich hatte einmal in einem Wartezimmer die zehn Regeln der effektiven Handhygiene auswendig gelernt, die auf einem Plakat an der Tür abgedruckt waren:

1.) Hände und Unterarme befeuchten.
2.) Seife zwischen den Handflächen verreiben.
3.) Fingerzwischenräume gegeneinander reiben.
4.) Seife zwischen den Fingern einmassieren.
5.) Fingeraußenseite auf gegenüberliegender Handfläche mit verschränkten Fingern reinigen.
6.) Kreisendes Reiben des linken Daumens mit der rechten geschlossenen Hand – und umgekehrt.
7.) Gründlich mit Wasser abspülen.
8.) Handflächen und Handrücken sorgfältig mit einem Papierhandtuch abtrocknen.
9.) Mit dem Handtuch auch die Fingerzwischenräume gut abtrocknen.
10.) Fingerkuppen, Nagelbetten und unter den Fingernägeln abtrocknen.

So.

Dass man dazu allerdings zuallererst intakte sanitäre Anlagen benötigt, das stand da nicht. Ooohh, diese verblendeten Industriestaaten. Ich befand mich an einem Waschbecken auf einer Garküchen-Toilette – ein Kabuff, direkt neben dem Wok der Besitzerin. Durch einen Spalt in der Wellblechkonstruktion sah ich Dämpfe zischenden Fetts, neben meinem Fuß klaffte die Hocktoilette, ein offenes Maul im Boden, aus dem es nach Chemie, Fäulnis und Fäkalien stank. Ich drehte nochmals an dem rostigen, schiefen Hahn mit Kreuzgriff. Ich drehte und drehte. Aber es schien keinen Widerstand zu geben. Nicht in die eine, nicht in die andere Richtung. Ein müdes Rinnsal tröpfelte heraus, gerade genug, um einen Daumen einer Grundreinigung zu unterziehen. Wobei: Seife gab es nicht, auch keine Papierhandtücher.

Ich wollte gerade laut um Hilfe schreien, da fiel mir ein, dass ich während eines Busstopps ein Fläschchen Handdesinfektionsmittel gekauft hatte. Ich öffnete meinen Rucksack und kramte darin.

1.) Handdesinfektionsmittel öffnen.
2.) Falls der Deckel klemmt und neben Ihnen ein nacktes Stromkabel aus der Wand hängt, an dem ein mit bräunlich verkrusteten Sprenkeln übersätes Baumwollhandtuch baumelt: trotzdem besser das eigene T-Shirt zur Verbesserung der Hebelwirkung einsetzen.
3.) Die Flüssigkeit großzügig auf Händen und Unterarmen verteilen.
4.) Durch exzessives Reiben die Substanz in die Handflächen, Fingerzwischenräume, Fingeraußenseiten und Nagelbetten einmassieren.
5.) Den Schiebriegel an der Toilettentür mit Ellenbogen öffnen.

Ich setzte mich wieder an meinen kleinen Plastiktisch auf dem Gehsteig, nahm einen tiefen Schluck von meinem Bier, ließ die eiskalte, bittere Brühe genüsslich meinen Gaumen hinablaufen, spürte, wie das wohltuende Gebräu Schluck um Schluck in meinen Nervenbahnen versickerte. Ich betrachtete dabei das Krankenhaus aus der Entfernung, mit gebotenem Abstand. Es war ein Betonkoloss, ein Urzeitmonster. Krankenhäuser sind mir einfach unheimlich, sind unwirtliche Orte und erzeugen bei mir ein Gefühl von Hospiz. Auch wenn man nur wegen eines eingewachsenen Fußnagels hinmuss oder jemanden besuchen will: Man geht rein, aber kommt nie mehr raus. Das sind für mich Krankenhäuser.

Wesentlich weniger Autos brausten zu dieser Stunde auf der großen Hauptstraße vorbei, manchmal kehrte sogar ein Moment andächtiger Stille ein, nur unterbrochen von Radiogedudel, entfernten Stimmen und Hundegebell, bevor die nächste Wagenkolonne an mir vorbeidonnerte. Zweimal schoss ein Krankenwagen vom Hof. Ich bestellte mir Frühlingsrollen, aber schob den Teller schon nach dem ersten Bissen beiseite. In meinem Magen schwappte zwar nur Bier umher, aber ich hatte trotzdem keinen Appetit. Wann hatte ich das letzte Mal etwas gegessen? Frühstück, bevor ich in das Waldkloster gefahren war? Wann war ich im Waldkloster gewesen? Heute Morgen? Vor nur sechzehn, siebzehn Stunden? Konnte das sein?

Es war schon spät in der Nacht, bis ich meinem Entschluss Taten folgen ließ und durch die Türen des Krankenhauses trat. Zugegeben, nicht ganz aus freien Stücken. Die Betreiberin der Garküche hatte mir am Ende ein Bier vor die Nase gestellt und ihren Laden einfach geschlossen. Sogar das Toilettenkabuff verriegelte sie mit einem Vorhängeschloss. Ich musste grinsen. Die Menschheit war schon eine lustige Tierart. Warum tat sie das? Würde jemand in eine Kläranlage, eine Seuchenstation, eine Leprakolonie einbrechen? Welchen Nutzen hatte es, die leere Zelle eines Todestrakts zu verschließen? Diese Asiaten. Wenige Minuten später hörte ich ein schabendes Geräusch hinter der Toilettentür. Ich trank aus.

Es war schon kurz vor vier, als ich mich gestikulierend vor einer Empfangsmitarbeiterin mittleren Alters wiederfand, die kein Wort Englisch sprach. Ich fuchtelte mit den Armen, stellte pantomimisch einen Verkehrsunfall nach, deutete zur Notaufnahme, versuchte der Dame zu erklären, dass ich bereit war, Nägel mit Köpfen zu machen, alles auf eine Karte zu setzen, jetzt oder nie: Blutabnahme, Computertomografie, Biopsie, ich würde alles bezahlen, was nötig wäre, um mein krankes Hirn in seine Schranken zu weisen. Ich zog sogar ein Bündel Scheine hervor. Sie sah mich höflich an, ich drehte mich ratlos im Kreis, da erblickte ich den jungen Arzt, der kurz seinen Kopf durch die Türen der Notaufnahme steckte.

»Doktor!«, rief ich, stolperte auf ihn zu, quer durch die Halle und formulierte in Gedanken die Sätze vor, die ich zu ihm sagen wollte. So wie ich es immer im Wartezimmer tat, als könnte ein falsches Wort von mir zu einer Fehldiagnose führen. Er runzelte die Stirn und trat vor die Tür. »Ich würde gerne die Blutanalyse in Auftrag geben, die Sie mir angeboten haben.«

Er nickte. »Dauert aber eine Weile, bis eine Schwester frei ist. Ist gerade viel zu tun.«

»Kein Problem. Wie lange wird es denn dauern, bis die Ergebnisse da sind?«, erwiderte ich und spürte mein Herz nervös wie ein Nager in meiner Brust, meine Zunge war klebrig und fühlte sich pelzig an, erkältete ich mich etwa?

»Wir haben ein Labor im Haus, aber es ist schon spät, wir haben die Ergebnisse frühestens morgen Abend.«

»So schnell?«, rief ich und tastete kurz nach den Lymphknoten an meinem Hals. Es war vorhin einfach zu kalt im Taxi gewesen, so verschwitzt im kalten Luftzug.

»Wie gesagt, wir haben ein Labor im Haus.« Er drückte die Schwingtür auf. »Nehmen Sie schon einmal Platz.«

Und da war ich wieder: Neonlicht, kalt und grell, die Behandlungsnischen, abgetrennt durch blickdichte zitronengelbe Vorhänge, alle zugezogen, der eidotterfarbene Linoleumboden, der bei jeder ungünstigen Bewegung unter den Gummisohlen quietschte und quiekte, als würde eine Horde Chinchillas totgetrampelt. Der Arzt verschwand hinter einer weiteren Schwingtür. Ich ließ mich in einen der neongelben Hartschalensitze fallen, neben einen Mönch in schwefelgelber Kutte. Überhaupt war hier alles gelb, da fehlten nur die Narzissen als Dekoration, und Ostern konnte kommen. Wieso war hier alles gelb? Gelb, gelb, gelb. Neid, Eifersucht, Misstrauen. Narzissen. Eitelkeit. Ostern. Auferstehung. Eidotter. Salmonellen. Mein Verstand galoppierte davon, ich war nervös.

Wäre ein Grünton nicht schöner? Grasgrüner Boden, moosfarbene Vorhänge, genau, moosfarben, wurde in japanischen Gärten nicht schon von jeher Moos wegen seiner tiefen, wohltuenden Farbe eingesetzt? Da könnten die Schalensitze sogar so hässlich neongelb bleiben, der Patient müsste jedenfalls bei einem hoffnungsfroheren Farbkonzept seine gefalteten Hände nicht mehr so fest ineinander krallen, dass die Finger abstarben.

Die Schwester, ein zartes Wesen mit feingliedriger Statur, sanfter Stimme und Augen wie geschmolzenem Karamell, zurrte mir ein Gummiband um den linken Oberarm und streichelte zwei-, dreimal zart meine Armbeuge, ich war schon ganz vernarrt, da riss sie die Verpackung auf und zerrte eine Spritze hervor, mit einer Nadel so lang wie ein Kugelschreiber. Als ich das Besteck sah, holte ich Luft, tief Luft, seufzte und drehte mich weg. In diesem Augenblick zog sie das Band wieder ab. Ich blickte irritiert auf meine Armbeuge. Hatte ich von dem Einstich nicht einmal etwas gemerkt? Hatte sie mir innerhalb eines Atemzugs Blut abgenommen? War sie eine wahre Meisterin ihres Fachs?

»Sir, sorry, Sir«, hauchte sie und senkte den Blick zum Boden, »würden Sie bitte noch einmal draußen Platz nehmen?«

Ich folgte ihr perplex aus der Kabine, die Schwester ging einen Seitengang hinab, ich sah ihr nach und überlegte fieberhaft, was ich davon halten sollte. Die Situation war so abstrakt, mir fiel nicht einmal eine Krankheit ein, die ich mir einbilden konnte. War das vielleicht nur die asiatische Art, Blut abzunehmen? Der Patient wurde ein paar Minuten gestreichelt, bevor der eigentliche Aderlass begann? Wurden so die Blutwerte noch einmal positiv beeinflusst? Wenn Tiere kurz vor der Schlachtung zu viel Stress ausgesetzt wurden, hatte das ja angeblich auch einen nachteiligen Effekt auf die Fleischqualität.

Ich trampelte von einem Fuß auf den anderen, da entdeckte ich den Thailänder, der mit seiner Familie auf dem Moped gesessen hatte. Mein Herz zog sich unwillkürlich zusammen. Er lag auf einer Liege im Gang, ein Infusionsschlauch schlängelte sich von seinem Arm zu einem Infusionsbeutel an einem Ständer. Sein Fuß war eingegipst. Ich dachte an die Bankfiliale in der Empfangshalle und fand mich plötzlich neben ihm. Sein kleiner Sohn lag eingekuschelt in seinem Arm und schlief. Er sah mich kurz an, war aschfahl. Seine dunklen, großen Augen steckten in einem grobknochigen Gesicht.

»Wie geht es Ihnen?«, fragte ich ihn auf Englisch.

Der Mann sah weg.

Erkannte er mich nicht? War er wütend auf mich? Gab er vielleicht sogar mir die Schuld an seinem Unglück? Hatte der Unfall gar die ganze Familie ruiniert, das Leben der Kinder zerstört? Floss das sauer Ersparte jetzt in die Krankenhauskosten und nicht in die Schulbildung?

»Was tun Sie denn noch hier, wird Ihnen nicht geholfen?«, fragte ich dümmlich und zeigte dabei völlig sinnbefreit auf den Infusionsständer. Doch der Mann reagierte nicht, als sei ich nur ein Störgeräusch, ein Scheppern in der Lüftung. »Hören Sie, ich möchte Ihre Krankenhauskosten übernehmen.«

Er murmelte etwas auf Thai, zog seinen Sohn weiter auf seine Brust. Da fiel es mir wie Schuppen von den Augen. Ich nahm immer an, dass jeder Mensch auf der Welt Englisch sprach. Wir lebten in einer englischen Welt: Rechenmaschine, Computer und World Wide Web, Windows und Apple, Coke, Soccer und Barbecue, ja sogar unser verdammtes Licht, Humphry Davy, Joseph Swan und Thomas Edison ließen grüßen, ging auf Amerikaner und Engländer zurück. Selbstverständlich sprach jeder Mensch auf diesem Planeten Englisch!

Ich pirschte mich an den Mönch an, der immer noch in der Notaufnahme saß. »Sprechen Sie zufällig Englisch?«, fragte ich und schob mich in sein Gesichtsfeld.

Er musterte mich mit wachen Augen. »Ja«, antwortete er.

»Könnten Sie mir etwas übersetzen, bitte?« Ich zeigte den Gang hinunter.

»Natürlich«, sagte der Mann und folgte mir.

Wir gingen zu der Liege. »Fragen Sie ihn doch bitte, warum er noch immer in der Notaufnahme liegt. Wird ihm nicht geholfen?«

»Phuchai khon nan tham wa thammai thoe yang yu thini?«, summte der Mönch.

»Thao phom don phatat ik hon. Mo hai ya salop. Ni phom ko phoeng tuen khuen ma thi hong phakfuen«, antwortete der Mann.

»Er war bis eben im Aufwachraum, sein Fuß wurde unter Vollnarkose gerichtet.«

Ich seufzte. »Sagen Sie ihm doch bitte, dass ich die Krankenhauskosten für seine Familie übernehmen möchte.«

»Phuchai khon nan khao tong kann cha chai kha rongphayaban hai«, sagte der Mönch.

Das Kind regte sich. Der Mann flüsterte: »Rao prasop ubathet thang rotyon?«

»O, rue wa khun tongkan thiyu khong farang khon nan?«

Der Mann schien zu hadern. »Mai, phom mai tongkan«, sagte er.

»Das ist nicht nötig. Bei Verkehrsunfällen bezahlt die Regierung die Krankenhauskosten«, übersetzte der Mönch.

»Oh«, antwortete ich. »Und wie geht es seiner Frau und seiner Tochter?«

»Khropkhrua pen ngai bang?«

»Ko tam attaphap khrap«, sagte der Thailänder, als sich am Ende des Ganges das Licht veränderte und zwei Schwestern wie aus dem Nichts in den Flur traten. Wahrscheinlich befand sich dort ein Fahrstuhl. Sie kamen auf uns zu.

»Gut, der Familie geht es gut«, sagte der Mönch. »Sind etwas aufgewühlt.«

Die Schwestern nahmen von einem Seitenblick abgesehen keine Notiz von uns oder unserem Gespräch, sondern lösten nur mit einem Knall die Feststellbremse an der Liege. Den Infusionsbeutel legten sie auf den Schoß des Mannes, den Ständer schoben sie an die Wand. Da hörte ich hinter mir eine Stimme. Ich drehte mich instinktiv um, vergaß sogar, mich bei dem Mann zu verabschieden. Der Arzt stand hinter mir. Und hinter ihm stand die zierliche Schwester, mit gesenktem Blick.

»Khao kamlang lap yu«, sagte er zu dem Mönch und blickte noch einmal auf ein Formular. »Thuk yang luluang pai duai di.«

»Khopchai, diao phrung ni ma mai«, erwiderte der Mönch, faltete die Hände vor der Brust, verneigte sich ein wenig und verschwand aus der Notaufnahme.

»Haben Sie Alkohol getrunken?«, zischte der Arzt mich auf Englisch an und ragte plötzlich vor mir auf wie ein Scharfrichter.

»Etwas«, stotterte ich.

»Was bedeutet das?«

»Drei, na ja, wohl eher vier Bier.« Ich räusperte mich. »Große Bier.«

»Die Schwester hat glücklicherweise Ihren Atem gerochen. Was hätte ich denn aus diesen Blutwerten herauslesen sollen? Wenn Sie wollen, dann kommen Sie morgen wieder«, sagte der Arzt.

Er war schon im Begriff zu gehen, da platzte es aus mir heraus. »Wissen Sie eigentlich, was es mich für eine Überwindung gekostet hat, noch einmal hierherzukommen? Wissen Sie das?«

Der Arzt blieb stehen, wackelte mit dem Kopf, zuckte mit den Schultern, irgendeine Geste, die mir wahrscheinlich symbolisieren sollte, dass er mir zuhörte.

»Hören Sie, ich weiß, es ist albern, lächerlich, behämmert, das volle Programm, aber wenn Sie mir jetzt und hier kein Blut abnehmen, dann werde ich morgen nicht wiederkommen, auch nicht übermorgen, und das liegt nicht daran, dass ich morgen keine Zeit oder keine Lust habe, sondern es liegt daran, dass ich morgen nicht mehr den Mut aufbringe«, sagte ich und zeigte auf meine Armbeuge. »Abzapfen, bitte!«

VIER

Vor dem Krankenhaus parkten lediglich einige Tuk-Tuks. Ich wich den Blicken der Fahrer aus, die jedem meiner Schritte folgten, und ging an die Hauptstraße. Taxi. Ich brauchte ein Taxi. Der Himmel hellte schon etwas auf, da entdeckte ich den Mann mit dem Handwagen wieder. Auch wenn ich ihn vorhin nur als vagen Schemen wahrgenommen hatte, war ich sicher, dass es derselbe Mann war. Dieselbe Haltung, dieselbe Bewegung. Er zog seinen Karren direkt an mir vorbei, dieses Mal in entgegengesetzter Richtung. Auf der Ladefläche stapelte sich immer noch ein Berg Wassermelonen. Ja, es waren Wassermelonen, aber hatte er nur eine einzige verkauft? Ich betrachtete seine gebückte Haltung, seine drahtige Statur, seine knochigen Hände, die sich wie Schellen um die Holzgriffe schlossen, seine Muskeln, die wie steinerne Finger seine Unterarme gepackt hielten. Kam er vom Markt? Tat er das nachtein, nachtaus? Einen Karren die Straße hoch- und wieder herunterschieben?

Was war das nur für eine Kraft, die uns durchs Leben trieb?

»Sie wollen doch bestimmt in die Altstadt«, hörte ich auf einmal die Stimme des Mönchs in makellosem Englisch. Der Mann stand neben mir, ließ ein Mobiltelefon in den Falten seiner Kutte verschwinden und öffnete die Tür eines Taxis. »Wollen Sie mitfahren?«

Wo kam er nur her? Hatte er hinter der Palme gestanden oder sich aus einer Paralleldimension materialisiert?

Die Luft war warm, dick und schwer. Seine Frage zerfloss wie Brei in meinem Bewusstsein. Ich haderte. Mir war übel, meine

Schulter schmerzte, das Pflaster in meiner Armbeuge zwickte, und ich wollte nach Hause, endlich nach Hause, aber eigentlich wollte ich auch keine Gesellschaft, die mich zur Interaktion zwang, nein, falsch, Interaktion war eigentlich nicht das Problem, eher die Art der Interaktion, die mich bei einer fünfzehnminütigen Taxifahrt mit einem buddhistischen Mönch erwarten würde. War ja kein Zechkumpel, dem man morgens um drei am Bartresen mit Lebensweisheiten vollsäuselte, die einem zwischen zwei Mezcals eingefallen waren.

Ich schaute einmal nach rechts, einmal nach links. Die Straße war wie leergefegt. »Das wäre sehr freundlich«, sagte ich schließlich und schob mich auf die Rückbank.

Der Fahrer wendete den Wagen in einem großzügigen Bogen über die gesamte Fahrbahn, nicht übertrieben schnell, nicht mit quietschenden Reifen, und dennoch erfasste mich im Sog der Fliehkraft ein leichter Schwindel, als sei mein Gehirn eine Feder, die von einem sanften Lufthauch in die Höhe gewirbelt wurde. Doch kaum bekam ich die Wiege des Fahrzeugs zu spüren, das Brummen des Motors, die sanfte Vibration, setzte die Müdigkeit ein, ein tonnenschwerer Eisenhelm, der mich tiefer und tiefer in die Rückbank drückte. Schlaf, das war es, ich brauchte Schlaf, zumindest kurz, um mich für mein Date mit Freya zu rüsten. Ich brauchte Ruhe, vielleicht trank ich noch ein, zwei Gläser kaltes Wasser, nahm eine Kopfschmerztablette, nur zur Sicherheit. Und eine Dusche, ja, eine Dusche, um den Tag abzuspülen. Bei dem Gedanken fühlte ich so etwas wie Leben in meinen Gliedern. Ich spürte das warme Wasser, das auf meinen Nacken prasselte, der Dampf, der meine Lungen balsamierte, vielleicht sogar ein Queen-Song, den ich einem internationalen Radiosender entlocken konnte.

Ich blickte zu dem Mönch, der neben mir saß und mich gutherzig anlächelte, die Hände im Schoß. Zumindest ließen seine Gesichtszüge ein Lächeln erahnen. Es war dunkel im Auto, schummrig, nur gelegentlich erhellt durch das kurze Aufflackern einer

Straßenlaterne. Wir hielten an einer Ampel. Erst jetzt sah ich, dass er mich wirklich anlächelte, als gäbe es in diesem Augenblick nichts Besseres zu tun. Seine Kutte war zerworfen in tausende Falten, als sei er auf die Rückbank geflossen.

»Darf ich Sie etwas fragen?«, sprach ich den Mönch an.

»Natürlich«, antwortete er.

»Ich war heute Morgen im Kloster Wat Umong und einer Ihrer, ja, äh, Kollegen oder Brüder hat mir gesagt, dass Wahrheit und Wirklichkeit nicht dasselbe seien. Wissen Sie, was damit gemeint ist?«

»Natürlich, wobei ich glaube, dass unsere Autofahrt für dieses Thema nicht ausreicht, schon allein, weil Ihnen ein Buddhist eine andere Antwort geben würde als ein Philosoph oder ein Wissenschaftler«, antwortete er. »Wissen Sie, was der Unterschied zwischen innerer und äußerer Wirklichkeit ist?«

Ich nickte, schüttelte den Kopf, hob und senkte die Schulter, alles auf einmal.

Der Mönch überlegte. »Kennen Sie zufällig die Geschichte von Kisagotami?«, fragte er weiter.

»Nie gehört«, antwortete ich.

»Kisagotami war ein Mädchen, das zur Zeit Buddhas lebte. Sie stammte zwar aus ärmlichen Verhältnissen, war aber stets fröhlich und gut gelaunt. Wirkliches Leid, Hunger, Krankheit, Tod, kannte sie nicht. Im Gegenteil: Als junge Frau heiratete sie ein wohlhabender Kaufmann. Sie bekamen einen Sohn, ein kerngesundes Ding, und ihr Glück war perfekt. An einem Morgen, nach gut einem Jahr, erwachte das Kind aber nicht wie gewohnt bei Sonnenaufgang. Ich stelle mir immer vor, dass die Vögel in den Bäumen lustig zwitscherten und der Tau auf den Blättern im Garten schon fast verdunstet war, als Kisagotami schließlich nachsehen ging. Ihr Sohn war in der Nacht verstorben. Heute würde man wahrscheinlich von plötzlichem Kindstod sprechen. Kisagotami kannte den Tod aber nicht, er war für sie nur ein Gerücht, ein Märchen, ein Unwetter am Horizont, ein Blitzen und Donnern über den Gebirgsketten, das sie mit kindlicher Faszination aus der Entfernung bestaunte. Anfänglich flüsterte sie ihrem Sohn noch sanft zu, er möge doch endlich aufwachen, begann schließlich ihn sanft zu streicheln, aber auch unter ihren Liebkosungen erwachte das Kind nicht. Dennoch war sie überzeugt, dass der Bursche nur tief schlafe. Nicht einmal, als ihr Mann dazukam und unter großem Schmerz den Tod seines Sohnes feststellte, wollte sie ihr Schicksal wahrhaben. Sie erhob das Wort gegen ihren Mann, rüttelte an dem leblosen Körper, wickelte das Kind schließlich in ein Tuch, um sich Hilfe zu suchen. Sie wankte stundenlang durch die Ruinen ihres Lebens. Unter der Last des Körpers immer gebückter, torkelte Kisagotami von Dorf zu Dorf, auf der Suche nach einem Medizinmann, der ihrem Sohn wieder Leben einhauchen konnte. Irgendwer schickte die junge Frau schließlich in ein Kloster, wo sie den Erwachten höchstpersönlich aufsuchen sollte. Kisagotami schöpfte neue Hoffnung und wirklich: Buddha empfing sie und erklärte, er könne ihr helfen. Alles, was er zur Heilung benötigte, waren weiße Senfsamen. Nichts weiter. Allerdings, und das war die einzige Bedingung, mussten die Senfsamen aus einem Haus stammen, in dem noch nie vorher ein Mensch gestorben war. So machte sich Kisagotami auf den Weg, ging von Haus zu Haus, von Tür zu Tür, aber überall erhielt sie die gleiche Antwort und sah in Augen, die sich beim Gedanken an die lieben Verstorbenen mit Trauer füllten. Als sie schließlich mit leeren Händen ins Kloster zurückkehrte, hin- und hergerissen zwischen Verstehen und Nicht-wahrhaben-Wollen, zwischen Trauer und Einsicht, erklärte ihr der Erwachte, dass es in jedem Dorf mehr Tote als Lebende gebe, der Tod vor keinem Halt mache, unerwartet komme, jederzeit bereit, unser Dasein in dieser Welt zu beenden, was im Fall ihres Sohnes besonders grausam war. Buddha verschaffte Kisogotami nichts anderes als einen tieferen Einblick in die Wirklichkeit. Ihre äußere Wirklichkeit hatte sich schon mit dem Tod ihres Kindes geändert, ihre innere Wirklichkeit änderte sich mit ihrer neuen Perspektive. Der Erleuchtete befreite Kisogotami aus dem Gefängnis ihrer Emotionen und leitete sie auf den Weg der Wahrheit.«

Der Motor brummte in ähnlicher Tonalität wie mein Hirn. »Verstehe ich nicht, was ist denn jetzt die Wahrheit? Dass es keine wirkliche Wirklichkeit gibt?«, fragte ich nach einer Weile.

»Wenn Sie es so ausdrücken wollen. Unser Geist spiegelt die Wirklichkeit nicht wider, unser Geist erzeugt die Wirklichkeit.«

»Und das ist jetzt die Wahrheit?«

»Ja und nein.«

»Mann, ey.«

»Ich habe Sie vorgewarnt, genau genommen gibt es vier edle Wahrheiten.«

Ich lachte. »Eine würde mir vollauf genügen.«

»Es geht im Buddhismus zum einen darum, äußere Geschehnisse wahrzunehmen, aber eben auch vor allem um das Erkennen unserer inneren Einstellung und Position gegenüber diesen äußeren Geschehnissen. Beides gehört zusammen, lässt sich nicht trennen, weswegen Selbsterkenntnis der Kernaspekt des Buddhismus ist.«

»Das ist jetzt die Wahrheit?«

»Sie haben es ganz schön eilig.«

»Ja, da vorne sehe ich schon die Altstadtmauer.«

»Genau genommen gibt es keine absolute Wahrheit.«

»Jetzt widersprechen Sie sich aber!«

»Eigentlich nicht.«

Ich seufzte. »Nehmen wir einmal an, nur ganz hypothetisch, dass ich beispielsweise Angst vor einer Krankheit habe. Die Krankheit ist doch Wirklichkeit und meine Angst real, das kann man doch nicht als unwahr bezeichnen.«

»Buddha hätte Sie wahrscheinlich zu einer Stippvisite in eine Leprakolonie geschickt.«

»Wie sympathisch.«

Der Mönch lächelte. »Eine Erkenntnis, die das Leiden erkennt, versteht und überwindet, ist sehr befreiend.«

Ich seufzte. »Ist mir gerade oder vielleicht auch grundsätzlich zu hoch. Ich bin nur Elektriker.«

»Da sind Sie näher am Buddhismus als mancher Philosoph.«

Ich legte die Stirn in Falten. »Sie sprechen übrigens phänomenal Englisch.«

»Das liegt daran, dass ich Engländer bin. Meinem Großvater geht es nicht gut, deswegen bin ich seit ein paar Tagen in der Stadt. Beim Abendessen hat er sich so stark verschluckt, dass eine Lungenspiegelung gemacht werden musste.«

»Das tut mir leid.« Ich wollte plötzlich nicht mehr, dass die letzte Ampel auf Grün sprang. »Die Wirklichkeit kommt in der Geschichte übrigens ganz schön übel weg, wenn ich das noch so sagen darf«, brummte ich und massierte meine Schulter. »Ich meine, so ein bisschen im Schneckenhaus verkriechen, auf alles pfeifen und sich gut fühlen, das ist doch auch nicht so schlecht, oder? Jedenfalls besser, als die ganze Zeit mit diesem Säbelrasseln im Hinterkopf durch die Gegend zu laufen.«

»Die Gewissheit des Todes im Herzen zu tragen ist nichts Schlimmes. Im Gegenteil: Es macht jeden Moment, auch diesen hier, zu etwas ganz Besonderem«, sagte der Mönch, seine Augen waren dunkle Schächte, nur das Weiße darin glänzte im Umgebungslicht.

»Ich dachte immer, dass Buddhisten an die Wiedergeburt glauben«, brachte ich mein Halbwissen zu Gehör.

»Das stimmt auch.«

»Hängen Sie nicht am Leben?«

»Doch, doch, ich verehre das Leben, auch wenn ich nicht mehr so sehr an meinem Ich mit seinen ganzen Ängsten und Sorgen hänge. Ich strebe nach Vollständigkeit und hoffe, irgendwann vom ewigen Kreislauf der Wiedergeburten erlöst zu werden.«

»Da bleibe ich doch lieber unvollständig und werde wiedergeboren«, entgegnete ich.

Der Mönch kicherte und entblößte ganz kurz zwei Reihen kleiner weißer Zähne, die in einem gewaltigen Zahnfleisch steckten, und hielt sich dann die Hand vor den Mund. Der Mann hatte eine regelrechte Mauer um seine seelische Erhabenheit errichtet, der nicht einmal mehr der Tod etwas anhaben konnte.

An der Straßenkreuzung stieg ich aus und blickte dem Taxi hinterher. Der Tag war angebrochen. Durch den Spalt der Häuserreihen konnte ich bis zum nordöstlichen Stadtrand blicken, wo sich die dschungelbewachsenen Berge erhoben. Die blasse Sonne wirkte, als wäre sie mit zu viel Wasser in der Farbe auf den Morgenhimmel gepinselt worden.

Ich bog in die Seitenstraße ein, die zum Water Well Guest House führte, stolperte mehr dahin, als dass ich lief. Ich war todmüde, hinter meinen Augen pochte ein nervöser Puls. Vor dem Gästehauseingang brauste ein alter Thailänder seine Terrasse mit einem Wasserschlauch ab. Einige Vögel pickten in einer Wasserpfütze, die sich in der Mitte der Straße sammelte. Als ich näher kam, stoben die Tiere auseinander, ich zuckte zusammen.

An der Rezeption bat ich um meinen Zimmerschlüssel. Die Empfangsmitarbeiterin mit den Horroraugen lächelte mich an. Es war ein tiefes, echtes, glückseliges Lächeln, das viel tiefer reichte als dieses oberflächliche, antrainierte Grienen, das Hotelmitarbeiter einem sonst ins Gesicht schmierten. Ich ahnte Schlimmes.

»Sir, den Schlüssel hat bereits Ihre Freundin mit nach oben genommen«, sagte sie und schob in bedeutungsschwangerer Tonlage, in der Schauspieler für gewöhnlich den letzten Satz eines Films sprachen, hinterher: »She finally arrived.«

FÜNF

Es war absurd. Völlig absurd. Von allen Absurditäten, die ich in den letzten Wochen erleben musste, war es die Krönung, die Spitze, der Höhepunkt einer Schmierenkomödie. Ich hatte mich kurzerhand entschlossen, das Hotel zu wechseln, stand nun mit einem Schlüssel vor Zimmer 203 im Hello Guest House und traute mich nicht aufzuschließen. Nebenan schlief Freya, zumindest nahm ich an, dass sie noch schlief, ich hatte sie ja schließlich erst vor wenigen Stunden vor dem Gästehaus verabschiedet. Vielleicht stand sie aber auch schon unter der Dusche, trat gleich vor die Tür: *Oh, hey, Konstantin, das ist aber eine Überraschung, was machst du denn hier?* Und ich hatte keine Erklärung, zumindest keine Erklärung, welche ohne Stocken und tiefes Luftholen auskäme, keine Erklärung, welche die vier Punkte Pech, Glück, Zufall und Fügung in eine einigermaßen sinnbehaftete Argumentation zueinander brachte, ohne dass nicht zur Schlüssigkeit der fünfte Punkt GEISTESGESTÖRTHEIT hinzugezogen werden musste.

Ich hörte ein Geräusch. Kam es aus Freyas Zimmer? Ich steckte schnell den Schlüssel ins Schloss, zögerte, haderte, denn den Schlüssel zu drehen, einzuchecken, jetzt und hier, war im Grunde schon Straftatbestand. Ich stellte mir vor, wie die Worte Nachstellung, Verfolgung oder Belästigung aus Freyas Mund wohl klingen würden. Da blieb mir auch nicht viel Spielraum in der Gegenargumentation. Ich war Freya neuntausend Kilometer nach Thailand hinterhergeflogen, war ihr noch einmal eintausend Kilometer nach Chiang Mai gefolgt und war gerade im Begriff, ein Zimmer neben ihr zu beziehen. Das war schon heftig, aber zumindest war mir ja klar, *dass* das alles ganz schön heftig war – besaß ein echter Irrer so viel Reflexionsvermögen?

Ich stellte mir vor, wie ich Freya mit den Worten Zuneigung, Leidenschaft und vielleicht sogar Liebe zu besänftigen versuchte, und dann, dann sah ich sie.

Aber der Reihe nach.

Käthe.

Ihre Visage stieg vor meinem inneren Auge empor wie ein Monster in der Geisterbahn, ein böser Kobold mit schlechtem Gebiss, der imstande war, jedweden gesunden Menschenverstand in Geiselhaft zu nehmen. Ich war müde, hatte einen Unfall erlebt, hatte physische und psychische Extreme ertragen müssen, mir waren zwei Ampullen Blut abgezapft worden, mein Körper tat weh, allen voran mein Schädel, aber auch meine Schulter zeigte mir immer wieder mit einem stechenden, ziehenden Schmerz, dass sie ein paar Meter über eine asphaltierte Straße geschlittert war. Ich stank nach Schweiß und Schmutz und anderen Dingen, war hungrig und durstig, meine Klamotten waren dreckig, und jetzt hatte ich auch noch Käthe vor Augen. Schon ihr Name machte mich wütend, weckte in mir eine pulsierende Aggression, die ich bis dahin nur vom Sockenaufhängen kannte – oder wenn einem das Pappschildchen vom Teebeutel in die Tasse fiel. Eine Form der Tobsucht also, die auf keiner Rationalität mehr beruhte.

Nicht nur, dass sich Käthe in meinem Zimmer eingenistet hatte, nein, nein, sie hatte darüber hinaus geraucht und meine Sachen durchwühlt, zumindest sah es so aus. Oder hatte ich mein Zimmer am Morgen so unordentlich verlassen? Ich wusste es nicht mehr, als ich klopfte, die Tür aufstieß und das Chaos begutachtete. Käthe duschte gerade, und mein Koffer lag aufgeklappt auf dem Tisch. Sicher, dort hatte ich ihn hingeknallt, weil es keine Kofferablage gab, aber ich hatte doch nie im Leben alle meine Klamotten herausgezerrt – ich war doch nicht meschugge! Und weshalb lagen mein Muttermaltagebuch und Freyas Reiseführer auf dem rechten Nachttisch? Links, nicht rechts hatte ich die Sachen hingelegt. Das tat ich immer, schon mit Tamia war die linke Bettseite meine Bettseite gewesen.

Und dann stand sie plötzlich vor mir. Mit nassem Haar und – Gott sei Dank! – einem hellgrünen Handtuch um Brust und Hüften. Sie sah aus wie eine Kohlroulade. Die dunkle Holztür war weit geöffnet. Dampf stieg hinter ihr auf, sodass ich das Gefühl hatte, sie hatte sich im Badezimmer ein Frühstücksei gekocht.

»Konni!«, schrie sie mich an, rannte um das Bett und warf sich mir in den Arm.

Konni?

»Hallo«, sagte ich.

Ich schob Käthe von mir und wischte mir die Nässe von der Wange, die ihr feuchtes Haar hinterlassen hatte. Es roch nach billigem Shampoo. Irgendwie künstlich. Nach Zimt. Und ich hasste Zimt und wollte mein Zimmer zurück. Gab es nicht Studien zu Einbruchsopfern, zu den psychischen Problemen, die damit einhergingen? Und damit war nicht der unmittelbare Schockzustand gemeint, sondern das nagende, kratzende Trauma, das erst Wochen, ja Monate nach dem Einbruch zu Tage trat: die Gewissheit nämlich, dass ein Fremder den Kokon der eigenen Privatsphäre besudelt hatte.

»Hast du meine Sachen durchsucht?«, fragte ich.

»Ich brauchte ein frisches Shirt«, erklärte Käthe und zog mich sanft auf die Bettkante. Ihr Zahn steckte wie ein Wrackteil im Schiffbruch ihres Grinsens. »Aber jetzt erzähl mal, wo warst du denn die ganze Nacht, ich habe mir schon Sorgen gemacht.«

»Wo ich … Sorgen …«, stotterte ich, »Shirt … Du kannst dir doch nicht einfach ungefragt ein Shirt von …«

»… von dir nehmen? Da hast du Recht, hab nicht drüber nachgedacht, sorry, aber erzähl, wo warst du? Feiern? Du siehst mitgenommen aus. Sollen wir was frühstücken gehen?«, fragte sie so zart, als hätte sie sich den Mund mit Seide gereinigt.

»Ich will schlafen und duschen«, antwortete ich und blickte kurz ins Badezimmer. Ich stellte mir meine nackten Füße vor, die gleich auf diesen nassen Fliesenboden treten sollten. Bäh.

»Schlaf!«, brüllte Käthe, und ich zuckte zusammen. »Ach Quatsch! Schlafen kannst du genug, wenn du tot bist. Zuerst musst du mir erzählen, wohin du eigentlich am Busbahnhof verschwunden bist!«

»Käthe, ich bin …«

»… hinten raus? Zum Hinterausgang raus? Das habe ich mir fast gedacht, da haben wir uns einfach verloren! Nicht zu glauben!«

»Könntest du aufhören, mich ständig zu unterbrechen?«

»Ja, entschuldige«, trällerte sie mit Quäkstimme und blickte so verkniffen drein, als hätte sie Kopfschmerzen. »Ich bin so aufgeregt!«

»Wie hast du mich überhaupt gefunden?« Ich stützte meine Ellenbogen auf meinen Knien ab und vergrub mein Gesicht in meinen Händen.

»Das glaubst du mir eh nicht! Als du nicht mehr aufgetaucht bist, bin ich vom Busbahnhof natürlich irgendwann in die Stadt gefahren, hab mich an die Fersen von so einem australischen Pärchen geheftet, die anscheinend eine günstige Jugendherberge kannten, direkt neben dem Lok-Molee-Kloster, da gibt es riesige Elefantenstatuen, total hübsch! Kennst du das? Musst du hin! Auf deren Tross bin ich also aufgesprungen, wir haben sogar zusammen ein Dreibettzimmer gemietet. Und da sitzen wir gestern Morgen beim Frühstück, und ich streichele die Hauskatze auf meinem Schoß und blättere dabei in so einer Zeitschrift, die irgendwer liegen lassen hat, so ein Ayurveda-Magazin, und da stoße ich auf einen Fachartikel über Wellness durch Wasser, und ich denke, klar, klar, Käthe, denke ich, das hat Konni doch zu dir gesagt. Und ich sehe mich im nächsten Augenblick zu der Kellnerin rennen und fragen, ob es in der Stadt ein Water Good Hotel gibt. Water Well Guest House, sagt die dann, und mir fällt es wie Schuppen von den

Augen. Ich bin sofort los. Die Frau an der Rezeption war dann voll nett, hat total gestrahlt, als ich nach dir gefragt habe! Sie sagte mir, dass du schon früh aufgebrochen seist, aber dich mehrmals nach mir erkundigt hattest – das ist soooo lieb, Konni! –, da bin ich gleich zurück und habe meine Sachen geholt. Aber jetzt sag, wo warst du die ganze Nacht?«

Aus der Entfernung betrachtet ist das Leben schon eine recht eigenartige Sache. Da wird man nicht gefragt, ob man Lust hat, ein paar Jahre auf einem Planeten zu verbringen, der im Kern aus sechstausend Grad heißem, flüssigem und radioaktivem Gestein besteht und sich im luftleeren Raum im Kreis dreht. Man wird im Grunde zum Leben genötigt, was an und für sich schon eine Unverschämtheit ist. Obendrein wird man aber auch nicht gefragt, ob man sich vielleicht an dem einen oder anderen Lebewesen auf der Erdkruste stört, mit dem man seine Zeit abzusitzen hat. Zecken, Nacktmulls, Zitteraale, Hyänen, Wollschweine, Fingertiere, in Thailand auch Tiger, Klapperschlangen oder Spülwürmer! Ich blickte Käthe an, die breitbeinig neben mir saß. Ihr Allerheiligstes nur noch von einem Zipfel Handtuch verdeckt. Ihre feuchten Haare tropften an den Spitzen, waren auf dem Schädel aber schon trocken und strohig. Und sie lächelte. Dieses bedingungslose, offenherzige, vertrauensselige, selbstgefällige, penetrante Lächeln, das mich zur Weißglut trieb.

»Soll ich dir ein bisschen den Rücken massieren?«

»Käthe!«, schrie ich und sprang auf. »Ich bin müde und scheiße drauf und will duschen und … und … überhaupt!«

»Haaaallo? Konni?« Sie zog den Kopf zurück. »Was ist denn jetzt los?«

»Was an *müde* und *scheiße drauf* hast du nicht verstanden? Hä?«

»Wo ist der Stein?«

»Was?«

»Der Edelstein?«, fragte sie scharf, schob ihre Hand unter *mein* Kopfkissen und zog eine Schachtel Zigaretten samt Feuerzeug hervor. Sie zündete sich eine Zigarette an. »Wo ist er? Hier? Im Zimmer?«

»Hier drin ist Rauchen verboten.« Ich zeigte auf einen Aufkleber an der Tür.

»Ich lüfte nachher, das verzieht sich. Und jetzt antworte: Wo ist der Edelstein?«

Instinktiv ging meine Hand an meine Hosentasche, wo der Kristall sich seit nunmehr vierundzwanzig Stunden befand. »Fang nicht schon wieder damit an.«

»Du hast ihn dabei, nicht?« Käthe zeigte auf meine Tasche und schlug die Beine übereinander. »Trägst ihn nah bei dir? Kein Wunder, dass es dir schlecht geht. Ich wollte es dir erst später sagen, aber ich habe gestern mit einigen Leuten über unser Problem gesprochen – auf dem Nachtmarkt, mit einem Edelsteinhändler. Wir sollen heute dort vorbeikommen, denn was du dir da eingehandelt hast, das ist nicht ohne, ganz und gar nicht.«

Ich stand vor ihr und brachte keinen Ton hervor. Ich wollte sie packen und halbnackt vor die Tür setzen. Ich wollte, dass das endet, einfach nur endet, jetzt und hier, und es gab doch sicher Typen, die sich auf diese Weise einer unliebsamen Situation entledigten. Tür auf, Tür zu. *Gehab dich wohl.* Die frei von schlechtem Gewissen waren, danach einen Kaffee tranken und zusahen, was der Tag noch brachte. Ich stand nur da und fühlte Müdigkeit und Adrenalin in Wellen über mich hinwegschwappen.

Käthe erhob sich. »Ich trockne mir kurz die Haare, dann können wir los.«

Sie verschwand im Badezimmer, schloss die Tür, dann hörte ich den Fön anspringen. Kurz dachte ich an eine defekte Kabelisolation, an den nassen Fußboden, den Körper als Stromleiter. Ich öffnete meinen Rucksack und ließ darin mein Muttermaltagebuch und Freyas Reiseführer verschwinden. Die Tür zog ich ganz behutsam auf, leise, zahlte an der Rezeption die Zimmerrechnung und machte mich auf den Weg.

Frage: Wieso ging ich nicht einfach in ein anderes Gästehaus? Antwort: Ich wusste es nicht, war hinüber, kaputt, unfähig einen klaren Gedanken zu fassen, ich tappte ferngesteuert meines Weges. Erst als die Empfangsmitarbeiterin mir schnatternd erklärte, dass es nur noch ein einziges Zimmer – »High season, Sir, high season« – gab und den Schlüssel aus einem Korb hervorholte, begann mir mein Hirn panisch Morsezeichen zu senden.

Im nächsten Moment fand ich mich grübelnd vor Zimmer 203 wieder, mit meinem Batikrucksack auf dem Rücken, der dreckig war und beim Unfall einige Perlen und Spiegelchen eingebüßt hatte. Ich hatte keinen Koffer mehr, keine Klamotten, keine Kosmetik. Ich konnte mich nicht duschen, nicht einmal umziehen. Zu allem Überfluss hatte ich in ein paar Stunden ein Date mit Freya, und ich musste sie irgendwie aus einem Gästehaus abholen, in dem ich jetzt selber wohnte.

SECHS

Als Tamia mich damals vor die Tür setzte und ich mich notgedrungen in unserer alten Wohnung einquartierte, fühlte ich mich wie ein Bär, der sich zum Sterben in seine Höhle zurückzog. Ich weiß noch, wie ich kraftlos die Tür mit der Schulter aufschob. In den Händen hielt ich die letzte Umzugskiste, darin die Streu des Lebens, die sich im Laufe der Zeit in einer Wohnung ausbreitete: Sonnenbrillen, USB-Sticks oder drei Spannungsprüfer aus dem Schränkchen in der Diele, so was eben. Auf der Umzugskiste lag ein großer, brauner Umschlag, in dem sich ein Röntgenbild meiner Lunge befand, schon erstellt vor einigen Monaten, aber ich hatte mir zum Ziel gesetzt, alle meine Untersuchungsergebnisse von Orthopäden, Internisten, Neurologen, Haut- und Zahnärzten, den ganzen Monstern, die einem im Laufe des Lebens begegneten, zusammenzutragen und der Vollständigkeit halber zu Kalthand zu bringen.

Ich gab der Tür einen Schubs mit der Hacke. Ein Luftzug – hatte ich das Fenster in meinem Büro geöffnet? – zog sie auf den letzten Millimetern zu, sie schloss sich mit einem Schmatzen. Die Ruhe brach wie Lärm über mich herein. Ich stellte die Kiste vor meine Füße. Es war so still in der Wohnung, dass ich die Härchen in meinen Ohren knistern hörte. Da war keine piepende Müllabfuhr unten auf der Straße, kein Türenschlagen in einem Stockwerk unter mir, kein jaulendes Fernsehgerät, das schon am Vormittag die Aufmerksamkeit absorbierte, kein Kratzen in den Wänden, kein Knarzen der Bausubstanz, nur das Knistern in meinen Ohren und das feine Summen des Stoßstromrelais aus dem Sicherungskasten neben mir.

Ich ging in die Küche. Unsere ehemalige Küche, in der Tamia und ich über fünf Jahre gelebt hatten. Der Raum maß gerade einmal sechs Quadratmeter. Es gab eine kleine Einbauküche, ein kleines Kochfeld mit vier Platten, darüber einen Dunstabzug mit manueller Plexiglasabdeckung, die ausgeklappt wie der Schirm einer Schirmmütze hervorragte. Das Ding war eine Fehlkonstruktion. Tamia hatte sich dabei beim Kochen ständig die Stirn gestoßen, weswegen ich einmal die Kante mit Wattebällchen beklebt hatte. »Stirndämpfer«, sagte ich stolz, als Tamia in die Küche kam, und schob hinterher: »Wattebausch nach Wittgenbausch«. Sie lachte, und wir küssten uns. Bei unserem Umzug hatte sie die Wattebällchen abgekratzt. Ich fuhr fast liebevoll mit dem Finger über die rauen Kleberrückstände, zog danach eine PET-Flasche Wasser aus einem Unterschrank und setzte mich.

Ich vergrub mein Gesicht in meinen Händen, rieb meine Augen und fragte mich, was schiefgelaufen war. Seit dreizehn Monaten wohnte ich nunmehr wieder in unserer alten Wohnung, die ich eigentlich nur noch übergangsweise als Büro hatte nutzen wollen. Seit dreizehn Monaten schlief ich auf der Couch, aber es war keine Besserung in Aussicht. *Durchatmen,* wollte Tamia, *Abstand gewinnen.* Und okay: Das geschah ja in jeder langen Beziehung einmal, war nichts Wildes und in unserem Fall sogar das Zeugnis einer reifen Beziehung. Anstatt uns Kaffeetassen an den Kopf zu werfen, gewährten wir uns Freiraum. Nach über einem Jahr Freiraum bereitete es mir allerdings Kopfschmerzen, dass ich immer noch keine zwei Minuten mit Tamia verbringen konnte, ohne dass ein Streit losbrach.

Ich sah sie wieder vor mir. Vorhin. Ich hatte kaum den Fuß in den Vorgarten gesetzt, da riss sie die Haustür auf. Ein Stoß von Wärme und Kaffee strömte mir entgegen – und benutzte sie ein neues Parfüm? Eine Note, scharf und frisch wie gemahlener Pfeffer, stieg mir in die Nase. Sie trug hochhackige Schuhe, einen anthrazitfarbenen Hosenanzug und ein weißes Hemd, das sie dramatisch weit aufgeknöpft hatte. Eine dicke Halskette mit dunklen Steinen baumelte um ihren Hals. Sie hatte eine Hochsteckfrisur, ein Wirbel aus Haaren, der sich am Hinterkopf zu einem Knäuel verdichtete. Die Frisur wirkte fast ein wenig beiläufig, nebensächlich, aber ich wusste es besser. Bei Tamia geschah nichts ohne Konzept. Schick, elegant, adrett, mit einem Hauch Achtlosigkeit – so wollte sie heute aussehen.

»Du siehst toll aus«, begrüßte ich sie.

»Danke. Du kommst spät«, antwortete sie und hielt den Türgriff fest in der Hand, bildete eine Schranke. Wollte sie mich etwa hier draußen abfrühstücken? Ich blickte auf meine Uhr. Es war wirklich spät.

»War Stau auf dem Messeschnellweg, da ist eine neue Baustelle am Weidetorkreisel, die ...« Ich brach ab. »Egal, tut mir leid.«

»Das tut es dir immer«, raunte sie.

Ich überhörte den Spruch. »Sonst alles klar?«, fragte ich.

»Passt«, sagte Tamia, wirbelte einmal im Kreis und stellte mir die Kiste vor die Füße.

»Du bist ja mal wieder so kommunikativ wie ein Anrufbeantworter.« Ich ließ meinem Spruch ein braves Lächeln folgen.

Tamia lächelte nicht. »Ich muss gleich los. Abteilungsleitermeeting«, antwortete sie kühl, und ich spürte wieder diese Distanziertheit, von der ich nicht wusste, ob sie eine Art von Ignoranz und Arroganz widerspiegelte, oder gar soziale Inkompetenz, Ablehnung oder Unsicherheit. Alles kam für mich in Frage. Wenn ich mich in letzter Zeit mit ihr unterhielt, fühlte ich mich wie ein Stummer, der zu brüllen versuchte. Ich wusste einfach nicht, was das Problem war. Sie wollte Abstand, sie bekam Abstand. Sie wollte die Beziehung nicht beenden, nur eine Weile pausieren. Sie hatte doch ihren Willen, was war das Problem?

»Liegt dir deine Dissertation im Magen, bist du deswegen so abweisend?«

»Welche Dissertation?«, fragte Tamia und schob ein verbittertes Lächeln hinterher.

»Du hast doch gesagt, du willst den Freiraum auch für deine Doktorarbeit nutzen.«

»Ich komme zu nichts, manchmal habe ich das Gefühl, der Vorstand ballert mich nur mit Arbeit zu, damit ich meine Referenzen nicht weiter ausbauen kann.«

Ich schmunzelte. »Ich habe letztens einen amüsanten Artikel gelesen. Darin stand, dass manche Leute so lange befördert werden, bis sie mit ihrer Verantwortung und ihrem Aufgabengebiet nicht mehr zurechtkommen, also bis ihnen ihre Position sprichwörtlich über den Kopf wächst. Dann geht es natürlich nicht mehr weiter nach oben, aber zurück können sie auch nicht, weswegen sie den Rest ihrer Tage in einer Position arbeiten, der sie nicht gewachsen sind. Lustig, oder? Der Rat war jedenfalls, die eigene Leistung einzuschätzen und ab einem bestimmten Zeitpunkt nur noch ökonomisches und kein hierarchisches Wachstum mehr anzustreben«, plauderte ich, doch Tamias Blick wurde härter und härter und pfählte mich schließlich, sodass ich schnell hinterherschob: »Damit meine ich nicht dich, natürlich nicht, sondern deine Vorstände.«

»Ist es angenehm in unserer alten Wohnung?«, fragte sie.

Angenehm. Dieses Wort benutzte sie.

»So angenehm, wie einen benutzten Bimsstein abzulutschen«, antwortete ich.

»Hast du den Hausschlüssel gefunden?«

»Nein, habe ich nicht, weiß gerade nicht, wo er ist«, log ich. »Waren mir mit den Wohnungsschlüsseln einfach zu viele Schlüssel am Schlüsselbund, weswegen ich die Hausschlüssel abgemacht und irgendwie verlegt habe. Ich suche nochmal. Ist nur gerade wahnsinnig viel zu tun.«

Tamia warf kurz den Kopf nach hinten. »Wirfst du ihn mir bei Gelegenheit in den Briefkasten?«

»Tamia, was soll denn das ganze Spiel? Das ist hier doch kein Stellungskrieg!«, fuhr ich sie an. »Willst du unsere Beziehung beenden? Dann sage es mir doch! Hast du andere Probleme? Dann sprich mit mir! Bist du immer noch sauer wegen des Schaukelstuhls und des Kellers, ist es das? Es tut mir leid, okay, ich weiß nicht, wie oft ich mich noch dafür entschuldigen soll!«

»Ja«, fauchte Tamia, »ja, ich bin sauer wegen des Stuhls und des Kellers!«

Ich überlegte kurz, ob ich die Schaukelstuhlbruchstücke erwähnen sollte, die ich am Tag nach meinem Rauswurf auf der Müllkippe eingesammelt hatte. Die Einzelteile standen in einem Wäschekorb in unserer alten Wohnung. Einzelteile, die aber stellenweise an Sägespäne erinnerten. Ich beschloss, den Mund zu halten. »Es tut mir leid!«, sagte ich zum hundertsten Mal, sodass ich mir selbst schon nicht mehr glaubte.

»Entschuldigung angenommen. Ich will trotzdem ein paar Monate mein eigenes Leben leben.« Damit knallte Tamia mir die Tür vor der Nase zu, durch die sie doch eigentlich zur Arbeit gehen wollte.

Ich fuhr nach Hause, ging in die Küche, und da saß ich jetzt und kam keinen Schritt weiter. Frustriert goss ich mir ein Glas Wasser ein, wechselte von der Küche ins Büro und setzte mich an den Rechner. Mehrere Stunden bearbeitete ich neue Aufträge. Erst am Nachmittag wurde mir mein Körper wieder verdächtig. Eine Stelle an meinem linken Oberschenkel begann zu zucken. Die Nervosität kroch schon in meine Glieder, ich hatte die Hände schon an der Tastatur, um herauszufinden, was mir da wohl fehlte, da kämpfte ich den Impuls nieder, diesen Drang und Sog. Ich hatte mich nämlich entschlossen, die Kontrolle über meine Ängste zu übernehmen. Ich öffnete eine Flasche Rotwein und kippte sie mir hinter die Binde. Auf dem Sofa fiel ich am Abend in einen unruhigen Dämmerschlaf. Als ich im Morgengrauen die Augen aufschlug, hatte ich die Antwort gefunden: Kanada.

Wir ließen uns blenden von dieser ekelerregenden Romantik aus Büchern, Filmen und Serien, die nichts weiter als Augenwischerei war. Liebe war etwas, an dem man hart arbeiten musste, damit daraus nicht eine weitere belanglose Tragödie auf der langen Liste der belanglosen Tragödien wurde, die zu nichts weiter da waren, als einem Kaffeeklatsch der Anverwandten oder des Freundkreises die Würze zu verleihen. Wir betrieben Raubbau an der überschüssigen Liebe, mit der wir in den ersten Monaten einer neuen Beziehung überschüttet wurden, stopften uns tollwütig damit voll, anstatt diese eigenartige Energie zu verstehen, sie uns sorgsam aufzuteilen, sie zu hegen und zu pflegen, dem Partner auch noch nach vielen Monaten oder Jahren zuzuhören, ihm Aufmerksamkeit zu schenken. Das hatte ich nicht getan, wie konnte ich nur so dumm sein?

Kanada. Das war die Antwort, das fehlende Puzzleteil, das Mosaiksteinchen, das das Bild vervollständigte. Ein halbes Jahr lang war Tamia in Vancouver gewesen, entsendet in eine Tochterfirma. Ich hatte sie trotz dreimaliger Planung nicht besucht. Erst war mein Großvater gestorben, dann hatte mich eine Grippe flachgelegt, den dritten Grund hatte ich vergessen, vielleicht, weil es keinen echten Grund gegeben hatte. Aber ich würde nie vergessen, wie elektrisiert Tamia zurückkam, wie glücklich und ausgeglichen sie war, sogar mit etwas mehr Speck auf den Hüften – ich liebte sie mehr denn je!

Halbe Nächte lagen wir uns auf der Couch in den Armen, tranken Wein, und sie schwärmte dabei von Kanada, von den Leuten, von der Natur, vom Essen, von schillerndem Ahornsirup, so süß und würzig wie flüssiges Gold, von Chicken and Waffles oder Poutine. Es war schon ein festes Ritual: Wie zum Beweis wechselte sie in diesen Tagen in den frühen Morgenstunden in die Küche, buk Pommes im Backofen, zerbröckelte Käse und rührte Bratensoße aus der Tüte an. Ich lag dabei auf der Couch, nippte am Wein, lauschte dem Stakkato des Schneebesens und wartete, bis sie endlich im Türrahmen erschien, die Schüssel wie eine Gabe in den

Händen. »Et voilà«, sagte sie, »ich präsentiere die Delikatesse des angetrunkenen Kanadiers«, und begann zu lachen. Später küsste ich ihr das Salz von den Lippen und führte sie ins Schlafzimmer.

Drei oder vier Wochen nach ihrer Rückkehr kam ich dann an einem Samstagabend zurück in unsere Wohnung, ich war den ganzen Tag auf einem Flohmarkt in Berlin gewesen, hatte nach Schnäppchen gesucht, die ich ohne viel Aufwand in teure Antiquitäten verwandeln konnte. Kaum hatte ich die Tür aufgestoßen, überschwemmten mich Gerüche nach gedünsteten Zwiebeln, nach warm aufgeschlagener Hollandaise, und da war noch etwas anderes in der Luft, etwas, das ich nicht kannte. Ich ging durch den Flur, warf einen Blick in die Küche, die ein Chaos war, dann sah ich den festlich gedeckten Couchtisch. War sie schwanger? Nein, das konnte nicht sein, schließlich ragte eine eiskalte Flasche Weißwein wie ein Mast aus der Tischmitte hervor.

»Ich habe kanadischen Hummer gekocht«, sagte Tamia stolz und drückte mir ein Glas Wein in die Hand.

»Wow«, entfuhr es mir.

»Hör zu«, fuhr sie strahlend fort und nippte am Weinglas. »Sie haben mir eine Stelle in Vancouver angeboten!«

Ich wusste nicht, was ich sagen sollte. »Wie? Was meinst du?« Ich nahm einen tiefen Schluck, obwohl ich jedes ihrer Worte genau verstanden hatte.

»Sie wollen, dass ich die stellvertretende Leitung in Vancouver übernehme.«

»Das ist ja, ich meine, das klingt, und ich, ich bleibe …«, stammelte ich.

»Du kommst natürlich mit!«, rief Tamia. »Okay, hör zu, hör zu, ich weiß, das kommt überraschend, aber es wäre bestimmt nicht für immer.«

»Und was ist mit meinem Geschäft?«

»Das kannst du doch auch für ein paar Jahre aus Kanada managen, oder? Du bist doch örtlich nicht gebunden. In Kanada gibt es auch Flohmärkte«, sagte sie und schmunzelte. »Und ich bekäme bestimmt auch eine Gehaltserhöhung. Vielleicht müsstest du dort gar nicht mehr arbeiten, wenn du nicht willst! Überleg mal: Du könntest jeden Tag schwimmen, laufen und hiken gehen. Du könnest sogar jagen!«

Ich lachte. »Ich? Jagen?«

»Ja, oder angeln. Konstantin, es ist ein Traum! Kanada wird dir gefallen, die Leute sind so nett und freundlich, gar nicht wie hier! Was sagst du?«

Und ich weiß nicht, warum, wegen ihrer Euphorie, ihres Glücks, des tollen Essens oder auch des kurzen Augenblicks, in dem ich mich mit geöffneter Köderdose in einer Anglerhose in einem Fluss stehen sah, die schneebedeckten Berge wie ein Monument am Horizont, das glitzernde Wasser, das mich umspielte, am Flussufer ein knisterndes Lagerfeuer, über dem ich später eine Forelle, einen Lachs oder einen Hecht zubereiten würde. Ganz langsam, ganz gemächlich würden die Fischfilets in einer verbeulten Pfanne brutzeln. Hin und wieder würde ich eine Butterflocke beisteuern und dabei ein eiskaltes Bier aus der Dose schlürfen, begleitet von etwas blecherner Musik aus einem Kofferradio. All das kristallisierte sich in diesem einen entscheidenden Moment, in dem ich in Tamias glitzernde Augen blickte, der Wein rann geschmeidig durch meine Venen, hinter ihr sah ich den gedeckten Tisch und den Kerzenschein. Ich stellte mir das saftige Hummerfleisch vor und im Schlafzimmer das gemachte Bett. »Klar, klar, klingt gut«, sagte ich und leerte mein Weinglas.

An diesem Abend träumten wir. Vor allem träumte Tamia, und ich träumte mit, beseelt von der Hoffnung auf ein Leben in Glückseligkeit. Wir träumten von Seen und Stränden, von den Rocky Mountains, von einem Haus mit Seeblick und Kamin, von Spaziergängen durch Vancouver, von Bistros und Kinos, von langen Abenden an den Theken von Weinbars, von Ausflügen ins Okanagan Valley, von einem gemeinsamen Wochenende, das wir mit Goldschürfen verbringen würden. War Goldschürfen nicht sogar das Symbol der Hoffnung? Jahrelang stand man in einem Bachbett oder hockte in einem dunklen Stollen, grub, hackte, buddelte, siebte – und hoffte. Es war die Hoffnung, die einen weitermachen ließ, die Hoffnung und feste Überzeugung, dass man am Ende zu den wenigen gehörte, die ein Nugget fanden, um ein wenig lebenswerter zu leben.

Als ich Tamia drei Tage später gestand, dass ich berechtigte Zweifel an der ganzen Sache hatte – ich meine, ich hatte ein Geschäft, das mir Freude bereitete, kannte meinen Sachbearbeiter beim Finanzamt persönlich, hatte eine Kranken- und Rentenversicherung –, war sie weniger enttäuscht, als ich dachte. Ihre Stellvertreterfunktion war infolge ihrer Zusage urplötzlich auf eine Stelle im Seniormanagement geschrumpft, ihr Gehalt auch durch die Unterhaltskosten nur geringfügig besser. Ich hatte jedenfalls das Gefühl, dass wir aus den Stromschnellen unserer Träume reibungslos ins seichte Gewässer unseres Lebens zurückglitten. Und dennoch markierte es den Wendepunkt: Ab diesem Augenblick zog sich Tamia von mir zurück, wurde verschlossener, lud sich obendrein eine Dissertation auf die Schultern. Kanada. Das war es. Das war das unausgesprochene Problem zwischen uns beiden.

Und was sprach dagegen, den Fehler einfach zu korrigieren? Nicht mit unverbindlichen Träumen, mit Fakten. Fakten mussten geschaffen werden. Ich war so elektrisiert von dem Gedanken, dass ich aufsprang, in die Küche rannte und ungeduldig ein Kaffeepad einspannte, als wäre die Kaffeemaschine ein Münzpressautomat. Zwei Minuten später begann ich, nach Objekten in Vancouver zu suchen. Keine Miete, keine halben Sachen. Tamia musste merken, dass ich es ernst meinte. Und wenn ihre Stelle längst besetzt war? Dann würde sie sich etwas anderes suchen! Vielleicht war das sogar besser, wir würden einfach alles hinter uns lassen, die lästige Vergangenheit, die Sorgen, Ängste und meinen Krankheitswahn – ja, auch meinen Krankheitswahn, der sich in der kanadischen Luft in Wohlgefallen auflösen würde.

Es dauerte mehrere Wochen, bis ich ein kleines Haus gefunden hatte, das ich mir leisten konnte. Ich hatte wieder eine ganze Nacht im Internet verbracht, aber plötzlich hatte ich es vor mir. Ein Holzhaus in den Canyon Heights, nicht groß, achtzig Quadratmeter, aber es hatte einen Kamin und einen Garten, und durch die Baumreihen, weit entfernt, konnte man den Capilano Lake in der Sonne glitzern sehen. Ich sah Tamia und mich schon im Sommer in der Hängematte liegen, die Aussicht genießen, und im Winter mit einem kalten Glas Chardonnay oder Punsch vor dem Kamin, nackt, auf einem Lammfell, ja, ja, so klischeehaft war meine Vorstellung, aber sie war da und war wunderschön, und alles, was ich dazu benötigte, war das Gold aus der Zwiebackdose. Ich schaute auf die Uhr, es war kurz vor sieben.

Nur dreißig Minuten später verließ ich die Wohnung, nein, ich verließ an diesem Morgen nicht nur die Wohnung, ich verließ einen Luftschutzbunker im fünften Stockwerk, den ich mir über Monate eingerichtet hatte, um mich vor der Welt zu verstecken. Pfeifend lief ich in den Baumarkt, in der Hand einen Becher Kaffee. Ich schlenderte an die Information, schenkte der Mitarbeiterin das freimütigste Lächeln, das ich auf mein Gesicht zu zaubern vermochte. »Haben Sie Abbruchhämmer? Mindestens tausendfünfhundert, aber besser noch tausendachthundertfünfzig Watt?«, fragte ich.

»Gang vier«, sagte die Verkäuferin und lächelte zurück.

SIEBEN

Kaum waren Freya und ich aus dem Taxi gestiegen, brachen die Gerüche des Marktes über mich herein. Hier wurde nichts in Plastik verpackt oder gar vakuumiert, keinem Nahrungsmittel das Leben auf diese Weise geraubt, es gab keine Gläser oder Konserven, nein, nein, ganze Tiere lagen nackt vor mir, auf Holztischen, zerlegt in Einzelteile. Knochen mit Fleischresten. Glänzende Innereien. Geliertes Blut. Enthäutete Füße. Köpfe ohne Augen, Köpfe mit Augen. Alles garniert mit Fliegen, die sich dankbar auf die Mahlzeit stürzten, um sich dann auf einem warmen Fäkalienhaufen in der Nähe ein Weilchen auszuruhen und danach das Dessert an einer anderen Stelle des Buffets einzunehmen.

Drei lange Tage waren seit meinem Umzug ins Hello Guest House vergangen. Freya schlenderte vor mir durch die Marktstände, ihr Humpeln nahm ich kaum mehr wahr, über ihrer Schulter trug sie eine Umhängetasche. Sie blieb stehen und sah einem Trupp Männer zu, die im Akkord Fische entschuppten und den Tieren die Bäuche aufschlitzten. Ihre Unterarme glänzten vor Schleim, Blut und Gedärm. Sie drehte sich um, schenkte mir mit einem Kopfnicken zu dem Szenario ein Lächeln. Ich war ganz der Mann von Welt, zog lächelnd einen Mundwinkel nach oben, ließ dazu ein stoßhaftes Lachen durch meinen geschlossenen Mund holpern, was Freya wahrscheinlich gar nicht hörte, sondern eher meinen vibrierenden Kehlkopf wahrnahm. Als sie sich wieder dem Fischmassaker zuwandte, sah ich schnell weg.

Aber wegsehen half ja auch nichts: Direkt neben mir, auf einer

Pyramide mit geschälten Ananas, hatte sich eine Meute Wespen zum Schmaus versammelt. Über einem Berg zerlegter Hühnerteile drehte sich müde ein Ventilator. Der blauschillernde Garnelenberg eines gegenüberliegenden Standes lag zwar auf Eis, immerhin, aber dafür tropfte das muffelnde Schmelzwasser unaufhörlich von einer Ecke der Wanne herab, bildete ein stetes Rinnsal, das in einem Riss im Asphalt verschwand. Ich blickte auf eine Kakerlake, die an der Tränke zu Brei zertreten worden war. Daneben hockten sechs Männer auf einem Pritschenwagen, barfüßig, in einem Wust aus Salatköpfen, die sie zerzupften und verkauften.

Zu alledem klebte mein Shirt an meinem Oberkörper. Es war in Chiang Mai an diesem Tag zwar nicht so heiß wie in einem Dampfbad, nur rund dreißig Grad, aber die Luftfeuchtigkeit war vergleichbar. Gut, nicht dass ich das wirklich beurteilen könnte. Ich war nur einmal in meinem Leben in einer öffentlichen Sauna gewesen, und das auch nur kurz, denn kaum war ich mit meinem Handtuch um die Hüften durch die beschlagene Milchglastür des Dampfbads geschlendert, sah ich mich mit einer Horde von hustenden, prustenden Nackten konfrontiert. Ich dachte sogleich an die zwei Kilogramm Bakterien, die auf jedem menschlichen Körper lebten – kein Witz, allein in der Armbeuge und hinterm Ohr fanden sich an die sechstausend Bakterienstämme! Ich wollte damals nur noch weg, wollte mich unter der Fußdesinfektion duschen und das Weite suchen!

Wobei ich mich im Dampfbad wenigstens in Gesellschaft von ein paar Kilogramm westeuropäischer Bakterien befunden hatte, zu denen mein Körper im besten Fall ein nachbarschaftliches Verhältnis pflegte. Was hier im tropischen Asien hinter Ohren und in Armbeugen los war, mochte man sich ja nicht im Traum ausmalen. Die Stadt war zwar nicht so groß, aber die Provinz zählte immerhin eineinhalb Millionen Einwohner, das hatte ich in Freyas Reiseführer gelesen. Genau genommen sah ich mich also mit dreitausend Tonnen fremdartigen Bakterien konfrontiert, denen ich nichts entgegenzusetzen hatte außer einer Komfortpackung antibakterieller Feuchttücher, einer Packung Durchfallmittel und so etwas wie Motivation, die derzeit auf dem Anblick von Freyas Rücken beruhte.

Wir waren mittagessen. Zum zweiten Mal in Folge. »Lass uns doch mal auf den Muang Mai Market gehen«, hatte Freya gesagt, und ich hatte ihr zugestimmt. Klar, was hätte ich auch sonst sagen sollen? Wie wäre es mal mit Mäces? Im Hannoveraner Hauptbahnhof soll es gut sein, es soll dort zwar genauso schmecken wie überall auf der Welt, aber die Toilettenreinigung wird stündlich durchgeführt, und alle tragen angeblich Mützen. Nein, nein, das war keine gute Idee, ich musste meinen Mann stehen, durchhalten, es würde wieder abklingen. Sicher würde es das. Außerdem wäre ich Freya sogar durch die neun Kreise der Hölle gefolgt. Wobei: Wespen und Fliegen auf Kadavern, überall stank, kreuchte und fleuchte es, vielleicht waren wir ja schon im zweiten, dritten oder vierten Kreis angelangt. Keine Frage, dieser Ort war der ideale Steigbügel für meine Ängste.

»Was hältst du davon?« Freya zeigte auf einen Mann, der gerade eine Schüssel mit Fischfilets in einen Wäschekorb mit Panade kippte. Er krempelte sein Hemd hoch und versenkte seine Arme bis zu den Ellenbogen in dem Brei. Danach hievte er die Fischfilets hervor, legte sie zum Abtropfen auf ein Gitter. Eine Frau – seine Frau? – frittierte den Backfisch dann in Vierer- oder Fünferportionen in einem Wok, der bis zum Rand mit siedendem Fett gefüllt war. Es zischte, brutzelte und dampfte. Die Leute standen Schlange.

»Mir ist heute nicht so nach Fisch«, antwortete ich.

Freya zuckte mit den Schultern, und es kam über mich wie eine Eingebung, eine Erscheinung, eine völlig logische Formel, die als Lösung am Ende eines langen Rechenwegs stand: Ich musste es Freya sagen. Das war es. Ich musste ihr alles sagen. Sofort. Zuallererst, dass ich mich seit drei Tagen jedes Mal von ihr vor dem Gästehaus verabschiedete, die Straße hinablief, dann umkehrte, um mich auf mein eigenes Zimmer zu schleichen. Die Mitarbeiter warfen sich schon Blicke zu. Und nicht nur das: Ich hatte durch die dünnen Wände Freya beim Duschen belauscht, sie zweimal im Schlaf sprechen hören, konnte ihr Umblättern von Zeitschriften förmlich spüren, wie sie dabei langgestreckt auf dem Bett lag, nur vier Meter von mir entfernt. Ich hatte gehört, wie sie morgens aufstand, sich die Zähne putzte, die Klospülung betätigte, nach Klamotten kramte, das Zimmer verließ.

Im Grunde hatte ich nur am ersten Tag das Gästehaus vor ihr verlassen. Nach dem Einchecken hatte ich mich mit einem Stück Seife, das im Badezimmer lag, geduscht und hatte versucht zu schlafen. Ohne Erfolg. Stroboskope flackerten unaufhörlich hinter meinen geschlossenen Lidern, während mein Hirn pausenlos Zusammenhanglosigkeiten brabbelte. Ich zog meine alten Klamotten an und brach gerädert auf, um mir neue Kleider, Kosmetik und einen Rucksack zu kaufen. Ja, ich kaufte mir einen echten Rucksack. Polyester, fünfundsechzig Liter Fassungsvermögen, dehnbare Wasserflaschenfächer, Kompressionsriemen, Brust- und Hüftgurt sowie eine Abtrennung zwischen Haupt- und Bodenfach, das ich mit allerhand neuen Klamotten befüllte.

Zurück im Gästehaus duschte ich noch einmal. Kippte mir eine halbe Flasche Shampoo auf den Schädel. Am zweiten Tag ließ ich mir am Vormittag sogar meine mittellangen, welligen Haare etwas stutzen und kämmte sie mit Gel nach hinten. Ich rasierte mich und war erstaunt, in was für ein frisches, geradezu erholtes Gesicht ich blickte. Obwohl ich nicht leugnen konnte, dass ich eine Heidenangst vor der Schere (HIV) des Frisörs hatte. Ich rasierte mich mit Trinkwasser (Cholera), mit dem ich das Waschbecken füllte. Und beim Duschen hielt ich den Mund (Typhus), so gut es ging, geschlossen. Um jeden Hund und jede Katze (Tollwut) machte ich einen weiten Bogen. Kurzum, auch wenn ich es nicht wahrhaben wollte, konnte ich es nicht leugnen. Sie war wieder da. Meine Hypochondrie.

Nicht einmal der Befund half. Im Gegenteil. Es wurde danach

nur schlimmer. Der Arzt blickte auf seinen Computerbildschirm, drehte ihn zu mir, ich sah nur Thai und Zahlenreihen, allesamt in grüner Farbe. »Alles grün, alle Werte im Idealbereich, völlig unauffällig«, sagte der Arzt. Ich hätte aufschreien, jubelnd im Kreis rennen sollen, stattdessen sprach ich meinen Alkoholkonsum an, der die Werte sicher verfälscht hatte. Zerknirscht nahm mir der Arzt ein weiteres Mal Blut ab, dieses Mal sogar er selbst. Auf dem Weg nach draußen streifte mich ein kurzes Gefühl der Erleichterung, da fiel mein Blick auf ein Plakat mit einer Bilderreihe: Links war ein blasses Kind zu sehen, traurig und kränklich, auf dem mittleren Bild eine Nahaufnahme von einer Spritze und einem Oberarm, auf dem rechten Bild lachte das Kind und spielte mit einer Katze im Hof.

Impfung.

Das war es, was in der Nacht zuvor an mir genagt hatte.

Immer wieder hatte mich Kalthand doch danach gefragt. »Sind Sie geimpft?«, und ich hatte es überhört. Ich stand in der Lobby des Krankenhauses, und meine Beine wurden wieder weich. War ich geimpft? Was empfahl die Weltgesundheitsorganisation für Thailand? Aus einem gesunden Mensch wurde schließlich schnell ein kranker Mensch. Da genügte ein Atemzug an der falschen Stelle zur falschen Zeit. Von einem Telefon in der Empfangshalle rief ich in der Praxis an. Nach zehn Minuten in der Warteschleife (Ode an die Freude in polyphonem Synthesizer-Gedudel) wurde ich zu Kalthand durchgestellt, er warf einen Blick in meine Kartei.

»Wieso sind Sie denn gegen Typhus und Hepatitis B geimpft?«, fragte er erstaunt.

»Ich war vor vier Jahren mit Tamia in Lissabon.«

»Typhus für Lissabon? Egal, also: Tetanus ist noch gut, Diphtherie gut, Polio gut, MMR gut, Pneumokokken gut. Gut, gut. Hepatitis A. Hm. Da könnten Sie eine Auffrischung vertragen. Aber nur wenn Sie wollen.«

»Und was ist mit Tollwut? Das hört man doch immer wieder.

Erst vor wenigen Wochen ist ein Tourist, der in Sri Lanka oder so war, an Tollwut gestorben. Mein Gästehaus liegt in einer Seitenstraße, da ist gestern eine kläffende Hundemeute an mir hochgesprungen. Gibt es eine Tollwut-Impfung?«, sprudelte es aus mir hervor.

»Ja, aber das Ding ist viel zu teuer und hat viel zu viele Nebenwirkungen. Hängen Sie sich einfach keine Koteletts um den Hals und hoffen auf das Beste.«

»Sehr witzig.«

Kalthand lachte. »Nein, Spaß beiseite, wenn Sie so ein Vieh wirklich beißt, dann gehen Sie dort unverzüglich zum Arzt«, antwortete er und schwieg einen Moment. Obwohl ich nichts dergleichen hörte, hatte ich das Gefühl, dass sich seine Praxistür öffnete und Frau Harkisch fauchend zum vollbesetzten Wartezimmer zeigte.

»Und was ist mit Malaria?«

Kalthand seufzte. »Junge, um so etwas kümmert man sich für gewöhnlich, *bevor* man in Urlaub fliegt.«

»Ich weiß, ich weiß, aber im Grunde bin ich ja auch nicht in Urlaub geflogen, sondern zu meiner Bestattung.«

Kalthand gluckste. »Also. Sie sind in einem Malariagebiet. Punkt. Das ist so. Es gibt zwar Schluckimpfungen, aber der Impfschutz deckt nur einen Teil der Erreger ab. Planen Sie einen Trip in den Dschungel?«

»Nein.«

»Also, wenn Sie sich nur im Stadtgebiet aufhalten, ist die Gefahr kalkulierbar. Ganz einfach: Lassen Sie sich nicht stechen. Ziehen Sie vor der Dämmerung lange Klamotten an, besorgen Sie sich ein Moskitospray, und schlafen Sie entweder unter einem Moskitonetz oder bei geschlossenen Fenstern. Sollten Sie hohes Fieber bekommen, gehen Sie zum Arzt.«

Mein zweites Blutbild zeigte keine Veränderung. Nicht einmal meine Leberwerte waren erhöht. »Sie sind kerngesund«, sagte der

Arzt, »hale and hearty«, und ich starrte ihn nur regungslos an. Ich ließ mir eine Hepatitis-Auffrischung geben und holte Freya vor unserem Gästehaus ab.

Das war vor einer Stunde gewesen. In diesem Zeitraum hatte ich mir fünfmal die Hände desinfiziert, und jetzt und hier, zwischen toten Tieren und fauligen Früchten, in diesem Moloch aus Bazillen, Bakterien und Viren sah ich es deutlicher als je zuvor: Ich musste es Freya beichten, musste meinen Dämonen die Freiheit schenken, auch mit der Gefahr, dass sie ab dann unkontrolliert im Raum geisterten. Ich meine, ich hatte mir ernsthaft kurz überlegt, mir eine Machete zu kaufen, um mich im Zweifel gegen zähnefletschende Köter wehren zu können, die mir seit meinem Telefonat mit Kalthand mit Schaum vor dem Maul an jeder verdammten Ecke dieser Stadt auflauerten. Das war doch alles nicht normal.

Wir kamen an einem Stand zu stehen, auf dem sich die Woks wie in einem Farbkasten aneinanderreihten, gefüllt mit braunen, ockerfarbenen, hellgelben und giftgrünen Brühen und Soßen, auf deren Oberfläche Fleischteile, Fische und Gemüse schwammen. Die scharfen Dämpfe von Chili und der Geruch von Zitronengras und Ingwer lagen in der Luft. Im Hintergrund versenkte ein Thai ein nacktes Huhn immer wieder in einem Topf, an einem Haken, den er dem Tier durch Schnabel und Hals gerammt hatte, er zog das Huhn daran heraus, ließ es wieder reinplumpsen, zog es wieder heraus. Dunkle Fleischbrühe schoss jedes Mal aus allen Körperöffnungen des Tiers.

Freya drehte sich zu mir um, schnell und entschlossen, sie umklammerte den Riemen ihrer Tasche so fest, dass ich die Sehnen auf ihrem Handrücken zählen konnte. Ein eigenartiger Ausdruck lag in ihren Augen. »Konstantin, es tut mir leid, aber ich kann gerade nichts essen.«

»Oh«, entgegnete ich erleichtert, »ist dir nicht gut? Hast du keinen Hunger?«

»Mir ist etwas übel, aber ich möchte auch mit dir sprechen.«

»Okay«, sagte ich. »Das trifft sich ganz gut, ich nämlich auch mit dir.«

»Sollen wir uns ein Café suchen? Wir können ja nachher was essen.«

Wir schoben uns über den Markt, einmal hindurch, bis zur Hauptstraße. Ich schwitzte, war nervös, hatte keine Ahnung, was auf mich zukam. Gestern Abend, als wir noch zusammen ein Kloster besucht hatten, hatte Freya beim Sprechen kurz ihre Hand auf meinem Handrücken abgelegt. Fast beiläufig. War das Kalkül? Absicht? Es waren nur zwei, drei Sekunden gewesen, aber ich konnte ihre Berührung noch immer spüren, die doch, ja, und so konnte man es durchaus interpretieren, mehr war als nur Beiläufigkeit, oder? Erwartete mich jetzt ein Liebesgeständnis? Und wenn ja, was sollte ich nur darauf antworten? Mit einer lustigen Metapher über Anoden und Kathoden kommen, über Plus- und Minuspole, über die Anziehung der Elektronen, bevor ich ihr erklärte, dass ich zwar voll einen an der Waffel hatte, Krankheiten imaginierte, *haha*, aber körperlich völlig gesund war?

Es war eine kleine Bar, in der wir Platz nahmen. Kein Blockhaus, aber eine recht solide Konstruktion aus Bambusholzstämmen. Wir setzten uns an einen kleinen Ecktisch, doch noch bevor ich einen Blick in die Karte geworfen, ja bevor ich überhaupt meinen Rucksack auf der Bank abgelegt hatte, fing mich Freyas Blick ein. Sie schaute mich ernst an, wirkte blass, nein, sie war blass und hatte dunkle Ränder unter den Augen.

»Ich habe MS«, sagte sie. »Multiple Sklerose.«

ACHT

»Diese Lügen liegen mir echt im Magen«, flüsterte Freya, als säße sie im Beichtstuhl. »Ich war nicht wegen einer Impfung bei Dr. Bischoff, ich bin in Koh Tao auch nicht gestolpert, und ich habe im Krankenhaus auch keine Tetanusimpfung bekommen.«

Eine Kellnerin stellte vor Freya klappernd ein kleines Holztablett mit einer Tasse heißem Ingwerwasser ab, vor mir eine Flasche Coke mit einem Glas voll Eiswürfeln, die unheilvoll klackerten. Freya hielt inne, obwohl die junge Frau mit Sicherheit keinen Ton verstand. Ich starrte Freya an, saß vor ihr, still und starr, die Hände im Schoß vergraben, aber mein Herz pochte wie wild. Freya nahm ein kleines weißes Porzellanschälchen vom Tablett, nicht größer als ein Kronkorken, kratzte den Honig darin mit ihrem Löffel fein säuberlich heraus und begann ihn wie ein Zen-Meister in ihrem Tee aufzulösen. Danach richtete sie den Henkel ihrer Tasse auf fünf Uhr aus, stellte das Schälchen an den Tischrand und legte den Löffel darauf ab.

»Ich hatte dir erzählt, dass in der Nacht nach dem Tod meines Vaters meine Füße und Hände kribbelten«, begann Freya. Ich nickte. »Ich habe damals gedacht, es sei nur wegen der Anspannung. Dann starb meine Mutter. Das Kribbeln verschwand zwar, aber meine Zehen wurden plötzlich taub. Als es nicht besser wurde, bin ich zu meinem damaligen Hausarzt. Der schickte mich zuerst zum Orthopäden. Der schickte mich zum Chiropraktiker. Der schickte mich wieder zum Orthopäden. Als das alles nichts half, landete ich schließlich in der Neurologie. C'est la vie.«

Freya saß gerade und aufrecht, regungslos, ihre Mimik zeigte keinerlei Gefühlsregung, war geradezu erstaunlich gelassen, nur in ihren Augen lag ein Schimmer, den ich bislang nur bei einem Menschen gesehen hatte: bei mir selbst, beim Blick in die Spiegel. Freya hatte Angst. Sie wirkte plötzlich so winzig und klein wie der kleinste Teil einer Matroschka, den ich bislang noch nicht zu Gesicht bekommen hatte. Dieses erhabene, übersinnliche Wesen schrumpfte vor meinen Augen, war mit einem Mal so verletzlich und zerbrechlich, dass ich laut aufbrüllen wollte. Ich kochte, schäumte vor Wut, spürte es tief in mir drin, einen abgrundtiefen Hass auf dieses elende Leben, das doch nur ein Botengang für den Tod war. »Wenn es dir unangenehm ist, mir das alles zu erzählen, dann …«

»Doch, doch!«, unterbrach mich Freya. »Ich möchte es erzählen, es ist höchste Zeit, nur alles nicht so einfach.«

»Das kann ich verstehen.« Ich sah ihren Schutzschild vor meinen Augen zerbersten, es fiel ihr schwer. »Wann hattest du denn das erste Mal die Befürchtung, dass es eine ernste Erkrankung sein könnte?«, fragte ich und hatte das Gefühl, dass meine Zunge geschwollen war.

»Ich glaube, zu keiner Zeit.« Freya begann, gedankenverloren an dem Ring an ihrem Mittelfinger zu spielen, ein schlichtes silberfarbenes Schmuckstück ohne Verzierungen oder Steine. Sie drehte ihn gedankenverloren, als würde sie eine Flasche aufschrauben. »Nicht einmal, als ich in dieser komischen Röhre lag, die mit den drei Buchstaben.«

»Du meinst wahrscheinlich MRT – Kernspintomograf.«

»Ja. Genau. Ich bin schon ganz wirr im Kopf. Nicht einmal im MRT hatte ich die Befürchtung, dass ich krank sein könnte. Hatte zu der Zeit einfach andere Sorgen. Erst in der Nachbesprechung wurde mir die ganze Sache langsam bewusst. Ich weiß noch, wie ich vor der Uniklinik stand und zitterte.«

»Konntest du mit einer Freundin oder einem Freund sprechen?«

Freya bekam glasige Augen. »Nein, das war das Schlimmste. Ich hatte mein Handy in der Hand, aber keine Ahnung, wen ich anrufen sollte. Alle waren weg. Ich weiß noch, wie ich später im Kröpcke dreimal auf dem falschen Gleis gelandet bin, wie ferngesteuert habe ich mich auf die Bahnsteige gestellt, auf dem die Rolltreppen endeten. Die ganze Zeit hatte ich die Bilder von der Mutter einer Kindergartenfreundin vor Augen. Die hatte auch MS, ich glaube zumindest, dass sie MS hatte. Für mich war sie ein Monster, ich hatte deswegen sogar Alpträume. Ihr Körper war entstellt. Beine und Arme waren schlaff und verkrampft, beides zugleich, ihre Augen waren immer weit aufgerissen, sie lag auf einem Krankenbett im Wohnzimmer, und wenn sie etwas sagte, hörte ich nur ein Röcheln. Ihre Tochter verstand dabei jedes Wort, aber ich hörte nur ein Röcheln. Es war grausam. Ich hasste es, wenn ich dorthin zum Spielen musste. Die Bilder hatte ich bis dahin völlig verdrängt«, sagte Freya.

Sie saß mir gegenüber, mit dem Rücken zum Ausgang. Ich konnte zwar nicht unter das Tischchen sehen, aber ihr Oberkörper bebte, zitterte, ganz sanft, weswegen ich vermutete, dass sie nervös mit den Beinen wackelte. Ich blickte über ihre Schulter, vorbei an dem Mobiliar, dem Tresen, den paar Gästen, blickte hinaus durch die offenen Flügeltüren. Ein tiefblauer Himmel steckte im Hufeisen aus Häusern und Straße. »Sollen wir zahlen und eine Runde um den Block laufen?«

Freya lächelte. »Gerne, ich kann nicht stillsitzen.«

»Aber seither hat sich ja auch viel getan«, nahm ich das Gespräch wieder auf, als wir in eine ruhige Seitenstraße bogen und damit – zumindest ungefähr – die Richtung zur Altstadt einschlugen. »In der Medizin, meine ich, da gibt es doch mittlerweile gute Therapien, oder?«

»Ich weiß, so bin ich bei Dr. Bischoff gelandet. Er hat scheinbar lange in einer Neurologie gearbeitet und begleitet eine Studie zu MS. Ich nehme seit mehreren Jahren Vitamin-D-Präparate und tanke so oft Sonne wie möglich. Als wir uns im Wartezimmer begegnet sind, habe ich mir vor Thailand nur ein neues Rezept geholt. Und ehrlich gesagt hatte ich meine Krankheit damals schon fast wieder vergessen. Das Taubheitsgefühl war verschwunden, ich fühlte mich fit und gut, wie vorher eben. Tja.« Freya holte tief Luft. »Bis ich an meinem Geburtstag meinen ersten, richtigen Schub hatte. Ich bin in der Nacht, als wir vom Strand kamen, einfach weggeklappt, da war kein Gefühl mehr, alles vom Knöchel abwärts war plötzlich taub. Hättest du mich nicht aufgefangen, ich wäre einfach umgefallen. Ich konnte mein Bein auch nicht wirklich heben, bin im Bungalow einfach in einen Holzsplitter im Fußboden getreten, habe mir die Fußsohle aufgerissen, ohne etwas davon zu spüren. Erst als ich das viele Blut sah, habe ich bemerkt, dass etwas nicht stimmt.«

»Deswegen bist du Hals über Kopf abgehauen?«

»Die humpelnde Yogalehrerin, die von allen betätschelt wird. Ich musste einfach weg.«

»Wissen Oriana und Werner über deine Krankheit Bescheid?«

»Klar, wir haben ja auch lange über unser Yogacamp diskutiert, es gemeinsam zu kaufen und zu bewirtschaften, da musste ich es ihnen sagen.«

»Willst du das machen? Ist es dein Traum?«

»Ich weiß es nicht, ich will einerseits schon selbstständig bleiben, den Gedanken an Selbstbestimmung finde ich einfach toll, auch wenn ich den Papierkram hasse, aber ich will mich andererseits örtlich auch nicht binden, möchte irgendwie in Deutschland und im Ausland arbeiten. Schwierig. Alles geht halt vielleicht nicht.«

Ich nickte und überlegte. »Und weshalb hast du wegen der Tetanusimpfung gelogen, das verstehe ich noch nicht?«

»Ich bin hier ins Krankenhaus, hatte ja auf der Busfahrt genug Zeit, mich zu sammeln. Ich bekomme seit fünf Tagen jeden Morgen eine Infusion mit Kortikosteroiden, daher auch das Pflaster, aber es wird nicht wirklich besser.« Freyas Stimme wurde brüchig. »Oft bilden sich die Nervenschäden nämlich wieder zurück, aber ich humple immer noch. Es wird einfach nicht besser, immer wenn ich auftrete, habe ich das Gefühl, mir fehlen ein paar Muskeln. Dabei sollte die Medizin eigentlich schnell wirken. Und schlecht ist mir heute auch schon den ganzen Tag.«

Ich dachte daran, wie ich Freya morgens belauscht hatte, wenn sie das Gästehaus verließ, immer in der Vorstellung, sie würde irgendwo frühstücken gehen. Dabei war ihr Ziel das Krankenhaus gewesen. »Das kann ja nicht so schnell gehen«, grummelte ich.

»Wie meinst du das?«

»Freya, ich kann mir denken, dass es in dieser Situation schwer ist, ruhig zu bleiben, aber fünf Tage kommen mir für eine Genesung sehr wenig vor. Überleg mal, Multiple Sklerose hat doch etwas mit Entzündungen zu tun. Wenn du richtiges Halsweh hast und Medikamente dagegen bekommst, ist am nächsten Tag doch auch nicht wieder alles in Ordnung.« Ich wunderte mich, dass solche Worte aus meinem Mund kamen. »Wie lange kriegst du denn noch Infusionen?«

»Noch zwei Tage.«

»Siehst du, das wird ja seinen Grund haben. Jetzt warte einfach mal ab. Das wird. Und du musst auch bestimmt keine Angst haben, so wie die Mutter deiner Freundin zu enden. Ich kann mir vorstellen, dass das schreckliche Erinnerungen sind, aber das ist fünfundzwanzig oder dreißig Jahre her. Ich habe darüber zufällig letztens einen Fachartikel gelesen«, log ich und räusperte mich, denn ich hatte ihn natürlich nicht zufällig gelesen. »Auch wenn MS nicht heilbar ist, ist die Forschung sehr weit, sodass der Verlauf ganz gestoppt werden kann.« Freya presste die Lippen aufeinander, ein Lächeln grub sich durch ihren bekümmerten Gesichtsausdruck. Ihre Augen füllten sich mit Tränen, was mir schrecklich unangenehm war. Ich wollte nicht, dass sie sich diese Blöße gab. Nicht hier, auf offener Straße, nicht vor mir. Ich sah weg, nahm interessiert den Aufsteller eines Restaurants ins Auge und fragte übertrieben frohsinnig: »Aber warum bist du nach Chiang Mai gefahren, gibt es hier eine gute Neurologie?«

»Nein. Ich wollte zu Mo Pu.«

»Mo Pu«, murmelte ich, als würde sich der Sinn des Begriffs erschließen, wenn ich ihn aussprach. Aber es fiel kein Groschen. »Mo Pu?«

»Ja. Oriana hat von ihm erzählt, an meinem Geburtstag, am Strand. Mo Pu ist, ja, was eigentlich? Ein Yogalehrer? Medizinmann? Meditationsmeister? Keine Ahnung, bisschen von allem, er ist so ein Kauz, der in einem Bergdorf im Dschungel wohnt. In der Yoga-Szene ist er bekannt, er beherrscht viele Atemtechniken, gibt auch im Internet Videos von ihm. Schon vor drei Jahren wollte ich ihn besuchen, hat aber nicht geklappt.«

»Du denkst aber nicht, dass er dich heilen kann oder so?«, platzte ich heraus.

Freya lachte. Sie wirkte gelöst und befreit. Unendlich müde, aber gelöst und befreit. »Nein, natürlich nicht, obwohl ich auf der Busfahrt ein bisschen davon geträumt habe, dass er irgendeine Wunderwurzel aus der Erde zaubert. Aber nein, ich habe nie angenommen, dass er MS heilen kann, bestenfalls, dass er mir ein paar Übungen zeigen kann, wie ich meinen Schüben entgegenarbeiten kann. Ich will, dass er mir die Nauli-Atmung beibringt, das ist eine der sechs Kriyas im Hatha-Yoga. Eine Atemtechnik zur Massage der Bauchorgane, sauschwer zu lernen, dazu braucht es einen ordentlichen Lehrer. Er erteilt für tausend Baht Einzelstunden, zumindest wenn er die Leute mag. Oriana war bei ihm. Werner hat er wieder weggeschickt.«

Ich konnte mir ein Lächeln nicht verkneifen, sah Werner förmlich vor mir im Urwald stehen, verschwitzt, muskelbepackt und völlig aufgelöst, wie er noch zum Beweis seiner Würdigkeit vor Mo Pu eine Kokosnuss mit seinem Ring schälte und trotzdem seines Weges geschickt wurde.

Freya bemerkte meinen Gesichtsausdruck. »Du kannst nicht wirklich mit Werner, oder?«

»Nicht wirklich. Hast du deswegen auch den Anbieter für Individualtrips im Reiseführer angekreuzt?«

»Ja, anders kommt man da nicht hin. Den Aufstieg ins Dorf kann man zwar alleine machen, da gibt es auch einen Bungalow, in dem man schlafen kann, aber es muss einen jemand am Ausgangspunkt absetzen und abholen.«

»Klingt abenteuerlich.«

»Ja«, sagte Freya und sah mir tief in die Augen.

In diesem Augenblick setzte die Dämmerung in meinem Hirn ein, und wenngleich noch etwas Frühnebel meine Gedanken verschleierte, so warf das erste Flimmern unter meiner Schädeldecke sein grelles Licht unmissverständlich gen Norden. Ich blickte mich kurz um, überall heilige Häuser, Beton, Strom- und Wasserleitungen, ein Hort der Zivilisation, der ganz zu Recht die Sicht auf den Dschungel verdeckte. Wo war Norden? Ich wusste es nicht, wollte es in diesem kurzen Augenblick, in dem der Tag in meinem Kopf anbrach und mein Herz auf den Grund der Erkenntnis sank, auch gar nicht wissen. »Du willst doch nicht … mit deinem Fuß … Ich meine, hast du wirklich vor …«, stammelte ich.

»Klar, ich will in drei Tagen aufbrechen. Heiligabend im Urwald. Ist das schräg? Begleitest du mich?«, fragte Freya und nahm meine Hand.

NEUN

Kapsel: Kennt sich hier irgendwer mit malaria aus?

Klappcouch0815: Heeeyyyy! Welcome back, Kapsel!

ÄskulaPatchouli: dass du dich nochmal meldest, wegen dir habe ich schilddrüsenunterfunktion!!!!

Kapsel: Was?

ÄskulaPatchouli: dein verdammter löffeltrick, ich war beim arzt, ergebnis: schilddrüsenunterfunktion, dank auch

Klappcouch0815: Genau, und da kann jetzt Kapsel was für, dass Du krank bist?! Solltest ihm eher danken!

Dorfneurotiker: Ich versteh kein wort, hattest du nicht schmerzen in der nierengegend?

ÄskulaPatchouli: das war nur eine zerrung.

MorgionLöwenherz: Tut mir leid, ÄskulaPatchouli, hast du starke Schmerzen?

ÄskulaPatchouli: danke, es geht, fühl mich nur ein wenig kopflos

Klappcouch0815: Freunde, ich will hier nix verharmlosen, aber Hypothyreose ist eine Volkskrankheit, das ist jetzt kein Weltuntergang.

ÄskulaPatchouli: kein weltuntergang? kein weltuntergang?!!! ich muss hormonersatzpräparate nehmen! mögliche nebenwirkungen: herzrasen, schwitzen, durchfall, zittern und noch so vieles mehr, ich kriege schon schweißausbrüche, wenn ich nur den beipackzettel durchlese!

MorgionLöwenherz: Und Du stopfst den Pharmaunternehmen die Taschen – mach doch mal einen Termin beim Homöopathen!

Dorfneurotiker: Dem freund meiner mutter haben sie die schilddrüsen entfernt, überhaupt kein thema, muss halt auch pillen schlucken, aber sonst geht's ihm gut – sogar seine depressiven verstimmungen sind verschwunden

Klappcouch0815: Geht's Dir denn besser mit der Medizin, ÄskulaPatchouli?

ÄskulaPatchouli: ja, bin nicht mehr so traurig, aber verstehst du nicht: ich muss den rest meiner tage medizin nehmen!!!! ich habe, seit ich die tabletten schlucke, auch so ein komisches pochen im hals bemerkt, dort, wo die schilddrüsen liegen – kennt das jemand?

Dorfneurotiker: Das ist dein puls, hat jeder mensch.

Klappcouch0815: ☺ ☺ ☺

ÄskulaPatchouli: sehr witzig

Kapsel: Kennt sich nun irgendwer mit malaria aus? Irgendwelche erfahrungen?

Klappcouch0815: Nope.

Dorfneurotiker: Malaria is echt übel, warum fragst du?

Kapsel: Ich muss in ein Malariagebiet reisen.

ANGEL: Shiiitttt! Da stärben jährlich paar Millionenn Menschen dran!

Klappcouch0815: Ich dachte, Du bist schon längst in Thailand, das ist doch dort ohnehin alles Malariagebiet?! Oder nicht?!

ÄskulaPatchouli: endlich sagt es mal einer, ich glaube kapsel nämlich auch kein wort mehr, erst faselt er etwas von krebs, dann vom äquator, jetzt von malaria – der ist doch nur ein trittbrettfahrer, der sich nur an unseren sorgen, ängsten und problemen labt! der will nur unruhe stiften

Klappcouch0815: @ÄskulaPatchouli: Komm mal runter! Die Äquatorsache war doch nur eine Metapher auf den Tod.

ÄskulaPatchouli: Was?

Kapsel: Was?

Klappcouch0815: @Kapsel: Wir haben das schon verstanden,

hier sind nicht alle auf den Kopf gefallen. @ÄskulaPatchouli: Seine Reise auf dem Äquator war eine Anspielung auf den Tod. Äquator = Nullinie. Kapiert? Ich fand den Gedanken irgendwie schön, dass er uns diese Vorstellung von sich hinterlassen wollte.

MorgionLöwenherz: Habe ich auch so verstanden. Hatte so etwas hoffnungsvolles.

Kapsel: Leute, ich habe nur gesponnen, und mir überlegt, von indonesien über die galapagosinseln nach ecuador und weiter nach kenia zu reisen, den ganzen äquator entlang. Gibt da total viele orte, die niemand kennt und das klima ist recht konstant – nach der letzten zeit könnte ich das ein paar wochen oder monate gut gebrauchen: Konstanz.

ANGEL: ☺ ☺ ☺ Konstanz liegdt doch nicht auf dem Äquator, das ist am Bodensee! ☺ ☺ ☺

Klappcouch0815: Konstanz ist das Substantiv von konstant.

Dorfneurotiker: Ich habe das mal gegoogelt. Nicht alle gebiete in thailand sind gleich gefährlich. Große Städte sind in der Trockenzeit so gut wie malariafrei. Ich nehme an, du planst eine trekkingtour?

ANGEL: Trekking?

Dorfneurotiker: Wanderung.

Klappcouch0815: Mit Übernachtung?

Dorfneurotiker: Also, hier steht weiter, dass malaria durch den stich der WEIBLICHEN fiebermücke übertragen wird. Die symptome sind hohes, wiederkehrendes bis periodisches fieber, schüttelfrost, durchfall und krämpfe – hast du was davon?

ÄskulaPatchouli: wieso hast du weiblich groß geschrieben?

Dorfneurotiker: Was?

ÄskulaPatchouli: WEIBLICH – wieso hast du das wort in großbuchstaben geschrieben?

Klappcouch0815: Spüre ich die Tage leichten Gram in unserer Plauderrunde?

Dorfneurotiker: @ÄskulaPatchouli: Reg dich ab, sollte nur ein belangloser witz sein.

ÄskulaPatchouli: mit »belanglosen« witzen beginnt jede form der erniedrigung!

Dorfneurotiker: Was regst du dich eigentlich so auf? Bist du nicht ein mann?

ÄskulaPatchouli: was hat das damit zu tun?

MorgionLöwenherz: Manchmal lässt sich das auch gar nicht so genau definieren!

Dorfneurotiker: Hast du einen zipfel zwischen den beinen, dann bist du für gewöhnlich ein mann, so einfach ist das!

MorgionLöwenherz: Wie ich diese Vereinfachungen verabscheue!

ÄskulaPatchouli: hallo?

ANGEL: Igitt, ich habe auch mal nachgelesen, bei Malaria vermähren sich Parasitten in der Leber. Da platzt auch wass auf! Das ist ja ekelig! Hast du ger keinen Leberkrebs sondern Maraliua?

MorgionLöwenherz: Er war doch im Kloster!

Klappcouch0815: Warst Du in einer Klinik?

Dorfneurotiker: Er muss ins Malariagebiet, hat er doch geschrieben. Also. Ich habe quer gelesen. Wenn du schon bald aufbrichst, dann nützt eine schluckimpfung nichts mehr, wobei die auch nur gegen einen teil der parasiten wirken würde. Das beste ist, wenn du dich – so blöd es klingt – nicht stechen lässt, steht hier überall. Du solltest lange kleidung tragen, am besten helle kleidung, denn von dunkler kleidung fühlen sich die moskitos angezogen, dusche dir den schweiß ab, der lockt die mücken ebenfalls an, und schlafe bei geschlossenen fenstern und unter einem moskitonetz, und sprühe dich vor der dämmerung mit moskitospray ein – die drecksviecher sind nachtaktiv!

Klappcouch0815: Finde ich unschlüssig. Mag sein, dass die Mücken nachtaktiv sind, aber die verschwinden ja tagsüber nicht in einem Paralleluniversum. Sprich: Die Tiere lassen sich sicher aufscheuchen, wenn man durch das Unterholz streift. Bist Du auf Trampelpfaden unterwegs?

Dorfneurotiker: Und hast du stichfeste kleidung? Absurderweise sind in dem onlineshop, in dem ich gerade parallel surfe, alle stichfesten klamotten schwarz – so was behämmertes!!!!

Klappcouch0815: Wenn die Kleidung stichfest ist, kann sie ja auch schwarz sein …

ANGEL: Hä?

MorgionLöwenherz: Lange Kleidung, bei dem Wetter.

ANGEL: Ist doch ok, ist dohc eiskalt!

MorgionLöwenherz: Aber doch nicht in Thailand!

Dorfneurotiker: Bei mir schneit's.

Klappcouch0815: Bei mir regnet's

ANGEL: Bei mir ist es schion dunkel

Kapsel: Wisst ihr, was mir gerade im kopf rumschwirrt?

Dorfneurotiker: Eine malariamücke?

Klappcouch0815: Eine WEIBLICHE!

Dorfneurotiker: ☺ ☺ ☺ ☺

ÄskulaPatchouli: ☹

Kapsel: Ich glaube, ich begreife so langsam den Unterschied zwischen Wahrheit und Wirklichkeit.

ANGEL: ???

Kapsel hat das Forum verlassen.

Dorfneurotiker: WTF

ÄskulaPatchouli: besser so

Klappcouch0815: Kapsel?

ZEHN

Die Zeit perlte an dem Morgen herunter, prallte an ihm ab, als könnte sie dem Tag nichts anhaben. Ich hatte sogar ein Liedchen auf den Lippen, als ich vor das Internetcafé trat. Es war warm, die Luft roch sauber, ein leichter Wind wehte durch Chiang Mai, feine Wolkenfäden zogen wie feiner Pfeifenrauch über den tiefblauen Himmel, und zugegeben, ich war vielleicht geistig und seelisch nicht ganz auf der Höhe, der Ausflug in den Dschungel nagte an mir, aber noch waren wir ja in der Stadt.

Ich kippte mir etwas Desinfektionsmittel in die Handflächen, um meine Gedanken an die Computertastatur zu verwischen, um alle Viren abzutöten, bevor sie in meinen Organismus gelangen konnten. Es brannte. Ich sog kurz den antiseptischen, chemischen Duft ein wie ein Junkie, der Klebstoff schnüffelte, und dachte: Wozu sorgen? Ich war doch gesund, noch in der Stadt, hatte also die Kontrolle, es war ein schöner Tag, und zu allem Überfluss kam mir Freya auf dem Bürgersteig entgegen.

Das war kein Zufall. Wir hatten uns in einem kleinen Café nur zwei Häuser weiter verabredet – ein Laden, der den besten Mango-Smoothie der Welt verkaufte, so süß, intensiv und fruchtig, als hätten ihn Bienen gesammelt. Ich ließ das Desinfektionsmittel schnell in meinem Rucksack verschwinden und bemerkte dabei Freyas Lächeln, ein breites, selbstsicheres Lächeln, das alles durchdrang, alles erfasste, ja selbst die Welt in ihrer Bahn hielt. Mit ihrer rechten Hand fixierte sie ihre Tasche, die über ihrer Schulter hing. Den Daumen unter den Tragriemen geklemmt, streckte sie kurz die anderen Finger zur Begrüßung in die Höhe und strahlte mich an, während sie zwei anderen Touristen auswich. Ich lächelte natürlich zurück, dieser innigen Freude war man ja regelrecht ausgeliefert, da wurde mir klar, dass ihr Humpeln verschwunden war.

»Weg!«, rief ich ihr entgegen und zeigte mit beiden ausgestreckten Armen auf ihre Beine, als hätte ich einen Touchdown gemacht. »Es ist weg!«

Freya machte einen kleinen Knicks vor mir wie eine Ballerina. »Jupp«, flötete sie und lächelte.

»Ich hab's ja gesagt! Warte die Infusionen ab!«

»Stimmt. Das hast du gesagt, aber das Humpeln war ehrlich gesagt schon fort, bevor ich heute Morgen zur letzten Infusion ins Krankenhaus aufgebrochen bin.«

»Und? Alles wieder normal? Auch kein Taubheitsgefühl mehr?«

Freya schüttelte fast verlegen den Kopf.

»Ich freue mich!«, rief ich.

»Ich mich auch. Bereit für die Vitaminbombe?«

Freya nahm an einem Tischchen im Außenbereich Platz, ein hübsches kleines Separee, das mit einem dichten Bewuchs aus Schlingpflanzen an Trennwänden vom Gehsteig und der Straße abschirmte. Der Verkehr brummte wie eine Hummel, und ich ging, nein, ich stapfte zum Tresen und posaunte die Bestellung in den Raum, dazu bestellte ich zwei Kaffee, ein paar Kekse und, was sollte der Geiz, Schokoladenkuchen und ein Cremetörtchen. Durch das Fenster betrachtete ich Freya. Sie saß mit dem Rücken zu mir, aufrecht, leicht seitlich. Sie trug ein Trägershirt und sah wunderschön aus. Die Sonne fiel auf ihre nackten Schultern, die hellgrünen Blätter der Schlingpflanzen bewegten sich leicht im Wind, schillerten im Sonnenlicht, umflossen sie wie ein Wasserspiel. Und die Art, wie sie dabei ihren Kopf hielt: Freya saß Modell, ohne es zu wissen.

Das Kreischen des Mixers riss mich aus meinen Gedanken. Der Thai zerhäckselte Eiswürfel, seine Kollegin schälte eine Mango.

Das Schneidebrett, auf dem die Frau arbeitete, war aus Holz, aus rissigem Holz, wobei das nicht das Problem war. Die Gerbsäuren des Holzes waren ja scheinbar gute Keimkiller, wesentlich besser als Plastikbretter. Das hatte ich letztens in einer Kochsendung gehört und danach meine Küchenutensilien modifiziert. Was mir eher zu denken gab, war, dass sie keine Handschuhe trug und das nackte Fruchtfleisch berührte. Hatte sie ihre Hände gewaschen? Und wenn nicht, was hatte sie zuvor angefasst? Hatte sie sich vielleicht unbewusst am schuppigen Kopf gekratzt oder gar am Hintern? Hatte sie vielleicht Seife auf dem Klo nachgelegt, den Türknauf der Toilette dabei gedreht, den seit seinem Einbau niemand mehr gereinigt hatte?

»Gab es keinen Smoothie?«, fragte Freya, als ich das Tablett vor ihr auf das runde Tischchen stellte.

»Joa«, sagte ich. »Ich habe uns dafür aber Wasser mitgebracht.«

»Schade«, raunte Freya, da schnellte sie plötzlich nach vorne und schnappte meine Unterarme. »Was ist denn mit deinen Händen los?«, fragte sie bestürzt und begutachtete meine Nagelbetten, die vom ganzen Desinfektionsmittel entzündet waren. Die Haut fühlte sich wie Backpapier an.

»Nix, nix, alles gut, habe nur eine Seife im Gästehaus nicht vertragen. Allergie«, log ich.

Sie musterte mich misstrauisch und wandte ihre Aufmerksamkeit einem jungen, westlichen Pärchen zu, das neben uns Platz nahm. Der Mann war zierlich und klein, was aber auch nur ein Eindruck wegen seiner mächtigen, blonden Rastas sein konnte, die er wie einen bienenstockgroßen Turban auf seinem Schädel aufgetürmt hatte. Er ging in das Café, um die Bestellung aufzugeben. Die Frau wickelte einen pausbäckigen Säugling aus einem blassgrünen Bauchtragetuch. Sie legte sich das Baby an die Brust, sodass es noch über ihre Schulter blicken konnte. Der Kopf des Kindes wackelte leicht auf der vagen Fixierung des Rumpfes. Es nahm mich mit großen Augen ins Visier. Spuckebläschen zerplatzten zwischen seinen Lippen, eine milchige Flüssigkeit tropfte aus seinem Mundwinkel.

Freya lächelte. »Süß, oder?«

»Ziemlich ekelig.«

»Idiot.«

»Idiotin.«

»Willst du eigentlich mal Kinder?«

Noch bevor ich die Tragweite der Frage erfasst hatte, wusste mein Körper über die drohende Gefahr Bescheid. Mein Mund war mit einem Mal staubtrocken, mein Puls schabte und kratzte an der Innenseite meines Halses. Gestern hatte mich Freya schon nach Tamia gefragt. Wir hatten zusammen Abend gegessen, und zwischen zwei Löffeln aus ihrer Tom Kha Kai glitt die Frage fast beiläufig zwischen ihren öligen Lippen hervor, wie ein Atemzug, das Selbstverständlichste der Welt: »Deine Ex-Freundin, diese Tamia – Tamia, richtig? –, hängst du eigentlich noch an ihr, liebst du sie noch?« Sie lächelte. Ich schluckte, bestellte schnell ein Bier zu meiner Suppe. Ihr Löffel fuhr derweil zurück in die Schale, ihr kleiner Finger vom Besteck leicht abgespreizt. Ihre Stirn legte sich fachmännisch in Falten, sie fügte hinzu: »Die Suppe ist echt lecker, oder?«

Was sollte ich darauf antworten?

Die Suppe war kochend heiß, höllisch scharf und sicher virenfrei. Also ja, eine sehr gute Suppe, nein, fast schon vorzüglich war diese Suppe, die ganz sicher aus frischen Zutaten hergestellt worden war. Ich persönlich schätzte auch den dazu gereichten Limettenschnitz, denn ein paar Tropfen Zitrussaft vermochten das Aroma noch hervorzuheben, vom Vitamin C ganz zu schweigen. Also war es obendrein auch eine gesunde Suppe, eine ausgewogene Mahlzeit, ja, ja – und Tamia?

Nuuuuun, es war vorbei.

Aus und vorbei.

Eindeutig.

Liebe kommt, Liebe geht.

So ist das.

»Liebe ist nicht gerecht«, hörte ich mich plötzlich selber sagen, blickte dabei in Freyas aufmerksamen Gesichtsausdruck und wusste: Saublöder Einstieg in das Thema, aber jetzt musste ich weiterreden, durfte bloß nicht aufhören zu sprechen. »Weil, ähm, diejenigen, die die Liebe am nötigsten brauchen, scheitern an ihr; diejenigen, die sich ihr klischeegeladen und kopflos in die Arme werfen, weil sie Erlösung suchen, greifen ins Leere; diejenigen, die sich aus Verlustängsten erneuern oder ändern wollen, die krampfhaft alles richtig machen wollen, sich anpassen, werden unehrlich, und die Liebe merkt es meist als Erstes und zieht sich still und leise zurück. Denn Liebe ist nicht nur nicht gerecht, sie ist sensibel, wetterwindig, eine echte Zicke – und sie ist eine wählerische Schlampe. Außerdem haben Tamia und ich nie wirklich zusammengepasst. Daran besteht für mich kein Zweifel mehr. Gut, was natürlich im Nachhinein auf jedes Pärchen zutrifft, das sich trennt. Soll ich dir was sagen: Die Tücke liegt im Anfang. In den ersten Wochen und Monaten ist alles befreit und grenzenlos, das Eigeninteresse gilt ausschließlich dem Partner, weswegen alle Kompromisse im Grunde auch keine Kompromisse sind: Sie sind Eigennutz. So. Und irgendwann beginnt diese falsche Selbstlosigkeit dem Ende entgegenzurieseln, wenn man nichts dagegen tut. Aus Träumen erwachsen Erwartungen, und man kann der eigenen Welt beim Schrumpfen zusehen. Da hilft dann folglich nur ausmisten. Tamia hat mit mir begonnen. Klar, das ist nicht schön gewesen, aber jetzt ist es vorbei, eindeutig, und ja: Ich schleppe sicherlich noch allerhand Trödel aus alten Gefühlen mit mir herum, den ich nicht richtig losbekomme, aber bekommt man das jemals, wenn man über mehrere Jahre ein Paar war? Und wird nicht jede neue Beziehung zu einem Abbild der alten Beziehung, wenn man den ganzen Gefühlströdel einfach verramscht? Wenn man jede schöne und schmerzhafte Erinnerung auszumerzen versucht, einen Neubeginn quasi erzwingen will?«

Freya nickte gedankenverloren. Hatte ich meinen unvorteilhaften Einstieg zerredet und zudem ihre Frage beantwortet? Mitnichten. Sie schien jedenfalls meinem Geschwafel etwas abgewinnen zu können, eine Wahrheit darin zu erkennen, die mir selbst noch verborgen war. Mir offenbarte meine Antwort vielmehr die große Frage dahinter: Was, wenn ich mit Tamia doch nicht fertig war? Ich nahm einen tiefen Schluck Bier und schob die Suppe von mir. Konnte es sein, dass alles, was ich tat, mich nur von Tamias Verlust ablenkte? War ich ein Spielball meines Unterbewusstseins?

Nein. Das konnte nicht sein.

Ich war doch verliebt, in Freya, nein, ich war regelrecht verschossen, verknallt, über beide Ohren. Alle Indizien, fiebriges Herz und schwitzende Hände, Gedanken an die Geliebte in endlosen Reflexionsschleifen, deuteten zweifelsfrei darauf hin.

»Ob ich Kinder will?«, wiederholte ich nun Freyas aktuelle Frage und stopfte mir den Mund mit einem Stück des pappigen Schokokuchens voll, der mir meine Zunge an den Gaumen kleistere, ich brummte Entschuldigungen durch die Zuckerpampe hindurch, ich kaute, schmatzte, schluckte – man sprach ja nicht mit vollem Mund – und verschaffte mir so wichtige Sekunden, um mich strategisch aufzustellen. Ich nahm einen Schluck Kaffee. »Weißt du, wie viele Kinderkrankheiten es gibt?«, fragte ich.

Freya lächelte. »Nein. Mal im Ernst: Willst du Kinder?«

»Ich meine es ernst. Mein kleiner Bruder hat zwei Kinder, eines ist seit zwei Jahren im Kindergarten, das andere seit einem Jahr in einem Hort. Das sind Seuchenstationen. Ich habe mich mal angesteckt, nur eine Erkältung, bei meiner gut einjährigen Nichte – es war ein Horrortrip! Nicht vergleichbar mit einer gewöhnlichen Erkältung. Zwei Wochen war ich völlig neben der Spur. Ich dachte, ich liege im Sterben. Wenn du mich fragst, werden in Kindertagesstätten Kampfmittel gezüchtet. Keine Bomben sollten wir über Kriegsgebieten abwerfen: Kita-Rotz würde vollauf genügen!« Freya lachte laut auf. Ich nippte stolz an meinem Kaffee. Gefahr gebannt. »Willst du mal Kinder?«, gab ich die Frage zurück.

»Ich wollte immer, aber ich habe auch keine Lust, dass mir mein Kind irgendwann die Schnabeltasse an den Mund setzen muss.«

Ich kniff kurz die Lippen zusammen. »Na ja, wenn überhaupt, dann müssen sich eher deine Enkelkinder um dich kümmern. Ich war vorhin ein bisschen im Internet unterwegs. Da gibt es viele Statistiken und Studien zu MS, das sieht eigentlich alles ganz vielversprechend aus.«

»Das mag ja sein, aber Angst ist eben ein Gefühl.« Freya seufzte. »Und Gefühle interessieren sich nicht für Statistiken.«

»Freya, in den letzten zwanzig Jahren hat sich so viel getan, vielleicht lässt sich die Krankheit in zehn, zwanzig Jahren ja vollständig aufhalten.«

»Du denkst sehr positiv.«

»Das ist mir neu.«

»Hast du im Netz eigentlich mal nach Mo Pu geschaut?«, fragte Freya schmunzelnd und nahm sich einen Keks. Sie biss ab, das Ding sah zwar saftig aus, aber krachte so laut, dass der Säugling zusammenzuckte.

»Habe ich. Sieht für mein Dafürhalten gar nicht so kauzig aus. Ganz normaler Typ, irgendwie. Wobei ich auf einem Blog gelesen habe, dass er gar nicht in dem Dorf wohnt, sondern man noch einmal zwei Stunden zu ihm aufsteigen muss.«

»Das stimmt, ist so. Ich habe uns vorhin übrigens auch die Tickets gebucht, morgen holt uns der Transport am Gästehaus ab.« Sie verzog das Gesicht. »Um fünf Uhr morgens.«

Homöopathische Turmeric Kapseln gegen Übelkeit (80 Baht), 10 Beutel Gastro Dismoll gegen Sodbrennen und Übelkeit (200 Baht), 18 Kapseln Imodium gegen Durchfall (147 Baht), 20 Tabletten Ibuprofen 400 gegen Fieber und Schmerzen (100 Baht), 20 Beutel Oreda R.O. Elekrolytpulver zum Auflösen (100 Baht), Sketolene-Spray gegen Moskitos (75 Baht), ein kleines Fläschchen Povadine zur Desinfektion von Wunden (25 Baht),

30 Deluxe-Vitamin-Kapseln von Real Elexier auf rein natürlicher Basis (700 Baht) – das Immunsystem wollte ja gerüstet werden für den Ausflug ins Grüne – sowie eine Schere, eine Handvoll Energieriegel, Sonnenmilch (LV 30) und Pflaster (zusammen 825 Baht).

Die Augen der Apothekerin leuchteten, als ich eine knappe Stunde später meine Einkäufe mit ihr zusammenstellte. Freya war zurück ins Gästehaus gegangen, sie wollte Yoga machen. Ich stolperte kreuz und quer über die brüchigen Bordsteine und Straßen, besorgte Medizin, lange Kleidung, stichfest und hell, Trekkingschuhe, Handtacker, zwei Taschenlampen, drei Rollen Panzerklebeband sowie drei Moskitonetze. Außerdem Klebstoff und eine Digitalkamera mit Minidrucker, ich musste mich mal wieder meinem Tagebuch widmen. Und mit jedem Mal, wenn die Kasse in irgendeinem Geschäft piepte, fühlte ich mich eine Spur sicherer, gewappnet und gerüstet. Es gab ja in unserer modernen Zeit jede Menge Waren, die das Risiko des Lebens auf ein Minimum reduzierten, so schnell wurde aus einem Himmelfahrtskommando ein Abenteuer. Das war es, versuchte ich mir immer wieder einzureden: ein Abenteuer.

Die Sonne blendete. Ich kniff die Augen zusammen und überquerte gerade die Ratchamanka Road in der Altstadt. Ich wich behände Tuk-Tuks und Taxis aus, was gar nicht so einfach war, mit meinen ganzen Tüten war ich breiter als sonst. Für Fußgänger jedweder Art wurde ohnehin nicht ausgewichen oder gebremst. Ich entdeckte eine Kreidetafel vor einem Restaurant, die Kanten geschmückt mit goldfarbenem Lametta und roten Christbaumkugeln. Für übermorgen wurde ein üppiges Menü in Aussicht gestellt: Gans in vier Gängen, mit Glühwein vorweg, da fiel mir ein nicht ganz unerhebliches Detail wieder ein. Weihnachten. *Heiligabend im Dschungel.* Schöner Schlamassel. Ich brauchte natürlich noch ein Geschenk für Freya. Nur was?

Ich setzte mich in eine Bar, bestellte eine Margarita und starrte die Tischdekoration aus Engelchen an, die nicht wirklich in meinem Kopf ankam. Ich hatte es in den letzten Tagen immer wieder gesehen, den ganzen Nippes aus Kunstschnee, Lichterketten und Nikoläusen, zweimal waren Thailänder mit roten Mützen auf einem Moped an mir vorbeigesaust, aber trotzdem kam Weihnachten nicht bei mir an. Das Fest gehörte einfach nicht hierher, war ein eingeschlepptes Ritual, außerdem war es heiß, die Luft flirrte, mein T-Shirt klebte an meinem Oberkörper wie ein feuchter Putzlappen, Schweiß stand mir auf der Stirn, und schon am Vormittag fühlte ich mich wie in die Pfanne geklatscht. Wie sollte denn da Weihnachtsstimmung aufkommen?

Ich dachte an den Weihnachtsmarkt an der Hannoveraner Stadtkirche, an den Geruch von gebrannten Mandeln und Rostbratwürsten, die ewige Leier aus Ohrwürmern, die einem an jeder Ecke in die Gehörgänge krochen. Ich dachte an das ewige Trampeln auf den Füßen, damit einem warm wurde, und an Glühwein, der einem den Kopf zu Boden drückte. Ich dachte an das obligatorische Fondue an Heiligabend mit meiner Mutter und meinem Vater, bevor am ersten Feiertag mein Bruder mit seiner Familie eintrudeln würde. Geschenke, Völlerei, Rumdödeln – ich fand Weihnachten vom Prinzip nicht übel und musste endlich meiner Familie schreiben, dass ich mich dieses Jahr einmal empfahl. Ich schob es schon viel zu lange vor mir her.

Obwohl ich bis vor zwei Tagen ja nicht einmal selbst gewusst hatte, wo ich Weihnachten sein würde. Da hatte ich mich eher an einem Tropf an der Uniklinik gesehen, eingeflogen mit einem Rettungsflieger, meine Familie um mich, die mir letzte Sätze mit auf den Weg gab. Jetzt waren die Fronten geklärt, wieder einmal, und ich durfte es nicht mehr aufschieben, musste ihnen nicht nur schreiben, dass ich Weihnachten in den Tropen sein würde, sondern dass wir uns nicht einmal zu einem Videotelefonat verabreden konnten. Außer im thailändischen Dschungel war es mittlerweile nicht anders als in Chiang Mai, wo man sich schon siebzig Meter tief in der Erde vergraben musste, um keine Internetverbindung zu haben. Man hatte ja heutzutage den Eindruck, ohne WLAN kam die Statik der Welt aus dem Gleichgewicht.

Die Idee für Freyas Geschenk fiel mir wie Schuppen von den Augen. Ich kippte mir meinen Cocktail in den Hals, marschierte aber zunächst in das Internetcafé zurück. Meine Mutter war mir jedoch zuvorgekommen. In den letzten beiden Stunden, seit ich das letzte Mal mein Postfach gecheckt hatte, hatte ich eine beeindruckende Menge Mails von ihr erhalten. Acht an der Zahl. Mit recht wütendem Unterton, was nicht unbedingt der Wortwahl zu entnehmen war, sondern der Menge an verwendeten Ausrufezeichen. Bereits in der ersten Mail fiel das Wort *Thailand*. In der zweiten Mail stand etwas von *Tamia*, in der vierten etwas von *Edelsteinen* und *Flüchen.* In der letzten Mail las ich schließlich den Namen *Käthe.* Mein Herz wurde kurztaktiger. Irgendwo stand auch etwas von Leben und Tod.

ELF

Ich erzählte ihr alles. Ich erzählte ihr von meiner Hypochondrie, von dem Luftschutzbunker und dem Gutachten, ich erzählte ihr von der Beruhigungsspritze in Hannover und den zwei Blutbildern in Chiang Mai, ich erzählte ihr von Tamia, dem Nachruf, von Käthe, dem Edelstein und den Gästezimmern, ja, auch davon erzählte ich ihr, und auch, dass ich manchmal das Gefühl hatte, nach außen hin zu leben, während ich innen drin starb, und dann erzählte ich ihr – weil ich Angst hatte, nicht alles gesagt zu haben, bevor sie zu Wort kam –, dass ich mich als Kind immer gefragt hatte, weshalb Tarzan im Dschungel immer so aalglatt rasiert war, einen Rasierer wird er ja schließlich nicht besessen haben. Erstens. Und zweitens: Wenn Tarzan wirklich die Möglichkeit gehabt hätte, sich zu rasieren, mit einem scharfen Stein oder so, warum hätte er das tun sollen? Er lebte schließlich zwischen Affen!

»Apropos, ich habe übrigens einen Rasierer, einen Nassrasierer und Rasierschaum gekauft, alles schon verstaut und gepackt für morgen, für den Urwald, vorausgesetzt du nimmst mich noch mit«, sagte ich, holte kurzatmig Luft und schob hinterher: »Nimmst du?«

Freya blickte mich wortlos an. Ich schluckte. Sie saß auf der Bettkante, ein Bein unterm Gesäß. Ich stand immer noch auf der Galerie, auf dem zum Innenhof geöffneten Laubengang. Ich hatte im Grunde nur geklopft, die Tür aufgestoßen und zu erzählen begonnen. Die Zeit wurde zum ganzen Raum, in dem ich mich nervös umsah. Ich sah die Zeitschriften, dachte an das Geräusch, das die Seiten beim Umblättern gemacht hatten. Ich sah den Rucksack, dachte an das Ratschen der Spanngurte, das ich jeden Morgen gehört hatte. Ich sah die Nachttischlampe, dachte an das Klicken des Klippschalters. Ich sah das Badezimmer, die geschlossene Tür, überhaupt war es dunkel im Raum, regelrecht Nacht. Dann sah ich die Matte auf dem Boden – hatte ich Freya beim Yoga gestört? Ich ging einen Schritt zur Seite. Ein Hotelmitarbeiter fegte den gekachelten Boden, leicht gebückt, mit einem kurzen Reisstrohbesen.

»Du hast im Camp nicht wirklich deinen Nachruf geschrieben, oder?«, sagte Freya.

»Habe ich. Und da stehen Sachen drin, die ich zu Lebzeiten gerne für mich behalten würde.«

Freya nickte. »Und wo ist dieser ominöse Bergkristall jetzt?«, fragte sie.

Ich griff in meine Hosentasche, holte den Edelstein hervor und schlich in den Raum. Freya saß auf dem Bett, das mir wie ein Thron vorkam. Sie war meine Gebieterin, ich ihr unterwürfiger Diener, der einen Fehler einzugestehen hatte. Ich hätte mich am liebsten vor ihr auf den Boden geworfen. Ich reichte ihr mit gesenktem Kopf den Kristall und murmelte: »Hier, hier ist er.«

Freya drehte ihn einmal in den Fingern, hob ihn ins Licht der Nachttischlampe und gab ihn mir dann mit einem kaum wahrnehmbaren Schulterzucken zurück. »Und du willst mir jetzt ernsthaft erzählen, dass du seit – ja, seit wann eigentlich? Seit fünf Nächten? – neben mir wohnst«, sagte sie und deutete dabei mit dem Finger nach rechts.

»Mein Zimmer ist eigentlich auf *der* Seite«, grummelte ich und deutete in die richtige Richtung. »Und, nun ja, im Grunde sind es auch erst vier Nächte, ich bin ja am ersten Tag am frühen Morgen eingecheckt.«

Freya stand schwungvoll auf, warf ihr Bein wie eine Tänzerin in den Raum und marschierte an mir vorbei, so nah, dass ich ihre Körperlotion riechen konnte. Sie trat auf den Gang, stellte sich vor meine offene Zimmertür, verschränkte die Arme vor der Brust und betrachtete das Chaos. Auf der Suche nach dem Brief hatte ich alles auf den Kopf gestellt, obwohl mir schon beim Durchblättern meines Muttermaltagebuchs klar wurde, dass er fort war, und er damit der Ursprung allen Übels sein musste. Ich hob mein Tagebuch sogar an den Kanten in die Höhe, schüttelte es, es flatterte allerdings nur mein Bootsticket nach Koh Tao zu Boden. Meine ganze weitere Sucherei diente wohl eher der Verarbeitung der Situation, ich durchwühlte sogar meinen Rucksack, den ich ja erst vor ein paar Tagen gekauft hatte. Wie hätte der Brief dort reingelangen können?

Freya schnalzte mit der Zunge, zweimal, dreimal, und ich fühlte mich schäbig. Mein Gesicht kribbelte, meine Augen waren trocken. Dann begann Freya zu lachen. Ich konnte das Geräusch erst gar nicht zuordnen. Es war ein tiefes, heiteres und schönes Lachen, das wie eine Sommerbrise durch die verwitterte Landschaft meines Gemüts fegte. Sie hielt sich die Hand vor den Mund, dann ging sie einen Schritt zurück und umfasste meinen Unterarm.

»Ich wollte ständig an die Wand klopfen«, sagte ich und klopfte dabei in die Luft. »Hat mich wahnsinnig gemacht.«

»Du hättest auch einfach einen Ton sagen können«, entgegnete Freya und zog mich sanft nach hinten. Wir lehnten uns nebeneinander an die Balustrade, blickten abwechselnd in ihr Zimmer, dann in meines. Die Räume kamen mir wie die Bühne eines Kammerspiels vor, die Tore zu zwei Dimensionen.

»Die Hotelangestellten haben sich schon gegenseitig gestupst, wenn ich dich im Innenhof verabschiedet habe«, fuhr ich fort und deutete wie zum Beweis auf den jungen Thai, der seit zwei Minuten dieselbe Stelle auf dem Fußboden fegte und uns neugierig aus der Entfernung beobachtete.

»Warum hast du denn nichts gesagt, Konstantin?«

»Weil ich Angst hatte, dass du mich für einen Stalker hältst.«

»Du bist ja auch ein Stalker«, entgegnete Freya trocken. Ich senkte klischeegehörig den Kopf und kniff die Lippen zusammen. Sie stupste mich an. »Aber nur die Ruhe, du bist ein netter Stalker, der scheinbar vor einer verrückten Stalkerin die Flucht ergriffen hat, da will ich mal ein Auge zudrücken.«

»Freya, es tut mir wirklich leid, ist alles ein bisschen viel derzeit.«

»Du hast erwähnt, dass deine Mutter wütend war, was hat sie denn gesagt? Habt ihr euch wieder vertragen?«

»Nur die Mails waren etwas wutgeladen, aber ich habe gleich angerufen. Am Ende war das Schlimmste, dass sie schon das Fleisch fürs Fondue besorgt hat. Sie sprach mir in den letzten Wochen auch nur einmal auf die Mailbox, hatte aber keinen Rückruf erwartet, hatte den Kopf woanders, weil sie sich anscheinend zehn Tage an den Nachmittagen um meine Nichte und meinen Neffen gekümmert hat. Im Grunde hatte sie erst heute Morgen nach dem Telefonat mit Tamia erfahren, dass ich gar nicht in Deutschland bin.«

»Okay, das ist gut. Aber was ich nicht verstehe, ist: Hat diese Käthe den Brief gelesen? War das Kuvert verschlossen? Oder hat sie nur auf gut Glück bei der Adressatin des Briefs angerufen, um einen Anhaltspunkt zu bekommen, wo du abgeblieben bist?«

Ich blickte kurz in den Ausschnitt des blauen Himmels, der trotz des Vordachs und des üppig bewachsenen Innenhofs mit Palmen gut zu sehen war. Ich überlegte fieberhaft, stellte mir immer wieder dieselbe Frage, die mich auch zurück ins Gästehaus gepeitscht hatte: Hatte ich das Kuvert zugeklebt? Ich wusste es beim besten Willen nicht mehr. Obwohl ich tief in meinem Herzen auch nicht glaubte, dass Käthe dieses Detail aufgehalten hätte. »Das wäre zu klären.«

Freya grinste, ein schelmisches Leuchten trat in ihre Augen, das ich an ihr noch nie gesehen hatte. »So wie ich das sehe, gibt es nur zwei Möglichkeiten: Entweder du rufst Tamia an, oder wir gehen in dein altes Gästehaus und statten dieser Souffleuse einen Besuch ab.«

»2300 Baht«, sagte die Empfangsmitarbeiterin tonlos, ohne jedweden Singsang in der Stimme, was in dieser Kultur schon einer unterschwelligen Beleidigung gleichkommen musste. Dabei hatte sie zunächst so getan, als wüsste sie nicht, wer ich bin. Irritiert hatte ich mich nochmals vorgestellt, den Ausweis schon gezückt und dabei alle Details unserer kurzen Geschäftsbeziehung in den Raum geworfen, die wie ein Pingpongball an ihrer ausdruckslosen Mimik abgeprallt waren. »You remember me?, don't you remember me?« Doch ihre Augen blieben dunkel wie zwei Brunnenschächte. Dann griff sie unter den Tresen, zog eine Schublade auf und knallte mir ein Dokument vor die Nase. Ich starrte verständnislos darauf.

»2300 Baht«, wiederholte sie und nahm Freya ins Visier.

»Ich bezahle das nicht. Was ist das überhaupt?«, entfuhr es mir.

»Ihre Zimmerrechnung.«

»Nein. Nein, nein. Ich habe doch schon bezahlt. Erinnern Sie sich nicht?«

»Nicht für drei weitere Nächte.«

Ich blickte sie entgeistert an, wusste nicht, ob ich lachen oder schreien sollte. »Das ist doch alles Quatsch, totaler Humbug, weil, also«, stammelte ich und blickte auf die Rechnung, auf der sogar mein Name stand, »außerdem wäre die Rechnung ohnehin falsch. Drei Nächte ergeben bei mir nur 1500 Baht!«

»Sie haben geraucht. We had to clean it. 800 Baht.«

»Ich bin Nichtraucher!«, rief ich.

»Chi, diao chan atcha tongkan kwam chuai luea«, rief sie.

Ein junger Mann trat aus einem Backoffice und baute sich neben seiner Kollegin auf. Ein schmächtiger Kerl, der von seiner Statur in der fünften Klasse sein dürfte, von seinem Gesichtsausdruck aber ein königliches Heer befehligte. Ich wusste nicht, ob sich hier eine Komödie oder ein Drama anbahnte, schließlich wusste man nie, welche Kampftechniken solche Typen beherrschten. Er blickte mich an, als hätte er den zehnten Dan-Grad bereits in der

Grundschule gemeistert, und stand dabei starr, wie aus Karton geschnitzt.

»Hören Sie, ich habe doch gar nicht geraucht, ich rauche nicht, ich bin Nichtraucher, das war diese komische Frau, für die ich jetzt aufkommen soll. Was verpflichtet mich denn, ihre Rechnung zu bezahlen?«, blökte ich und fuchtelte dabei mit meinen Armen, als seien sie Fische im Kescher.

»Your room, your check.«

Ich schaute erst zu Freya, dann zum Karate-Bübchen, dann in die toten Augen der Empfangsmitarbeiterin, deren Blick ich nur ein paar Sekunden standhielt – sie musste Medusa in ihrer Blutlinie haben. »Ich bezahle das nicht«, wiederholte ich trotzig.

»Vielleicht können wir die ganze Angelegenheit mit dieser Käthe besser selbst klären, ich bin sicher, wir finden eine Lösung«, klinkte sich Freya ein und schob lächelnd hinterher: »Wohnt sie denn noch hier?«

»Sie ist gestern ausgecheckt.«

»Wissen Sie denn, wohin sie gegangen ist? Hat sie eine Nachricht für mich hinterlassen?«, prustete ich und schaute mich kurz um. Hinter uns wartete ungeduldig ein Pärchen, in den Händen ein Flyer über Elefantenreiten und Kajak-Touren.

Die Empfangsmitarbeiterin wackelte mit dem Kopf. »Sie hat nur gesagt, dass sie wieder in ihr altes Gästehaus zieht.«

»Weißt du, wo das ist?«, fragte mich Freya.

»Ich glaube, sie hat eine Jugendherberge neben einem Kloster erwähnt.« Ich zeigte beiläufig auf den Flyer der beiden Touristen, die sich fragend anschauten. »Sie hat auch irgendwas von Elefantenstatuen gefaselt, ich weiß es nicht mehr.«

»Das ist doch rauszukriegen.« Freya gab mir mit einer Kopfbewegung zu verstehen, jetzt besser den Rückzug anzutreten.

»Vielen Dank für die Info«, sagte ich.

Da räusperte sich die Empfangsmitarbeiterin, es klang wie ein Wiehern. Es erblühte ein selbstgefälliges, siegessicheres Lächeln in ihrem Gesicht, als läge ihr das Wort »Schachmatt« schon auf den Lippen. »Wenn Sie nicht bezahlen, bekommen Sie Ihr Gepäck nicht wieder.«

Demonstrativ riss ich meinen Koffer noch im Eingangsbereich des Hotels auf. Ich hatte die ganzen Klamotten schon wieder völlig vergessen, die mir wie ein Wust aus Gedärmen entgegenquollen. Ich grub tief, zog am Ende jedes Kleidungsstück einzeln hervor, öffnete alle Reißverschlüsse, fuhr mit der flachen Hand durch alle Seitenfächer. Doch da war nichts. Kein Brief, nicht einmal ein Schnipsel.

»Konstantin, komm«, rief Freya. Ich wandte mich um. Sie stand auf der Straße, neben der geöffneten Tür eines Taxis. »Der Fahrer kennt die Jugendherberge.«

ZWÖLF

Käthe saß mit einer anderen Frau in einer Art Chill-out-Zone im Eingangsbereich der Jugendherberge, in einem kleinen überdachten Pavillon, der nach drei Seiten offen war und nur eine Rückwand hatte. Sie saß im Schneidersitz auf dem Boden, gebettet wie eine Königin auf unzählige Kissen, auf ihrem Schoß lag eine Katze und vor ihr, auf dem Tischchen, ein offenes Buch. Im Aschenbecher qualmte eine Zigarette. Aus Boxen waberte elektronische Loungemusik, in der eine Panflöte närrisch die Tonleiter hoch- und wieder heruntersauste. Ich zog meinen Rollkoffer holpernd über den gepflasterten Boden. Käthe blickte nur kurz auf, flüsterte der Frau neben ihr etwas zu und widmete sich dann wieder unberührt ihrem Buch.

»Wer ist das?«, fragte Käthe, ohne den Blick zu heben.

»Ich heiße Freya«, sagte Freya.

»Bist du seine Freundin?«, gurrte die andere Frau und musterte mich dabei mit schlammfarbenen Glubschaugen. Sie hatte ein schlankes, blasses Gesicht, wirkte aber verquollen. Ihr Hals begann kurz nach der Unterlippe, ein Hautlappen spannte sich wie ein Segel von ihrem Kinn zum Kehlkopf, genau genommen sah sie aus wie ein Truthahn. Ein gechipter Truthahn: Den Rand ihrer Ohrmuschel schmückte eine breite silberfarbene Creole mit asiatischen Schriftzeichen.

»Wir haben nur Sex«, antwortete Freya trocken.

»Das ist ja …«, quiekte die Pute.

»Ekelhaft«, unterbrach sie Käthe, nahm ihre Zigarette und sah auf.

»Eigentlich nicht«, entgegnete Freya. »Eigentlich ist es ziemlich gut.«

Käthe wandte sich mir zu. »Weshalb bist du hier?«, flötete sie, nahm einen Zug und ließ den Rauch sanft ihrem Mund entgleiten, ihre Zahnlücke wirkte wie eine offen stehende Ofentür. Es roch nach Nelken.

»Käthe, du kannst nicht einfach bei …«, begann ich und stockte, noch völlig verwirrt von Freyas Reaktion, »… bei irgendwelchen Bekannten von mir anrufen.«

»Und um mir das zu sagen, kommst du extra her und bringst gleich deine Gespielin mit?«

»Sklavin«, korrigierte Freya und konnte sich ein Grinsen nicht verkneifen.

»Das ist ja …«, sagte Käthe.

»Ekelhaft«, fuhr die Pute dazwischen und glotze dabei starr und steif drein wie ein Totem.

»Beschämend!«, zischte Käthe, nahm ihr Buch in die Hand, hob es sich vor die Nase und lehnte sich zurück. Sie blickte zwar gelassen auf die Seiten, ich bemerkte aber, dass sich ihre Augen nicht bewegten, ein Schwelbrand der blanken Wut lag darin verborgen.

»Käthe, du kannst nicht einfach bei Bekannten von mir anrufen, die haben sich Sorgen gemacht. Woher hattest du überhaupt den Kontakt?«

»*Ich* habe mir *auch* Sorgen gemacht, Konni, schließlich haben wir zusammen gewohnt«, entgegnete Käthe monoton und schielte Freya über das Buch hinweg an. »Und plötzlich verschwindest du, nach allem was wir durchgemacht haben, da ist es doch nur verständlich, dass ich herauszufinden versuche, ob etwas geschehen ist. Willst du mir das ernsthaft vorwerfen? Hier und jetzt? Vor allen anderen?«

Ja. Ich wollte es ihr vorwerfen. Und ich wollte noch viel mehr, wollte dieser Wahnsinnigen die Leviten lesen, sie zusammenstauchen, anblaffen, ihr den Kopf waschen, sie zurechtbügeln für ihre Unverfrorenheit, nein, sie für ihre Überheblichkeit anbrüllen, die Welt mit allem darin einfach zu einem erweiterten Teil von sich selbst zu machen, sich einfach als den verlängerten Arm der Schöpfung zu betrachten. Ich stimmte ja zu, dass die Erde ein Ökosystem war, ein einziger Organismus, Mensch, Tier, Pflanzen, alles war verbunden und nichts weiter als ein Puzzle, von der Evolution individuell zusammengepampt, aus Sauer-, Wasser- und Kohlenstoff, kurz: Wir waren eins, aber Käthe – Käthe gehörte nicht dazu, das konnte einfach nicht sein.

»Käthe, ich …«, begann ich mit zitternder Stimme.

»Bin untröstlich? Willst du das sagen? Wer's glaubt, wird selig, bist du nicht vielleicht eher deswegen hierhergekommen?«, unterbrach sie mich und zauberte den Brief zwischen den Buchseiten hervor.

Ich machte einen schnellen Schritt auf sie zu. Die Katze zuckte fauchend zusammen und suchte das Weite. Ich zog ihr den Brief aus den Fingern. Sie gab ihn mir, anstandslos, hob dann aber beschwichtigend beide Hände. Ich blickte auf das Kuvert. Es war nicht aufgerissen, das nicht, aber ich hatte es auch nicht zugeklebt. Natürlich nicht. Warum auch? Hätte ich die Möglichkeit in Betracht ziehen sollen, offline gehackt zu werden? »Hast du ihn gelesen?«, platzte ich heraus, obwohl ich die Antwort längst kannte.

»Haallo?«, schnaubte Käthe, die Pute glotzte dabei dümmlich drein und bewegte bei jedem unserer Worte aufgestachelt den Kopf, als pickte sie im Dreck, und die Musik – die Musik waberte und waberte, ich blickte mich kurz um, auf der Suche nach der Stereoanlage mit Lautstärkeregler oder besser noch: einem Ausschalter. Dieses Klangbett raubte einem den letzten Nerv. »Haaaallllooooo?«, wiederholte Käthe in einer Tonlage wie eine Totenglocke. »Ich mag dich zwar, Konni, aber so sehr interessieren mich deine Gedankenergüsse dann auch nicht, *ich* machte mir lediglich Sorgen wegen *deines* – nicht unerheblichen – Problems, das *meines* Erachtens weiterhin besteht. Aber ich bin auch nicht deines Glückes Schmied. Wie heißt es bei Molière: ›Ich stand im Begriff, gerade jetzt Euren Körper zu reinigen und alle bösen Säfte gründlich auszutreiben‹, aber was soll's: Ich für meinen Teil fliege in ein paar Tagen zurück nach Deutschland. Du kannst ja zuschauen, wo du bleibst, nicht wahr?«

»Hör doch endlich mit diesem scheiß Bergkristall auf!«, kläffte ich.

Käthe wandte sich an die Pute. »Siehst du, wie ich es dir gesagt habe.«

»Krass.« Die Pute schüttelte aufgestachelt den Kopf, als stünde sie unter Strom. »Das ist echt krass!«

Als ich um das Tischchen herumging und in die Hocke sank, hatte ich den Stein bereits aus der Hosentasche gezogen und drehte ihn zwischen meinen Fingern. Er fühlte sich hart und scharfkantig an, dieser Krümel Quarz, dieser Talisman, der mir in den letzten Tagen regelrecht ans Herz gewachsen war. Aber eine Form von Boshaftigkeit erwachte gerade in meinem Herzen. Ich war mit Käthe auf Augenhöhe. Sie lächelte, beugte sich interessiert nach vorne. Ihr Schneidezahn schwamm mir wie eine Rückenflosse entgegen. Sie konzentrierte sich voll auf mich, während ihre Handtasche unter mir lag, zwischen meinen Schenkeln, die Öffnung lechzte mich wie ein gieriger Schlund an. War das nicht der perfekte Moment, um einen Strich unter die ganz Sache zu ziehen?

»Käthe, das ist jetzt wirklich wichtig«, sagte ich im sanftesten Ton, der mir möglich war, ließ den Stein in ihre Tasche fallen und spürte dabei den Trommelwirbel meines Herzschlags. »Hast du Tamia von dem Gold erzählt?«

»Gold?«, fragte Käthe und funkelte mich an.

»Gold?«, fragte Freya und legte die Stirn in Falten.

»Dieses Detail muss ich bei meinen Ausführungen vergessen haben«, antwortete ich und schob den gebackenen Wasserspinat über den Vorspeisenteller, der im Kontrast zu dem mit Kerzenlicht beleuchteten Porzellanweihnachtsmann fast wie Tischdekoration aussah. »Willst du die lange oder die kurze Version?«

Freya lächelte. »Wie lang ist denn die lange Version? Ich muss noch ein paar Besorgungen machen. Du doch auch, oder hast du schon alles?«

»Ich muss auch nochmal los«, antwortete ich und schaute auf die Wanduhr, die über der Toilettentür des Restaurants hing, verziert mit goldenem Lametta. Gute zwei Stunden hatte ich noch Zeit, um Freyas Geschenk zu besorgen. »Ich kann die lange Version dramatisch abkürzen.«

»Dann bitte die kurze Langversion«, entgegnete Freya und steckte ihre Gabel in meine Vorspeise, als wären wir ein vertrautes Pärchen. Mein Herz kochte fast über vor Genugtuung.

»Ich habe vor mehreren Jahren einen Artikel in einem Magazin gelesen, über eine amerikanische Firma, die sich auf die Erforschung von Stammzellen spezialisiert hat. Ziel deren Forschung war es, die Gene von Embryos umzuprogrammieren, sodass Krankheiten, allen voran Krebs, gar nicht mehr ausbrechen können. Es ging in dem Text im Grunde um die ganzen ethischen Fragen, die damit einhergehen. In einem Nebensatz erwähnte der Geschäftsführer, dass das Unternehmen an die Börse geht, da hat es bei mir irgendwie geklingelt, obwohl ich von Aktien, Wertpapieren und dem ganzen Schmu keinen Plan habe.«

»Erzählst du mir jetzt gleich, dass du Millionär bist?«

»Nein, nein, dafür hat es nicht gereicht, aber ich hatte mir schon zu Beginn meiner Selbstständigkeit wie von tausend Stellen anempfohlen ein Sparkonto angelegt, um für das Alter vorzusorgen, von wegen Altersarmut, marodes Rentensystem und so. Da seit der Bankenkrise die Niedrigzinsphase angebrochen war, ich aber auch nicht genug Geld für ein Investment in eine ordentliche Sachanlage gespart hatte, habe ich für knapp 20 000 Euro Aktien von besagter Firma gekauft, das muss im Jahr 2011 gewesen sein.

Ich fand auch den Gedanken schön, wenn Menschen mit der Gewissheit geboren werden, dass sie nicht ernsthaft krank werden können.« Freya legte die Stirn in Falten und presste die Lippen aufeinander. »Findest du den Gedanken nicht schön?«

Freya zuckte mit den Schultern und nippte an ihrem Limettensaft. »Vor ein paar Jahren hätte ich dir wahrscheinlich geantwortet, dass ein risikofreies Leben dramatisch dem Tod ähnelt, jetzt denke ich da anders«, antwortete sie.

»Mich hat die Idee auf jeden Fall beflügelt, tut sie immer noch. Ich habe auch noch ein paar Monate die Börsenkurse verfolgt und die Pressemitteilungen des Unternehmens gelesen. Es ist aber nichts passiert, ging nicht merklich rauf, aber auch nicht merklich runter. Erst 2015 habe ich zufällig mitbekommen, dass die biotechnologische Branche gerade einen beispiellosen Boom verzeichnet. Als ich mein Aktienpaket checkte, lag der Wert ...«, ich räusperte mich und sprach etwas leiser weiter, als würde uns jemand belauschen, »der Wert des Aktienpakets betrug plötzlich über 340 000 Euro.«

»Waaaaaas?«, quietschte Freya.

»Ja, ich konnte es auch nicht glauben. Ich war so nervös, ich habe sofort verkauft. Nach Abzug der Steuern blieben gute 250 000 übrig.«

»Aber was hat das nun alles mit dem Gold zu tun. Oder wurdest du in Gold ausbezahlt?«

Ich seufzte, winkte dem Kellner und bestellte ein neues Bier. »Das wäre dann der zweite Teil der Geschichte. Ich hatte eine leichte Panikphase in den letzten Jahren, also, genau genommen habe ich die immer noch. So ganz leicht.«

»Du meinst die Hypochondrie?«

»Nein, nicht nur.«

»Sondern?«

»Epidemien, Hungersnöte, 9/11, Klimawandel, Umweltkatastrophen, Terror und Kriege – Krisen über Krisen, und hinter jeder Krise steht eine Komplexität, die meinen Schädel zum Platzen bringt, und jede neue Info macht mich nur nervöser und nervöser. Sogar das Geld auf meinem Konto machte mich auf einmal verrückt, das muss man sich mal vorstellen. Als ich das Geld nicht hatte, war alles kein Problem, und plötzlich bemerkte ich, wie ich tagtäglich auf mein Sparkonto schaute, als würde mir jemand das Geld über Nacht stehlen. Ich habe dann Stunden mit Fachartikeln über krisensichere Geldanlagen zugebracht und das Geld am Ende in fast acht Kilogramm Gold getauscht. Klingt nach viel, aber das Zeug ist hammerschwer. Hattest du schon Mal Gold in der Hand? Es passte genau in eine alte Zwiebackdose, die ich unterm Bett versteckte. Jetzt konnte ich aber nicht mehr schlafen, weil ich dachte, jemand bricht bei uns ein. Statistisch nicht völlig aus der Luft gegriffen, das will ich dazu sagen.«

»Und im Zuge dieses Kellerumbaus, von dem du erzählt hast …«

»… habe ich die Zwiebackdose einbetoniert. Ja. Klingt verrückt, ich weiß.«

»Ein wenig.«

»Seit ich hier in Thailand bin, komme ich mir auch völlig albern in der Hinsicht vor. Es ist dekadent. Es ist dekadent und anmaßend, dass ich hier sein kann und dann auch noch die Unverfrorenheit besitze, mir über dies und das Sorgen zu machen, aber ich kann schlecht aus meiner Haut. Auf dem Weg hierher sind wir an einer Frau mit Putzschwämmen vorbeigekommen, hast du die gesehen?«, fragte ich. Freya zuckte mit den Schultern, schüttelte den Kopf, beides zugleich, in einer fast anmutigen Choreografie. »Die Frau saß auf dem Gehsteig einer Straßenkreuzung, verkaufte Putzschwämme, hatte nur noch drei Finger an beiden Händen, und in ein Tuch auf ihrem Rücken hatte sie einen Säugling gebunden. Ich werde das Bild nicht mehr los, geht mir in den letzten Wochen ständig so, eigentlich seit ich hier bin, und trotzdem quälen mich meine Wehwehchen. Als ich dachte, ich bin totgeweiht, hatte ich wenigstens das Gefühl, ich könnte dem ganzen Drama der Welt das Wasser reichen.«

»Aber das ist alles nicht dein Schicksal, Konstantin. Mitleid bis an den Rand der Selbstaufgabe hilft der Frau auch nicht. Das ist eher anmaßend. Und du könntest ihr vielleicht dein Gold schenken, aber was machst du dann an der nächsten Straßenecke?«

»Alles wahr, was du sagst!«, rief ich. »Aber hat Wahrheit nichts mit richtig oder falsch zu tun?«

»War das jetzt eigentlich die lange oder die kurze Version?«, fragte Freya schmunzelnd.

Ich saß immer noch stramm, aufgebracht bis in jede Körperzelle, von meiner eigenen Geschichte. »Ich glaube, es war der Anfang der langen Version«, antwortete ich und sank in mich zusammen.

»Und das Gold ist …«, begann Freya.

»… immer noch im Keller von Tamias Haus, ja.«

DREIZEHN

Erst hinter der Stadtgrenze schälten sich erste Umrisse aus der Dunkelheit. Wir saßen auf der Pritsche eines Multicabs, klammerten uns an das Gestänge des Überbaus, unsere Rucksäcke zwischen unseren Schenkeln. Der Motor brummte, das Auto wackelte, und durch zahllose Ritzen pfiff uns die warme Morgenluft um die Ohren. Das Erste, was ich in der Dämmerung entdeckte, waren Kühe auf einem Feld, abgemagerte Viecher, dahinter erhob sich das sechsstöckige Betongerippe eines Hochhauses, völlig überwuchert, von Ranken überzogen, der Bau war scheinbar vor Jahren eingestellt worden. Am Straßenrand wechselten sich noch Holzbungalows und ordentliche Häuser ab, hin und wieder blitzte auch das goldene Dach einer Pagode zwischen Baumkronen auf, dann kamen die ersten Wellblechhütten und der Wald.

Wir redeten kaum, es war früh, zu früh, ich obendrein geplättet, da ich die halbe Nacht mit Freyas Geschenk und der Aktualisierung meines Tagebuchs verbracht hatte: dreiundneunzig Bilder machen, ausdrucken, zuordnen, ausschneiden, auswerten – das Los des Paranoikers, gefangen und befreit in seinem Wahn. Am Morgen war ich genauso müde und aufgekratzt, wie ich ein paar Stunden zuvor ins Bett gefallen war, fühlte mich wie ein paar Tage vor einem Arztbesuch, vor dem mich keine noch so ausgeklügelte Zerstreuung mehr abzulenken vermochte. Meine Augenlider waren schwer, meine Glieder schlapp, dazu mischte sich eine eigenartige Nervosität, die wie eine Horde Ameisen unter meiner Brust umherkrabbelte, als hätte ich zu viel Kaffee getrunken.

Dabei hatte unser Frühstück aus nichts weiter als Wasser und Schokoriegeln bestanden, die wir uns verpennt zwischen die Lippen geschoben hatten. Hatte ja Vorzüge. Musste man sich keine Gedanken über Küchenhygiene machen. Es war noch dunkel, wir standen auf der Straße vor dem Gästehaus und warteten auf unseren Transporter. Das Papier der Schokoriegel knisterte in unseren Händen. Über uns kreiste ein einsamer Falter um den Schein einer trüben Laterne und klatschte dabei immer wieder gegen das Lampengehäuse. »Ein echtes Gourmetfrühstück«, murmelte Freya kauend und lächelte mich durch dicke Laken ihrer Müdigkeit an. »Nahrhaft und gesund«, antwortete ich, dann brach grelles Scheinwerferlicht in die Gasse, und unser Transport rollte wie eine donnernde Sturmflut heran.

Es ruckelte, das Auto bog auf eine Seitenstraße. Das Getriebe knirschte und ächzte. Graues Morgenlicht legte sich wie ein Tuch auf die Umgebung. Staub wirbelte hinter uns auf, es roch nach Holzfeuer, ich schaute mich nach allen Seiten um, konnte den Ursprung des Geruchs aber nicht dingfest machen. Stattdessen entdeckte ich einen alten Mann, der ein fassgroßes Bündel Bananenblätter auf ein Holzgestell auf den hinteren Teil seines Mopedsattels wuchtete und festzurrte. Er blickte unserem Transporter nach, dann wechselte die Fahrbahn plötzlich von Staub zu Schotter zu Teer zu Staub zu Schotter und so fort. Verlässlichkeit gaben nur die Schlaglöcher, teilweise so tief, dass ich das Absacken des Autos regelrecht in der Magengrube spürte.

Ich klammerte mich fester an das Gestänge, wurde wie im Autoscooter hin und her geworfen, meine wunden Knöchel schmerzten, aber waren frisch desinfiziert, immerhin. Geduldig schraubte sich der Wagen ein Geflecht aus Serpentinen nach oben. Die Luft wurde frischer, dann blitzten die ersten Sonnenstrahlen durch die Bäume, und wir bekamen kurz Chiang Mai zu sehen, das sich unter uns im Tal ausbreitete, bevor der Wagen vollständig vom Wald verschluckt wurde und erst am späten Vormittag wieder auf einer breiten Straße zum Stehen kam. Wir stiegen aus. Im Grunde war es keine breite Straße, sondern ein recht großer ovaler Platz, umrandet von einem Ringwall aus Bäumen, der nur von den Straßenzufahrten und an einer Stelle von den Anfängen einer breiten Treppe unterbrochen wurde.

»Vor dem Aufstieg zum Tempel befindet sich ein kleiner Schrein«, erklärte unser Fahrer, der sich zu uns gesellte, als wir die Rucksäcke auf unseren Rücken hievten. Er hob kurz seine Hand über den Kopf, wahrscheinlich, um uns die Höhe des Baus zu demonstrieren. »Wenn ihr rechts daran vorbeilauft – rechts, nicht links –, dann müsst ihr nur noch dem Pfad folgen, führt direkt ins Dorf. Ich warte übermorgen wieder hier, gegen zehn Uhr.«

Freya nickte. Ich sah mich um. Mir kam das alles etwas seltsam vor. Die Straße war breit und wirkte solide, es gab sogar Fahrbahnbegrenzungen. Warum waren wir Buckelpiste gefahren? Neben den Steintreppen stand eine Eisenstange mit einem Schild an der Spitze, daran hing ein Aushang. »Ist das … ist das eine Bushaltestelle?«, fragte ich stirnrunzelnd.

»Ja, viele Thais kommen mindestens einmal im Jahr hierher«, sagte der Fahrer und schob hinterher: »Zum Beten.«

»Können wir dann nicht einfach mit dem Bus zurück nach Chiang Mai fahren? Morgen Nachmittag oder so. Wie oft fahren denn die Busse?«, fragte ich hoffnungsvoll und sah uns schon morgen Abend bei Weihnachtsgans in Chiang Mai sitzen, angesäuselt von Glühwein und schwadronierend über unser Abenteuer.

Der Thai begann wild zu gestikulieren. »Das ist keine gute Idee, keine gute Idee, der Bus fährt sehr früh, ihr müsstet sehr früh aufstehen. Nicht schön. Es befinden sich auch sehr viele Stopps auf der Strecke, es ist außen herum ein sehr langer Weg.« Er blickte auf seine Armbanduhr. »Ich kann euch auch noch ins Dorf begleiten. Soll ich nicht doch mitkommen?«

»Och, eigentlich …«, säuselte ich und blickte Freya an.

»Nein, nein, das schaffen wir alleine«, entgegnete Freya.

»Gut«, sagte der Fahrer und musterte uns einen Augenblick. Dann schloss er kurzerhand seinen Wagen ab und begleitete uns bis zu dem mannshohen Schrein, vor dem eine Schale mit Reis stand und einige abgebrannte Räucherstäbchen lagen. Ich fragte mich schon, ob er Freya falsch verstanden hatte, sich über ihre Entscheidung einfach hinwegsetzte und uns doch ins Dorf führte, da blieb er stehen und zeigte auf den Pfad, der rechts von dem Bau abging und im Wald verschwand. »Das ist der Weg. Es ist nicht weit.«

Es war nicht weit. Dabei hatte ich mich auf das Schlimmste eingestellt. Freya und ich, allein, verirrt im Urwald, in einem undurchdringlichen Höhlensystem aus Bäumen und Pfaden, ohne Wasser, eingehüllt in eine Wolke aus Moskitos, die uns aussaugten, unsere Schreie erstickten, während bereits die Dunkelheit durch das Blätterdach sickerte. Aber schon nach einem recht übersichtlichen Fußmarsch – einer halben Stunde, einer Stunde? – hörten wir die Hunde. Das Gebell schwoll an, erinnerte an einen Kanon, begann mit einem einzelnen Köter, in dessen Gebell sich hysterisch weiteres Gekläffe mischte, bis die ganze Umgebung von dem Krach erfüllt war. Ich zog instinktiv den Rucksack ab, um im Ernstfall beweglicher zu sein, meine Augen sprangen nervös umher, aber da war nichts. Nur Bäume, Äste, Blätter, Steine, wohin das Auge reichte. Dann verstummten die Tiere, als hätte ihnen jemand den Stecker gezogen.

Wir blieben längere Zeit stehen, atmeten flach, teilten uns ein Wasser und lauschten. Irgendwo knackte es im Geäst. Nach einer Weile gingen wir weiter und kamen an eine Schmiede, ein offener Pavillon, der in einer Senke lag, zusammengezimmert aus Baumstämmen und gedeckt mit Platten aus getrockneten Blättern. Zwei Männer saßen um eine Schnapsflasche, einer drehte mechanisch eine Zigarette, der andere schob beiläufig eine Sichel in einen Haufen mit glühenden Kohlen und bediente zwei-, dreimal einen Blasebalg. Das Hauptinteresse der Männer gehörte jedoch voll und ganz uns. Mit entseelten Blicken folgten sie jedem unserer Schritte. Die Hundemeute lauerte daneben, sechs, sieben verlauste Viecher mit struppigem Fell, abgemagert bis auf die Knochen, die uns mit wilden Augen musterten. Sie waren nicht angeleint. Ein Hund versenkte seine Schnauze in einem kleinen Bach, der hinter der Hütte floss.

»Ich frage mal kurz nach«, sagte Freya, doch als sie einen Schritt auf die Männer zuging, standen nicht nur alle Köter stramm, der ältere der beiden warf seinen Arm schwerfällig in die Luft und deutete mehrmals in eine Richtung.

Wir stiegen einen kurzen, steilen Pfad nach oben und kamen auf eine kleine, gerodete Lichtung, auf der sich zehn, fünfzehn Holzhütten willkürlich verteilten, allesamt auf Stelzen gebaut. Unter jedem Häuschen entdeckte ich ein oder zwei Schweine, angeleint an einen Pflock. Vor der ersten Hütte saß eine alte Frau mit buntem Rock und silbernen Ohrringen. Sie hatte eine Pfeife im Mund und zog feine Fäden von Bambusstämmen. Neben ihr lag ein Stapel Körbe. Sie schaute kurz auf und wandte sich dann wieder ihrem Werk zu. Davor, nicht auf einer Bank oder einer Matte, direkt auf dem staubigen Weg hockte eine junge Frau mit einem französischen Zopf, der wie eine Mütze auf ihrem Kopf saß. Sie spielte mit einem kleinen Kind. Ich vermutete, dass es ihr Sohn war. Sie lachten. Der Junge durfte ein oder zwei Jahre alt sein und war nackt. Die Frau hatte neben sich einen Teller mit Reis und Trockenfisch. Sie formte daraus ein Bällchen und schob es dem Kind in den Mund.

Sie betrachtete uns aufmerksam, und als wir nah genug waren, fragte sie: »Mo Pu?«

Freya nickte. »Ja, genau.«

»Shwe«, rief sie. »Nak thongthiao ma laeo.«

Augenblicklich erschien ein junges Mädchen, sie rannte hinter der Hütte hervor, und ein Haufen Hühner stob wild auseinander. Sie zog uns den Pfad weiter hinauf, an den Rand des Waldes, zu einem etwas abgeschiedenen Bretterverschlag, der sich nicht wesentlich von den anderen Gebäuden unterschied, außer dass die Fenster mit Querbrettern verschlossen waren und sich an der Rückseite ein Anbau aus Beton befand. Unter der Hütte lag eine Sau mit schwarzem Fell und kaute sabbernd auf etwas herum. Aus ihrer blutigen Lefze hing ein dünner, langer, grauer Schwanz. Das Mädchen kletterte eine kurze Leiter empor, stieß die Tür auf, sprang an der Seite wieder herunter und war verschwunden.

»Ich glaube, wir wurden gerade eingecheckt«, sagte ich und überspielte meine Anspannung.

»Herr – ja, wie heißt du eigentlich mit Nachnamen?«, fragte Freya.

»Wittgenbausch«, murmelte ich.

Freya lachte. »Wittgenbausch?«

»Mach dich nicht über meinen Namen lustig!«, knurrte ich.

»Ich habe doch gar nichts gesagt.«

»Das will ich auch hoffen. Tamia hat in den ersten Jahren unserer Beziehung sogar ihre neue Unterschrift geübt!«

»Hat sie dir das etwa erzählt?«

»Nein, ich habe die Blätter zufällig im Schreibtisch entdeckt.«

»Wolltet ihr heiraten?«, erkundigte sich Freya.

Ich spürte einen Kloß im Hals. »Es war kein Thema«, antwortete ich.

»Auch egal.« Freya grinste und machte eine ausladende Handbewegung zu unserer Hütte: »Herr Wittgenbausch, ich wünsche Ihnen einen angenehmen Aufenthalt.«

Sie zog ihren Rucksack ab, kletterte die Leiter nach oben und verschwand in der Hütte. Ich hievte das Gepäck hoch und stieg hinterher. Der Raum war klein, dunkel, funktional, es war warm und stickig, roch etwas muffig nach abgestandener Luft. Den Großteil des Zimmers nahmen zwei breite Matratzen ein, die auf dem Boden lagen. Auf einer davon – ich konnte mich der Vorstellung nicht verweigern – hatte bereits Werner geschlafen. Licht gab es nicht, nur eine Kerze wuchs wie ein Stalagmit von einem niedrigen Nachttischchen, das zwischen den zwei Matratzen stand.

»Kuck mal«, sagte Freya, die geduckt aus dem Nebenraum kam, »wir haben ein Badezimmer, mit Toilette, Waschbecken und Dusche.«

»Ist nicht das Ritz, aber irgendwie gemütlich«, entgegnete ich.

»Gemütlich?« Freya lachte. »Na ja. Zweckdienlich. Hängst du die Moskitonetze auf? Dann gehe ich los und versuche rauszufinden, wo wir hier etwas zu essen bekommen und wie wir zu Mo Pu kommen. Es ist ja eigentlich nicht so spät, vielleicht können wir heute noch hin!«

Kurze Zeit später hatte ich zwei Moskitonetze an den Haken über den Matratzen angebracht. Das dritte Moskitonetz hatte ich mit der Schere in saubere Rechtecke zerschnitten. Ich begann, zuerst alle Spalten an der Decke und an den Fenstern mit den Geweteilen abzudichten. Ich fixierte die Ecken mit dem Tacker und überpflasterte die Ränder mit Klebeband. Eine mühselige Arbeit, wobei der Zustand des Innenraums wesentlich besser war, als ich vermutet hatte. Nicht einmal zwei Drittel des Stoffes würde ich benötigen, um meine provisorische Isolierstation aus der Taufe zu heben. Es knallte, dumpf und hohl, als ich ein faustgroßes Stück Moskitonetz in die Holzwand über ein Astloch tackerte. Als ich fertig war, sah der Raum zwar wie die Innenverkleidung eines Sarges aus, aber gut, dann konnte man sich schon einmal an den Anblick gewöhnen.

Wo blieb nur Freya?

Ich ging ins Bad und drehte den Wasserhahn auf. Das Wasser war klar, roch sauber. Aber was bedeutete das schon? Hinter jedem Wassermolekül konnten tausend Bazillen Verstecken spielen, lustig ihre Klingen wetzen.

Kontrolle.

Kontrolle war einfach besser.

VIERZEHN

Vielleicht war Kontrolle auch nicht besser. War es wirklich eine gute Idee gewesen, in den Dschungel zu laufen und dem Wasserrohr zu folgen? Oder im Grunde ein saudämlicher Einfall, der mir irgendwann posthum den Darwin-Award einbringen würde? Ich blickte nach unten, überprüfte kurz das Panzerklebeband, mit dem ich das freie Stück zwischen meinen Schuhen und meinem Hosenbund verschlossen hatte. Es war dicht, undurchdringlich, bissfest, und dennoch machte mich das undurchsichtige Gestrüpp zu meinen Füßen mit jedem Blick nervöser. Wie jeder Mensch auf der Welt – außer vielleicht Steve Irwin, den am Ende ein Rochen gekillt hatte – hatte ich nämlich tierischen Schiss vor Schlangen. War ja auch ein sinnvoller Instinkt. Angst.

Irgendetwas bewegte sich über mir, ein kurzes Rascheln im Blattwerk.

Ich entschloss, die Sache so schnell wie möglich hinter mich zu bringen.

Ich ging noch einmal zwei Meter zurück, an die Stelle, an der die Wasserleitung im Erdreich verschwand, doch wo führte sie hin?

Ich ging in die Hocke, das Klebeband zerrte an meiner Hose. Ich wischte mir mit dem Ärmel meines Longsleeves den Schweiß von der Stirn und ruckelte ein wenig an dem Rohr, schaute, ob es knapp unter der Erdoberfläche abknickte und mir eine ungefähre Richtung vorgab. Das tat es. Links. Natürlich links. Das war nämlich der einzige Weg, der nicht zugänglich war, versperrt durch eine umgeknickte Palme, überwuchert und verwachsen. Nur an einer Stelle, zwischen Stamm und Boden, bot sich ein Raum von vielleicht einer Armlänge. Mein Herz schlug bis zum Hals, mein Shirt pappte an meinem Rücken. Es war die einzige Möglichkeit. Ich ließ mich auf die Ellenbogen nieder, biss die Zähne zusammen und robbte auf die andere Seite. Ich durchforstete vorsichtig das Unterholz, bewegte mich wie durch ein Minenfeld bis, na ja, bis …

»Konstantin?«, hörte ich Freyas Stimme hinter mir. Ich richtete mich auf, sah nur ihren Kopf und Hals, der aufgepflanzt wie ein Pilz hinter dem umgeknickten Baumstamm hervorschaute. »Was machst du denn hier hinten?«

»Oh, hallo«, antwortete ich. »Wie hast du mich denn gefunden?«

»Ich habe dich durch die Bäume gesehen«, antwortete sie. »Du warst lange weg.«

»Ja, ich habe mich mit unserer Vermieterin unterhalten.«

»Vermieterin?«

»Die Frau mit dem Kind auf der Straße, üble Sache. Was machst du denn hier hinten? Suchst du schon mal einen Platz, um mich zu vergraben, wenn du mich ermordet und in meine Einzelteile zerlegt hast?«

»Was? Einen Moment«, sagte ich, bückte mich, riss schnell das Klebeband ab und robbte zurück. Als ich vor Freya auf die Beine kam, sah ich aus, als hätte ich mich in einer Sickergrube gewälzt. Ich versuchte, notdürftig den Schmutz von meinem Oberteil zu wischen. Freya trug eine kurze Hose und Badelatschen, den Verband hatte sie entfernt. Wenn ich mir mit dem Schlitz zwischen meinem Hosenbund und meinen Schuhen schon nackt vorkam, wusste ich nicht, wie sie sich fühlte. Besorgt betrachtete ich das Unterholz, nur wenige Zentimeter von ihren perfekten Knöcheln entfernt. Das Mädchen hatte Gottvertrauen. Ich fuhr fort: »Ich wollte wissen, wo das Wasser in unserer Hütte herkommt, wegen der Qualität des Wassers und so, aber ich weiß einfach nicht, wo die Leitung hinführt.«

»Leitungswasser darfst du in Thailand nicht trinken, auf keinen Fall, auch nicht hier oben«, entgegnete Freya mit hochgezogenen Brauen.

»Trinken?« Ich musste schmunzeln. »Nie im Leben würde ich das Wasser trinken! Ich wollte nur wissen, ob wir uns beim Duschen den Mund zukleben müssen. Was ist eine *üble Sache*? Ist was mit dem Kind nicht in Ordnung?«

Freya seufzte. »Nein, nein, es gibt in Thailand nur scheinbar keine einigermaßen lukrative Option, sein *Geld anzulegen*«, erklärte sie und bedachte mich bei den letzten Worten mit einem vielsagenden Blick, der mich reumütig zu Boden schauen ließ. »Wie viele Bergbewohner hat die Familie ihr ganzes Erspartes in ein Kalb investiert, 15 000 Baht. Wie viel ist das eigentlich?«

Ich überlegte. »400 Euro«, sagte ich. »Ungefähr.«

»Jedenfalls haben sie das Kalb aufgezogen und wollten es verkaufen. Dann wurde das Tier von einer Kobra gebissen. Tot.«

Kobras.

Ich wusste es.

Ich schaute auf meine Füße und ging zwei Schritte in Richtung Dorf, doch Freya reagierte nicht, sondern blieb einfach an Ort und Stelle. »Kann man das Fleisch nicht trotzdem verkaufen?«, fragte ich nervös.

»Das habe ich auch gefragt! Obwohl es nicht stimmt, glauben viele Thailänder, dass das Fleisch vergiftet ist. Die Familie hat über 10 000 Baht verloren. Die Frau war den Tränen nahe, deswegen hat das alles so lange gedauert.«

»Und was war das mit dem Zerteilen, das habe ich noch nicht verstanden?«

»Sollte nur ein Witz sein«, antwortete Freya und winkte ab. »Ich habe ein paar Einkäufe in unsere Hütte gebracht und mich umgezogen. Das sieht da drin ja aus, wie man sich den Werkzeugschuppen eines Serienkillers vorstellt. Hast du dir mal überlegt, dass du mit der hermetischen Abdichtung vielleicht ein paar Moskitos im Innenraum eingeschlossen hast, die jetzt nicht mehr rauskommen?«, fragte Freya und kniff ein Auge zu.

Ich überlegte. »Können wir heute noch zu Mo Pu?«, entgegnete ich und schob hinterher: »Wir könnten doch heute zu Mo Pu und dann wieder nach Chiang Mai mit dem Bus, dauert ein bisschen, aber würde bestimmt lustig – wir kaufen uns ein Bier für die Fahrt und so!«

»Nein. Mo Pu empfängt nur vormittags Gäste. Nur in Notfällen ist er auch am Mittag zu sprechen, er ist auch der Medizinmann der Region.«

»Sind es von hier nicht noch zwei Stunden Aufstieg zu seiner Hütte, stand doch so im Netz, oder?«

»Kommt drauf an, wie schnell wir aufsteigen, das hat zumindest die Frau gesagt.«

Eingeschlossene Moskitos, totbeißende Kobras, zähnefletschende Hundemeute, rattenfressende Schweine – und der Notfallmediziner war zwei Stunden entfernt? Was war denn das für eine Gesundheitsversorgung?

Ich schluckte und fühlte mich langsam wie eine Wanne, die an Eindrücken überlief.

Ich war so ein Idiot.

Hatte an alles gedacht, nur keine Räucherspiralen und Klebefallen gegen Insekten gekauft. Und eine Machete, eine Machete hätte es gebraucht!

Kontrolle? Nichts ließ sich kontrollieren. Das Leben war ein Sturm der Willkür. Wie konnte man nur so blöd sein?

Ich trampelte von einem Bein auf das andere, blickte auf Freya, sie stand zwischen zwei Büschen, die förmlich ihre Schenkel liebkosten. Gott. Wenn man im heiligen Hannover durch die Eilenriede lief oder einen Ausflug in den Harz machte, wurde man unmissverständlich Zeuge, dass man nicht der erste Mensch auf Erden war. Um sein Leben musste man bei einem Waldspaziergang schon gar nicht fürchten, aber hier, in Thailand? Selbst die Wasserleitung erschien mir lebendig, ein pulsierender Wurzelstrunk, über Jahrmillionen gewachsen, der sich gleich um unsere Knöchel schlingen würde, um uns nach unten zu ziehen und uns zum Vesper zu verspeisen. »Du, sollen wir vielleicht mal wieder zurück?«, fragte ich in versucht lockerem Ton.

Freya nickte und folgte mir. »Das mit dem Abendessen ist übrigens geklärt, sie kochen für uns mit«, sagte sie, als wir wieder vor unserer Hütte standen. »Ich habe uns auch Wasser und ein paar Snacks besorgt, und morgen schlachten sie sogar ein Huhn für uns.«

»Klasse«, platzte ich heraus und sah den Rest des Tages vor meinen Augen ablaufen. Wir würden nur ein wenig faulenzen, im Schutz unseres Bungalows, vielleicht einen kurzen Spaziergang machen, aber nicht weit, am Abend würden wir zusammen essen, die Speisen waren bestimmt gekocht, lange gekocht, und vielleicht gab es ja ein kaltes Bier oder ein wenig Schnaps, um die Bazillen zu töten, bevor wir unter unsere Moskitonetze krochen. Wir würden im Kerzenschein plaudern, scherzen, uns näherkommen, vielleicht gemeinsam unter einem Moskitonetz schlafen, war das nicht eine Aussicht, über der man kurz alles andere vergessen durfte? Wir, ganz nah beieinander, nur mit der Wärme und dem Geruch unserer Körper?

»Duschst du eigentlich warm oder kalt?«, fragte ich.

»Bitte?«

»Duschst du warm? Oder duschst du kalt?«

»Warm. Natürlich warm, warum sollte ich kalt duschen?«

»Ich dachte, Kaltduschen könnte so ein Yoga-Marotte sein. Aber lass das besser mal sein, mit dem Warmduschen, meine ich.«

»Nein. Warum sollte ich? Gibt es hier überhaupt warmes Wasser?«

»Ich will dich nicht volllabern, aber die Duschen hier sind, ja, wie soll ich sagen, ich hatte ja keine Ahnung, was es für absurde Apparaturen auf der Welt gibt!«

»Was stimmt denn damit nicht?«

»Irgendwo in der Nähe muss ein Stromaggregat sein, das wahrscheinlich am Morgen und Abend angestellt wird und die Dorfbewohner für eine Weile mit Strom versorgt. Daran ist auch unsere Dusche angeschlossen. Kurz und knapp: Du duschst im Prinzip unter einem Tauchsieder. Deswegen führt auch ein Stromkabel aus dem Duschkopf heraus.« Ich tippte mir an die Stirn und bemerkte dabei, dass ich bis dahin fortwährend mit meinem Finger neben meinem Ohr gekreist hatte. »Ganz schön bescheuert, so etwas zu bauen. Wenn du warm duschst, dann beginnt im Gehäuse ein Heizwendel zu glühen, der das Wasser erhitzt. So weit, so gut. Wenn das Ding allerdings mal verkalkt oder brüchig ist, was in Waschmaschinen dauernd passiert, dann wird das Wasser zum Stromleiter und du, na ja, du auch.«

»Quatsch«, sagte Freya und blickte mich erschrocken an.

»Doch, ist leider so. Ich habe den Stecker rausgezogen. Lass es vielleicht einfach so.«

Freya schwieg und betrachtete ungläubig unsere Hütte. »Da trifft es sich ja eigentlich ganz gut, dass die Frau mir von einem Wasserfall erzählt hat, ganz in der Nähe. Da schickt sie alle Touristen hin, die den Weg ins Dorf finden. Dort können wir baden, wenn wir wollen. Sie erklärt uns den Weg«, sagte sie und zeigte in eine Richtung.

Ich folgte ihrem Arm, der unmissverständlich in den Urwald zeigte – wohin auch sonst?

»Oh, ich habe aber gar keine Badehose eingepackt«, argumentierte ich.

»Ich habe auch keinen Badeanzug«, entgegnete Freya lächelnd.

Ich kann jetzt nur für mich sprechen, aber Geilheit ist nichts Angenehmes. Wie eine Marionette wird man an Schnüren durch einen Moschussumpf geführt, ein Äffchen der Triebe, der Paarung hilflos ausgeliefert. Dabei ist der Höhepunkt beim Mann im Grunde nur eine Muskelkontraktion, ohne Sinn und Verstand – weiß ich seit einer intensiven Recherche über Hoden- und Prostatakrebs. Botenstoffe zerplatzen beim Orgasmus zwar wie Silvesterraketen, das schon, aber Teile des Frontallappens schalten einfach ab, zack, das Kontrollsystem unseres Hirns wird kurzeitig ausgeknipst. Selbstbeherrschung ade. Moral, Ethik und Rationalität sind einfach fort, für ein paar Sekunden nicht mehr existent. Das erklärt einiges.

Aber so weit waren wir nicht.

Noch nicht.

Ich folgte Freya auf einem verwitterten Pfad, stapfte durch ein einziges Gewächshaus, stieg ungelenk über Wurzeln und Steine, über uns ein geschlossenes Blätterdach, als hätten die Bäume ihre Hände über uns gefaltet. Es war schwül und drückend, es war nie schwüler in meinem Leben. Schweiß rann meinen Hals und Nacken hinab. Und Freya war vor mir, ihre Glieder bewegten sich in einem gleichmäßigen Rhythmus, als würde sie beim Laufen heimlich einen Tanz aufführen. Die Muskeln an ihren festen, nackten Waden zeichneten jede Unebenheit des Weges nach. Ihre Hüfte schwang wie ein Pendel, und mein Puls schoss bei dem Anblick in die Höhe, feuerte in kurzen Salven in die Luft. Dann hörte ich das Donnern des Wassers. Der Wald öffnete sich ganz langsam, spreizte seine Schenkel, wurde lichter, heller, und wir standen plötzlich in einem geschlossenen Raum aus Felsen und Wasser, Büschen und Bäumen. Der Fluss plätscherte über große, kaskadenhafte Steinplatten, bevor er sich in einem mannshohen Wasserfall in ein breites Becken ergoss. Das Wasser war klar, die Sonne schien, und alles schillerte, durch feinen Wasserstaub hindurch – die Welt war explodiert in Regenbogenfarben!

»Das ist ja traumhaft!«, rief Freya, oder »Das ist ja schön!«, oder »Wir sind im Paradies!«, ich hatte es schon vergessen, als sie den Satz aussprach. Wahrscheinlich war es letzterer gewesen, denn Freya begann sich augenblicklich auszuziehen. Ohne Umschweife. Sie streifte einfach ihre Schuhe ab und zog sich das Shirt über den Kopf. Ich räusperte mich, mehrmals hintereinander, es klang wie ein Keuchen, wie der Motor eines Rasenmähers, der nach dem dreißigsten Riss am Seilzug spuckend zum Leben erwachte, dann schwirrte es neben meinem Ohr. Ich fuhr panisch herum. Der größte Moskito, den ich in meinem ganzen Leben gesehen hatte, befand sich mit mir auf Augenhöhe. Oder war es eine Motte? Welches Monstrum hatte die tropische Evolution hier nur geboren? Ich war erregt, spürte das Pochen in meiner Hose, die plötzlich straffer saß, und schlug mehrmals nach dem Vieh, bis es davonschwirrte.

Plötzlich stand Freya vor mir. Ich konnte nicht anders, ich starrte kurz wie ein Schuljunge, der mit zittrigen Händen durch sein erstes Schmuddelheft blätterte. Dann dachte ich an Geschlechtskrankheiten. Nur kurz natürlich. Es war ein Aufblitzen, ein kurzes Aufflackern von Besorgnis, nichts Wildes, es war ja absurd. Mein Frontallappen wurde nur noch etwas zu stark durchblutet, aber damit wäre gleich Schluss – Gedanken, die keine waren, stolperten ja bereits wild übereinander.

Ich war erregt.

Nur erregt.

Erregung.

Erregt.

Erreger.

Erreger?

Was war das nur für ein seltsames Wort?

Erreger.

Ich blickte sie an.

Freya.

Erregerin.

Sie hatte rote Wangen, der Schweiß glänzte auf ihrer Haut, sie hatte schmutzige Hände, hatte beim Herlaufen immer wieder beiläufig Bäume angefasst, die Rinde berührt oder ganze Bambusstämmchen umfasst, wie eine Go-go-Tänzerin die Stange, deswegen waren ihre Hände nicht sauber. Aber sie war trotzdem eine

Schönheit, schöner als alles, was ich bis dahin gesehen hatte. Dabei kannte ich sie kaum. Aber wie gut musste man sich dafür kennen? Freya hatte Männer vor mir gehabt, klar, ich eine Frau vor ihr. So war das heutzutage. Wir lebten in einer freien Gesellschaft, durften uns entfalten. Wer weiß: Vielleicht hatte Freya sogar ein Tête-à-Tête mit Werner gehabt, in irgendeiner hitzigen Nacht in den letzten Jahren, die nicht der Rede wert war, eine Nacht, in der Triebe wie Raubtiere übereinander hergefallen waren. Passierte, keine Frage, aber irgendetwas in meinem Mund schmeckte bei dem Gedanken bitter und körnig, als hätte ich in einen mehligen Apfel gebissen.

»Ist dir nicht warm in den langen Klamotten?«, fragte Freya und lächelte ein tiefes Lächeln.

Doch. Mir war warm. Ich starb förmlich in der stichsicheren Kleidung, wurde darin getrocknet.

Aber ausziehen?

Mich schutzlos ausliefern?

Ich wurde rot, nicht irgendein rot, ich spürte, wie mein Gesicht vom Kinn bis zur Stirn erglühte, als hätte jemand den Dimmer in meinem Schädel voll aufgedreht. Freya hatte es mittlerweile bestimmt bemerkt. Sie musste es bemerkt haben, die Beule in meiner Trekkinghose – dieses verdammte Polyester war einfach zu elastisch –, und wenn sie es nicht bemerkt hatte, sah sie die Erregung in meinen Augen, die Verwirrung. Was sollte ich nur sagen, wenn ich gleich in voller Blüte vor ihr stand? Einsatzbereit. Ohne Fingerschnips. Und dann war da wieder das Vieh neben meinem Ohr, und der Wasserfall brauste und tobte und blubberte, und ich wünschte mir, dass Freya mir eine Sekunde Ruhe gönnte, sich schon einmal in die Fluten warf, mir vielleicht prustend einen Kommentar über die Wassertemperatur zuwarf, während ich mich auszog und dabei einen Augenblick einen klaren Gedanken fassen konnte. Aber Freya stand vor mir, ihre Augen funkelten, sie hatte eine leichte Gänsehaut unter ihrem Bauchnabel.

Ich schlug mit ausgetrecktem Arm nach dem Drecksvieh, das fortwährend neben meinem Kopf schwirrte, und wieherte dabei wie ein Ackergaul, der mit seinem Schweif um sich schlug.

»Lass doch den Kolibri in Ruhe und komm«, sagte Freya zärtlich, ihr Mund zuckte, sie stemmte die Hände in die Hüften, und zwei Furchen bildeten sich zwischen ihren Augenbrauen.

»Kolibri?«, entfuhr es mir.

Ich beobachtete das frivole Tierchen, das in der Luft zu stehen schien. Es war wirklich ein Kolibri.

Das Tier driftete etwas ab, schwenkte rasch seitwärts wie eine Drohne, und schob seinen Schnabel in eine weiße Blüte, die an zahllosen Ranken an einem Felsvorsprung emporkletterten. Es sah wunderschön aus, wie das Vögelchen seinen Schnabel in die Knospen schob.

Rein, raus.

Rein, raus.

Dann flog es an die nächste Blüte, dann an die nächste.

Rein, raus, rein, raus.

Werner.

Nach Blüte fünf oder sechs dachte ich an Hepatitis. Eine stille Panik zog sich wie eine Schlinge um den Moment.

FÜNFZEHN

Abbruchhammer, Schnellbeton und Plastikwanne lagen im Kofferraum und ich zwischen den Vordersitzen. Genauer: Mein Oberkörper lag auf dem Rücksitz, mein Unterkörper befand sich im Fußraum, und mein Becken steckte zwischen den Vordersitzen. Hochkant. War irgendwie so passiert, beim Versuch, mir im Sitzen einen Plastikoverall anzuziehen. Ich hatte im Baumarkt nämlich vorsichtshalber einen Schutzanzug besorgt, damit ich den Schmutz nicht gleich durch das ganze Haus schleppen würde, machte ja einen schweinemäßigen Dreck, so eine Aktion. Ich strampelte, zerrte, der Kaffeebecher auf dem Armaturenbrett wackelte bedrohlich. Im Radio gab eine Moderatorin die Staumeldungen zum Besten, mit einer Stimme so kalt und süß wie Karamelleis. Als die ersten Takte von *I Want To Break Free* erklangen, hievte ich mich wieder auf den Vordersitz und schlüpfte in die Ärmel. Das Plastik knisterte wie eine Chipstüte im Kino.

Ich sank tiefer in den Sitz, schielte durchs Fenster und nahm den Hauseingang ins Visier. Wenn sich Tamias Gewohnheiten nicht maßgeblich in den letzten eineinhalb Jahren geändert hatten, würde sie in exakt zwei Minuten das Haus verlassen. Der Plan war denkbar einfach: Ich würde den ganzen Krempel in den Keller schaffen, dem Beton mit dem Abbruchhammer auf die Pelle rücken, so lange mit dem Meißel den Boden bearbeiten, bis er bröckelte. Ich würde die Zwiebackdose entnehmen, das Ganze wieder ordentlich zubetonieren und sauber machen. Es wäre, als sei ich nie da gewesen, ein Gespenst, ein Geist – der ganze Schauder des Gedankens gefiel mir so gut, dass ich still in mich hineinlächelte. Ich war kaltschnäuzig, abgebrüht, hatte nach so vielen Monaten endlich die Führung übernommen, um meinem Schicksal einen Tritt in die richtige Richtung zu geben.

Den Hausschlüssel würde ich Tamia danach mit einem liebevollen Hinweis in den Briefkasten werfen, dass *wir* ihn bald nicht mehr brauchen würden. *Wir!* Das wäre das entscheidende Wort in meiner Nachricht, das Tamia signalisierte, dass hier etwas im Gang war. Ich liebte dieses dramatische Detail meines Plans. Danach konnte nichts mehr schiefgehen, ich musste im Grunde nur noch das Gold eintauschen, dann eine Anzahlung leisten, und das Haus würde uns gehören.

Unsere Beziehungspause? Beendet!

Vielleicht schon heute Abend? Ich hoffte es, wusste es aber nicht.

Ich wollte unser Treffen situativ entscheiden, im Laufe des Tages einmal per SMS vorfühlen, wie es ihr gerade ging, und mich im schlimmsten Fall noch ein, zwei Tage gedulden, bis ich sie zum Essen einlud – in unsere alte Wohnung.

Und war das nicht genau das, was Tamia von mir erwartete? Dass ich um sie kämpfte, sie umwarb und bezirzte? Ihr zeigte, dass ich mich eben nicht einfach der Situation beugte? Und das war noch lange nicht alles. Ich dachte an unser altes Schlafzimmer, das ich vollständig ausgeräumt hatte. Darin stand nur noch ein Möbelstück: der Schaukelstuhl ihres Großvaters. Angeleuchtet mit einem Industriestrahler. Ich hatte ihn nicht nur geborgen, oder das, was davon übrig war, sondern hatte ihn wie ein Feinmechaniker wieder zusammengesetzt.

Die Woche auf der Müllhalde hatte dem Möbelstück einfach nicht bekommen. Er hatte begraben unter einem Kleiderschrank aus Massivholz gelegen, war völlig zersplittert, als ich ihn fand. Mühsam sammelte ich alle Einzelteile zusammen, wobei ein Staubsauger stellenweise hilfreicher gewesen wäre. Ich hegte ja nicht einmal die Hoffnung, dass daraus noch eine Lehne entstehen könnte.

Monatelang klebte, leimte, flickte, feilte und strich ich vor mich hin. Dann stand er eines Abends wieder vor mir, der Schaukelstuhl. Fast wie neu. Man konnte nur nicht mehr darin sitzen, geschweige denn schaukeln, da er sofort in sich zusammengebrochen wäre, aber hey, als Erinnerungsstück? Warum nicht? Es ging ja auch um die Geste, den Beweis meiner Zuneigung und Liebe – vor allem meiner Liebe, denn an dem Schaukelstuhl hing ein Kuvert mit einem Bild unseres neuen Hauses. Und ein Ring – angeleuchtet und erstrahlend in einer blendenden Zukunft.

Ich ließ ein wenig das Autofenster herunter, es war ein linder Frühsommermorgen. Milde, frische Luft füllte den Innenraum, das Radio dudelte, und in meine Hochstimmung mischte sich eine Spur von Aufregung, ich spürte ein leichtes Schaben im Bauch und ein feines Kitzeln unter der Schädeldecke. Pünktlich kam Tamia vor die Tür. Natürlich pünktlich, was auch sonst? Sie trug hochhackige Schuhe, ein weißes, weites Sommerkleid mit zitronengelben Punkten. Ich verschwand fast hinter dem Lenkrad, obwohl der Eingang drei Häuser entfernt war, ihr Auto parkte knapp zehn Fahrzeuge vor mir. Auf der Straße blieb sie kurz stehen, öffnete ihre Handtasche, kramte darin, bevor sie in den Wagen stieg. Als sie gemäß ihrer Gewohnheit mit Vollgas aus der Parklücke schoss, hatte ich meinen Motor bereits gestartet. Ich fuhr schnell auf ihren Stellplatz.

Ich trug den Abbruchhammer wie eine Aktentasche ins Haus. *Hallo Schatz, ich bin wieder da, wie geht's den Kindern?* Mit dem Geruch hatte ich jedoch nicht gerechnet. Er empfing mich wie ein Begrüßungskuss. Es war Tamias, nein, es war unser Geruch, ein Geruch voll Sehnsucht, Wärme und Heimeligkeit, ein Kokon, ein Rückzugsort. Er hatte mir gefehlt, und es hatte ihn genauso in unserer alten Wohnung gegeben, wie es ihn hier gab – und wie es ihn in Kanada geben würde. Der Geruch war bei uns zu Hause, nein, falsch: Wir waren dieser Geruch.

Mir schwindelte fast, als ich den Geruch so tief einsaugte, dass mein Brustkorb anschwoll wie ein Hahnenkamm. Dazu mischte sich noch der feine Duft von Tamias Frühstück, der Duft von geröstetem Toastbrot und frischem, aufgebrühtem Kaffee, der noch eine Weile im Hausflur schwebte, bevor er sich in der Zeit verlor. Ich war gerührt. Nein, ich war den Tränen nahe, denn diesen Geruch würden wir mitnehmen, mit über den Atlantik, in ein neues Leben.

Und was spräche dagegen, diesen einzigartigen, intensiven Moment noch auf die Spitze zu treiben, einem Höhepunkt zuzuführen, den ich im Übrigen dringend nötig hatte und von dem ich vielleicht sogar in vielen Jahren Tamia erzählen würde? Bei einem Glas Wein, auf unserer Veranda oder einer Bootstour auf dem Capilano Lake oder ganz beiläufig in der Küche, während das Essen auf dem Herd blubberte und wir einem gemeinsamen Abend vor dem Fernseher entgegensahen?

Die Treppe knarzte, als ich zu unserem Schlafzimmer emporstieg, ein Pilger auf dem Weg zur Spitze des Sinai, Ararat oder Zion. Dann saß ich plötzlich auf Tamias Bettseite, die natürlich akkurat gemacht war, alles wie immer. Traute Gewohnheit. Ich lächelte, streichelte fast zart über die Laken, nahm dann Tamias Kissen und vergrub mein Gesicht darin. Es roch, ja, ich konnte es nicht leugnen, es roch anders, anders als in meiner Erinnerung. Hatte sie das Waschmittel getauscht?

Aber was sollte es schon? Gewohnheiten änderten sich eben, Menschen änderten sich. Istzustände waren nichts als eine Illusion. So war das. Es war der Wandel, der die Welt im Kreise drehte. Politische Systeme kollabierten, Währungen stiegen und fielen, jeden Tag, jede Minute, Seuchen verbreiteten sich, wurden im Keim erstickt oder auch nicht, Grenzen lösten sich auf, wurden verschoben, das Universum wurde mit jedem neuen Blick ins Teleskop kleiner und größer, beides zugleich, gestern lauschten die Menschen beflügelt den Tönen eines Grammophons, heute spielte die Musik in einer Cloud, übermorgen installierte man eine neue App, in zwei

Tagen brauchte es ein Update, nächste Woche gab es ein besseres Programm. Die Welt war eine brodelnde, wabernde Masse, im Dauerfeuer der Bewegung, und wir konnten zum Takt dieses Supervulkans nur hampeln, marschieren oder tanzen.

Ich roch noch einmal am Kissen, sog Tamias neuen Duft tief ein, hielt noch kurz das Kissen fest, bevor ich es zurücklegte, packte es einmal mit beiden Händen, als gebe es einen Pakt zwischen uns, eine stille Übereinkunft zweier Verbündeter. Auf dem Weg nach unten stupste ich wie zur Begrüßung die Tür zu Tamias Arbeitszimmer an, sie schwang auf. Ich blickte nicht einmal richtig hinein, doch irgendetwas erregte meine Aufmerksamkeit. Ich blieb stehen. Irgendetwas hatte meinen Augenwinkel erfasst, zog eine großzügige Bahn und setzte ganz langsam zum Landeanflug in mein Bewusstsein ein. Hatte Tamia gestrichen?

Ich ging rückwärts.

Einen Schritt nur.

Dann noch einen, und noch einen.

Stirnrunzelnd betrachtete ich die blauen Wände.

Hellblau.

Himmelblau.

Bübchenblau.

Gespickt mit Wolken und Sonne, der ganzen heiteren Grenzenlosigkeit der Kindheit.

Es gibt einen FI-Schalter in der Elektrotechnik. Ein Schutzschalter, der Menschen vor Stromschlägen schützt. Ist bei Neubauten schon lange Pflicht. Ist ein hochsensibles Gerät, das jede Differenz von zu- und abfließendem Strom registriert. Während eine gewöhnliche Sicherung erst bei sechzehn Ampere reagiert, unterbricht der FI-Schalter den Stromkreis bereits bei sagenhaften zehn Milliampere, womit das Gerät nicht nur Überspannungsschäden oder Kabelbränden vorbeugt, sondern mit seiner Abschaltzeit von wenigen Millisekunden vor allem uns vor einem tödlichen Stromschlag schützt. Ein Mensch hat keinen FI-Schalter. Außer vielleicht die Ohnmacht, in deren Frieden aber für gewöhnlich nur Weiber in alten Filmen oder haarsträubenden Komödien fallen.

Ich kann nicht behaupten, dass ich nichts gedacht habe, als ich die Klinke der offenen Haustür bereits in der Hand hielt. Denn wann denkt irgendwer nichts? Ich kann aber auch nicht behaupten, dass sich meine Gedanken noch in irgendeiner Weise bewegten. Sie standen vielmehr still, verharrten, schlossen sich erst sachte, dann immer stärker um dieses eine Bild in meinem Kopf: Ein leerer Raum mit blauen Wänden, mit weißen Wolken und gelber Sonne, und nur ein einzelnes Mobile mit Holzmöwen drehte sich an der Decke, es drehte sich sanft im Kreis einer unsichtbaren Kraft. Im Wohnzimmer steckte ich den Abbruchhammer als Erstes ein, den Griff des Geräts fest in meiner Faust. Der Abbruchhammer war jetzt auch keine Aktentasche mehr, nein, er war ein Messer, das in die Eichendielen fuhr wie in ein knuspriges Sonntagsbrötchen.

SECHZEHN

Wir wurden erstickt, waren gefangen, steckten kopfüber im Geburtskanal der Natur. Genauso war es, und mit jedem Schritt, der uns zu Mo Pu führen sollte, schloss sich der Wald dichter um uns. Bananenbäume und Bambus rückten näher an den Trampelpfad, Farn und Rattan bekrabbelten unsere Arme und Beine. Ich zog die Schultern zusammen, ging stellenweise seitwärts, fühlte mich für einen kurzen Augenblick, als würde ich einen vertikalen Limbo-Tanz aufführen, zur Belustigung meiner selbst und aller Lebewesen, aber das war es nicht. Es war kein Limbo, nicht einmal ein Tanz, kein spaßiges Miteinander im Rhythmus von Musik, es war ein Ausweichen und Schlängeln zwischen den Urkräften des Dschungels, mit Schlangenlinie durch die Ecken und Kanten des ganzen Universums, gegen das ich nicht müde wurde zu – ja, zu was? Zu kämpfen? Ich? Kämpfen? Sicher nicht. Zu stänkern und zu meckern vielleicht, bestenfalls mit geballten Fäusten gen Himmel.

Apropos Himmel. Ich sah ihn nicht. Er war eine Ahnung über dem Gewölbe des Blätterdachs. Was aber egal war. Ich stieg die meiste Zeit mit gesenktem Kopf den Pfad hinauf. Den Pfad, der keiner war. Schweiß lief in Schlieren meine Stirn herunter, tropfte mir aus den Augenbrauen. Plötzlich stieß ein Etwas – ein sehr lautes Etwas – einen gellenden Schrei aus. Ein Affe? Ein Vogel? Ein Nager? Das Tier schrie einmal, zweimal. Es klang nach Angriff. Ich lief unbeirrt weiter, aber die fremden Geräusche stellten meine Nervenenden wie Nackenhaare auf. In meinem Inneren schrillte ein urgenetisches Alarmsignal. Ich wollte in eine Höhle kriechen, auf einen Baum klettern, mich wenigstens mit einem Stock bewaffnen, um alldem nicht völlig hilflos ausgeliefert zu sein. Der dritte Schrei war der letzte in der Folge, verhallte im Dickicht, womit sich aber nur wieder die Grillen aus dem Klangbett erhoben, die unentwegt rasselten, seit wir aufgebrochen waren. Sie rasselten und pfiffen wie eine zerfressene Lunge.

Ich hörte Freya, etwas knackte unter ihren Füßen. Sie ging ein paar Meter hinter mir. Bei unserem letzten Stopp hatten wir gewechselt. Ich hatte die Führung übernommen, ging jetzt vorweg, was aber zu keiner Verbesserung der Gesamtsituation beitrug. Gut war daran nur, dass ich nicht mehr Freyas wundervollen Hüftschwung ertragen musste. Denn ungeachtet der gestrigen Geschehnisse, ungeachtet der Tragödie, die sich hier gerade anbahnte *(Vermisst: Touristenpärchen an Heiligabend im thailändischen Dschungel verschollen)*, zirkulierte es in meinem Unterleib, es war eine hormonelle Folterkammer, errichtet in meinem Körper. Ich kämpfte also im Grunde gegen meine Triebe, die mir wahrscheinlich signalisierten, mich vor dem Ende noch fortzupflanzen. Es war kaum zu ertragen, weswegen ich mich kurzerhand an die Spitze unserer Expedition setzte, und das war gut, besser, funktionierte. Einigermaßen. Schlecht war: Ich spürte jetzt Freyas bohrenden Blick in meinem Rücken, knirsch-knack, einmal durch die Brust.

Freya war nicht nur verstimmt, sie war sauer, stocksauer, und ich konnte sie verstehen. Ich hatte gestern Abend das Gespräch gesucht, zunächst selbstanklagende Monologe gehalten, und wir hatten auch darüber geredet, natürlich hatten wir geredet, aber ich konnte noch so viel erklären, konnte noch so viele Entschuldigungen aussprechen, ich hatte Freya erniedrigt, sie nackt im Dschungel stehen lassen. Kurz erzählte ich ihr sogar von Tamia auf dem Klositz und mir nackt in der Badewanne, um irgendeine winkelverkehrte Brücke zu unserer Situation zu schlagen, dass ich ihren Frust gut verstehen konnte, nein, ich litt sogar mit ihr, da ich dasselbe bereits erleben musste, aber Freya nickte nur verschlossen, nippte sogar an einem Drink aus lauwarmer Coke und einem Schuss Mekhong, aber nicht einmal der Alkohol spülte ihr die Milde in die Augen.

Einsilbig nahmen wir unser verwirrendes Abendessen zu uns. Verwirrend, weil die Zucchini aussah wie eine Zucchini, aber keine Zucchini war. Schmeckte anders. Das Zitronengras erinnerte an Ingwer. Und der Ingwer hatte eine Farbe wie Karotten und roch wie Orangen. Aber es schmeckte gut, auch wenn mich die Aluteller und verkohlten Töpfe immer wieder zum Schnaps greifen ließen, der wie ein Feuerteufel in meinen Gedärmen und Adern wütete. Die Nacht verbrachte ich wach, lauschte Freyas ruhigem Atem und den Geräuschen, die ich immerzu dem Schwein unter unserer Hütte zuschob. Nach einer Schale Reissuppe mit geröstetem Knoblauch zum Frühstück waren wir aufgebrochen, hatten uns sogar den Weg noch einmal erklären lassen, wobei es eigentlich keine Erklärung gegeben hatte. »Folge dem Weg.« Das war die Erklärung.

Aber Wege verwitterten, das war hier ganz offensichtlich das Problem, sie wuchsen zu. Wenn man die Wege nicht permanent mit Fußtritten und Macheten bearbeitete, nahm die Natur sie wieder zu sich, und man stand plötzlich in der Botanik. Ich hielt an, es hatte einfach keinen Wert. Ich sah mich um, atmete schwer, wie durch ein feuchtes Tuch, und bei jedem Atemzug hatte ich das Gefühl, als würde die Umgebung mit mir atmen. Ich hatte die Stelle, an der Freya abgebogen war, noch vor Augen. Wie lange war das her? Zehn Minuten? Dreißig Minuten? Ich wusste noch, dass mir an der Stelle ein kritischer Kommentar auf den Lippen lag, aber ich hatte mich nicht getraut, die Kritik zu Gehör zu bringen. Nicht das auch noch! *Kein Problem*, hatte ich gedacht, *kein Problem, gehen wir im Zweifel nochmal zurück*, aber es sah hier alles gleich aus.

Die ständige Fortsetzung desselben.

Bäume, Blätter, Wurzeln, Bäume.

Vielleicht wäre umzukehren genau die falsche Entscheidung.

Vielleicht.

Aber vielleicht auch nicht.

Ich stemmte die Hände in die Hüften. Freya zog eine Wasserflasche aus ihrer Tasche. Ich hörte ein Rascheln im Unterholz. Erst entfernt und im selben Augenblick, wo es dort endete, begann das Geräusch direkt neben mir, keinen Steinwurf entfernt. Äste knackten, Blätter bewegten sich, etwas bahnte sich seinen Weg durch das Gestrüpp. Mein Herz hämmerte, und ich hustete, hustete laut. Das Geräusch verstummte. Nur das Grillenzirpen blieb zurück, irgendwo glaubte ich einen Bach zu hören, ein leises, aber stetes Rauschen. Es musste ein Bach sein, oder eine Quelle, ich konnte aber nichts erblicken.

»Freya, ich glaube, wir haben uns verlaufen«, sagte ich und sah mich mit kritischer Gelassenheit um wie der Ranger, der sich nur kurz am Sonnenstand orientierte.

»Quatsch«, antwortete Freya und musterte mich emotionslos.

Ich schwieg einen Moment und fragte, nur um des Sprechens willen, damit der Gesprächsfaden nicht abriss: »Was war das noch einmal für eine Atemtechnik, die Mo Pu dir beibringen soll?«

»Es gibt sechs Kriyas im Hatha-Yoga. Die Nauli-Atmung ist aber sehr schwer und betrifft den gesamten Darmbereich.«

»Das ist aber nicht das komische Ding mit den Dellen, oder? Das, wo der Unterbauch kurz wie eine leere Badewanne ausschaut?«

»Doch, ich glaube, wir meinen dasselbe«, sagte Freya.

»Diese Folter willst du lernen?! Freiwillig!? Dafür das alles?!«, rief ich und ließ meinen Arm einen Kreis vollführen, der alles einfasste, den Urwald, die Schwüle, die Anstrengungen, die hungrigen Raubtiere, meine Ängste, Sorgen, Nöte und auch unseren Streit, natürlich unseren Streit.

»Nein. Nicht nur *dafür.* Ich wollte es dir erst oben sagen. Du bekommst von mir eine Nasenreinigung mit heißen Wachsfäden zu Weihnachten geschenkt. Führt Mo Pu bestimmt durch«, entgegnete Freya, und für einen kurzen Augenblick, nach vierzehn endlosen Stunden, erhellte ein Lächeln ihre Augen – wenn Augen lächeln konnten.

Und zugegeben, es war ein intuitives Lächeln, das sich sofort wieder in Kälte wandelte, als sich Freya ihrer Reaktion bewusst wurde. Ich sah ihren versteinerten Blick zurückkehren und wusste plötzlich, dass ich vieles ertrug, nein, eigentlich ertrug ich nichts, war eine Lusche, ein Duckmäuser, aber ihr kalter Blick tat tausend Mal mehr weh als Blickspieße im Rücken oder eine Verbrennung mit dem Lötkolben. Ich holte Luft, sah Freya an, doch sie erriet, noch bevor ich den Mund aufmachte, dass ich im Begriff war, ihr jetzt alles noch einmal zu erzählen. Von vorne bis hinten, meine ganze Lebensgeschichte, nur damit sie mir meinen Ausrutscher am Wasserfall verzieh. »Freya, ich …«, begann ich, doch kam nicht weiter.

»Du hast nicht wirklich geglaubt, dass ich eine Geschlechtskrankheit habe, oder?«, platzte sie hervor.

»Ist das etwa das Problem?«, fragte ich fast erleichtert.

»Ja, schon, auch. Es ist *ein* Problem.«

»Hör zu, Freya. Ich dachte am Wasserfall kurz an Hepatitis, die durch den Geschlechtsakt …«, begann ich meine Erklärung, und ja, ich benutzte wirklich dieses Wort, *Geschlechtsakt*, als könnte eine sachliche Sprache die wild gewordenen Emotionen bändigen. Es fehlte nur noch, dass ich anfing von Kopulation, Koitus oder Begattung zu sprechen. »Also, äh, Hepatitis wird durch Sex übertragen. Unter anderem. Die Leber schwillt infolge der Erkrankung an. Und da ich keine ordentliche Hepatitis-Impfung mehr hatte, als ich Hals über Kopf nach Thailand aufgebrochen bin, fiel es mir gestern am Wasserfall wie Schuppen von den Augen: Ich hatte mich irgendwo mit Hepatitis infiziert, weswegen auf dem Ultraschall im Krankenhaus auch keine Tumore mehr sichtbar waren, die gehen in einer geschwollenen Leber nämlich unter. Verstehst du: Da war er wieder, mein Krebs. Zusätzlich hatte ich noch Hepatitis. Deswegen bin ich davongerannt.«

»Also im Grunde hast du gedacht, dass *du* eine Geschlechtskrankheit hast.«

Ich überlegte. »Nun, am Ende des ganzen Gedankenlabyrinths, ja, doch, so könnte man es auch formulieren.«

Freya mustere mich. »Woher weißt du denn so viel über Krankheiten?«

»Keine Ahnung, aus dem Internet, aus Magazinen.«

»Als du mir in Chiang Mai davon erzählt hast, dachte ich noch, wir reden hier über die übliche Form von Hypochondrie, was eben jeder manchmal hat. Du hast das alles auch mit so viel Humor gespickt, ich dachte, du übertreibst.« Freya schüttelte entschieden den Kopf. »Aber das mit Hepatitis ist doch Blödsinn, das kaufe ich dir nicht ab. Du hast doch auch ein Blutbild machen lassen, warum hättest du denn Hepatitis haben sollen?«

»Natürlich ist das alles Blödsinn, aber mein Hirn funktioniert manchmal so. Panikmodus.«

»War das schon immer so bei dir, oder …?«

»Ich war früher schon immer etwas panisch, habe ich wahrscheinlich von zu Hause mitbekommen. Wenn ich einmal geniest habe, hat mich meine Mutter gleich in Hustensaft gebadet. Nur wusste ich damals noch nicht, dass ein blauer Fleck auch ein Symptom für Leukämie sein kann. Blaue Flecken waren nur blaue Flecken. Jetzt habe ich ein Hämatom nur noch als Puzzlestück eines komplexen Krankheitsbildes im Kopf und kann es auch nicht mehr löschen«, keuchte ich und wünschte mir einen Windstoß, ja, das wäre es jetzt, ein Windstoß, eine kühle Brise, die kurz alles in Bewegung versetzen würde, Äste, Blätter, Gefühle. Neuer Mut, das war es, was wir bräuchten: neuen Mut. Es bräuchte Vergebung, einen Anfang und ein Ende, es bräuchte eine Bö arktischen Ausmaßes, eine Bö, die neuen Mut brachte und alte Kamellen wegtrug, aber es war windstill. Alles stand, vor allem die Luft. Es war regelrecht stickig, und der Schweiß tapezierte mir die Klamotten auf den Körper.

»Hast du Angst vor dem Tod? Ist es das?«, fragte Freya.

»Fakt ist: Nach dem Tod ist es vorbei. Der Mensch ist nichts weiter als eine Blockbatterie«, antwortete ich und war jetzt voll und ganz in meinem Element. Ich hielt ihr wie zum Beweis eine imaginäre Batterie entgegen, es sah aus, als formte ich mit Daumen und Zeigefinger ein C wie Cholera, Creutzfeldt-Jakob, Cluster-Kopfschmerzen, Cushing oder Chorea Huntington. »Der Mensch ist nichts weiter als eine Blockbatterie«, wiederholte ich, »ein Chemie- und Physikexperiment der Natur. Elektronen fließen von der einen Seite zur anderen Seite. Irgendwann haben alle Elektronen die Seiten gewechselt, dann geht die Taschenlampe aus. Also ja, ich habe Angst vor dem Tod, aber noch mehr vor Krankheit und vorm Sterben. Dieser Willkür des Lebens ausgeliefert zu sein, das killt mich. Oft begleitet mich diese Angst wochenlang wie ein böser Kamerad, und manchmal, wenn es mir richtig gut geht, dann bekomme ich Angst vor der Angst, davor, dass sie bald wiederkommt. Und dann denke ich, dass es mir mit meiner Rationalität doch leichtfallen müsste, meinen Ängsten entgegenzuarbeiten: Keiner hat das Leben überstanden. Milliarden Menschen hatten sogar weniger Annehmlichkeiten als ich, und trotzdem kann ich mein Privileg und Schicksal nicht annehmen, verstehst du?«

»Na ja, man muss ja auch in Betracht ziehen, dass alles vielleicht völlig anders ist als du, ich, wir glauben. Es gibt ja auch Menschen mit Nahtoderfahrungen, die würden dir was ganz anderes zu dem Thema erzählen.«

»Geschichten vom hellen, warmen Licht? Das ist nur Reststrom in der Batterie, gibt es noch fünf Minuten, nachdem die Birne schon nicht mehr brennt«, erwiderte ich und überlegte. Hatte nicht der Mönch gesagt, dass ich als Elektriker näher am Buddhismus sei als mancher Philosoph? Ich seufzte. »Aber vielleicht verlässt nach dem Tod unsere Energie auch nur die Hülle und geht auf andere Energie über. Mag sein. Ich weiß es nicht.«

Freya schmunzelte, sie schmunzelte wirklich. »Mein Vater hat immer Schach gegen sich selbst gespielt, konnte er gut, drehte immer das Brett, nur wer am Ende der Gewinner war, blieb unklar.«

»Tut mir leid, Freya, tut mir leid, dass ich einen an der Waffel habe.«

Freya musterte mich eine Weile. Sie wischte sich mit dem Rücken der Hand, in der sie die Wasserflasche hielt, über die Stirn. »Kannst du dir vorstellen, wie absurd sich das alles für mich anhört, angesichts meiner Krankheit?«

»Kannst du dir vorstellen, wie absurd sich das alles ausspricht, seit ich von deiner Krankheit weiß?«

»Oder lag es auch an dem Gespräch über Kinder?« Sie zog die Augenbrauen nach oben. Sie blinzelte nicht einmal mehr, ich hatte das Gefühl, dass sie jetzt jede Geste, Mimik und jeden Ton wahrnahm. Sie durchleuchtete mich mit Röntgenaugen.

»Kinder?«, fragte ich verdutzt und trat von einem Fuß auf den anderen.

»Ich hatte dich doch in Chiang Mai gefragt, ob du Kinder haben möchtest.«

Ich hatte bis zu diesem Zeitpunkt keinen Gedanken daran verschwendet. »Hat Sex etwas mit Kindern zu tun?«, entgegnete ich und grinste.

»Konstantin.«

»Okay, okay, nein, es hatte nichts mit deiner Frage zu tun. Wirklich«, beteuerte ich, und die Grillen zirpten, hatten mittlerweile die Penetranz von Asphaltsägen erreicht. Mussten die Viecher nicht auch einmal Luft holen?

»Oder findest du mich nicht attraktiv? Ist es das?«

Ich merkte es erst nicht, aber die Frage gewann dramatisch an Volumen, schwoll an, nicht nur in meinem Kopf, sie schien die ganze Umgebung auszufüllen, als würde der ganze Dschungel nur noch um diese Kernfrage pulsieren. War es das? Nagte das an ihr, konnte sie mir deswegen schlecht vergeben? Freya. Die große Freya. Ein Vogel kreischte. Ich atmete die feuchte Luft, was Ertrinken nahekam. Meine Haut – oder was aus den Schichten langer Kleidung hervorlugte, also Hände und Gesichtshaut – glühte, war so heiß, als stünde ich neben einem Ofen.

»Na-tür-lich nicht«, sagte ich mit Nachdruck, betonte jede Silbe, dann hörte ich das Knacken von dickem Geäst und sah die Bewegung im Wald.

SIEBZEHN

»Morgen«, sagte Mo Pu, lief an der verdutzten Freya und dem verdutzten mir vorbei.

Auf den Schultern trug er ein Bambusrohr, an dessen Enden zwei Holzeimer baumelten, randvoll mit Wasser. Der Mann war klein, schmächtig, hatte ein ausdrucksloses Allerweltsgesicht mit Stoppelkinn, in dem sich weiße und schwarze Härchen abwechselten. Es war Mo Pu, kein Zweifel, der Mann aus dem wackeligen Internetvideo. Er trug Badeschlappen, eine weite hellgrüne Baumwollhose und ein kragenloses weißes Hemd. Ich machte ihm Platz, ging zwei, drei Schritte den Pfad hinauf, dort, wo sich die Natur ein wenig zurücknahm, und drängte mich in eine Lücke zwischen unzähligen Bambusstämmen, die hier ein regelrechtes Gefängnis aus Gitterstäben errichtet hatten – als ich die Hölzer an meinem Rücken spürte, kroch eine Gänsehaut meine Arme und meinen Nacken empor, ich spürte regelrecht die Urtiere, die sich im Unterholz die Lippen leckten.

»Guten Morgen«, entgegnete ich, als Mo Pu auf meiner Höhe war.

Falls er meinen Gruß wahrgenommen hatte, zeigte er es nicht. Kaum war er an mir vorüber, machte ich einen beherzten Schritt zurück auf den Pfad, schaute kurz zu Freya, dann traf mich ein peitschenartiger Schlag zwischen den Schulterblättern. Dabei hatte ich mich nur kurz zu Freya umgedreht, hatte mit irgendeiner Geste – Schulterzucken, Lippenschürzen, Augenbrauenheben – der Situation nonverbal Ausdruck verliehen. Ich zuckte zusammen, warf mich herum, klar warf ich mich herum, aber da war nichts. Nur Mo Pu, ein paar Schritte vor mir, der gemächlich das Wasser den Hang hinaufschleppte. Ich blickte panisch nach allen Seiten. Oben, unten, links, rechts. Nichts. Da war nichts. Kein Shaolin hing im Spagat in einer Astgabel, kein kampfbereiter Urwaldzwerg saß zähneknirschend in einem Erdloch.

War es jetzt so weit? Wurde ich jetzt völlig gaga? Verlor ich endgültig den Verstand?

Ich schüttelte mich, es ziepte an meinem Rücken, irgendetwas war also passiert – musste passiert sein!

»Ist irgendwas?«, fragte Freya.

»Ich …«, begann ich, brach ab und dachte im selben Moment, dass ich unsere Beziehung vielleicht nicht weiter strapazieren sollte. Phantomschläge kamen sicher nicht gut an. Ich sagte: »Nein, nein, alles gut, nur ein kleiner Krampf.«

»Auf geht's«, entgegnete Freya, drückte sich an mir vorbei und folgte Mo Pu den Hang hinauf.

Meine Brust war mit einem Gürtel umschnürt, der bei jedem Schritt ein Loch enger gemacht wurde. Ich folgte der Karawane, atmete bei jedem Schritt tief ein und aus, schnaufte und keuchte mich dem Ziel entgegen. Gut, ich hatte wieder zwei Tage und Nächte kaum geschlafen, und ich fühlte mich erbärmlich. Und das, obwohl ich mir auf meine Kondition recht viel eingebildet hatte. Nur zur Erinnerung: Seit meinem zwanzigsten Lebensjahr tägliches Laufprogramm, mindestens alle zwei Tage, dreißig Minuten die Maschine anfeuern. Und jetzt? Paar Wochen totgeweiht, und alles war wieder dahin. Aber Jammern half ja nichts, vor allem nicht zu diesem Zeitpunkt, es ging nämlich weiter aufwärts, in einem Tempo, als seien uns die Khmer auf den Fersen.

Nach ein paar Minuten traten wir auf eine gerodete Fläche. Über mir schachtelten sich Reisterrassen an den Hang, zehn, elf, zwölf an der Zahl, nicht mehr, nicht weniger, eine Aneinanderreihung von Passepartouts. An der Spitze stand ein Holzbungalow auf

Stelzen. Der Himmel hatte eine eigenartige Färbung angenommen, sah aus wie eine ausgepeitschte Schweinehälfte voll rosafarbener Narben. Einen Pfad gab es hier nicht mehr. Mo Pu lief auf den grasbewachsenen Lehmmauern entlang, schlängelte sich behände Reisterrasse um Reisterrasse nach oben. Ich balancierte hintendrein. Die Becken waren leer. Keine Reisgräser, keine Triebe, kein Wasser, nur knochentrockene, rissige Erde. Apropos Wasser: Ich schaute nochmals Mo Pu hinterher, aber die ganze Zeit, nicht im Wald oder jetzt auf den Reisterrassen, war ein einziger Tropfen aus den Eimern übergelaufen, geschweige denn ein Schwall Wasser übergeschwappt. Und wenn, dann hatte ich es nicht gesehen.

»Was treibt euch heute den Berg hinauf?«, fragte Mo Pu, als wir vor seiner Hütte ankamen, die Eimer standen neben ihm, er stützte sich auf das mannshohe Bambusrohr wie auf einen Zauberstab und blickte mich dabei unentwegt an. Neben ihm scharrte ein abgemagertes Huhn mit struppigem Gefieder im Dreck.

Freya ergriff das Wort. »Ich würde gerne bei der Nauli-Atmung vorankommen und dazu bei Ihnen eine Stunde nehmen«, sagte sie mit Elan, wirkte dabei verunsichert, ohne dass ich den genauen Grund dafür nennen konnte. War es ihre Haltung, der leicht eingezogene Kopf?

»Nauli-Atmung. Ist gut, gute Technik«, antwortete Mo Pu, ohne mich aus den Augen zu lassen, und fragte: »Und wer ist das?«

»Meine Begleitung«, antwortete Freya.

Mo Pu nickte schweigend. Ich wurde nervös unter seinem starren Blick und begann von einem Bein auf das andere zu tänzeln.

»Müssen Sie immer so weit unten das Wasser holen?«, flötete ich und schob ein Lächeln hinterher. »Jeden Tag?«

»Nicht in der Regenzeit«, antwortete Mo Pu, ging zwei Schritte zur Seite, holte blitzschnell mit dem Bambusrohr aus und ließ es auf meine Schulterblätter krachen.

Na gut, »krachen« war vielleicht übertrieben, es fetzte mehr, als dass es wirklich wehtat, aber der Schreck ließ mich regelrecht auf der Stelle hüpfen. »Ey«, rief ich, »sind Sie noch ganz bei Trost? Haben Sie mich vorhin unten im Wald ...«

Aber ich kam nicht weiter, es folgte schon der nächste Hieb. »Steh gerade«, zischte Mo Pu.

»Was?«

»Du sollst gerade stehen. Du bist ein Mensch und keine Garnele!«

»Sind Sie Orthopäde, oder was?!«, fauchte ich ihn an, da sah ich, wie er erneut den Stecken hob. Instinktiv streckte ich mein Rückgrat durch.

»Besser. So ist es besser.« Mo Pu ließ den Stecken sinken.

»Tickt der noch ganz richtig?«, fragte ich Freya auf Deutsch, die kreidebleich der Szene folgte und ganz offensichtlich nach Worten rang.

»Deine Haltung ist schon nicht die beste«, flüsterte sie und schluckte.

»Entschuldigung?«

»Du lässt schon gerne die Schultern hängen.«

»Na, herzlichen Dank auch«, knurrte ich. Fiel sie mir hier oben jetzt etwa in den Rücken? Ich war drauf und dran, eine großangelegte Schimpftriade auf Mo Pu, Freya und den Gesamtzustand im Allgemeinen abzufeuern, da stand Mo Pu auch schon neben mir.

Er ließ das Bambusrohr fallen, packte mit seiner linken Hand meinen linken Oberarm und boxte mir mit seiner rechten Faust zwischen die Schulterblätter. Auch das tat nicht weh, es nervte nur. »Stand up straight«, zischelte er.

»Ist in Ordnung, ist in Ordnung, ich achte darauf, Herrschaftszeiten!«, keifte ich zappelnd, befreite mich aus seinem Griff und ballte die Fäuste. Ich würde nicht so weit gehen, mich als dogmatischen Pazifisten zu bezeichnen, aber bislang war ich zeitlebens gegen Gewalt gewesen. In diesem Augenblick überlegte ich mir aber, ob ich nur gegen Gewalt war, weil ich nie gezwungen wurde, welche anzuwenden. Mo Pu ging einen Schritt zurück, ließ mich aber nicht aus den Augen. Ich stand stramm wie ein Bambusschössling. Er kratzte sich an der Nase, aber ich zuckte zusammen, als wäre ein Silvesterböller neben mir explodiert.

»Ich kann Karate!«, platzte ich hervor.

»Konstantin!«, rief Freya.

»Okay, okay, ich kann kein Karate, aber lassen Sie mich ja in Ruhe!«

»Mach deinen Bauch frei und zeige mir dein Agni Sara«, befahl Mo Pu.

Ich versuchte noch zu eruieren, wer wohl mit dem Satz gemeint war, da krempelte Freya schon ihr Shirt bis unter ihren BH, ging leicht in die Hocke, stützte ihre Hände auf den Oberschenkeln ab. Sie begann in kurzen Stößen ein- und auszuatmen. Wusste sie von Oriana, wie eine Sitzung bei diesem Wahnsinnigen ablief? Die ruppige Art von Mo Pu schien sie jedenfalls nicht aus der Bahn zu werfen. Oder war das hier üblicher Umgang in der Szene? Ein höflicher Erfahrungsaustausch zweier Sklaventreiber? Lief so Entspannung für Fortgeschrittene ab? Für mich wirkte es eher wie systematische Verspannung, eine echte Plackerei, nur um jede Darmzotte darauf hinzuweisen, wer im Körper die Hosen anhatte.

Mo Pu sah kurz zu Freya, fixierte dann wieder mich. »Das ist gut, ist gut, kannst du schon deine geraden und schrägen Bauchmuskeln kontrollieren?«

»Einigermaßen«, antwortete Freya. Sie erhob sich, spannte den Bauch an, und ich staunte nicht schlecht, nein, ich war sogar ein wenig stolz. Bei dem folgenden Anblick stand ich von alleine gerade, aus reiner Freude: Der mittlere Strang von Freyas Bauchmuskeln war nämlich stramm und fest, keine Veränderung, aber plötzlich versank alles darum herum, sie zog den Bauch um den Muskel herum ein. Wie funktionierte das? Ich konnte nicht einmal meinen großen Zeh separat bewegen, geschweige denn eine Augenbraue hochziehen oder meine Zunge rollen. Ich pfiff durch die Zähne. So etwas Bizarres hatte ich bislang nur auf Bildern von verrückten indischen Yogis gesehen. Dann begann sich Freyas Bauch plötzlich zu bewegen, Wellengang, ich war baff. Mit dieser Frau hatte ich fast beinahe geschlafen!

»Nicht schlecht, oder?«, kommentierte ich fasziniert.

»Ist gut, ist gut«, trällerte Mo Pu, schien sich aber nicht für die Übung zu interessieren. Er begann plötzlich, mich zu umkreisen, einmal, zweimal, ich hielt die Luft an. Er umrundete mich mit verschränkten Händen hinter dem Rücken, begutachtete mich wie ein General seinen Soldaten. Ich stand stramm, aber schwor mir: Karate hin, Karate her, noch ein Schlag, und ich würde ihm an die Gurgel springen, nur um ihm zu zeigen, dass er sein Spielchen nicht mit jedem durchführen konnte – und wenn ich es mit Knochenbrüchen bezahlte. Stattdessen spürte ich auf einmal seine kräftigen Hände, die mich an den Schultern packten. Er schüttelte mich, schüttelte mich leicht, rückte mich etwas nach links, dann wieder nach rechts. Es war fast zärtlich, wie er mich berührte, fühlte sich beinahe wie eine Massage an. »Du wartest hier und stehst gerade«, sagte er, drehte sich um und schleifte Freya in seine Hütte.

Ich stand natürlich nicht gerade, war ja nicht bekloppt, sondern schaute mich etwas um, als sich die Tür der Hütte schloss. Die gerodete Freifläche war von allen Seiten durch Bäume geschützt, nur zu den Reisterrassen hin bot sich ein Blick über das Umland. Ich drehte mich einmal im Kreis und ging zum Waldrand, wo Mo Pu einen großen, umzäunten Garten angelegt hatte, von der Grundfläche sicher doppelt so groß wie seine Hütte. Ich erkannte Tomaten, Chili und Zucchini, der größte Bereich war mit Kräutern bepflanzt. Nicht weit daneben hatte er eine überdachte Feuerstelle errichtet, in der glimmenden Glut kokelte eine verrußte Metallkanne, daneben standen einige Holzschüsseln. Ich spickte geniert hinein. Im wahrsten Sinne der Worte. Ich hatte das Gefühl, hier einmal durch die Küche einer wildfremden Person zu stolpern. Gab ja auch hier oben so etwas wie Privatsphäre. Ich spickte also in die Schüsseln, in denen sich Kohl, Pilze und Schnecken befanden.

Aus der Hütte ertönten Geräusche, die nach Brunftzeit klangen. Mit Stirnrunzeln musterte ich kurz das Gebäude, doch nach wenigen Sekunden wurde es still. Ich ging zur Veranda, der Teil von Mo Pus Anwesen, der unserem Begriff von Zivilisation am nächsten kam. An der Wand stand ein Holzbänkchen, darüber hingen ein Kalender und eine Uhr. Es war kurz nach elf. Unter dem Vordach hingen unzählige getrocknete Kräutersträuße, kopfüber, die einen intensiven Geruch verströmten. Neben dem Bänkchen lagen drei hüfthohe Stapel mit Zeitungen und Magazinen, darunter sogar Auto- und Kulturmagazine, die von der Aufmachung aber auch Reisemagazine sein konnten. Ich wusste es nicht. Die meisten der Zeitungen waren auf Thai, einige auch auf Englisch, die *Washington Post* und *The Herald* waren beispielsweise dabei – beide zwar schon über ein Jahr alt, aber was interessierte das schon hier oben?

Ich ließ mich auf das Bänkchen fallen und schob mir einen Energieriegel von der Verpackung in den Mund. Es fühlte sich an, als würde ich den Inhalt eines Staubsaugerbeutels auslutschen. Nach dem ersten Bissen steckte ich ihn wieder weg und blätterte kurz in einer Fernsehzeitschrift, was mir aber nur einmal mehr vor Augen führte, dass Mo Pu wie ein Urmensch hauste. Würde dieser Mann tot umfallen, gäbe es in zehn Jahren nichts mehr, was an ihn erinnert hätte, nichts, außer einem verrußten Teekessel, einer Uhr, der Spiralbindung eines Kalenders und ja, was noch? Ich sah mich um. Es gab hier oben keine Scharniere, keine Schlösser, keine Werkzeuge, es gab keine Plastikeimer, keine Gläser oder Tassen. Ich hatte keine Lust, nochmals aufzustehen, aber konnte mich auch nicht erinnern, an der Kochstelle einen Satz Messer, geschweige denn ein Feuerzeug gesehen zu haben.

Ich lehnte meinen Hinterkopf an die Wand, wollte gerade ein wenig die Augen schließen und vor mich hin dösen, da hörte ich wieder heftige Atemgeräusche, die allem Anschein nach von Freya und Mo Pu gleichermaßen kamen. Es klang, als befände sich hinter der Wand ein Kreißsaal. Von der Brunft direkt zur Entbindung. Sie kamen scheinbar gut voran.

Als Freya kurze Zeit später wieder vor die Tür trat, klopfte ich mir mit beiden Händen auf die Oberschenkel und stand auf. Es war geschafft, die Mission erfüllt. Ab jetzt: Schritt für Schritt zurück in die Zivilisation.

»Na.« Ich lächelte frohgestimmt.

»Du sollst reinkommen, er wartet auf dich«, entgegnete Freya.

ACHTZEHN

Warum ich reinging? Sicher nicht, weil ich Lust auf weitere Schläge hatte oder mich die Gesellschaft von Mo Pu gereizt hätte. Und auch nicht, weil ich mir von einer Audienz, oder wie man es auch nennen mochte, etwas erhofft hätte. Vielleicht, weil ich wissen wollte, ob wenigstens in seinem Bungalow ein Flatscreen an der Wand hing, mit Spielkonsole, SAT-Schüssel und Blu-Ray-Player ausgerüstet. Ich hoffte, eine elektrische Zahnbürste, Haartrockner oder Rasierapparat zu entdecken, einen Wasserkocher, wenigstens aber ein Heizwedel oder Radio, nur um mir zu bestätigen, dass Mo Pu kein Übermensch war. Vor allem aber – und das ist die nüchterne Wahrheit – war es am Ende die Neugier, die mich in seine Hütte trieb, die gute, alte Neugier, die sogar Gaffer auf der Überholspur bremsen ließ.

Ich stieß selbstsicher die Tür auf und drehte mich einmal im Kreis, aber natürlich zählte nichts dergleichen zu Mo Pus Eigentum, es gab nicht einmal ein Ofen oder eine Taschenlampe. Der Raum bestand aus Wänden, Decke und Boden, war kahl und leer. Kein Schrein, keine Räucherstäbchen, keine Opfergaben. Nur in einer Ecke stand zusammengerollt eine dünne Matratze. Auf dem Boden lag eine Matte. Mehr gab es nicht, es fehlte aber etwas Entscheidendes: die Rückwand.

Die östliche, den Reisterrassen zugewandte Seite der Hütte bestand aus einer hochgezogenen Jalousie aus geteilten Bambusrohren, verbunden durch dünne, geflochtene Seile. Es gab hier also vielleicht keinen Fernseher, ich stand vielmehr in einem drin und sah nach draußen: Schicht für Schicht schoben sich die Gebirgskämme ineinander, verblassten, umso mehr sie sich entfernten, bis sie schließlich mit dem Horizont verschmolzen. Der Himmel war zerfurcht, in Striemen von blassroter und weißer Farbe. Ganz hinten erkannte ich dunkle Wolken, es braute sich ein Gewitter zusammen. Die Luft war frisch und klar, wobei es stark nach Eukalyptus und Kampfer roch. Mo Pu rieb sich mit irgendetwas die Unterarme ein. Er hielt mir mit der linken Hand einen Steinmörser hin, in dem sich eine weißliche Paste befand.

»Tigerbalsam«, erklärte er und zeigte mit der rechten Hand auf meine Arme.

Ich krempelte meine Ärmel hoch und schmierte mich mit dem Zeug ein, ohne eine Ahnung, was er mit mir vorhatte. Eine Sekunde später saß ich im Schneidersitz auf der Matte, und natürlich boxte er mich als Erstes in den Rücken, was auch sonst.

»Hören Sie auf, mich zu hauen«, fluchte ich und wurde wütend. »Sonst bin ich hier ganz schnell wieder raus, kapiert?«

»Junge, mit dieser Haltung kommst du nicht gesund durchs Leben.«

»Ist ja gut, ich merk es mir«, knirschte ich, aber schon wieder zerrte und zog Mo Pu an mir wie an einem Sack Kartoffeln, der per se nicht in der Ecke stehen blieb.

»So«, schnarrte er schließlich und legte mir die Hand auf den Bauch. »Und jetzt in den Bauch atmen und die Augen schließen.«

Ich tat wie befohlen, aber mit jeder Sekunde wurde mir unwohler bei der ganzen Sache. Ich hatte schon das Gefühl, dass dieser Kauz hinter mir die Messer wetzte (Schnecken machten auf Dauer ja auch nicht glücklich), und zack, wieder bekam ich einen Hieb ins Kreuz. Ich war kurz davor aufzuspringen – was ich auch getan hätte, wenn Mo Pu mir nicht im selben Augenblick die Hände auf beide Schultern gelegt hätte. Die Paste brannte auf meiner Haut, die ätherischen Düfte stiegen mir in die Nase, und eine frische Brise blies mir um die Ohren. Da bohrte mir Mo Pu die geballte

Faust ins Kreuz, drehte sie zwischen meinen Schulterblättern, und ich war wütend, kochte vor Wut, der Deckel begann auf dem Topf schon zu wackeln. Es war genau wie in meiner letzten Sitzung bei Dr. Kippel.

Kurz sah ich uns förmlich wieder in seinem engen Büro sitzen, es war noch nicht einmal fünf Monate her, wir saßen eingezwängt wie zwei Schinkenröllchen zwischen den Toastbrotscheiben seiner Bücherregale. Er hatte an diesem Tag noch etwas Rasierschaum im Gesicht, zwischen Kiefer und Ohrläppchen, ja sogar am Mundwinkel hing etwas, es machte mich ganz verrückt. Dabei war ich eh schon nervös, hibbelig, völlig hinüber, drehte die ganze Zeit eines meiner Smartphones zwischen Daumen und Zeigefinger wie einen Fidget Spinner – ich brauchte einfach ein positives Gutachten. Nicht auszumalen, was die Alternative gewesen wäre, aber es sah nicht gut aus, gar nicht gut. Kippel war so verschlossen wie eh und je, ein überheblicher Schnösel, eingepfercht in seinen intellektuellen Zwinger mit Rasierschaum vor dem Maul.

»Darf ich Ihnen eine Frage stellen?«, fragte er, und ich hatte das Gefühl, ich würde nicht richtig hören. Über neun Sitzungen hatte er nichts anderes getan, als mich mit Fragen zu löchern, und jetzt fragte er, ob er mir eine Frage stellen dürfe? Ich hatte keine Lust und keinen Kopf für dieses rhetorische Gefasel. Seit zwei Tagen kämpfte ich nämlich zu allem Überfluss mit einem bösartigen Tumor hinter dem linken Auge, und die Angst, diese elende, widerwärtige, armselige, durch und durch böse Angst, zupfte fortwährend auf meinen angespannten Nerven wie auf einem Satz verstimmter Saiten.

»Selbstverständlich«, antwortete ich und lächelte höflich. »Selbstverständlich dürfen Sie mir eine Frage stellen.«

»Haben Sie Vertrauen zur Welt?«

Ich überlegte. »Welche Welt meinen Sie?«, fragte ich schmunzelnd und hob mein Smartphone in die Höhe. »Die Welt da drinnen oder die Welt da draußen?«

»Gibt es da einen Unterschied?«

»Irgendwie.«

»Ganz allgemein.«

»Ich habe viel nachgedacht, über das, was Sie mir in den letzten Sitzungen erzählt haben, und Sie haben sicher Recht, mir ist, ja, das Menschsein in letzter Zeit ein bisschen viel geworden«, faselte ich und fand den Satz ganz cool, ganz reflektiert, das musste doch anerkennend vermerkt werden, irgendwie musste ja schriftlich festgehalten werden, dass in meinem Oberstübchen etwas Unordnung, vielleicht auch heilloses Durcheinander herrschte, aber noch lange kein anarchistisches Chaos regierte.

Doch Kippel schrieb nichts auf. Er saß breitbeinig vor mir, das Klemmbrett zwischen Armlehne und seinen Unterarm geklemmt, der Stift lag auf dem Tischchen. Mir wurde ganz übel. »Ihre Reflexionen über das Weltgeschehen, Ihre Investition in dieses Aktienpaket und die Goldanlage, die massiven Krankheitsängste, der doppelte, ja sogar dreifache Vertrauensbruch – das sind belastende Erfahrungen.«

»Dreifacher Vertrauensbruch?«

»Zuerst bittet Sie Ihre *Ex-Freundin* um eine Pause, lässt Sie eineinhalb Jahre im Ungewissen, dann stellt sich heraus, dass sie nicht nur einen neuen Partner hat, sondern obendrein im fünften Monat schwanger ist.«

Autsch. Das tat weh. »Sie wissen schon, dass man für gewöhnlich in die Fugen und nicht in die Kacheln bohrt«, erwiderte ich tonlos.

Kippel lächelte. »Haben Sie Ihre *Ex-Freundin* nochmals gesehen oder gesprochen?«

»Es gibt eine Verfügung.«

»Das hält die wenigsten ab.«

»Nein, ich habe nur ihren neuen Partner kennengelernt, der einen Umzugskarton ins Haus trug, als ich gerade anfing, mich mit dem Abbruchhammer dem Obergeschoss zu widmen«, sagte ich.

»Hat Ihnen die Zerstörung gutgetan?«

»In diesem Augenblick? Sicher. Aber im Grunde ist doch alles wieder geregelt. Es ist alles wieder repariert, vor drei Wochen habe ich die Handwerker bezahlt, ein stattliches Sümmchen will ich meinen. Ich habe meine Lektion gelernt.« Ich atmete tief ein und fügte höflich hinzu: »Sie haben da übrigens Rasierschaum im Gesicht.«

»Oh«, sagte Kippel und fuhr sich mit der Hand übers Gesicht, als wüsste er genau, wo sich der Rasierschaum befand. Er wischte seine Hand an der schwarzen Stoffhose ab, eine weiße Schliere blieb zurück. Ich biss bei dem Anblick die Zähne zusammen. Kippel fuhr fort: »Ich würde gerne mit Ihnen über den Tod sprechen.«

»Über den Tod?«

»Ja, über den Tod.«

»Gut: Statistisch gesehen ist das Alter der Feind des Menschen. Am sichersten ist eine Person mit sieben Jahren. Die Wahrscheinlichkeit, in diesem Alter zu sterben, liegt in den Industriestaaten bei eins zu zehntausend.«

»Haben Sie schon einmal den Tod eines Menschen erlebt?«

»Nicht, dass ich wüsste.«

»Großeltern, Verwandtschaft?«

»Meine Großeltern kamen nacheinander in ein Pflegeheim. Dort sind sie auch gestorben. Sagen Sie mir, was die Fragen zu bedeuten haben?«

»Sie können Ängsten nicht ausweichen, manchmal hilft es, mitten durch sie hindurchzugehen.«

»Soll ich mich jetzt umbringen, oder wie?«

Kippel lachte, ein kurzes, abgehacktes Stoßgelächter. »Nein, bitte nicht. Aber das Leben ist nicht Ihr Feind. Das Leben lässt sich nur vom Tod aus begreifen. Ist ja eine alte Weisheit. Wissen Sie, Herr Wittgenbausch, Gefühle haben mehr Macht über einen Menschen als der Intellekt. Schlimme Gewissheiten sind für Menschen oft einfacher auszuhalten als ein Leben zwischen Hoffnung und

Angst. Die Unwägbarkeiten des Lebens sind ein heftiger Stressfaktor, vor allem Menschen aus sozialen Berufen, die sich für andere Menschen bis zur Selbstaufgabe aufopfern, aber auch Informatiker und Selbstständige schlittern schnell in ein Geflecht aus Symptomen, das wir Burnout nennen. Das ist nichts, wofür man sich schämen müsste. Ich sehe da durchaus Parallelen zu Ihnen.«

»Habe ich jetzt Burnout, oder was?«, schnaubte ich und sah aber, schon als ich das Wort ausspie, den Lichtblick am Ende des Tunnels. Burnout. Wäre doch super. Vor allem in der Vergangenheitsform. Wittgenbausch *hatte* Burnout. Das hatte Klang und Schmiss, erzählte man bei einem Bier in der Kneipe. Denn wer in Deutschland noch kein Burnout hatte, der arbeitete einfach nicht genug. Mann, war das genial: Ich hatte keinen Knall, war nicht meschugge, hatte einfach nur geschuftet, weswegen kurzfristig die Sicherungen durchgebrannt waren.

»Nein. So einfach ist es in Ihrem Fall nicht«, enttäuschte mich Kippel. »Ich glaube, Sie haben während der vielen politischen, ökologischen und persönlichen Krisen in den letzten Monaten und Jahren Ihr Vertrauen in die Welt verloren und als Schutzmechanismus auf Ihren Körper übertragen. Das ist kein absurdes Krankheitsbild.«

»So ein Unsinn«, prustete ich.

Kippel zuckte mit den Schultern. »Ich erstelle hier nur ein forensisch-psychiatrisches Gutachten für die Staatsanwaltschaft, eine Analyse, Herr Wittgenbausch, mit einer Psychotherapie hat das nichts zu tun. Sie bräuchten aber nach meiner Meinung mal eine Auszeit, gehen Sie zur Kur. Es gibt gute Burnout-Kliniken, die sich auch auf Ihr Leiden spezialisiert haben«, sagte Kippel und schlug die Beine übereinander. Sein Hosenbein rutschte nach oben. Ich erblickte seine Socke, die sich wie ein Würstchen um seinen blassen Knöchel kringelte.

Ich schluckte die saure Galle wieder hinunter, die bei dem Anblick in meinen Rachen gestiegen war. »Klinik? Wollen Sie mich jetzt einweisen?« Ich zog die Schultern ein, jedes seiner Worte war wie tausend Nackenschläge. Ich rutschte nervös auf dem Stuhl hin und her. Was für eine Taktik (außer Mord) blieb mir noch übrig? Höflichkeit plus Einsicht? Ich balsamierte meine Stimmbänder in Zuckerwasser und Honig, lehnte mich zurück, legte die Handflächen ineinander, verbarg das Telefon darin und fuhr fort: »Ich hatte nur eine Tiefphase, Herr Doktor Kippel, durch den Vertrauensverlust – den dreifachen Vertrauensverlust, wie Sie gesagt haben –, so etwas klopft man sich nicht einfach aus den Kleidern, das sitzt tief, aber mir geht es schon viel besser, ehrlich, wobei ich denke, dass Sie sicher auch Recht haben: Eine Kur muss es vielleicht nicht sein, aber ich interessiere mich schon seit langem für autogenes Training. Vielleicht nehme ich mal an einem Kurs teil, weiß nicht, oder sogar Meditation? Ist das eine gute Idee? Was halten Sie persönlich von Meditation?«

»Ich glaube, eine Auszeit täte Ihnen gut.«

Ich seufzte. »Das geht nicht, ich habe ein Unternehmen mit nur einem Angestellten, mir selbst, aber vielleicht fahre ich mal ein Wochenende in den Harz oder an die Nordsee.«

»Sie haben doch in einer unserer Sitzungen erzählt, dass Sie trotz der Haussanierung finanziell gut aufgestellt sind. Dann werden Sie doch ein paar Wochen abschalten können, oder nicht?«

»Ich habe viel Geld, weil ich in zehn Jahren keines ausgegeben habe. Man muss sich heutzutage auch um seine private Altersvorsorge kümmern.« Ich spürte, wie mein Atem immer kürzer wurde.

Kippel nahm das Klemmbrett in die Hand und den Kugelschreiber vom Tisch. Er drückte die Mine ein paar Mal rein und wieder raus, bevor er den Stift unten auf das Blatt setzte. Alles in mir zog sich zusammen, meine Hände zitterten. Das hatte er immer getan, aber *immer* am Ende der Sitzungen. Ich drückte kurz auf mein Smartphone, schielte auf das Display. Es war zu früh. Eindeutig. Die Sitzung sollte noch länger gehen. Ich hatte ein Recht darauf. Ich blickte auf Kippels nackte Knöchelhaut, auf den Fleck auf seiner Hose, der mittlerweile schillerte wie angetrockneter Klebstoff. Mir wurden hier gerade fünfzehn Minuten meiner Beurteilung geraubt, einfach so. Ließ sich das gerichtlich anfechten?

»Sie haben in einer der ersten Sitzungen gefragt, was das für eine Kraft ist, die uns durchs Leben treibt. Ich glaube, es ist ganz einfach die Lust am Leben«, sagte Kippel, kreuzte auf dem Formular etwas an und legte das Klemmbrett weg. Er begann zu lächeln, beugte sich etwas nach vorne und kniff ein Auge zu. »Zumindest bis der Tod uns holt, nicht wahr?«

Ich starrte ihn an, hörte Schritte, draußen auf dem Gang, sah die Pfleger schon vor der Tür lauern, mit geifernden Blicken und gebleckten Zähnen. In den Händen eine ausgewaschene, gelbfleckige Zwangsjacke, in der viele Irre noch verrückter geworden waren.

Meine Unterlippe begann zu zittern.

Kippel hatte mir keine Chance gegeben.

Er hatte mich vorgeführt, auflaufen lassen, mich wie eine Sau zur Schlachtbank geführt.

Der Rasierschaum, der Fleck.

Die Knöchelhaut.

Dazu das selbstgefällige Lächeln.

Es fiel mir wie Schuppen von den Augen.

Ich stand auf, stand vor ihm, leicht übergebeugt. Und der Boden wankte unter meinen Füßen, nein, er brach weg, und darunter war nichts als freier Fall. Und ich spürte, wie sich meine Augen mit Tränen füllten, mein Mund kräuselte sich. »Ich bin völlig in Ordnung, okay?« Meine Stimme überschlug sich. »Hab einfach eine scheiß Phase gehabt, okay? Darf man als Mensch einfach mal eine scheiß Phase haben!? Ja? Nein? Und da können Sie mir jetzt so lange Geistesgestörtheit attestieren, mich einweisen lassen, mich mit Medikamenten vollpumpen lassen, bis ich nur noch wie ein Greis aus dem Mundwinkel sabbere«, rief ich und spürte, wie mir die Stimme immer mehr entgleiste. Das lag nicht an mir, es lag an Kippel. Das war hier das Problem.

Seine ganze Art, seine seelenruhige Miene, sein überhebliches Lächeln, ooohhhh, wie er lächelte, unbeirrt und unbeeindruckt. Meine Hände schmolzen zu Fäusten, lagen endlich nicht mehr brav in meinem Schoß, sondern baumelten wie Morgensterne neben meinem Körper.

»Herr Wittgenbausch.«

»QUACKSALBER!«

»Herr Wittgenbausch.«

»DÄMLACK!«

»Herr Wittgenbausch.«

»RIGLEF KIPPEL – WAS IST DAS ÜBERHAUPT FÜR EIN BESCHEUERTER NAME? RIGLEF? HÄ?«

»Herr Wittgenbausch.«

»NEIN! NICHTS HERR WITTGENBAUSCH! IHRE ANALYSE IST FALSCH! FALSCH, FALSCH, FALSCH! OKAY! SIE ZERSTÖREN HIER EIN LEBEN! IST IHNEN DAS KLAR? HOCKEN IN IHREM FURZSESSEL RUM UND REDEN ALTKLUG DAHER. ES IST NÄMLICH NICHT DER TOD, DER UNS HOLT«, schrie und brüllte ich, auf dass das ganze Haus in sich zusammenfiel. »KURPFUSCHER!«

»Herr Wittgenbausch.«

»RUHE! SIE HÖREN MIR JETZT MAL ZU: ES IST NICHT DER TOD, DER UNS HOLT, ES IST DAS LEBEN, DAS UNS LOSLÄSST! KAPIERT?!«

Ich hatte mich aber getäuscht.

Nicht nur im Ergebnis des Gutachtens, was mir angesichts der vielen Beleidigungen relativ peinlich war, auch Kippels psychische waren mit Mo Pus physischen Schlägen nicht ansatzweise vergleichbar – wo übrigens seit einigen Minuten erstaunlicher Waffenstillstand herrschte.

Ich saß immer noch im Schneidersitz auf der Matte, mit durchgestrecktem Rücken, atmete brav in den Bauch, stank nach Tigerbalsam und überlegte, ob ich es wagen konnte, kurz ein Auge zu öffnen. Ich hatte aber Furcht, dass Mo Pu nur darauf lauerte, mir die nächste Abreibung zu verpassen.

Irgendwann hielt ich es nicht mehr aus. Ich öffnete ein Auge. Ganz schnell. Sah aber nix. Deswegen nochmals langsamer. Ich öffnete ein Auge.

Nichts.

Ich drehte den Kopf.

Sah mich vorsichtig um.

Mo Pu war fort.

NEUNZEHN

Der Himmel wellte sich in Schwarz. Es wirkte, als wäre eine Trauerbeflaggung aufgenagelt worden. Am Horizont türmten sich Gewitterwolken wie ein Felsmassiv aufeinander. Ich stand von der Matte auf und ging an den Rand von Mo Pus Bungalow. Die Jalousie schwankte sanft im Wind. Ich wollte mich umblicken, entdeckte aber stattdessen Freya. Sie lag weit unter mir, auf der Umgrenzung einer Reisterrasse. Einer ihrer Füße stand im leeren Becken, das andere Bein baumelte heraus. Unter ihren Kopf hatte sie ihren Rucksack geschoben. Ich pfiff. Sie öffnete die Augen, schirmte sie trotz der regelrechten Finsternis gegen das Licht ab, richtete sich auf, zeigte auf ihr Handgelenk und dann zum Himmel. Ich nickte. Ein Blitz zuckte über einen weit entfernten Gebirgskamm, das Donnern glich noch eher einem sanften Hüsteln. Das Unwetter war also weit weg. Einerseits. Andererseits war es auch unglaublich schnell zugezogen.

Mo Pu fegte mit einem hüfthohen Besen seine Veranda, als ich die Tür aufzog. Ich streckte mich etwas, drückte demonstrativ die Brust durch, hob die angewinkelten Arme, als würde ich mich nach einem ausgiebigen Schläfchen erst einmal strecken und dehnen. Danach sank ich selig in mich zusammen. Fehlte nur noch, dass ich gähnte. Ich fühlte mich regelrecht erholt, konnte meinen Seelenfrieden aber nicht lange genießen. Sirrend rauschte der Besen heran und klatschte dreimal auf meinen Rücken, als würde Mo Pu einen Teppich ausklopfen.

»Herrschaftszeiten, wie lang soll das noch so gehen?«, zischte ich.

»Muss man dir alles sechsmal auf verschiedene Arten sagen, damit du es kapierst? Du bist keiner von der schnellen Sorte. Du warst bestimmt eine Zangengeburt. Ist deine Mutter stolz auf dich?«, knurrte er.

»Keine Ahnung«, sagte ich und musste plötzlich lachen. Ich war trotz seiner fortwährenden Maßreglungen, ja, ich war richtig gut gelaunt. Ich schob hinterher: »Ich muss Ihnen noch zwei Fragen stellen, ich platze, wenn ich nicht frage! Ich kenne das genaue Datum nicht, aber vor einiger Zeit war ein deutscher Yogalehrer bei Ihnen. Groß, muskulös, lange Haare. Sie haben ihn als Schüler abgelehnt. Können Sie sich erinnern, weshalb?«

Mo Pu zuckte mit den Schultern und entgegnete tonlos. »Natürlich kann ich mich erinnern, ich habe in all den Jahren ja auch nur einen Kunden abgelehnt. Er trug ein obszönes Hemd mit Buddha darauf. Buddha gehört nicht auf ein Hemd. Buddha gehört auch nicht an den Hauseingang wie ein Gartenzwerg oder zur Dekoration auf eine Toilette. Wie lautet die zweite Frage?«

Ich nahm meinen Rucksack, der auf dem Bänkchen lag. »Können Sie mir erklären, was der Unterschied zwischen Wahrheit und Wirklichkeit ist?«

»Dein Kopf ist zu klein für große Gedanken. Überhaupt verstehe ich euch nicht«, gluckste Mo Pu und wedelte mit der Hand in der Luft. »Habt tausend Geräte, die euch das Leben erleichtern, tausend Möglichkeiten, eure Freizeit zu gestalten, könntet euch wie Könige fühlen, stattdessen torkelt ihr durch die Tage, als hätte es das Leben nicht gut mit euch gemeint und euch etwas aufgezwungen. Und weil euch das alles heillos überfordert, sucht ihr Ratschläge im Buddhismus. Buddhismus ist aber kein Bergwerk, aus dem man sich einen Kristall herausklopft und mit heimnimmt. Verstanden?«

»Gott, sind Sie unhöflich.«

»Zweitausend Baht.«

»Was?«

»Zweitausend Baht.«

»Sie haben doch gar nichts gemacht!«

»Zweitausend Baht.«

»Ich habe fünf Minuten in Ihrem Wohnzimmer gesessen und habe geatmet«, sagte ich und zog mein Portemonnaie aus meinem Rucksack. »Sie sollten eigentlich in einer Villa mit Pool wohnen.«

Mo Pu nahm die Scheine entgegen, warf mir einen scharfen Blick zu und zeigte auf die Wanduhr. Es war kurz nach eins. Ich traute meinen Augen nicht. »Sie haben doch die Uhr verstellt. Ich war keine Stunde da drin!«, rief ich, aber Mo Pus Ausdruck war nichtssagend. Ich schulterte den Rucksack, stieg von der Veranda und drehte mich nochmals um. »Haben Sie eigentlich manchmal Angst vor Krankheiten?«

»Das sind schon drei Fragen.«

»Bei Ihren Tarifen sollte eine Podiumsdiskussion drin sein.«

Mo Pu mustere mich. »Sometimes.« Sein Blick glitt auf meine Schultern. Das genügte, dass ich wieder strammstand. »Ist das etwa dein Problem?«, fragte er fast belustigt.

»Manchmal«, raunte ich.

Mo Pu seufzte und schaute kurz in den Himmel, als stünde dort die Antwort geschrieben. »Hör zu, wenn ich jetzt zu dir sage, du sollst auf deinem Weg zurück ins Dorf nicht an die Vipern in den Bäumen und die Kobras im Unterholz denken, wirst du beim Abstieg genau das vor Augen haben. Erwähne ich Dengue und Malaria, wirst du panisch beim leisteten Sirren um dich schlagen und keine ruhige Minute finden. Erzähle ich von den wilden Elefanten, die vor zwei Jahren einen Dorfbewohner tottrampelten, bleibst du wahrscheinlich den Rest deiner Tage hier oben, was ich nicht begrüßen würde. Aber im Grunde ist es doch ein wundervoller Weg. Birds singing, air is clean. Gleich wird es regnen, dann ist die Luft besonders gut. Verstehst du, was ich meine?«

»Vipern?«, murmelte ich und schluckte.

Mo Pu drehte sich um, nahm seinen Kalender von der Wand

und blättere durch die Monate. Ein Blatt riss er ab und gab es mir. Darauf war das Foto eines Wasserfalls im Dschungel abgebildet, bei der Nachbearbeitung war allerdings scheinbar die romantische Ader des Grafikers durchgekommen, er musste an der Farbskalierung mit rosaroter Brille gespielt haben. Das Blau des Wassers, das Rot der Abendsonne, das Grün des Waldes: Alles war maßlos übersteuert. Ich glotzte das Bild dümmlich an, hatte keine Ahnung, was das Motiv mir sagen sollte. Hatte Freya Mo Pu etwa erzählt, dass ich am Wasserfall ... nein, das konnte nicht sein.

»Was steht da?« Ich zeigte auf den Satz, der auf die Wasseroberfläche des Beckens gelayoutet war.

»Enjoy the way.«

»Genieße den Weg? Das ist alles?«

»Yes«, entgegnete Mo Pu und fügte hinzu: »And don't forget to use tiger balm, my friend. Hilft gegen Moskitos, und jetzt zieh Leine.« Er drehte sich um und verschwand im Bungalow.

Also ging es wieder abwärts. Anders als beim Aufstieg fühlte ich mich aber leichtfüßig, nein, ich fühlte mich sogar beschwingt, ergriffen, sentimental, ich wollte die ganze Welt umarmen, denn die Aufgabe lag hinter uns – zumindest der schwerste Teil war beendet –, und ab jetzt ging es nur noch aufwärts, obwohl es abwärtsging.

Ich stolperte den düsteren Pfad hinunter, der kurz von einem Blitz erhellt wurde, und stellte mir den bevorstehenden Abend vor: Das Essen und Trinken, Gespräche über unser Abenteuer, tanzender Kerzenschein, der uns an das Weihnachtsfest erinnerte, mein Geschenk für Freya – und vielleicht würde es ja reichen, vor allem noch kurz zum Wasserfall zu laufen, um uns von unseren alten Sünden reinzuwaschen und zeitgleich neue anzusammeln. Tropengewitter dauerten ja nicht so lang. Das hieß es doch immer. Ich hatte ohnehin das Gefühl, dass der Sturm weit über unseren Köpfen stattfand, die Erde von dort oben nur ein zu weit entfernter

Blitzableiter war, der heute den Weg nicht lohnte. Aber was wusste ich schon? Außer, dass ich gerade eine großartige Idee gehabt hatte, die beste Idee überhaupt: alles auf Anfang, zum Wasserfall, wir, zusammen. Ich war drauf und dran, Freya zu überholen, mich vor ihr in den Dreck zu werfen, um Buße zu tun, ihr mit aller Ehrerbietung und Demut diesen Vorschlag zu unterbreiten, da donnerte es so laut, dass das Astwerk über unseren Köpfen zitterte. Freya blieb stehen, verharrte eine Sekunde, als würde sie sich etwas überlegen. Dann drehte sich zu mir um. Ihr stand das blanke Entsetzen in den Augen.

Ich lächelte sie an. »Alles okay. Da lagen über zehn Sekunden dazwischen.«

»Was?«, fragte Freya.

Ich ließ meinen Finger in der Luft kreisen. »Zwischen Blitz und Donner lagen zwölf Sekunden, da müssen wir uns noch keine Sorgen machen. Alles in Ordnung.«

»Zählst du etwa mit?«

»Klar.«

»Wann müssen wir uns denn Sorgen machen?«

»Wenn der Abstand unter zehn Sekunden fällt, wobei ...« Wieder erhellte ein greller Blitz den Dschungel, der die knorrige, verwitterte Seelenlandschaft des Urwalds zu Tage förderte. Ich fuhr fort: »In Gewitterwolken bilden sich in der oberen Hälfte elektrisch positiv geladene Eiskristalle, in der unteren Hälfte negativ geladene Wasserpartikel. Die ionisierte Luft zwischen Himmel und Erde kann die Spannung nicht ...«

Es donnerte so laut, dass ich meine Worte nicht mehr verstand. Ein Windstoß fuhr durch den Wald. »Konstantin! Was um Himmels willen willst du mir sagen?«, brüllte Freya und sah noch besorgter aus.

»Selbst wenn der Zeitraum zwischen Blitz und Donner unter zehn Sekunden fällt und sich das Gewitter – wie jetzt übrigens – über unseren Köpfen befindet, ist es statistisch gesehen recht unwahrscheinlich, dass wir Opfer eines Blitzschlags werden: Über neunzig Prozent der Blitze entladen sich nämlich in den Wolken!«

»Soll mich das jetzt beruhigen?«

»Ja«, antwortete ich. »Wir sollten allerdings sicherheitshalber ein paar Meter Abstand zwischen uns und den nächsten Baum bringen, bis das Gewitter wieder fort ist, das könnte eher ein Problem werden.« Ich drehte mich einmal im Kreis. Ein Stück tiefer im Wald erkannte ich einen flachen, mit Moos überwachsenen Felsen. »Lass uns da rüber«, sagte ich und stieg über das Unterholz.

Wir setzten uns und schmiegten uns fast aneinander. War ja nicht so groß, der Felsen. Der Abstand zwischen uns und dem nächsten Baum betrug hier zwar auch nur zwei Meter, die ganze Aktion war also weitestgehend sinnbefreit, aber das Gewitter zog eh schon ab. Ich merkte es wenige Minuten, nachdem wir uns zusammengekauert hatten. Apropos. Hatte ich es deutlich genug erwähnt? Wir saßen eng beisammen, nebeneinander, ich konnte Freyas warmen Körper spüren, weswegen wir ja trotz gebannter Gefahr noch ein bisschen hierbleiben konnten.

Den Gedanken nachhängen.

Pause machen.

Ein Geständnis ablegen.

Der Regen begann mit einem Rauschen, das sich überall ausbreitete. Ein feines Raunen über unseren Köpfen, auf dem Blätterdach des Urwalds. Das Donnern war nur noch ein Grollen, eine Felslawine, die in ein weit entferntes Tal stürzte. Wann ich den Plan gefasst hatte, wusste ich nicht, ich wusste nur, dass er gefasst war. Ich wollte nicht weitergehen, nicht bevor ich es Freya gestanden hatte. Aber wie? Wie sagte man so etwas? Telepathie hätte es gebraucht, nur um es nicht laut aussprechen zu müssen!

Mein Puls pochte, überall tropfte warmer Regen herab, spielte dabei auf Abermillionen Blättern, wie auf einem wohlgestimmten Klavier. Selbst die Grillen waren verstummt, als lauschten sie diesem einmaligen Konzert. Ich dachte plötzlich an den Song *You Take*

My Breath Away von Queen, so schmalzig und wunderschön, dass mir nur beim Gedanken daran die Tränen kamen. Würde man den Text ins Deutsche übersetzen, käme der übelste Schlager raus, den sich ein Volksmusikant ausmalen konnte, aber bei Queen funktionierte es – und warum?

Weil Mercury jede Zeile ernst meinte! Deswegen!

Und ging es nicht genau darum? Was man sagte, wie man es sagte, war nicht peinlich, man musste es nur ernst meinen! Das war das Geheimnis!

Und warum zwingend eigene Worte finden, wenn es große Künstler bereits längst in Sätze gegossen und vertont hatten?

Ich begann zu summen, wollte Freya hier und jetzt ein Ständchen bringen, hier im tropischen Regen, auf diesem Felsen. Ich fand aber Gott sei Dank den Ton nicht, in diesem Trommelwirbel aus Puls und Tropfen.

»Du hast Angst vor Hepatitis, aber lächelst über die Apokalypse«, sagte Freya plötzlich und schüttelte schmunzelnd den Kopf. Ich konnte die Erleichterung in ihren Augen sehen. Sie war ja nicht doof, hatte gemerkt, dass die Böen den Sturm nur kurz über uns hinweggetragen hatten, aber ihre Worte brachten den Knoten in mir zum Platzen.

»Ich denke beim Einschlafen an dich!«, rief ich in einer Lautstärke, die Brüllen nicht unähnlich war, und starrte sie erschrocken an. Mir war plötzlich höllisch warm. »Sogar, als du letzte Nacht neben mir gelegen hast!«

»Wie bitte?«

»Dich!«

»Was?«

»Dich liebe ich!«

»Konstantin …«

»Dich liebe ich, glaube ich, weil …«

»Konstantin, ich …«

»Nein, Freya, hör zu, ich glaube, das würde alles nicht einfach werden, mit uns und so, ich bekloppt, du krank, aber ich glaube, nein, ich bin mittlerweile fest davon überzeugt, dass Liebe eben nicht einfach ist und ganz oft scheitert, weil die Leute versuchen, mit Badelatschen und einem Groschenroman als Wegweiser einen Berg zu besteigen. Es braucht aber bessere Ausrüstung, viel bessere Ausrüstung«, schnatterte ich panisch drauflos, weil ich am Ende meine Gefühle einfach ausgesprochen hatte, hinausposaunt, aus dem Bauch heraus, ohne Sinn und Verstand, und jetzt auch nicht mehr zurückkonnte in die Zeit des Nichtgesagten. »Du bist die schönste Frau der Welt, und ich liebe dich. Ich liebe dich, weil du die schönste Frau der Welt bist«, sagte ich und sah, wie Freya Luft holte, konnte aber den Gedanken an ihre Antwort nicht ertragen, weswegen ich mich vorneüberstürzte, um sie zu küssen.

ZWANZIG

Wir traten aus dem Wald. Die Dächer der Hütten tauchten hinter einem Hügel auf. Der Himmel war aufgerissen, die Sonne brach immer wieder hinter Wolken hervor. Alles war feucht und nass und glänzte und roch gut. Es mochte jetzt später Nachmittag sein. Ich stolzierte den Pfad hinab, Freyas Hand in meiner, dann erkannte ich zwei Gestalten, die auf dem Vorbau unseres Bungalows saßen. Gedanken waren ja nichts weiter als Elektrizität, funkende Ionenverbindungen, der Austausch zwischen programmierten Nervenzellen, zwar hochkomplex, aber am Ende auch nur ein vollständig recycelbarer Supercomputer. Bei mir schien aber irgendwas defekt zu sein, Funkstille, ich hatte nicht den blassesten Schimmer, wer uns hier auflauerte, spürte nur, dass Freya ihre Hand aus meiner entwand.

»Hey ho«, posaunte Werner und sprang von der Veranda. Oriana strahlte, strahlte wie die aufgehende Sonne und rutschte die Trittleiter herunter. Sie kam uns einige Schritte entgegen, bewegte dabei die Schultern, als würde sie hüpfen. Tat sie aber nicht. Sie schlenderte. Kurz vor Freya zog sie grinsend den Kopf in den Nacken und warf sich ihr in den Arm. Ein Hund folgte ihr auf dem Fuß, wackelte ihr hintendrein, ließ sich neben ihr nieder. Das Tier hatte einen langen, dicken Körper und kurze Füße. Es sah aus wie eine Nackenrolle mit Stöckchen dran. Mein Blick sprang von Werner zu dem Frauenpaar zu dem Köter, der ganz weit entfernt von den Würfen von Bluthunden war, die hier oben ihr Herrschaftsgebiet errichtet hatten. Ich blickte zu dem Frauenpaar, das sich immer noch umarmte, blickte wieder zu Werner, der amüsiert ein Auge zukniff, die Fäuste in die Hüften stemmte, und hinter der Fassade meiner Fassungslosigkeit begann der Abend zu zerbröckeln.

»Was macht ihr denn hier?«, begann Freya das Gespräch – mit welchem Satz auch sonst? –, schob Oriana von sich und nahm kurz Werner in den Arm.

»Wir lassen dich doch nicht an Weihnachten alleine«, blies Oriana die Worte in die Luft, als seien es Seifenblasen.

»Aber was ist mit dem Camp, mit den Kursen, habt ihr meinen Kurs …«

»Es ist alles geregelt, Freya, mach dir keinen Kopf. Werner hat deine Gruppe mitbetreut. An den beiden Tagen nach deinem Verschwinden war eh nicht wirklich an Yoga zu denken. Nach deinen Mails haben wir beschlossen, hierherzufliegen und die Kurse einen Tag früher zu beenden. Über Weihnachten hatten wir ja eh keinen neuen Kurse angesetzt.«

»Gab es keinen Aufstand?«

»Nein, alle hatten Verständnis, waren total erleichtert, dass es dir gut geht.«

»Wer kümmert sich jetzt um das Camp?«

»Cyril und Shirin sind vor Ort. Sie checken die Neuankömmlinge am zweiten Weihnachtsfeiertag für uns ein. Unsere Kurse beginnen dann wie geplant am Siebenundzwanzigsten. Und es wäre schön, wenn du deine Gruppe dann auch wieder übernehmen würdest«, sagte Oriana, umfasste Freyas Handgelenke und lächelte.

Werner schob sich ins Bild. »Deine Idee, die Kurse so zu legen, dass sie vor Weihnachten enden und nach Weihnachten beginnen, ist übrigens echt gut, Freya. Hat man den Leuten angemerkt, die meisten hatten wirklich keine Lust, über die Feiertage Yoga zu machen. Die wollten alle an den Strand, für sich sein, tanzen, essen, feiern, obwohl die meisten mit Religion und den Bräuchen nichts am Hut haben. Schon irgendwie verrückt, oder?«

»Wie geht es denn deinem Fuß?«, fragte Oriana und legte die Stirn in Falten.

»Gut«, antwortete Freya. »Die Wunde ist weitestgehend verheilt, der Faden zwickt noch ein bisschen.«

»Und das Humpeln?«, fragte Werner.

»Ich habe ja geschrieben, dass ich Infusionen bekommen habe. Das Humpeln ist wieder verschwunden, alles gut.«

Und ich? Ich hatte allmählich begriffen. Mit einem tonlosen Stöhnen entwich alle Luft aus meinen Lungen. Ich sank in mich zusammen und schaute mich kurz müde um. Ich sah die Hütten, den Pfad, die geruhsame Geschäftigkeit der Bewohner. Da stieg mir plötzlich ein unmenschlicher Gestank in die Nase. Erst dachte ich, dass mir aus dem Wald irgendein Hauch von Verwesungsprozess entgegenschlug, aber es war windstill, dann sah ich den Hund. Er war unbemerkt zu mir herübergewackelt, hatte sich einfach neben mein linkes Bein gestellt und war erstarrt, was einem Totstellreflex nicht unähnlich war. Ich schluckte und drehte angewidert meinen Kopf weg. Das Vieh roch wie der Muff eines Klärwärters. »Was ist denn das für ein Fellfurz?«, fragte ich und schob den Hund zur Seite.

»Ist der nicht ulkig?«, meinte Oriana, blickte beim Sprechen aber Freya an. »Der ist mir gestern Abend zugelaufen. Da haben wir gedacht, dem täte sicher auch eine Auszeit im Dschungel gut.«

»Jeder braucht übrigens mal eine Auszeit, Freya«, sagte Werner, holte Luft und betonte jedes einzelne folgende Wort, als seien es in sich geschlossene Zauberformeln: »Auch. Yogalehrer. Kriegen. Burnout.«

Ich lachte. Ein lautes, schallendes, irres Lachen, mit dem ich alles zu Tage förderte, meinen Frust und meine Wut, meinen Ekel und meine Ängste, meine Erleichterung und Liebe. Ich lachte auf, und ein Thailänder, der an einer Hütte nebenan eine Leiter reparierte, schaute verdutzt auf. Ein Kleinkind, das auf einem Stock kaute, suchte den Blick seiner Mutter. Das Schwein unter unserem Bungalow stand auf, warf sich von der rechten auf die linke Seite, als wäre es schon ein Steak in der Pfanne. Nur die Hühner scharrten unbeirrt im Dreck, saßen im Gestrüpp, stelzten über die Wege, ohne auch nur den Kopf nach meinem Gelächter zu recken.

»Was ist so witzig?«, blaffte Werner.

»Nix, Burnout finde ich lustig«, antwortete ich und hatte das Gefühl, in ein Delirium zu schlittern. Das musste es sein. Ich beobachtete ein Blatt, das scheinbar frei im Raum schwebte, sich unterhalb unseres Dachfirsts sanft im Kreis drehte. Es hing an einem Spinnfaden, musste an einem Spinnfaden hängen, das Ding konnte ja nicht schweben, und vielleicht war genau dieses Blatt die Spiegelung meines Lebens: Ich fühlte mich wie eine Marionette, die an unsichtbaren Schnüren durch ein absurdes Bühnenstück schwebte.

»Lustig?«, knirschte Werner. »Nichts an Burnout ist lustig. Menschen leiden darunter. Das wird das große Thema in den nächsten Jahren. Ist es ja schon! Ich lese gerade zwei Bücher, eines über Homöopathie zum Aufmalen – ist echt interessant, das gebe ich dir, wenn ich damit fertig bin, Freya – und eines über die Heilkraft von Waldbaden. Es gibt Beweise, kein Witz, dass nur nach wenigen Minuten im Wald der Blutdruck sinkt und sich nach und nach die Cortisolwerte im Blut reduzieren. Ich glaube, wir könnten viel mehr auf solche Sachen wie Shinrin Yoku bauen, um den Leuten ganzheitliche Therapien zu bieten. Wir haben so tolle Waldabschnitte im Camp, die müssten wir nur etwas aufbereiten. Und du, Freya, du könntest doch mit deinem Ernährungswissenschaftsstudium problemlos auch Kurse in dieser Richtung anbieten!« Er machte einen Handkantenschlag in die Luft. »Selfness ist das neue Schlagwort, Leute! MBSR nach Zinn! Anusara, Jivamukti oder auch Bikram! Die Menschen suchen im Urlaub keine kurzfristige Erholung mehr, versteht ihr, die Menschen wollen echtes Rüstzeug vermittelt bekommen, um langfristig ihren Alltag meistern zu können. Auf lange Sicht, weil …«

Oriana legte ihm eine Hand auf den Unterarm. »Jetzt lass uns doch erst einmal ankommen, Werner. Wir haben doch noch den ganzen Abend.«

»Wo schlaft ihr eigentlich?«, erkundigte sich Freya.

»Es gibt nur diese Hütte. Wir teilen sie uns. Ist alles schon geklärt. Die Frauen und die Männer schlafen einfach zusammen auf einer Matratze. Die Tür ist übrigens abgeschlossen, hast du den Schlüssel? Ich würde vor dem Abendessen noch gerne duschen und mich ein bisschen frisch machen. Ihr doch bestimmt auch, oder?«

»Ich auf jeden Fall auch«, sagte Werner.

»Es gibt sogar Warmwasser«, entgegnete ich.

EINUNDZWANZIG

Ich suchte den Schlaf auch in dieser Nacht. Heiligabend war nur noch eine trübselige Erinnerung. Und nicht einmal der Alkohol und die Erschöpfung zogen mich hinab in den tiefen, dunklen, seligen Schacht des Schlafs. Obwohl ich um eine Auszeit von der Welt und mir selbst bettelte. Das lag vor allem an Werner, mit dem ich eine Matratze teilte. Es war wirklich so. Werner und ich. Ich und Werner. Zusammen auf einer Matratze. Er säuselte nicht, er schnarchte nicht, er nahm mir auch nicht den Platz weg, er roch auch nicht schlecht oder brabbelte im Schlaf, er lag einfach nur neben mir, auf dem Rücken, die Hände über der Brust verschränkt, aufgebahrt wie eine Leiche. Und was wäre eigentlich so schlecht daran, in diesem Punkt etwas nachzuhelfen?

Ich dachte an Erstickungstod durch ein Kopfkissen. Kurz zumindest, denn danach gäbe es ja immer noch Oriana zu erledigen, die selig neben Freya schlummerte. Erstens. Zweitens schlief man nach einem Doppelmord bestimmt nicht besser ein. Drittens brachten mich zusätzlich die Moskitostiche um den Verstand, die ich mir splitterfasernackt im Urwald zugezogen hatte. Ich warf mich hin und her, kratzte mich an den Knöcheln, versuchte zwischen meine Schulterblätter zu kommen, aber umso mehr ich mit meinen Fingernägeln über die Wunden schabte, umso mehr flammte kurz darauf der Juckreiz auf. Viertens stank der Hund. Fünftens und letztens hielt mich die gesamte Entwicklung der letzten Stunden wach, die wieder einmal bewies, dass das Leben Sinn für Humor jedweder Art besaß.

Was war geschehen?

Zuerst kam die Nacht, so plötzlich, als hätte jemand eine Tür ins Schloss geworfen. Frisch geduscht, die Frauen von Gesichtscreme glänzend, saßen wir wie am Vorabend in einem hölzernen Pavillon im Schneidersitz an einem Tischchen. Ein paar Meter weiter werkelte die Thailänderin mit dem wuchtigen Zopf an einer Feuerstelle. Sie vertrat ganz offensichtlich die Position der Wirtsfrau im Dorf, und wir hospitierten in ihrer Gaststube. Werner hatte eine Flasche Wein in Chiang Mai gekauft und drückte gerade mit dem Daumen den Korken in den Flaschenbauch. In meinem Magen schwappte ein guter Schluck Mekhong umher. Zahlreiche Kerzen flackerten ringsum. Es roch nach Holzfeuer, Curry und gelegentlich nach totem Hund, der an Orianas Seite dahinvegetierte.

Freya fing meinen verirrten Blick ein, der ziellos durch die Gegend sprang und nicht wusste, wo er hingehörte. Sie lächelte und strich mir kurz über den Oberarm. Es war erst die zweite Berührung, seit wir aus dem Wald getreten waren. Eine nette Geste. Half aber nichts. Es frustrierte mich umso mehr. Ich war niedergeschlagen, sauer und enttäuscht, maßlos enttäuscht. Ich wollte mit Freya allein sein, sie zwischen Schlückchen aus unseren Drinks küssen, sie necken und berühren, mich später mit ihr über die Matratzen in unserm Bungalow wälzen – oder wenigstens mal ein kurzes Gespräch führen, was denn nun eigentlich der Stand der Dinge war. Sollte ich sie dazu hinter einen Bungalow ziehen, ein Briefchen zum Ankreuzen schreiben wie ein Pubertierender?

Das Essen war eine Mischung aus Blut, Fett, Fleisch und Leber, wahrscheinlich eines Huhns. So genau konnte man das nicht mehr sagen, es war alles zu einem körnigen Brei verarbeitet, mit Koriander, Ingwer und Chili – viel Chili. Es war im Grunde nur in homöopathischer Dosis genießbar. Und dann auch nur, wenn man sich vorab den Gaumen mit einem Löffel Reis auskleisterte. Doch als ich sah, dass selbst Werner nach dem ersten Bissen der Schweiß auf die Stirn trat, rammte ich meinen Löffel umso tiefer in die Schale und schaufelte mir das Essen demonstrativ in den Mund. Ich lobte kauend die herausragende Würzung, und keine Frage, das war albern, kindisch, geradezu lächerlich, zumal mein Gaumenzäpfchen trötete wie die Dampfpfeife einer Lokomotive, aber das war mir egal.

Ich war gegen alles, nur nicht gegen Freya. Ich war gegen die Welt, den Gesamtzustand im Allgemeinen und Speziellen, gegen Thailand, den stinkenden Köter, das infernalische Essen, den unheiligen Abend, im Grunde war mir die ganze dramatische Entwicklung zuwider, ich war gegen mich, gegen Oriana, gegen Werner, gegen jeden noch so vernünftigen Satz, ich wollte nur, dass sie verschwanden, sich auflösten. Dann zog Werner zu allem Überfluss auch noch eine Mango aus einem Rucksack und begann sie mit seinem Fingerring zu schälen. Ich blickte ihn an und wollte zuschlagen. Tritte. Schläge. Bisse. Ich wollte Kampf. Der natürlichste Impuls des Menschen, den schon Kleinkinder spürten, bevor sie in die Ecke gestellt wurden und ihnen der Urtrieb abhandenkam.

Ich mahlte mit dem Kiefer. »Kannst du das auch mit einer Ananas?«, fragte ich, und meine Stimme hob sich am Satzende wie von selbst, ich spürte, wie in mir die Lust auf eine angefügte Beleidigung keimte: Ein gezischtes »Du Halbleiter«, das hätte mir sicher gutgetan.

»Hab ich noch nicht ausprobiert«, entgegnete Werner selbstgefällig und zerrupfte die Mango. Saft lief seine Finger herunter. Er reichte jedem ein Stück. Was hätte ich tun sollen? Ich lehnte die Frucht dankend ab, so wie ich den Wein abgelehnt hatte, und goss mir noch einen Schluck Schnaps ins Glas. Mein Gaumen stand ohnehin in Flammen, ich schwitzte, mein langärmeliges Shirt und meine Hose hatten sich wie ein Neoprenanzug an meinen Körper gelegt.

»Bescherung!«, rief Oriana, klatschte in die Hände, kramte in ihrem Rucksack und zerrte ein Papierbündel mit roter Schleife hervor wie ein Magier, der einen verfetteten Hasen aus dem Hut zu zaubern versucht.

Werner leckte sich schmatzend die Finger ab, schob seine Zunge sogar in die Fingerzwischenräume, was nun wirklich nicht schön anzuschauen war, auch wenn man meine Antipathie in die Feststellung einbezog. Der Hund fühlte sich davon offensichtlich gestört. Er stand auf, trottete zu mir herüber und starrte mich mit trüben Augen an. Gott, das Vieh roch. Hieß es nicht, dass Hunde einen hochsensiblen Geruchsinn besaßen? Ich stellte das ernsthaft in Frage, kein Lebewesen würde diesen Gestank lange ertragen, auch wenn es der eigene war. Konnten Tiere keinen Selbstmord begehen? Oder war ich in den letzten Tagen an Hyperosmie erkrankt? War das vielleicht die einfache Lösung?

Ich schob den Hund mit dem Fuß davon, denn ich wollte ihn nicht mit der Hand berühren. Oriana warf mir einen bösen Blick zu. »Leute, riecht ihr das denn nicht?«, fragte ich. »Der Hund muffelt wie eine Klobürste, mit der die ganze Kanalisation von Chiang Mai geschrubbt wurde! Oder liegt das Vieh im Sterben?«

»Nicht hinhören, Che Guevara, komm her«, sagte Oriana.

»Du nennst den Hund Che Guevara?« Ich konnte mir ein Grinsen nicht verkneifen. »Na ja, der hat in seiner Zeit im Dschungel wahrscheinlich ähnlich gestunken.«

Niemand – nicht einmal Freya – nahm Notiz von mir. War sie angespannt? Ging ihr die Situation auch auf den Geist? Wenn ja, dann ließ sie es mich nicht wissen. Ich hatte eher das Gefühl, es wäre ihr lieb, wenn ich verschwand. Der Hund rollte sich wieder neben Werner zusammen. Oriana atmete hörbar ein, als sie Freya ihr Geschenk überreichte, ihr dünner Nasenring blitzte und funkelte im Kerzenschein. Doch kaum hatte Freya ihre Finger an die Schleife gesetzt, entfuhr es Oriana ekstatisch: »Wir haben die Kaufverträge für unser Camp dabei!«

Werner begann mit klebrigen Fingern den Hund zu kraulen und fügte feierlich hinzu: »Oriana und ich haben uns nach unserer letzten Diskussion lange unterhalten und sind zu dem Schluss gekommen, dass wir es im Grunde auch ungerecht finden, wenn du mit den Ersparnissen deines Vaters das ganze Risiko für das Unternehmen übernimmst. Oriana hat sich deswegen Geld von ihrer Familie geliehen, ich habe einen Kredit aufgenommen, jeder von uns schultert ein Drittel des Investments. Und wenn es dir irgendwann schlechter geht, dann kümmern wir uns um dich!«

Oriana nickte, mit zusammengekniffenen Lippen. »Du musst nur noch unterschreiben«, sagte sie und zog einen Kugelschreiber hervor.

Freya blätterte durch die Unterlagen. »Kann ich da kurz drüber nachdenken?«, bat sie schließlich und warf mir einen Blick zu.

»Natürlich, auch morgen noch, wir haben ja Zeit«, antwortete Oriana.

»Das ist mir echt peinlich. Ich habe gar nichts für euch gekauft«, entgegnete Freya.

»Du wusstest ja auch nicht, dass wir kommen«, beschwichtigte Oriana.

»Eine Unterschrift ist Geschenk genug«, fügte Werner hinzu und grinste.

»Für dich«, sagte Freya, blickte mich an, griff dabei in ihre Tasche und zog ein Buch hervor. »Ein Buch über autogenes Training, habe ich in Chiang Mai gefunden, ist zwar gebraucht und auf Englisch, aber ich dachte, das könnte nützlich für dich sein.«

»Oh danke«, antwortete ich mit einem Lächeln im Gesicht, das sich wie angetackert anfühlte. Ich nahm das Buch in die Hand und blickte einige Sekunden starr darauf, drehte es eine Weile in den Händen, was Interesse symbolisieren sollte.

Als ich wieder aufsah, blickte ich in drei Augenpaare. Erwartungsvoll, undurchsichtig, taktierend, abschätzend, argwöhnisch, kampfbereit, belustigt, siegessicher: Die Blicke bedeuteten alles und nichts. Ich kam mir vor wie beim Poker. Jetzt war der Zeitpunkt gekommen, die Karten offen auf den Tisch zu legen. Der

Einsatz war hoch, sehr hoch. Hier lag scheinbar eine Zukunft in der Mitte. Also rappelte ich mich auf, entschuldigte mich und marschierte kurz zu unserer Hütte. Ich hatte zu viel getrunken, spürte es aber nicht im Kopf, sondern in den Beinen. Ich hatte das Gefühl, beim Laufen die letzten Zentimeter zum Boden ins Leere zu treten. Ich zog den Karton und die Schachtel aus meinem Rucksack hervor und ging mit mulmigem Gefühl zurück.

»Du schenkst mir ein Notebook?«, fragte Freya und drehte ungläubig den Computer in den Händen, nachdem sie Karton und Schachtel geöffnet hatte.

In diesem Augenblick war Freya bildhübsch. Und ich hätte es ihr gerne gesagt. Ich dachte an den Dschungel, an ihre Hand unter meinem Shirt. An diese paar schillernden Minuten, in denen es nur noch den Regen und uns gab. Und wenn da Vipern, Kobras und Elefanten in der Umgebung lauerten, dann hatten sie gespannt diesem Treiben zugeschaut, denn für diesen Moment hatte die Welt mit uns geatmet. Ich wollte es Freya sagen, jetzt und hier, dass ich mich jederzeit wieder von Moskitos aussaugen ließe, nur um noch einmal die Zeit mit ihr anzuhalten, aber ich sah im Augenwinkel, wie Oriana und Werner Blicke austauschten.

»Nein, ich schenke dir kein Notebook«, antwortete ich, alles verdichtete sich auf die Kapsel aus Kerzenschein, in der wir saßen. Ich kippte mir einen Schluck Schnaps in den Hals und schluckte mehrmals. »Also, doch, im Grunde schenke ich dir schon ein Notebook, aber das ist nicht das eigentliche Geschenk. Klapp es mal auf!«

Augenblicklich erhellte der milchige Schein des Monitors die Umgebung. Das Licht wirkte hier wie ein Fremder, ein Eindringling, ein Trojaner, der seine Fühler in die analoge Welt ausstreckte. Ich zog die Webcam aus der Schachtel und steckte sie auf das Gehäuse.

»Ich glaube, ich verstehe immer noch nicht«, entgegnete Freya.

Ich ging um sie herum, stellte mich hinter sie, beugte mich

hinab, konnte ihre Haare und ihren Körper riechen. Ich atmete flach, während ich über ihre Schultern das Passwort eintippte: Nur ihr Vorname. Freya. Ich erklärte: »Wir haben hier ja kein Internet, und ich bin mit dem Seitenaufbau auch noch nicht fertig, war alles einfach zu knapp. Es gibt auch sehr viele Gestaltungsmöglichkeiten, aber ich habe mal angefangen und ein paar Screenshots gemacht.« Ich seufzte und merkte, dass ich kaum Luft bekam. »Du hast mir doch erzählt, dass du nicht so richtig weißt, wo du gerne leben willst, in Deutschland oder Thailand, aber dass du auch gerne selbstständig bleiben möchtest. Das hier ist die Lösung: Dein Yogastudio ist dort, wo du bist. Du hältst deine Kurse online, und deine Schüler müssen für deine Kurse nicht einmal ihr Büro verlassen. Deine Zielgruppe wächst damit theoretisch auf alle deutschsprachigen Länder, aber du kannst natürlich auch englischsprachige Kurse anbieten.« Ich schaute zu Boden.

»Das mit der Zielgruppe mag sein, aber allen Anfängern ist von einem Online-Kurs abzuraten«, entfuhr es Oriana.

»Wieso, es gibt einen renommierten, englischen Anbieter mit mehreren tausend Klassen, von Anfängern bis Fortgeschrittene, habe ich mir erst vorgestern angeschaut«, erwiderte ich.

»Das mag sein, aber Anfänger brauchen einen Lehrer, der auch mal hinter ihnen steht und Haltungsfehler korrigiert, der aus der Nähe die Gesamtverfassung des Schülers einschätzt, alles andere ist unverantwortlich. Falsch gemacht, geht Yoga schnell auf die Gelenke und auf die Knochen«, sagte Oriana.

»Eine dauerhafte Fehlhaltung kann dir sogar die Nährflüssigkeit aus dem Knorpelgewebe pressen«, fügte Werner hinzu und schüttelte den Kopf.

»Und was ist, wenn es mal keinen Internetzugang gibt? Dann gucken Freyas Schüler in die Röhre, oder wie?«, schob Oriana nach.

»Wo gibt es denn heute keinen Internetzugang?«, fragte ich.

»Na«, sagte Werner und lächelte mich an, als läge ich bereits ausgezählt auf der Matte: »Hier oben zum Beispiel.«

»Hör zu, Freya, ich weiß, das Geschenk ist eigenartig, aber ich hatte in den letzten Wochen die wahnwitzige Idee, dass wir zusammen den Äquator entlangreisen könnten, einfach drauflos, nur wir beide, und du hättest dein Yogastudio immer im Gepäck, okay? Vielleicht war das alles ein dummer Einfall, im Grunde vermisse ich auch Deutschland, und ich glaube, ich will wieder nach Hause, aber ich wäre froh, wenn du mit mir kommen würdest.«

»Das wird mir grad alles ein bisschen viel«, antwortete Freya. Sie wirkte völlig überrumpelt. »Aber ich reise sicher nicht mit dir den Äquator entlang.«

Ich schluckte. Der Satz saß.

Und als sei das nicht schon genug, legte Werner nach: »Weißt du eigentlich, wie lange wir an der Finanzierung des Camps gesessen haben, wie lange wir mit den Behörden und dem Kloster gerungen haben, um das Land kaufen zu können?«

»Leute, wir sind ja morgen auch noch hier.« Oriana hob beide Hände wie ein Hohepriester. »Lasst uns doch heute Abend nicht streiten.«

»Morgen noch hier?«, krächzte ich und schaute zu Freya.

»Ich hatte noch keine Gelegenheit, du hast geduscht … und … Also, Werner möchte morgen ein weiteres Mal zu Mo Pu, und ich würde ihn gerne begleiten. Das war eine wirklich eindrückliche Lehrstunde heute …«

»Erzähl«, trällerte Werner, und bei seinen Worten fiel mir ein, dass ich es noch nicht einmal fertiggebracht hatte, Freya nach ihrer Yogastunde bei dem alten Kauz zu fragen.

»Es war verrückt«, begann sie zu erzählen. »Wir haben zusammen Atemübungen gemacht, aber vor allem hat er mir bei den Übungen immer wieder seinen ausgestreckten Finger in den Bauch gedrückt, richtig fest und tief, fast bis zum Iliopsoas, ich spüre jetzt noch die Stellen wie Markierungen, die mich darauf hinweisen sollen, welche Bauchmuskeln ich noch zu trainieren habe. Er meinte, dass ein, zwei zusätzliche Stunden bei ihm nicht schlecht wären. Ich habe auch das Gefühl, da geht noch mehr.« Freya sah mich wieder an.

»Ich bin so gespannt«, sagte Werner. »Habe ihm dieses Mal ein Geschenk mitgebracht, einen kleinen goldfarbenen Buddha. Vielleicht besänftigt ihn das ja.«

»Wann geht denn euer Flieger zurück nach Koh Samui?«, fragte Freya.

»Am zweiten Weihnachtsfeiertag, später Nachmittag«, antwortete Oriana und drehte an ihrem Nasenring herum, es sah aus, als würde sie in der Nase popeln.

Den Rest des Abends wurde ich in Sozialquarantäne geschoben. Die Gespräche schwirrten an mir vorüber. Es war im Grunde der erste Augenblick, an dem ich Zeit fand, etwas nachzudenken. Hatte aber nur zur Folge, dass meine Fantasie mit mir davongaloppierte. Ich sah plötzlich das alternative Ende des alternativen Endes vor mir: Ich lebte mit Freya in Thailand, im Taoga-Camp auf Koh Tao. Ich sah mich schon in der geschäftsführenden Administration, sah mich ein multilaterales Entspannungsimperium für chronisch Verspannte aufbauen und Werner durch die Gegend scheuchen. *Werner, komm schon, los, los, Rinde streicheln kannst du auch noch später, deine Seniorengruppe aus Ostermunzel ist schon online, auf, auf!* Ich sah auch die Abende vor mir. Freya und ich auf unserer Terrasse. Immer umringt von immer neuen Cyrils, Hillis und Shirins, die nie älter oder weiser wurden. Ich sah mich sogar Frieden mit Schlangen schließen, und irgendwie funktionierte die Fantasie. Bis zu dem Zeitpunkt, an dem UPS die Minibar und den Flatscreen lieferte. Gab es dort oben Starkstrom?

Auf die erste folgte eine zweite Weinflasche. Ich lächelte artig, als ich erfuhr, dass Cyril und Shirin jetzt ein Paar waren, und lauschte Werners Expansionsplänen. Oriana drehte Joints, die ich ablehnte. Und wenn Freya meinen Blick suchte, wich ich aus. Ein Käfer, der aussah wie ein Flachrelais, krabbelte über den Tisch. Einen Tag mehr in diesem Moloch? Ich konnte es kaum fassen, dass sie mir das antat. Den tiefsten Stachel trieb mir aber das Notebook ins Fleisch. Ich hatte dieses Detail nicht bemerkt, saß gedankenverloren meine Zeit ab, bis ich bemerkte, dass die Schachtel mit dem Computer nicht mehr an Freyas Seite stand. Zwischen ihr und dem Gerät war mittlerweile eine Armlänge Abstand. ›Ich reise sicher nicht mit dir den Äquator entlang.‹ Das Zeichen war deutlich: Es war nicht ihr Geschenk. Und am Ende war ich es selbst, der es wieder zurück in den Bungalow trug. Juhu. Schlafenszeit.

Neben mir holte Werner kurz Luft, ein japsender Schnarcher. Freya und Oriana waren nur zwei dunkle Schemen, hinter dicken Schleiern Moskitonetz. Ich fühlte mich wie ein Fremdkörper, fehl am Platze, bestellt und nicht abgeholt. Was tat ich hier auch noch? Freya hatte hier doch eine Perspektive, die ich ihr niemals bieten konnte. Als die erste Ahnung eines fahlen Lichtscheins durch die Türritzen fiel, kroch ich von der Matratze und schlüpfte in meine Kleider. Meine Habseligkeiten – bis auf den Kulturbeutel – bewahrte ich ohnehin in meinem Rucksack auf. Ich musste ihn nur zuziehen. Der Hund lag wie ein Zugluftstopper vor der Tür. Ich stupste ihn mit der Fußspitze an, er regte sich nicht. Ich schob mich aus der Hütte, zog die Tür hinter mir wieder zu und schulterte meinen Rucksack.

Die Zeit war ein Kreis. Alles wiederholte sich, immer und immer wieder.

Und ich, ich trat eben wieder einmal die Flucht an.

Da hörte ich hinter mir ein Knarzen.

EPILOG

Zwischenlandung. Bangkok. Alles piept, und ich stürze, der Boden fällt mir entgegen, das Schild *Suvarnabhumi – Terminal 3 – International Departures* flackert noch kurz auf meiner Hornhaut, dann senkt sich die Schwärze hernieder. Zwar nicht länger als ein paar Sekunden, aber als ich auf den kalten Fliesen des Flughafens liege, sehe ich kurz die letzten Wochen vor mir. Tausende Augenblicke, die, ohne zu drängeln, in einer Erinnerung Platz finden. Dann beginnt der Schmerz zu pochen, es piept in meinen Ohren, und erst denke ich, dass mir die Polizisten nur aufhelfen wollen. Freundliche Gesellen. Richtig ist aber: Sie ziehen mich auf die Beine, das schon, ich bin drauf und dran, mich zu bedanken, aber dann halten sie mich fest im Klammergriff, während ich im Kugelhagel von Käthes Flüchen – »Sau, Schwein, Arschloch« – regelrecht exekutiert werde.

Ja. Es ist Käthe.

Sie hatte ja auch erwähnt, dass ihr Rückflug bevorsteht.

Obwohl. Moment.

Ich *glaube*, es ist Käthe.

Bin etwas benommen, und meine Gedanken bewegen sich nach ihrem Fausthieb noch träge wie ein Lastenfahrstuhl. Ich brauche also einige Augenblicke des Starrens, Blinzelns und Imaginierens, in denen ich Käthe auch gedanklich wieder volles Haar wachsen lassen muss, um mein Bild von ihr zu vervollständigen. Ich setze ihr den schiefen Zahn wieder ein, gebe ihr eine gesunde Gesichtsfarbe zurück und pelle die Kruste von ihrer rechten Gesichtshälfte.

Erst dann besteht kein Zweifel mehr: Es ist Käthe. Und sie sieht fürchterlich aus. Wo ihr schiefer Zahn war, klafft ein dunkles Loch. Gut, das ist jetzt keine wirkliche Verschlechterung ihres Äußeren, aber die Frisur ist echt übel. Eigentlich hat sie mehr Glatze als Haare, denn nur noch einige fettige Strähnen schillern auf ihrer nackten Kopfhaut. Die Arme sieht aus wie eine benutzte Kotzfeder. Was ist ihr den letzten Tagen nur widerfahren?

Ich will sie gerade danach fragen, aber ich bin verwirrt, weil mein Mitgefühl über ihr Aussehen noch mit meiner Wut über ihren Faustschlag ringt, schachert und rangelt. Es ist nicht ganz klar, welche der beiden Emotionen die Oberhand gewinnt. Da erblicke ich Freya. Sie tritt aus dem Reigen aus Schaulustigen und kommt auf uns zu.

»Was …?«, fragt sie und schaut mit großen Augen zwischen Käthe und mir hin und her.

Da legt Käthe los: »Nehmen Sie ihn fest, nein, nehmen Sie beide fest! Psychopathen, Psychopathen! ›Die Pest auf eure beiden Häuser!‹«, krakeelt sie aus vollem Hals, ihre Sätze adressiert an die Allgemeinheit, bevor sie sich mir zuwendet: »Ausgenutzt! Hast mich ausgenutzt!«

Zwei Polizisten schirmen jetzt auch Käthe ab, und ich bin echt froh darüber. Mich macht allerdings etwas nervös, dass der Klammergriff der beiden anderen Polizisten per se nicht lockerer, sondern eher fester wird, als ich versuche, mich zu befreien. Das scheint auch Käthe zu bemerken. Sie wird ruhiger und sieht sich kurz um. Wir baden in Blicken. Eine gewaltige Menschentraube beäugt uns mit Sicherheitsabstand. Es wird getuschelt. Käthe schielt über die Schultern der Polizisten, plötzlich tritt ein genügsames Funkeln in ihre Augen. Sie wirft sich mit Schwung zu den Leuten herum, reißt ihre Hand in die Luft. »Er hat das Haus seiner Freundin kaputt gemacht!«, ruft sie ihnen zu, als seien die Leute die Geschworenen in einem Gerichtsprozess, und sie beginnt mit dem Eröffnungsplädoyer. »A-l-l-e-s z-e-r-s-t-ö-r-t!«

»Käthe!«, höre ich mich zischen.

»Er war auch in der Klapse! In – der – Klapse! Schauen Sie in sein Tagebuch, schauen Sie in sein Tagebuch – ›Sie sind alle taub! Toinette!‹ – ein Irrer, ein vollkommen Irrer!«

»Käthe! Reiß dich ...«

»Zusammen?«, unterbricht mich Käthe, fährt herum und wendet sich wieder der Menge zu. »Jaaa, jaaaaaaa, daaaas kööönnte ihm so passen! Seine Ex-Freundin musste sogar aus ihrem Haus ausziehen. Ausziehen, aus ihrem eigenen Haus! Sie war so traumatisiert, die Gute, dass sie das Haus verkaufen musste!«

Jetzt brülle ich: »KÄTHE!«, aber im Grunde liegt meine Stirn schon in Falten, als sich meine Stimmbänder noch straffen – es ist irgendetwas Intuitives. Ich spüre, dass Käthes Satz einen klaren Gedanken benötigt. Doch da ist schon wieder ihr irrer Blick, der mich gepackt hält.

»Ausziehen musste sie, aus dem Haus ihrer Großeltern«, schreit sie und spukt mir die Worte des folgenden Satzes regelrecht vor die Füße. »Und – das – mit – einem – Säugling! Ekel! Boshaftes! Sau! Hast mein Vertrauen missbraucht, ja, ja, hast wohl gedacht, du kannst deine schlechten Energien auf mich übertragen, hä, aber nicht mit mir, nicht mit mir, jetzt bekommst du das alles wieder zurück«, brüllt sie, und ich sehe, wie sie in ihre Tasche greift, ein dickes Bündel Alufolie hervorzieht und nach mir schleudert.

Die Polizisten zucken zusammen, lassen mich los. Das Knäuel rauscht mit Karacho heran. Obwohl ich auszuweichen versuche, prallt es mir volle Kanne gegen die Stirn, kullert über den Boden, bleibt liegen. Ich ahne, was sich darin befindet. Die Passagiere und das Flughafenpersonal gehen verunsichert einen Schritt zurück, das Ding hat eine Wirkung wie eine scharfe Handgranate. Doch es passiert nichts. Natürlich nicht. Jeder schaut jeden an. Da kreischt Käthe plötzlich auf und rennt davon. Sie prescht durch die geschlossenen Reihen und wirft sich wie eine Skispringerin die Rolltreppen hinunter. Auch ihr müssen die arktischen Temperaturen hier drinnen aufgefallen sein. Nach kurzem Blickaustausch nehmen zwei Polizisten die Verfolgung auf.

»Du warst lange weg«, quieke ich aus dem Mundwinkel.

»Eigentlich nicht, ich war nur auf der Toilette«, antwortet Freya. »Es ist in der Zwischenzeit nur einiges passiert.«

Vier Polizisten scharren sich wie Sandsäcke um das Knäuel Alufolie. Einer hebt es schließlich auf, wiegt es in Händen, blickt fragend zu mir. Ich zucke mit den Schultern, mache eine abtuende Handbewegung, da erklingen auch wieder die ersten Piepgeräusche vom Scanner. Menschen reihen sich ein, werden durchleuchtet, abgetastet.

Vorhang zu, Aufführung beendet.

Ein düsterer Beamter mit etwas anders geschnittener Uniform kommt herbei, nimmt seinem Kollegen das Bündel ab, zupft vorsichtig die knisternde Folie auseinander. Es ist klar, was er hervorholt: den Stein natürlich. Er schaut ihn sich an, mit einer Mimik so dunkel und undurchsichtig wie ein Trauerschleier. Dabei schweigen die Beamten, sagen nichts, keinen Ton. Kommt jetzt eine Frage? Irgendwas, das die Sache hier voranbringt?

Da spüre ich Freyas Hand in meiner. »Warst du wirklich in der Klapse?«, flüstert sie.

»Nicht dass ich wüsste, sie meint wahrscheinlich das Gutachten.«

»Und was ist an deinem Tagebuch so irre?«

»Ich dokumentiere mit Bildern die Veränderung meiner Muttermale. Das macht den ganzen Zerfall des Körpers weniger unheimlich, finde ich, wahrscheinlich meinte sie das.«

Freya zuckt nicht einmal mit dem Mundwinkel, nimmt die Info ohne eine Geste zur Kenntnis. Sie schüttelt kaum merklich den Kopf: »Was ist nur mit Käthe passiert?«

»Wenn du glaubst, dass ein Fluch auf dir lastet, dann lastet auch ein Fluch auf dir«, antworte ich.

In diesem Augenblick beginnen die Beamten lautstark zu sprechen. Diskutieren sie? Streiten sie etwa? Ich weiß es nicht, auch noch nach fast drei Wochen klingen die Konversationen für mich wie Hahnenkampf.

»Nan khristal met chai plao?«, fragt einer.

»Ba roe, nan man hin quartz«, erklingt es in meinem Rücken.

»Hin quartz khrai cha phaek baep nan?«

»Ist das ein Bergkristall?«, fragt der Wortführer harsch, mit einer Stimme so blechern und abgehakt wie eine Lautsprecherdurchsage und blickt mich an.

Dieses Gesicht. Diese Augen. Reinster Horror im toten Licht der Halogenleuchten. Seine Backengrübchen sind Krater, am Kinn hat er einen Leberfleck, aus dem sich zwei lange Haare schlängeln. Seine Pupillen sind schwarz und liegen in eidotterfarbenen Skleren. Das sieht nicht gut aus. Ganz und gar nicht. Dieser Mann steht am Rand einer Gelbsucht.

»Ja, es ist ein Bergkristall, *mein* Bergkristall. Und wenn ich das anfügen darf: Sie sollten dringend Ihre Leberwerte checken lassen«, plappere ich drauflos und meine es eigentlich nur gut.

»Arai na?«, entfährt es ihm. »Wie bitte?«

»Ihr Augenweiß ist gelb, das kann auf eine schwere Erkrankung hindeuten: Hepatitis, Gallenstörung oder sogar Krebs. Gehen Sie nicht zum Augenarzt, sondern besser sofort zum Internisten.«

Er tuschelt mit seinen Kollegen, die Männer beginnen zu lachen. Meine Anspannung löst sich für eine Schrecksekunde, was aber nur dazu führt, dass mein Hirn wieder Gedanken zulässt und ich mich frage: Was jetzt? Wie geht diese Geschichte weiter?

Ich hatte Krebs überlebt, der keiner war, hatte eine Magen-Darm-Grippe in den Tropen überstanden, war mit einer lächerlichen Prellung bei einem Verkehrsunfall davongekommen, ich war durch den Dschungel gerobbt, voll von Geziefer, Würgeschlangen und Tigern, ich wurde fast von einer tollwütigen Hundemeute angefallen, hatte Heiligabend im Urwald gefeiert, wurde gemaßregelt, gedemütigt, verprügelt und mit einem Kristall verwunschen, oder auch nicht, aber sei's drum, ich hatte nicht nur überlebt, ich hatte die Frau meiner Träume für mich gewonnen – und wozu? Um am Ende mit einem Atemwegsinfekt in einer feuchten, thailändischen Gefängniszelle zu krepieren?

Doch dann geht es ganz schnell.

»Wan ni tha cha ba kann mot ik laeo«, sagt der Polizist.

Er drückt mir den Stein in die Hand. Die Beamten machen kehrt und gehen zu ihren Tischen.

Zurück bleiben Freya und ich.

Und meine Herzarrhythmie.

Mein Herz pocht nämlich plötzlich so komisch, das glaube ich zumindest, vielleicht wird mir auch nur im Augenblick der Erleichterung klar, dass mein Herz komisch pocht. Ich weiß es nicht, aber ich richte mich auf, stehe gerade, weise die Panik strikt von mir und atme so tief ein, dass ich einen Ozean durchtauchen könnte. Wenn man gerade steht, atmet es sich einfach besser. Ich nehme Freya in den Arm, wie am Morgen vor zwei Tagen, als sie mir folgte: Wir küssten uns vor dem Bungalow, im Morgenlicht, zum ersten Krähen eines Hahns, und die Welt explodierte zu einem Wunder. Ganz ehrlich: Ab einem gewissen Zeitpunkt bringt einen dieses ganze Gerede ja auch nicht mehr wirklich weiter, irgendwann musste man einfach küssen.

»Tut's eigentlich weh?«, fragt Freya, löst sich von mir und zeigt auf meine Augenbraue.

»Brennt«, sage ich zerknirscht. »Und es pocht. Hast du zufällig Jodsalbe in deinem Handgepäck?«

»Ja, habe ich, gebe ich dir gleich. Aber sag mal: Hat Tamia wirklich das Haus verkauft?«

»Scheinbar.«

»Was ist denn jetzt mit deinem Gold?«

Ich seufze und bin erstaunt, wie egal mir das alles ist. »Ich denke, wenn das Gold noch im Keller ist, dann gilt alles, was wir ab jetzt tun, ja, als Einbruch.«

Freya lacht. »Wo ist eigentlich dein Rucksack?«

»Ist bereits durch das Röntgengerät«, sage ich und sehe mich um, während eine Menschenschlange träge an uns vorbeitrottet. »Doch, da, er liegt am Ende der Röntgenstraße, siehst du ihn? Ich wollte eigentlich draußen auf dich warten, aber der Sicherheitskontrolleur hat mich eingewiesen, da gab es keine Diskussion.«

»Lass uns trotzdem in eine andere Schlange wechseln, wir holen den Rucksack dann gleich ab.«

»Warum?«

»Warum was?«

»Warum sollen wir die Schlange wechseln?«

»Kuck doch mal, die Kontrolleurin da, die sieht total verschnupft aus. Ist auch kein Wunder, so kalt wie es hier drinnen ist«, antwortet Freya und blickt in meine Augen, in denen plötzlich ein Ausdruck maßloser Ergriffenheit zu lesen ist. Sie wirkt irritiert. »Was? Was guckst du so? Ich will nicht mit einer Erkältung in Deutschland ankommen!«

Sekunden verstreichen.

Alles piept.

»Freya.«

»Ja?«

»Ich glaube, ich liebe dich.«

»Konstantin.«

»Ja?«

»Auch.«

»Was?«

»Ich dich auch, glaube ich.«

ENDE

ขอให้สนุกกับชีวิตนะเพื่อน แล้วอย่าลืมใช้ยาหม่องนะ

Enjoy the way my friend, and don´t forget to use tiger balm

Mo Pu

DANKSAGUNG

คนที่กินข้าว จงอย่าลืมคนปลูกข้าว:

Ich danke der Yogalehrerin Maren Obholzer von YOGAMO (»Auch Yogalehrer kriegen Burnout«), dem großartigen Dschungelführer Charan Boontamuang (»Hannes, don't forget to use tiger balm«) und dem filmenden Auch-Elektriker Matze Determann (»Denk dran, nach fest kommt ab«). Ich danke dem Kanadier Stefan Hartmann, dem Polizeioberrat Jens Rügner, dem Schauspieler Dirk Lange, den Ärzten Tobi Buchenauer und Patrick Behrendt, den Bankern Andreas Schuberth und Stefan Ehlers. Ich danke der Physiotherapeutin Saskia Braun inkl. Walter, dem Koch Andrenaz Roller, dem Fotografen Jasper Ehrich, dem Theologen Wilfried Köpke, der Agentin Eva Semitzidou und der Lektorin Martina Wielenberg. Ich danke meiner ganzen Familie (inkl. Vetter Peter, Schwiegermutter und Schwäger*innen) und natürlich Francesca^{TT}:

คุณจะแต่งงานกับผมไหมผมคงจะเป็นผู้ชายที่มีความสุขที่สุดในโลกถ้ามีคุณเป็นภรรยาและไม่ทิ้งผมไปอีก!